Adventures of HUCKLEBERRY FINN.

(Tom Sawyer's Comrade.)

BY

MARK TWAIN.

マーク・トウェイン

柴田元幸［訳］

ILLUSTRATED.

研究社

ハックルベリー・フィン。

ハックルベリー・フィン（トム・ソーヤーの仲間）の冒けん

場所　ミシシッピ川流域
時代　四十〜五十年前

マーク・トウェイン著

挿絵一七四点入り

装幀　マルプデザイン（清水良洋）

ハックルベリー・フィンの冒けん　もくじ

告

この話に主題を探す者は起訴される。教訓を探す者は追放される。構想を探す者は射殺される。

著者の命により
兵站《へいたん》部長G・G。[1]

1　G・Gが何者かは謎だが、トウェイン家で長年執事を務めたジョージ・グリフィンというのがひとつの説。十六年にわたってトウェインに仕え、一度は銃でごろつきを撃退したこともあったというグリフィンはまさに「兵站部長」の名に相応しい。

注

この本ではいくつかの方言が使われている。すなわち、ミズーリ黒人方言、南西部田舎方言の極端な形、普通の「パイク郡」方言、加えて同方言の変形四種。こうした差異化は無方針や当て推量でなされたものではなく、入念に、これら数種の喋り方に自ら親しんできた経験の導きと支えによってなされている。

わざわざこうして断るのは、そうしないと、これらの登場人物がみな同じに喋ろうと努めていてそれが上手く行っていないと考える読者が続出すると思うからである。

作者。

The Adventures of Huckleberry Finn

Chapter I.

YOU don't know about me, without you have read a book by the name of "The Adventures of Tom Sawyer," but that ain't no matter. That book was made by Mr. Mark Twain, and he told the truth, mainly. There was things which he stretched, but mainly he told the truth. That is nothing. I never seen anybody but lied, one time or another, without it was Aunt Polly, or the widow, or maybe Mary. Aunt Polly—Tom's Aunt Polly, she is—and Mary, and the Widow Douglas, is all told about in that book—which is mostly a true book ; with some stretchers, as I said before.

未亡人の家

1

「トム・ソーヤーの冒けん」てゆう本をよんでない人はおれのこと知らないわけだけど、それはべつにかまわない。あれはマーク・トウェインさんてゆう人がつくった本で、まあだいたいはホントのことが書いてある。ところどころこちょうしたとこもあるけど、だいたいはホントのことが書いてある。べつにそれくらいなんでもない。だれだってどこかで、一どや二どはウソつくものだから。まあポリーおばさんとか未ぼう人とか、それとメアリなんかはべつかもしれないけど。ポリーおばさん、つまりトムのポリーおばさん、あとメアリやダグラス未ぼう人のことも、みんなその本に書いてある。で、その本は、だいたいはホントのことが書いてあるんだ、さっき言ったとおり、ところどころこちょうもあるんだけど。

それで、その本はどんなふうにおわるかってゆうと、こうだ。トムとおれとで、盗ぞくたちが洞くつにかくしたカネを見つけて、おれたちはカネもちになった。それぞれ六千ドルずつ、ぜんぶ金《きん》かで。つみあげたらすごいながめだった。で、サッチャー判じがそいつをあずかって、利しがつくようにしてくれて、おれもトムも、一年じゅう毎日《まいんち》一ドルずつもらえることになった。そんな大金、どうしたらいいかわかんないよな。それで、ダグラス未ぼう人が、おれをむすことしてひきとって、きちんとしつけてやるとか言いだした。だけど、いつもいつも家のなかにいるってのは、しんどいのなんのって、なにしろ未ぼう人ときたら、なにをやるにも、すごくきちんとして上ひんなんだ。それでおれはもうガマンできなくなって、逃げだした。またまえのボロ着を着てサトウだるにもどって、のんびり気ままにくつろいでた。ところが、トム・ソーヤーがおれをさがしにきて、盗ぞく団をはじめるんだ、未ぼう人のところへかえってちゃんとくらしたらおまえも入れてやるぞって言われた。で、おれはかえったわけで。

　未ぼう人はおれを見てわあわあ泣いて、おれのことをアワレなサマヨエるコヒツジだのなんだのさんざんくさしたけど、べつにわるぎはなかったんだとおもう。で、またあたらしい服を着せられてアセがだらだらだらだら出てきてすごくきゅうくつだった。そうやってまたおなじことがはじまった。未ぼう人が夕ごはんのスズを鳴らしたら、さっさと行かなくちゃいけない。テーブルに来てすぐ食っちゃいけなくて、未ぼう人がアタマたらして食べもの見おろしてなんかブツブツ言うのを待たないといけない。といってべつだん食べものにわるいところがあるわけじゃない。まあなにもかもべつべつにりょうりしてあるのはわるいっていやわるいけど。あれこれゴッチャになったたるだとそうじゃない。いろんなものがあつまって、汁がこう、まじりあって、あじもよくなるんだ。

モーセと「足」の勉強

夕ごはんがすむと、未ぼう人は本を出して、モーセがどうとか足がどうとかこうしゃくするもんだから、なんの話かとアセってきいたけど[1]、そのうちに未ぼう人がぽろっと、モーセってのはもうずっとまえに死んだって言ったんで、ならそんなやつ知るもんかとおもった。死んだ人げんなんかどうだっていい。

じきにタバコがすいたくなって、すわせてくれって未ぼう人にたのんでみたけど、ダメだって言われた。そういうのはいやしいしゅうかんだし、不けつです、これからはもうそういうことをしてはいけませんと未ぼう人は言った。そうゆう人っているんだよな。じぶんがなんにも知らないことを、ボロクソに言う。しんせきでもないし、どうせもう死んでるんだからだれの役にもたたないモーセのことはあんなにかまうくせに、それなりにたしになることをおれがやろうとすると、ダメです、いけませんの一てんばり。じぶんだってかぎタバコはやるのに、それはじぶんでやるからいいんだよな。

で、未ぼう人のいもうとのミス・ワトソンてゆう、ずいぶんやせてメガネをかけてるオールドミスのひとが、ついこないだからいっしょにすんでて、つづり字の本を出してきて、おれをとっちめにかかった。一時かんばかりみっちりいためつけられて、もうそれくらいにしときなさい、と未ぼう人が口を出してくれた。おれもあれでそろそろげんかいだったね。そのあと一時かんくらいはおそろしくタイクツで、おれはソワソワおちつかなかった。ミス・ワトソンは「足をそんなところにのせるんじゃありませんハックルベリー」とか「そんなふうに背中をまるめちゃいけませんハックルベリー、まっすぐおすわりなさい」とか言うし、そのうちこんどは「そんなふうにアクビしてのびするもんじゃありませんハックルベリー、すこしはおぎょうぎよくできないの？」なんて言う。そうしてつぎは、わるい場しょのことをあれこれきかせるんで、おれそこに行きたいですって言ったらカンカンにおこったけど、おれとしてはべつにわるぎはなかった。とにかくどこかへ行きたかっただけ、なにかかわらないかなとおもっただけで、べつになんでもよかったんだ。そんなこと言うのはツミぶかいことですよ、とミス・ワトソンは言った。わたしはなにがあろうとそんなこと言いませんよ、わたしはよい場しょへ行くために生きるんです、っ

ミス・ワトソン

1　幼子だったモーセが葦のかごに乗せられてナイル川に流された故事をハックは聞かされ、葦（bulrushes）という単語がわからずあせっている。"the Bulrushers" と頭文字を大文字で書いている（かつ「ブルラッシーズ」ではなく「ブルラッシャーズ」になっている）ところを見ると、どうやら何か人間の集団だと思っている模様。

てミス・ワトソンは言った。でもミス・ワトソンが行こうとしてるとこに行っても、なにもいいことなさそうだったから、やめておこうとおれはきめた。でもおれはなにも言わなかった。言ったって厄介《トラブル》になるだけで、なんのたしにもならない。

で、そうやって話がはじまっちまったから、そのよい場しょってやつのことを、なにからなにまできかされた。なんでもそこへ行ったら、一日《いちんち》じゅうハープもってぶらぶらして、うたって、そうゆうのをずっといつまでもつづけてればいいらしい。なんかつまんなそうだなあ、とおもった。でもおれはなにも言わなかった。トム・ソーヤーはそこに行くとおもいますかときいたら、まずムリねとミス・ワトソンは言った。それをきいてうれしかった。おれはトムといっしょにいたいから。

ミス・ワトソンがまだねちねちおれのことをいじめるもんだから、だんだんうっとうしく、それにさみしくなってきた。そのうちにニガーの連中がつれてこられて、おいのりをとなえて、それからみんなねどこにはいった。おれはロウソクをもって、へやに上がってつくえの上においた。そうしてマドぎわのイスにすわって、なにかあかるいことかんがえようとしたけど、ぜんぜんダメだった。すごくさみしい気もちになって、死んでしまいたくなった。星がひかって、森の木の葉がサラサラ、すごくかなしい音をたてた。と、とおくのほうでフクロウがホーホーと、死んだ人げんのことをうたうのがきこえて、そしてヨタカと犬が、もうじき死ぬ人げんのことで鳴くのがきこえた。風もおれになにかささやこうとしてたけど、なんて言ってるのかききとれなくて、それでおれは全しんゾッとさむけがしてきた。それからこんどは森のなかから、ユウレイがなにか言いたいことがあるのにわかってもらえないせいで、はかのなかでやすんでられなくて毎晩かなしい気もちでさまようときにたてるみたいな音がきこえた。おれはものすごくおちこんで、こわくなってきて、だれかいっしょにいたらなあっておもった。じきにクモが一ぴき、肩をはいあがってきたんで、パチンとはじいたら、ロウソクの火にとびこんじまった。なにをするまもなく、クモはたちまちチリチリになった。だれに言われなくたって、これがものすごくエンギのわるいことで、あくうんがふりかかるんだってことはわかるから、おれはすっかりおびえてしまい、ブルブルふるえるせいで服がぬげちまいそうだった。立ちあがって、三べんくるっとふりむくたびにムネで十字をきって、それからま女《じょ》をとおざけようと、かみの毛をひとかたまり糸でしばった。でもぜんぜんあんしんできなかった。それって、ひろったていてつをトビラの上にクギでかけとくのをわすれてなくしたときにやることだけど、クモをころしたときあくうんをとおざけるのに役だつって話はきいたことない。

　おれはもう一どブルブルふるえながらすわって、一ぷくしようとパイプを出した。家のなかは死んだみたいにしずまりかえってたから、未ぼう人も気づかないだろうとおもった。ずいぶんたってから、町の時《と》けいがボーン――ボーン――ボーンと十二回鳴るのがきこえて、それからまたしずかに、まえよりもっとしずかになった。じきに下のこだちのやみのほうから、小えだがパチンと折れるのがきこえて――なにかがゴソゴソうごいている。おれはじっと耳をすました。まもなく、すごくかすかに、「ミャーオ！　ミャーオ！」てゆう声がそっちからきこえてきた。いいぞ！　おれもせいいっぱい小ごえで「ミャーオ！　ミャーオ！」と言って、あかりを消して、マドからモノおき小屋のやねにはいおりた。それから地めんにおりて、こだちにはってはいると、おもったとおり、トム・ソーヤーがおれを待っていた。

こっそり外に出る

Chapter II.

We went tip-toeing along a path amongst the trees back towards the end of the widow's garden, stooping down so as the branches wouldn't scrape our heads. When we was passing by the kitchen I fell over a root and made a noise. We scrouched down and laid still. Miss Watson's big nigger, named Jim, was setting in the kitchen door; we could see him pretty clear, because there was a light behind him. He got up and stretched his neck out about a minute, listening. Then he says,

"Who dah?"

He listened some more; then he come tip-toeing down and stood right between us; we could a touched him, nearly. Well, likely it was minutes and minutes that there warn't a sound, and we all there so close

しのび足

2

トムとおれとで、木にかこまれた小道をしのび足でぬけて、えだにアタマをひっかかれないようこしをかがめながら、未ぼう人がやってるさいえんのむこうめざしてすすんでいった。台どこのまえをとおりかかったときに、おれが根っこにつまずいて音をたててしまった。おれもトムもかがみこんでじっと待った。ミス・ワトソンのニガーの大男ジムが台どこの戸ぐちにすわっていて、うしろにあかりがついてたんで、おれのいるところからそのすがたがよく見えた。ジムは立ちあがって、すこしのあいだクビをつきだして耳をすましていたけど、やがて

「だれだ、そこ?」と言った。

ジムはまだしばらく耳をすましてたけど、そのうちにしのび足でおりてきて、おれたちふたりのあいだの、手をのばせばさわれそうなところで立ちどまった。たぶん何分も、ずっとなんの音もしなくて、

三人ともすごく近くにかたまっていた。で、おれはかたっぽの足クビがカユくなってきたけど、かくわけにもいかない。それから耳がカユくなって、そのつぎはクビのうしろがカユくなった。かかないと死んじまいそうな気がした。このあとにも、しょっちゅうこうゆうことがあった。えらい人といっしょだとか、そうしきに出てるとか、ねむくないのにねようとしてるとか、かいちゃまずいときにかぎって、からだじゅうどこもかしこもカユくなっちまう。じきにジムが

「よお——だれだ？　どこだ？　おっかしいなあ、たしかになにかきこえたんだが。よし、ひとつここにすわりこんで、もういっぺんきこえるまで、じっくり耳をすますぞ」と言った。

とゆうわけでジムは、おれとトムのあいだの地めんにすわりこんだ。木によりかかって、足をまっすぐのばしたんで、かたっぽの足が、おれの足にもうちょっとでさわりそうだった。おれは鼻がカユくなってきた。あんまりカユくて、目からナミダが出てきた。でもかくわけにはいかない。それからこんどは鼻のなかがカユくなってきた。つぎは下がカユくなってきた。もうとても、じっとしてられそうになかった。こんなふうにすごくつらいのが六、七分つづいたんだけど、それよりずうっと長い気がした。いまじゃもう十一か所がカユかった。あと一分だってガマンできない、とおもったけど歯をくいしばって気あいを入れた。と、ジムがおおきなイキをたてはじめて、じきにイビキをかきだしたとたん、おれはどこもカユくなくなった。

トムがおれにあいずをおくって——口でちょっとした音をたてるのだ——おれたちふたり、両手両ヒザではってその場からはなれていった。三メートルはなれたところで、トムがヒソヒソ声で、ジムを木

にしばりつけようぜと言いだした。ダメだよ、そんなことして目ぇさましてさわがれたりしたら、おれが家にいないのがバレちまうよ、とおれは言った。するとトムは、ロウソクがたりないから台どこにしのびこんでとってくると言いだした。そんなのよしてほしい。ジムが目ぇさましてはいってくるかもしれないぜとおれは言ったけど、トムはやってみると言ってきかなかった。それでおれたちは台どこにしのびこんで、ロウソクを三本もらって、トムがだいきんに五セントをテーブルにおいた。そうして外に出ると、おれはもう一こくもはやくそこをはなれたかった。でもトムはぜんぜん耳をかさなくて、ジムのとこまではっていってなにかイタズラするんだと言いはった。おれはしかたなく待った。ずいぶん長い時かんにおもえた。なにもかもシーンとしずまりかえって、さみしかった。

ジム

トムがもどってくるとすぐ、ふたりで小道をつっきって、さいえんのさくをまわりこんで、丘のてっぺんにそのうちに家のむこうがわの、たどりついた。ジムのぼうしをそうっとぬがせてアタマの上の木のえだにつるしてやったんだ、ジムのやつちょっとうごいたけど目はさまさなかったよ、とトムは言った。あとになってジムは、ま女たちにまほうをかけられてタマシイをぬかれたんだ、ま女がじぶんにのって州いったいとびまわってから、またこの木の下につれもどして、だれのしわざかわかるように、ぼうしを木のえだにつるしたんだと言った。で、つぎに話したときには、ニューオーリンズまで行かされたんだと言った。それからあとは、話すたんびにどんどんおおきくなって、そのうちに、せかいじゅうをとびまわらされて死ぬほどくたびれて背中いちめんクラずれができたって言いだした。ジムはこのことをものすごくじまんして、すっかり鼻たかだかになって、ほかのニガーたちには目もくれなくなった。ジムの話をききに、まわり何キロからもニガーがやってきて、ジムはこのあたりのどのニガーよりそんけいされるようになった。見たこともないニガーたちが、口をあんぐりあけて立って、しぜんのきょういでも見るみたいに、ジムをじろじろながめた。ニガーたちはいつも、台どこの火のそばのやみでま女の話をしている。けれど、だれかがしゃべっていて、そうゆうことはなんでも知ってるんだってふうな口をきくたびに、ジムがひょっこり顔を出して、「ふん！　ま女のことなんておまえになにがわかる？」って言うと、言われたほうはすごすごひきさがるしかなかった。ジムはトムがおいてった五セント玉にヒモをつけて、いつもクビにかけて、これはアクマからじきじきにもらったおまもりなんだ、これがあればどんなびょう気もなおせるし、あるコトバをこれにむかって言うだけでま女を呼びだせるんだといばったけど、なんてゆうコトバかはだれにもおしえなかった。そこらじゅうからニガーたちがやってきて、五セント玉をひとめ見せてもらおうと、なけなしのもちものをジムにわたしたけど、アクマが手をふれたものだからといって、だれも五セント玉にさわろうとしなかった。ジムはめしつかいとして、まるっきりつかいものにならなくなった。アクマに出あって、ま女たちにのりまわされたことで、すっかりテングになってしまったのだ。

で、丘のてっぺんのむこうはじまで来たトムとおれが、村のほうを見おろしてみると、びょう人でもいるのか、あかりが三つ四つチカチカしてた。アタマの上の星ぞらは、そりゃもうほんとにキレイにひかっていた。村のほうでは、川がまる一キロ半のはばで、ものすごくしずかに、どうどうと流れている。ふたりで山をおりていくと、ジョー・ハーパー、ベン・ロジャーズ、ほかにあと二、三人が、もうつかわれてない皮なめし場にかくれていた。みんなでちいさなボートのナワをはずして、川を四キロ、丘の中ふくにあるおおきなきりたった岩まで下っていって、陸《おか》に上がった。

ヤブのあるとこまで行って、トムがみんなにヒミツをまもるとちかわせてから、ヤブのいちばんしげったあたりの、丘に穴があいてるところをおしえた。それでみんなロウソクに火をつけて、手とヒザをついてはいっていった。二百メートルばかり行ったところで、洞くつがひらけた。トムがあちこちのとおり道をつついてから、じきにそのへんのカベの下の、言われなけりゃまさか穴があるとは気づきそうにないところにもぐりこんでいった。せまいところをみんなですすんでいくと、へやみたいなかんじの、そこらじゅうしめって水のしずくがついてさむいところに出て、そこでとまった。トムが
「ここで盗ぞく団をはじめて、トム・ソーヤー団と名づける。はいりたいやつはみんなちかいをたてて、血で名まえを書かないといけない」と言った。

みんなその気だった。そこでトムは、ちかいが書いてある紙をとりだして、よみあげた。だれもが団にちゅうせいをつくし、ぜったいにヒミツをあかさないこと、もしだれかが団いんになにかしたら、そ

トム・ソーヤーの盗賊団

のだれかとその家ぞくをころせとめいじられた者はかならずそうしなきゃいけなくて、みなごろしにして、そいつらのムネに団のしるしの十字かをきざむまでは、食べてもねむってもいけない。団にぞくしてない者がそのしるしをつかってはならず、つかった者はうったえられ、もう一どやったらころされる。そしてもし団にぞくす者がヒミツをあかしたら、ノドを切ってから死たいをもやして灰をバラまき、その名を団いんリストから血で消したのち、団のだれも二どと口にせず、その名にノロイをかけて、永きゅうにぼうきゃくする。

ホントにみごとなちかいだとみんな言って、じぶんでかんがえたのかとトムにきいた。そうゆうところもあるけど、だいたいは海ぞくの本や盗ぞくの本に書いてあった、りっぱな盗ぞく団にはみなちかいがあるんだとトムは言った。

ヒミツをあかしたやつの家ぞくもころすといいんじゃないかな、とだれかが言った。それはいいかんがえだとトムも言って、エンピツをとりだして書きこんだ。するとベン・ロジャーズが

「でもハック・フィンには、家ぞくなんていないぞ。どうすんだ?」と言った。

「ええと、おやじがいるんじゃないのか？」とトム・ソーヤーが言った。

「いるけどさ、このごろはぜんぜん見かけないぜ。まえは皮なめし場でヨッパラってブタのむれにまじってねてたけど、もう一年かそれ以上、このへんじゃ見てないぜ」

みんなで話しあって、おれを団から追いだすってことになりかけた。家ぞくかだれか、ころす人げんがいないやつがいるのは不こうへいだとゆうのだ。で、どうしたらいいか、だれもおもいつかなかった。みんなしあんにくれて、じっとうごかなかった。おれはもう泣きだしそうだったけど、とつぜんおもいついて、ミス・ワトソンがいるよ、ミス・ワトソンをころしてくれればいいと言った。すると
「そうだ、それでいい、それでいい。ミス・ワトソンでいい。じゃあハックも入れてやろう」てゆうことになった。

それからみんなで、しょめいする血を出すためにユビにハリをさして、おれも紙にじぶんのしるしを書いた。

「で、この盗ぞく団、どうゆうことやるんだ？」とベン・ロジャーズがきいた。

「もっぱらりゃくだつとさつじんさ」とトムが言った。

「でもだれをりゃくだつする？　家とか――かちくとか――それとも――」

「ばかいえ！　かちくなんかぬすむのはりゃくだつじゃない、ただのドロボーさ」とトム・ソーヤーは言った。「おれたちはドロボーじゃない。そんなんじゃひんかくってものがない。おれたちはかいどうに出るおいはぎなんだ。フクメンしてえきばしゃとかおそって、人をころして時けいやカネをうばうの

さ」

「人はかならずころさないといけないのか？」

「もちろん。それがいちばんいいんだ。ちがう意けんのけんいもいるけど、だいたいはころすのがいちばんいいことになってる。ただし何人かはこの洞くつにつれてきて、みのしろきんをとるまでいさせるんだ」

「みのしろきん？　なんだそれ？」

「知らない。でもそうするんだよ。本にそう書いてあるんだから、そうしなきゃいけないんだよ」

「だけどなんなのか知らないのに、どうやってできるんだよ？」

「なに言ってんだ、そうするっきゃないんだよ。本に書いてあるって言っただろ？　おまえ、本に書いてあるのとちがうことやりたいのか？　それでなにもかもグジャグジャにしたいのか？」

「そう言うのはいいけどさ、だけどトム・ソーヤー、どうやればいいかもわかんないのに、どうやってみのしろきんとるってんだよ？　そこをきかせてほしいね。なんのことだっておまえはおもうんだ？」

「だから、知らないってば。でもたぶん、みのしろきんとるまでいさせるってのは、死ぬまでいさせるってことじゃないかな」

「うん、それならわかる。それでいいよ。なんではじめっからそう言わないんだ？　死ぬまでみのしろきんとるまでいさせる——きっとエラくせわがやけるだろうよ、どいつもさんざんのみくいして、年じゅう逃げだそうとして」

「なに言ってんだベン・ロジャーズ。逃げだせるわけないじゃないか、見はりがいて、ちょっとでもごいたら撃つ気でいるんだから」

「見はり。そりゃいいや。じゃあだれかがひと晩じゅう起きてて、そいつらのこと見ていていっすいもしちゃいけないわけだ。それってバカらしいとおもうぜ。つれてきてすぐ、コンボーかなんかでみのしろきんとるんじゃなんでダメなんだよ？」

「そんなこと本に書いてないからだよ、だからダメなんだよ。なあベン・ロジャーズ、おまえものごとをキチンとやりたいのか、やりたくないのか？――そこなんだよ。どうするのがただしいか、本をつくった人たちは、ちゃんとわかってるとおもわないか？　そうゆう人たちに、おまえがおしえてやれることなんてあるとおもうか？　そいつはなかなかむずかしいんじゃないかね。いいや、きちんとただしいやりかたでみのしろきんとるんだよ」

「わかったよ、いいよそれで。やっぱりバカみたいだとおもうけど。でさ、女もころすのか？」

「なあベン・ロジャーズ、おまえみたいにムチだったら、おれならだまってるね。女をころすって？　まさか――そんなの、どの本にも書いてやしないさ。女は洞くつにつれてきて、かならずすごくていちょうにあつかって、そのうちにみんなおれたちに恋して、かえりたいなんて言わなくなるのさ」

「ふん、それならそれでいいけどさ、おれはそんなのきょうみないね。あっと言うまに洞くつじゅう、女やらみのしろきんとられるの待ってる連中やらでいっぱいになってさ、盗ぞくのいばしょがなくなっちまうぜ。でも好きにしろよ、おれはなんにも言わないから」

チビのトミー・バーンズはもうねていて、起こすとこわがって泣きだして、ママのところにかえりたい、もう盗ぞくなんかイヤだと言いだした。

それでみんなで、やあい泣きむし、とからかったら、すごくおこって、いますぐかえってヒミツをぜんぶバラすと言いだした。でもトムが五セントやってだまらせて、もうみんな家にかえろう、来しゅうあつまってりゃくだつとさつじんをけっこうしようと言った。

おれあんまり出てこれないよ、日ようだけだよ、けっこうはこんどの日よう日にしようぜ、とベン・ロジャーズが言ったけど、みんなは日よう日にそうゆうのをやるのはわるいことだと言ってきゃっかした〔キリスト教では日曜日に仕事をするのは罪である〕。なるべくはやくあつまって日をきめることにして、それからみんなでトム・ソーヤーを団ちょうにえらんで、ジョー・ハーパーをふく団ちょうにえらんで家にかえった。

おれはモノおき小屋をのぼって、夜があけるすぐまえにマドからへやにはいってはいった。あたらしい服はそこらじゅうアブラやドロでよごれて、おれはもうヘトヘトだった。

窓から這って入るハック

Chapter III.

WELL, I got a good going-over in the morning, from old Miss Watson, on account of my clothes; but the widow she didn't scold, but only cleaned off the grease and clay and looked so sorry that I thought I would behave a while if I could. Then Miss Watson she took me in the closet and prayed, but nothing come of it. She told me to pray every day, and whatever I asked for I would get it. But it warn't so. I tried it. Once I got a fish-line, but no hooks. It warn't any good to me without hooks. I tried for the hooks three or four times, but somehow I couldn't make it work. By-and-by, one day, I asked Miss Watson to try for me, but

ミス・ワトソンのお説教

3

で、朝になると服のことでミス・ワトソンにこっぴどくとっちめられたけど、未ぼう人はおれをしからずにアブラとドロをぬぐってくれただけで、ひどくかなしそうな顔をしたんで、しばらくはなるたけおとなしくしてようとおもった。それからミス・ワトソンがモノおきにおれをつれていっておいのりしたけど[1]、なにも起こらなかった。毎日おいのりしなさい、おいのりしておねがいすればなんでもかならず手にはいるのですよとミス・ワトソンは言った。でもそんなことなかった。おれはやってみたのだ。釣り糸はあるのに、釣りバリがなかったことがある。ハリがなけりゃ糸があってもしかたない。ハリが手にはいるよう、三回か四回やってみたけど、どうもうまくいかなかった。そのうちにある日、かわりにおいのりしてもらえないかとミス・ワトソンにたのんでみたけど、あ

1 なぜわざわざ「モノおき」(the closet) に連れていくか？ おそらくミス・ワトソンは、マタイ伝六章六節「汝は祈るとき、己（おの）が部屋にいり、戸を閉ぢて、隠れたるに在（いま）す汝の父に祈れ」の「部屋」が欽定訳聖書（当時一般的だった版）では "closet" になっているので、普通の "room" ではいけないと思い込んでいる。

んたはバカだと言われただけだった。なぜなのかはどうしてもおしえてくれなかったから、サッパリわからなかった。

あるとき、ウラの森に行って、じっくりかんがえてみたことがある。おいのりしたものがなんでも手にはいるんだったら、なぜきょう会しつじのウィンさんは、ブタですったカネをとりもどせないのか？なぜ未ぼう人は、ぬすまれたぎんのかぎタバコ入れをとりもどせないのか？なぜミス・ワトソンはふとれないのか？やっぱりこんなのイミないんだ、とおれはおもった。ないとかんがえたほうが、スジがとおる。それで未ぼう人のところに行ってそう言ってみたら、おいのりして手にはいるのは「タマシイのおくりもの」なのだと言われた。おれはぜんぜんついてけなかったけど、どうゆうことなのか未ぼう人はせつめいしてくれた。つまりおれは他人をたすけなきゃいけなくて、他人のためにできることはぜんぶやって、いつも他人に気をくばって、じぶんのことはすこしもかんがえちゃいけない。他人てゆうのは、どうやらミス・ワトソンもはいるらしい。森に行ってじっくりかんがえてみたけど、そんなことしてなにがトクなのかわからなかった。他人がトクするだけだ。だからもうこの話は気にしないで、ほっとくことにした。ときどき未ぼう人に呼ばれて、神さまの話をきかされると、もうまるっきり口からヨダレが出そうなかんじなんだけど、つぎの日とかにミス・ワトソンが出てきて、みんなブチこわしてしまう。どうやら神さまは二種るいいるらしい、とおれはふんだ。未ぼう人のほうのだったら、しょうもない人げんでもそれなりにいいことありそうだけど、ミス・ワトソンのにつかまったらもうおしまいだ。ひととおりかんがえてみて、おれは、むこうがそうさせてくれればの話だけど、未ぼう人のほうの神さまにつこうとおもった。ただまあ、おれはまるっきりなにも知らないし、とにかくいやしいしひんがないし、おれがついたところで、神さまのほうはぜんぜんたしにならないとおもうけど。

　おやじのことはもう一年以上だれも見かけてなかったから、おれとしても気がラクだった。もうおやじには会いたくなかった。しらふでおれをつかまえると、おやじはいつもおれをなぐった。もっとも、おやじがあらわれるとおれはたいてい森へ逃げた。で、ちょうどこのころ、町の二十キロくらい川上で、おやじのでき死たいが見つかったってゆう話がひろまった。すくなくともみんなはおやじだとかんがえた。でき死たいはちょうどおやじくらいのからだつきだったし、服はボロボロ、かみはいように長い。どれもおやじにあてはまるんだけど、顔はぜんぜんわからなかった。長いこと水のなかにはいってたんで、もうろくに顔じゃなくなっていたのだ。死たいはあおむけに水にうかんでたってゆう話だった。みんなでひきあげて、土手にうめた。でもおれの気がラクだったのも、そう長つづきしなかった。おれはおもいついたのだ。おぼれた男は、あおむけにうかびはしない。顔を下にしてうかぶ。これはぜったいたしかだ。だからこれはおやじじゃなくて、男の服を着た女だとわかった。それでおれはまたおちつかなくなった。おやじはじきまたあらわれるだろう――あらわれてほしくないけど。

　みんなで一か月ばかり、ときどき盗ぞくごっこをしてあそんだけど、おれはそのうち団をやめた。おれだけじゃなくて全いんやめた。いくらやっても、だれのこともりゃくだつしないし、だれもころさないし、ただふりをしてるだけなのだ。森からとびだして、ブタをつれてく連中や、やさいを荷車で市ばにもってく女たちを追いかけても、だれかをつかまえるでもない。トム・ソーヤーはブタを「金《きん》かい」

追い散らされる盗賊たち

と呼び、カブやなんかを「宝せき」と呼んで、みんなで洞くつに行ってせいかを話しあったり、何人ころして何人キズをおわせたかと言ったりした。でもそんなことして、なんのトクがあるのか。あるときトムが、もえさかるぼうをひとりにもたせて町へおくりだし（トムはそうゆうぼうをスローガンと言っていて、これが団いんにあつまれとゆうあいずだった[2]）、スパイからヒミツのじょうほうがとどいた、あしたスペインの商人やカネもちのエイラブ人の一団が近じょのくぼ地にキャンプをはると言った。ゾウが二百とう、ラクダが六百とう、ラバ千とう以上、それがみんなダイモンドをどっさりのせていて、見はりの兵士は四百人しかいないからみんなで待ちぶせてきゅうしゅうしてみなごろしにしてなにもかもぶんどるんだとトムは言った。剣やテッポーをみがいてじゅんびしなくちゃいけないとトムは言った。カブをのせた荷車を追いかけるにも剣やテッポーをきちんとみがかないとトムは気がすまないのだ。もっとも剣やテッポーと言ったって、じつはただの木ぎれとホウキのえで、こっちがくたばるまでみがいたところで、口いっぱいの灰のぶんもねうちがふえやしない。そんなのでスペイン人だのエイラブ人だのをやっつけられるとはおもえなかったけど、ラクダやゾウは見たかったからよく日の土よう日、おれも行っていっしょに待ちぶせして、あいずとともにみんなで森からとびだし丘をかけおりていった。だけどスペイン人もエイラブ人もいなかったし、ラクダもゾウもいなかった。ただの日よう学校のえんそくで、しかもてい学年クラスだった。子どもたちをけちらして、洞くつの上まで追いたてたけど、ドーナツとジャムがすこし手にはいっただけだったし（もっともベン・ロジャーズはぬいぐるみ人ぎょうをぶんどったし、ジョー・ハーパーはさんびか本とせっきょうパンフレットをうばった）、じきに先生がせめてきて、みんななにもかもすてさせられて追っぱらわれた。おれにはダイモンドなんか見えなかったから、トム・ソーヤーにもそう言った。ほんとはダイモンドもいっぱいあったしエイラブ人もいたしゾウとかもいたのだとトムは言った。じゃあなんで見えなかったんだよときくと、おまえがそんなにムチじゃなくて「ドン・キホーテ」てゆう本をよんでたらきかなくてもわかるはずだとトムは言った。なにもかもまほうのしわざなのだとトムは言った。あそこには兵たいも何百人といたし、ゾウもどっさりいてざいほうもたっぷりあったんだけど、ようじゅつ師ってゆうてきがいて、ただのイジワルでなにもかも子どもの日よう学校にかえてしまったと言うのだ。わかったよ、じゃあようじゅつ師をやっつけりゃいいんだなと言うと、おまえはどうしようもないアホだとトム・ソーヤーは言った。

「あのな、ようじゅつ師ってのはまじんをいっぱい呼びだせて、まじんは人げんなんかあっと言うまに

2　このあたり、トムはウォルター・スコットの長詩の記述をいい加減に記憶している。「もえさかるぼう」はたしかにスコットのある詩において一族を集めるのに使われ、別の詩では「スローガン」という語が「鬨（とき）の声」の意で使われている。が、「もえさかるぼう」が「スローガン」と呼ばれているわけではない。これらスコットの詩は当時の教科書の定番だった。

切りきざんじまうんだぞ。木みたいに背が高くて、きょう会みたいにおおきいんだ」

「じゃあさ、おれたちをたすけてくれるまじんを見つければ――そしたらてきをやっつけられるんじゃないか？」

「どうやって見つけるんだ？」

「わかんないよ。むこうはどうやって見つけるんだ？」

「それはだな、ふるいブリキのランプかてつのユビワをこすると、まじんがカミナリ鳴らしてイナズマひからせてケムリまきあげてとびだしてきて、これやれあれやれって言われたら、なんでもすぐやるのさ。ショットタワー〔溶けた鉛を水に落として弾丸を作る塔〕ひっこぬいて日よう学校の先生のアタマブッたたくくらい朝メシまえなのさ」

「だれがまじんをそんなにはたらかせるんだ？」

「そりゃもちろん、ランプやユビワをこすったやつさ。まじんはランプやユビワをこするやつのけらいだから、なに言われてもやらなきゃいけないんだ。ダイモンドで長さ六十キロのきゅうでんつくってチユーインガムとかでいっぱいにして、おきさきにするから中国のこうていのムスメをつれてこいって言われたらやらなきゃいけないんだよ、それもよく朝、日がのぼるまえに。おまけにそのきゅうでんを、国のどこでも、言われたとおりの場所にはこんでかなきゃいけない」

「そいつらアタマわるいんじゃねえの、きゅうでんとかじぶんのものにしとかないで、ムザムザ人にくれちまうなんて。それにさ、おれがまじんだったら、ふるいブリキのランプこすられたからって、じぶんのやってることほうりだしてそんなやつんとこ行くなんて、ぜったいねがいさげだね」

「なに言ってんだハック・フィン、こすられたら行かなきゃいけないんだよ、行きたいかどうかなんてカンケイないんだよ」

「木みたいに高くてきょう会みたいにおおきくてもか？　わかったよ、じゃあ行くよ、だけどおれ、そいつを国じゅうでいちばん高い木にのぼらせてやるからな」

「ちぇっ、おまえにはなに言ってもムダだよ。なんにもわかってないみたいだな。まるっきりアタマがたりないぜ」

ランプをこする

二、三日よくかんがえてみて、これってホントなのか、やってみることにした。ふるいブリキのランプとてつのユビワを手に入れて、森に行って、きゅうでんをたてて売ろうとおもってインジャンみたいにアセだらだらになるまでこすってこすってこすりまくったけどムダだった。ひとりのまじんも出てこなかった。だからこれもみんな、トム・ソーヤーのウソなんだときめた。トムはエイラブ人とかゾウとか信じてるんだろうけど、おれはそうはおもわない。どこからどう見たって日よう学校だったよ。

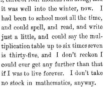

Chapter IV.

WELL, three or four months run along, and it was well into the winter, now. I had been to school most all the time, and could spell, and read, and write just a little, and could say the multiplication table up to six times seven is thirty-five, and I don't reckon I could ever get any further than that if I was to live forever. I don't take no stock in mathematics, anyway.

At first I hated the school, but by-and-by I got so I could stand it. Whenever I got uncommon tired I played hookey, and the hiding I got next day done me good and cheered me up. So the longer I went to school the easier it got to be. I was getting sort of used to the widow's ways, too, and they warn't so raspy

！！！！！

4

で、三か月か四か月がすぎて、もうすっかり冬だった。おれはだいたいいつも学校に行っていて、字もつづれたしよめたし、すこしは文しょうも書けたし、九九《くく》も六七《ろくしち》＝三十五まで言えたけど、永えんに生きてもあれ以上さきへ行けるとはおもえない。どのみちさんすうなんてキョウミない。

はじめは学校がイヤだったけど、そのうちにガマンできるようになった。ものすごくつかれると学校をサボッて、つぎの日にムチをくらうとまたすっかり元気になる。そんなわけで、学校へ行けば行くほどラクになっていった。未ぼう人のやりかたにもすこしずつなれてきて、もうそれほどしんどくなかった。家のなかでくらしてベッドでねるのはけっこうキツいこともおおかったけど、さむくなるまではときどきこっそりぬけだして森でねたんで、おかげでひとやすみできた。まえのくらしがいちばんよかったけど、あたらしいくらしもすこしは好きになってきた。未ぼう人も、だんだんよくなってきた、りっぱなものだ、と言ってくれた。あなたのことをはずかしくおもわない、と未ぼう人は言った。

ある日、朝ごはんのせきで、おれは塩いれをひっくりかえしてしまった。おおいそぎで塩をひとつかみ手にとって、あくうんをとおざけるために左肩ごしにうしろへ投げようとしたんだけど、ミス・ワトソンに先をこされてさえぎられてしまった。「手をもどしなさいハックルベリー――まったく、なんでもめちゃくちゃにしてしまうんだから」とミス・ワトソンは言った。未ぼう人がおれをべんごしてひとこと言ってくれたけど、それであくうんをとおざけられやしないことはよくわかった。朝ごはんがすんでから、びくびくおちつかない気もちで外に出て、どこでどんなあくうんがふってくるかとしあんした。あくうんによっては、とおざける手だてもあるけど、これはそうゆうのじゃない。だからなにもせずに、おちこんだ気ぶんでトボトボあるいて、まわりに目をひからせてるしかなかった。

おもてのさいえんをとおって、ふみこしだんをこえて高い板べいのむこうに行った。地めんにはふったばかりの雪が二センチばかりつもっていて、だれかの足あとが見えた。足あとは石きり場のほうから来ていて、ふみこしだんのあたりでしばらくとまってから、さいえんのさくにそってまわりこんでいた。そうやって立ってたのに、なかにはいってこないなんてみょうだとおもった。ワケがわからない。なんだかすごくヘンだ。先をたどってみようとおもったけど、まずはかがんで足あとをよく見てみた。はじめはなにもわからなかったけど、じきにわかった。左のクツのかかとに、十字がある。アクマよけに、ふといクギをうってあるのだ。

すぐに立ちあがって、丘をかけおりていった。ときどきうしろをふりかえったけど、だれも見えなか

った。おれはせいいっぱいいそいで、サッチャー判じの家にたどりついた。判じさんは
「おやきみ、すっかりイキぎれしてるじゃないか。利しをうけとりにきたのかね？」と言った。

「いいえ。おれに利し、あるんですか？」

「あるとも、半年ぶんの利しがきのうの晩に出たよ。一五〇ドル以上ある。きみにとってはひとざいさんさ。六千ドルといっしょに、わたしにとうしさせるといい。きみにわたしたら、つかってしまうからね」

「いいえ、おれ、つかいたくありません。ぜんぜんいらないんです。六千ドルもいりません。判じさんにもらってほしいんです。判じさんにあげたいんです、六千ドルからなにから」

判じさんはビックリした顔になった。ワケがわからないみたいだった。

「いったいどういうことかね、きみ？」

「おねがいですから、なにもきかないでください。もらってくれますよね？」

「うーん、わからんなあ。なにかまずいことでもあったのかね？」

「もらってください、おねがいします。なにもきかないで――そうしたらおれも、ウソつかずにすみますから」

判じさんはしばらくかんがえてたけど、やがて
「あー、そうか。そういうことか。ざいさんをわたしに売りたいんだね、くれるんじゃなくて。それならまっとうなやりかただ」と言った。

それから判じさんは紙になにか書いて、よみなおしてから「これでよし。書いてあるだろう――『対価として』。つまりわたしがきみから買って、その代金をはらったということだ。さあ、一ドルだよ。サインしたまえ」と言った。

それでおれはサインして、かえった。

驚くサッチャー判事

ミス・ワトソンのニガーのジムは、雄ウシの四ばんめのいぶくろからとりだした、にぎりこぶしくらいある毛玉をもっていて、これをつかってまほうをやっていた。この玉のなかにはセイレイがいてセイレイはなんでも知ってるんだとジムは言った。それでおれはその夜ジムのとこに行って、おやじがまた来たんだ、雪に足あとがあったんだとつたえた。おれが知りたいのは、おやじはなにをするつもりか？ずっといるつもりか？てゆうことだった。ジムは毛玉を出して、それにむかってなにかモゴモゴ言って、上にもちあげてからゆかに落とした。けっこうどすいんと落ちて、二センチくらいしかころがらなかった。ジムはもう一ど、そしてもう一どやってみたけど、おなじだった。こんどはヒザをついて、耳を玉にあててじっくりきいてみた。でもムダだった。玉はなにもしゃべらねえ、カネを出さないとしゃべらねえときがあるんだとジムは言った。ふるいツルツルのニセ二十五セント玉ならあるよとおれは言った。銀の下のしんちゅうがすこし見えちまうからつかえないんだ、それにしんちゅうが見えてなくてもすごくツルツルで手ざわりがアブラっぽいからさわるとバレちまうし、とおれは言った（判じさんからもらった一ドルのことはだまってようとおもった）。かなりひどいカネだけど、毛玉ならちがいがわからなくてうけとってくれるんじゃないかなとおれは言った。ジムはそのカネのにおいをかいで、歯でかんで、ごしごしこすったすえに、毛玉にちゃんとしたカネだとおもわせるようにしてみると言った。ナマのジャガイモをふたつにわってなかにカネ入れてひと晩おいとけば、よく朝にはしんちゅうが見えなくなってるしアブラっぽくも見えないだろうから、町の人げんだれでもうけとるし、ましてや毛玉ならだいじょうぶだとジムは言った。そうだった、ジャガイモをつかえばいいことはおれも知ってたのに、わすれてたのだ。

ジムは二十五セント玉を毛玉の下に入れて、はいつくばってもう一ど耳をすました。こんどはだいじょぶだとジムは言った。たのめば一生まるごとうらなってくれるとジムは言った。やってくれよ、とおれは言った。そうして毛玉がジムにむかってしゃべり、ジムがそれをおれにつたえた。

「あんたのおやじはまだ、じぶんがなにをするつもりか知らねえ。町から出ようとおもうときもあるけど、とどまろうとおもうときもある。ここはじっくりかまえて、むこうの好きにやらせるのがいっとういい。おやじさんの上にはふたりの天しがうかんでる。ひとりは白くてひかってて、もうひとりは黒い。

白いのがすこしのあいだおやじさんにただしいことやらせるけど、黒いのがやってきてみんなフイにしちまう。さいごにどっちが勝つかはまだわからねえ。だけどあんたはだいじょぶだ。生きてるあいだ、けっこういろんな厄介《トラブル》にまきこまれるけど、けっこういろいろうれしいこともある。ときにはケガもするし、びょう気にもなるけど、そのたんびにまたよくなる。あんたの人生にはふたりの女がとびまわってる。ひとりは色白で、ひとりは色黒だ。ひとりはカネもちでひとりはビンボーだ。あんたはまずビンボーなほうとケッコンして、そのうちにカネもちのほうとケッコンする。あんた、水からなるたけはなれてたほうがいい。あぶないマネには手ぇ出しなさんな――あんた、クビつりにされることになってるから[1]」

その夜、ロウソクをつけてへやに上がっていくと、そこにおやじがいた!

耳を澄ますジム

1 「クビつりに生まれついた人間はおぼれない」ということわざがジムの念頭にあって、それを妙な形で応用しているようである。

Chapter V

I HAD shut the door to. Then I turned around, and there he was. I used to be scared of him all the time, he tanned me so much. I reckoned I was scared now, too; but in a minute I see I was mistaken. That is, after the first jolt, as you may say, when my breath sort of hitched—he being so unexpected; but right away after, I see I warn't scared of him worth bothering about.

He was most fifty, and he looked it. His hair was long and tangled and greasy, and hung down, and you could see his eyes shining through like he was behind vines. It was all black, no gray; so was his long, mixed-up whiskers. There warn't no color in his face, where his face showed; it was white; not like

「おやじ」

5

まずはドアをしめて、へやのなかを見たら、そこにおやじがいたのだ。おれはそれまで、いつもおやじのことをこわがっていた——なにしろしじゅうブッたたかれたから。だからいまもこわがってるんだとおもったけど、じきにそうじゃないとわかった。はじめは、ともかくまさかこんなとこにいるとはおもわなかったから、イキがいっしゅんとまったとゆうか、でもそのさいしょのビックリがすぎると、もうべつに、気にするほどおやじのことをじぶんがこわがってないんだとわかった。

おやじは五十ちかくで、いかにもそのくらいのトシに見えた。かみは長くてこんがらがってアブラぎったのがだらんとたれていて、そのおくで目がギラギラ、なにかのツルのかげにでもいるみたいにひかってる。かみはまっくろで、シラガはない。長い、からまったあごヒゲもおなじ。顔の、かみにかくれてないところは色がぜんぜんなかった。白いんだけど、ほかの人げんの白いのとはちがって、見ていてムネがわるくなるみたいな白、鳥ハダがたつみたいな白だ。アマガエルの白、さかなのハラの白だ。服はといえば、これはもうただのボロ。かたっぽの足クビをもういっぽうのヒザにのっけて、そっちの足はクツに穴があいていて、ユビが二本とびだして、それがときおりモゾモゾうごいた。ぼうしはゆかにころがっていた。ふるい黒のソフト帽で、なにかのフタみたいにてっぺんがへこんでる。

　おれはそこに立って、おやじのことを見ていた。おやじもそこにすわって、イスをすこしうしろにたおしておれを見ている。おれはロウソクをおろした。と、マドがあいてるのが見えた。じゃあモノおき小屋をつたってのぼってきたのか。おやじはおれをじろじろながめまわした。そのうちにおやじは「きどった服じゃねえか、えらく。おまえ、いっぱしの人げんになったつもりなんだな？」と言った。

「どうかな、それは」とおれは言った。

「ナマイキな口きくんじゃねえ」とおやじは言った。「こっちがしばらくよそ行ってるうちに、ずいぶんとめかしこみやがって。まずはちょっとばかりひきずりおろしてやるぜ。おまえ、ガクモンやったんだってな。よみ書きもできるそうじゃねえか。もう父おやよりえらくなった気でいるんだろ？　おやじはそんなことできねえもんな。そのこんじょう、おれがたたきなおしてやる。だいたいそんなごたいそうなマネに足つっこんでいいなんて、だれに言われた、え？　だれにいいって言われた？」

「未ぼう人だよ。未ぼう人に言われた」

「未ぼう人か、え？　で、だれが未ぼう人に、じぶんの知ったこっちゃないことに、口はさんでいいって言った？」

「だれも言ってない」

「ふん、よけいなことしやがって、とっちめてやる。で、いいか、学校はやめるんだ、わかったか？ 本人の父おやカヤの外において、子どもにえらそうなたいどおしえこんで、身のほど知らずのふるまいさせやがって、どいつもこいつもとっちめてやる。もういっぺん、あすこの学校あたりでウロウロしてるの見かけたらタダじゃすまねえぞ、いいか？ おまえのおふくろは死ぬまで字なんかよめなかったし、書けもしなかった。一ぞくのだれひとり、死ぬまでそんなことできなかったんだ。おれだってできねえ。それがおまえときたら、すっかりとくい顔しやがって。おれはそんなの見てだまってる男じゃねえぞ、わかったか？ おい——おまえちょっと、なんかよんでみろ」

　おれはそのへんにある本を手にとって、ワシントンしょうぐんと戦そうの話をよみはじめた。三十びょうくらいよんだところで、おやじが本をバシンとはたいて、本はへやのむこうがわまでとんでいった。おやじは言った——

「そうか、ほんとによめるんだな。言われたときは半しん半ぎだったんだが。いいかおい、カッコつけるのはやめにしろ。おれがゆるさん。きどりやがって、おまえのこと見はってるからな、こんどまた学校のあたりで見かけたら、たっぷりブッたたいてやる。このちょうしじゃおまえ、こんどはじきにしんじんづくだろうよ。まったくこんなむすこ、見たことねえ」

　牛を何とうかと、男の子ひとりをかいた、青ときいろのちいさい絵をおやじは手にとって
「これ、なんだ？」ときいた。

「おそわったこと、ちゃんとおぼえたほうびにもらったんだよ」

おやじはそれをビリビリやぶいて
「もっといいもの、おれがくれてやるぜ——牛のムチくれてやる」と言った。

そうしてしばらくブツブツうなってたけど、そのうちまた言った——

「まったくおまえ、たいしたダテ男じゃねえか。ベッドがあって、シーツと毛ふがあって、カガミもあって、ゆかにはジュウタンまでしいてある——なのに父おやは、皮なめし場でブタどもといっしょにねなくちゃなんねえ。こんなむすこ見たことねえぞ。まずはそのクサったこんじょう、たたきなおしてやる。まったくどこまで鼻たかくなりゃ気がすむんだ——おまえ、カネもちだってゆうじゃねえか——え、どうなってんだ？」

ハックと父親

「ウソだよ、それ——どうもなにもないって」
「おい、口のききかた気ぃつけろよ。こっちはもうカンニンぶくろのおが切れかかってんだぞ——ナマイキ言うんじゃねえ。二日ずっと町にいたけど、おまえがカネもちだって話で町じゅうもちきりじゃね

えか。ずっと川下のほうでもきいたぞ。だからおれもこうして来たんだ。あしたそのカネ、もってこい——おれによこせ」

「カネなんかないよ」

「ウソだ。サッチャー判じにあずけてるんだろ。もらってこい。おれによこせ」

「カネなんかないってば。サッチャー判じにきいてみなよ、そう言うから」

「よおし。きいてみるさ。やつにカネ出させるさ。出せねえんなら、しっかりワケをきく。おい——おまえポケットにいくらもってる？　よこせ」

「一ドルしかないよ、それにおれこのカネ——」

「おまえがどうする気だろうと知ったことか——さっさと出せ」

おやじはカネをうけとって、歯でかんでホンモノかどうかたしかめて、ウイスキーを買いに町へ行くと言った。まる一日《いちんち》のんでねえんだとおやじは言った。マドからモノおき小屋のやねにおりると、もういっぺんこっちに顔をつっこんで、きどりやがって、おやよりえらくなろうとしやがってとののしり、やっといなくなったとおもったら、またもどってきてもういっぺん顔つっこんで、学校のことわかったか、ちゃんと見はってるからな、やめなかったらタダじゃすまねえぞと言った。

つぎの日、おやじはヨッパラってサッチャー判じのところへ行って、カネをよこせとさんざんからんだけどらちがあかず、法にうったえて出させるからなとすごんだ。

判じと未ぼう人のほうも、法にうったえておれをおやじからひきはなして、どちらかがこうけんにんになれるよう、さいばん所にはたらきかけた。ところが、さいばん官はなりたてのあたらしい人で、おやじのことも知らなかったから、さいばん所がよけいな口を出して家ぞくをわかれわかれにしてしまうのはよくない、子どもを父おやからうばったりするのはしのびないと言った。それでサッチャー判じと未ぼう人もあきらめるしかなかった。

これでおやじはすっかり気をよくした。おれにむかって、さっさとカネもってこなかったら、全しん青アザになるまで牛のムチくらわしてやるぞとおどかした。おれがサッチャー判じから三ドルかりてくると、おやじはそれをうけとってヨッパラって、さんざイキまいてアクタイついて大声あげてさわいでまわった。ブリキナベたたいてまよなか近くまで町じゅうまわったものだから、牢やに入れられて、つぎの日さいばん所につれてかれてまた一週かん牢やに入れられた。でもおやじは、これでいいんだと言った。むすこのボスはおれなんだ、おれがたっぷりとっちめてやる、と。

おやじが牢やを出ると、きみをまっとうな人げんにしてやる、とあたらしいさいばん官は言って、じぶんの家につれていって、ちゃんとあらった服を着せて、朝メシも昼メシも夕メシも家ぞくといっしょに食わせて、なにからなにまでつくしてやった。夕メシがすむときん酒の話やらなにやらおやじにきかせて、そのうちおやじもとうとう泣きだして、おれはバカでした、人生をムダにしちまいました、でも一からやりなおします、だれが見てもはずかしくない人げんになります、どうか手をかしてください、おれのこと見すてないでください、とさいばん官にすがった。よく言ってくれた、きみをだきしめてやりたいとさいばん官は言って、じぶんも泣いて、おくさんももういっぺん泣いた。おれはいままでずっ

酒呑みを改心させる

と人からごかいされてきたんです、とおやじが言うと、そうでしょうとも、とさいばん官は言った。おちぶれた人げんに必ようなのはどうじょうなんですとおやじが言うと、そうですとも、とさいばん官は言って、ふたりともももういっぺん泣いた。ねる時《じ》かんになると、おやじは立ちあがって、片手をさしだして、言った——

「みなさん、この手をごらんください。この手をにぎってください、あく手してください。この手はまえはブタの手でした。でももう、そうじゃありません。これはあたらしい人生にのりだした、もとにもどるくらいなら死んだほうがいいとおもってる男の手です。よくおききなすってください——おれがこう言ったってこと、おぼえてらしてください。これはもうケガレのない手です。どうぞあく手してください——こわがらずに」

とゆうわけで、みんなつぎつぎにその手とあく手して、泣いた。さいばん官のおくさんはその手にキスした。それからおやじは、ちかいの紙にサインした——サインがわりのしるしを書いた。これはきろくにのこるもっともしんせいな時かんです、とかなんとかさいばん官は言った。それからみんなで、あきべやになってるキレイなへやにおやじをねかしてやって、夜のあいだにおやじはひどくノドがかわいたんでマドからはいだしてのきさきにおりてはしらをつたって下におりて、あたらしい上着を安ざけひとビンととりかえて、またへやにはいもどってエラくいい気ぶんになった。明けがた近くにもういっぺん、へべれけにヨッパラってはい出て、のきさきからころげおちて左ウデを二か所折って、ほとんどこごえ死にかけたところを日がのぼってからはっけんされた。みんなであきべやを見にいくと、ちょっとやそっとじゃなかにはいれないありさまだった。

失墜

　さいばん官はいくぶんきげんをわるくした。ショットガンをつかえばあの男をこうせいできるかもしれんが、それ以外の方ほうはわからんね、とさいばん官は言った。

6

Chapter VI.

WELL, pretty soon the old man was up and around again, and then he went for Judge Thatcher in the courts to make him give up that money, and he went for me, too, for not stopping school. He catched me a couple of times and thrashed me, but I went to school just the same, and dodged him or out-run him most of the time. I didn't want to go to school much, before, but I reckoned I'd go now to spite pap. That law trial was a slow business; appeared like they warn't ever going to get started on it; so every now and then I'd borrow two or three dollars

逃げるが勝ち

で、じきにおやじはまたピンピンうごけるようになって、さいばんでカネをとろうとサッチャー判じにからんで、学校をやめないからとおれにもからんだ。二どばかりつかまってブッたたかれたけど、おれはそれでも学校に行って、たいていはおやじをかわすか逃げるかしていた。学校なんていままではあんまり行きたくなかったけど、おやじへのツラあてに行こうとおもったのだ。さいばんはすごく時かんがかかって、いつまでたってもはじまりそうになかったから、冬のあいだずっと、おやじはなんべんもおれを待ちぶせてつかまえて、おれはそのたびに、牛のムチでうたれるのはゴメンなんで判じから二、三ドルかりてはおやじにわたした。カネがはいるたびにおやじはヨッパラって、ヨッパラうたびに町じゅうで大さわぎして、大さわぎするたびに牢やに入れられた。それでおやじももんくなかった。こうゆうくらしが、おやじにはぴったりだったのだ。

おやじが未ぼう人にあんまりうるさくつきまとうので、とうとう未ぼう人は、うろつくのをやめなかったらこっちも手をうつとおやじに言った。いやぁ、おやじがおこったのなんの。だれがハック・フィンのボスかおもいしらせてやるとイキまいた。で、春になったある日、出てくるのを見はっておれをつかまえて、ボートにのせて五キロ川上まで行って、川をわたってイリノイがわの岸の、木がしげって家もなくて、ふるい丸太小屋が一けんあるだけのところへつれていった。このへんは森がうっそうとしていて、もともと知らなかったら、こんな山んなかの小屋、だれにも見つけられやしない。

確固たる楽しみ

おやじは一日じゅうおれをそばにいさせたんで、逃げるスキなんてぜんぜんなかった。おれたちはそのふるい小屋にねとまりして、夜はいつもおやじがトビラにじょうをしてカギをアタマの下においていた。たぶんぬすんできたんだろう、テッポーも一ちょうもってたから、おれたちは釣りと狩りをして食いものを手に入れた。ときどきおやじはおれを小屋にとじこめて、五キロ先のわたし場にある店まで出かけて、さかなや肉をウイスキーととりかえて家にもちかえってヨッパラっていい気ぶんになって、おれをぶんなぐった。そのうちに未ぼう人がおれのいどころをかぎつけて、つれもどさせようと男をひとりおくってよこしたけど、おやじにテッポーで追っぱらわれた。じきにおれもこのくらしになれて、けっこう好きになっていった——まあ牛のムチだけはべつだったけど。

　のんびり、きままなくらしだった。一日じゅう気ラクにゴロゴロして、パイプをすったり釣りしたり、本もよまないしべんきょうもしない。二か月かそこらすると、おれの服もすっかりボロボロでドロだらけになって、未ぼう人の家でくらすのがどうしてあんなに好きになったのか、じぶんでもわからなかった。顔もからだもあらわなくちゃいけないし、さらから食わなきゃいけないし、かみをクシでとかさないといけないし、ねる時かんもおきる時かんもきそくただしくないといけなくて、年がら年じゅう本とニラめっこして四六じちゅうミス・ワトソンにつっつかれてなきゃいけない。もうもどるなんてゴメンだ。未ぼう人がいやがるからアクタイつくのもやめてたけど、おやじはなにももんく言わないからおれはまたやりだした。まあなんだかんだ言って、森でのこのくらし、わるくなかった。

　でもそのうちに、おやじがヒッコリーのムチをやたらつかうようになって、さすがにガマンできなくなってきた。からだじゅうミミズばれだった。おやじはしょっちゅうルスして、おれをとじこめていくようになった。あるときなんか、とじこめて三日かえってこなかった。これはものすごくさみしかった。きっとおやじのやつおぼれたんだ、おれは永きゅうにここから出られないんだとおもった。ゾッとした。なんとかここからおさらばする手をかんがえなくちゃとおもった。それまでにも、この小屋から逃げだそうとなんべんもやってみたけど、どんな手も見つからなかった。犬がとおれるほどのマドもない。エントツもせますぎてのぼれない。トビラはぶあつい、がっしりしたオークの板。出かけてるあいだナイフとかを小屋にのこさないようおやじはずいぶん気をつけていた。おれも百ぺんくらい家《や》さがししたとおもう。てゆうか、ほとんどいつもそればっかりやってた――時かんをつぶす手だてなんてそれしかなかったのだ。でも今回は、とうとうせいかがあった。えのとれた、さびたふるいノコギリの刃が、たるきと天じょうのはめ板のあいだにはさまっていたのだ。おれはそいつにアブラをぬって、シゴトにかかった。小屋のおく、テーブルのうしろの丸太に、ふるい馬用の毛《もう》ふをクギでとめて、すきま風でロウソクが消えないようにしてある。おれはテーブルの下にもぐりこんで、毛ふをもちあげて、下のふとい丸太を切りにかかった。ここから外に出られるくらいのはばを切るのだ。けっこう手まがかかったけど、もうじきできあがりってゆうあたりまできて、森からおやじのテッポーの音がきこえた。おれがシゴトのあとを消して、毛ふをおろして、ノコギリをかくすのとほとんどいれかわりに、おやじがはいってきた。

おやじは不きげんだった。つまり、ほんらいのおやじだった。町に行ったけどなにひとつうまくいかなかったとおやじは言った。さいばんがはじまりさえすれば、そしょうに勝ってカネがはいるとおもうと弁ご士は言ったけど、長びかせる方ほうはいくらでもあって、サッチャー判じはそうゆうのをみんなこころえてる。それに町の連中が言うには、もうひとつ、おれをおやじからひきはなして未ぼう人をこうけんにんにするさいばんもひらかれそうで、こんどは勝つものとむこうはおもってるらしかった。

おれはけっこうあわてた。もう未ぼう人のところになんかもどりたくなかったからだ。がんじがらめにされてシツケられるのはもうゴメンだ。そのうちおやじがアクタイをつきはじめた。おもいつくものなんでもだれでもアクタイついて、なにかわすれてないかとねんのためもう一回ひとどおりアクタイついて、それからしあげに、ばんにんむけみたいなアクタイやって、名まえも知らない連中もごっそりなかに入れて、そいつらのじゅんばんが来るとナントカカントカですませてえんえんのしっていった。

　未ぼう人がおまえをうばえるもんならうばってみるがいい、とおやじは言った。こっちは見はってるからな、やつらがみょうなマネしかけてきたら、十キロばかりはなれたところにいい場しょ知ってるんだ、あそこにかくせば死ぬまでさがしたって見つかりゃしないさ、とおやじは言った。それでおれはまたけっこう心ぱいになったけど、それもすこしのあいだだけだった。おやじがそうゆう手をうつまえに、おれはここからいなくなるさとおもったのだ。

　おやじに言われて、ボートにモノをとりにいった。ひきトウモロコシの二十キロぶくろ、ベーコンひとかたまり、テッポーのタマ、ウイスキーの四ガロンびん、つめものにつかう古本一さつと新ぶん二日ぶん、それに麻クズ糸をすこし。それをみんなもっていってから、ボートにもどって、先っぽにこしかけてやすんだ。もういっぺんじっくりかんがえて、テッポーと釣り糸をもって逃げようとおもった。逃げて森でくらすのだ。一か所にとどまらないで、そこらじゅうぐるぐる、おもに夜のあいだうごいてまわる。狩りと釣りで食いつないで、ずっととおく、おやじにも未ぼう人にも二どと見つからないところへ行く。おやじがしっかりヨッパラったら、今夜のうちにノコギリしごとをおえて出ていく。たぶん今夜はヨッパラうだろう。おれはすっかりかんがえにむちゅうになって、ずいぶん長いことそこにいたのにも気づかなくて、ねむってんのか、おぼれてんのか、とおやじにどなられた。

にもつを小屋にはこび入れると、そろそろ暗くなってきた。おれが夕メシをつくってると、おやじは酒をひとのみふたのみして、ちょっとカッカしてきて、またギャアギャアやりだした。きのう町でヨッパラって、ひと晩じゅう道ばたのみぞにころがってたもんだから、見るからにすさまじいありさまだった。からだじゅうドロだらけで、人が見たらアダムだとおもっただろう〔神がアダムを土くれから作ったことを踏まえている〕。酒がまわってくると、おやじはだいたいいつも政ふのワル口を言いだした。今回は――

じっくり考える

「これが政ふだって？　ふん、よく見てみるがいい。法りつで人からむすこをうばおうってんだからな――手しおにかけて、さんざん苦労して心ぱいしてカネつかってそだてたじつのむすこをだ。そうとも、やっとそだておえて一人まえになって、これからはすこしはたらいて父おやをたすけてくれるか、すこしはラクさせてくれるかってとこまで来て、法りつが口つっこんできやがるんだ。そんなのが政ふだと！　それだけじゃねえぞ。法りつときたらあのサッチャー判じのやつのみかたして、おれがじぶんのざいさん手にいれるのをジャマしやがるんだ。いいか、六千ドル以上もってるはずの人げんに法りつが口つっこんできて、こんなふるぼけた小屋にとじこめて、ブタにもふさわしくねえボロ着であるきまわらせるんだ。そんなのが政ふだと！　こんな政ふじゃ、じぶんのけんりもまもれやしねえ。ときどき、こんな国キレイさっぱりおさらばしちまおうかっておもうくらいさ。そうよ、やつらにそう言ってやったんだ、サッチャー判じにもめんとむかってそう言ったんだ。おおぜいきいてたぞ、おれがなんて言ったかみんな知ってるはずさ。こんなひでぇ国、さっさと出てってやるさ、二どとかえってくるもんか、そうおれは言ってやったんだ。はっきりそう言ったのさ。このぼうし見てみろよ、そうおれは言ってやったんだ、こいつをぼうしと呼べればだけどな、てっぺんだけもちあがってあとはアゴの下までたれてる、こんなのもうぜんぜんぼうしとは言えねえぜ、ストーブのエントツにアタマつっこんだみたいなもんさ。見てみろよ、おれがこんなぼうしかぶるなんて、っておれは言ってやったんだ、けんりさえまもれれば、この町でユビおりのカネもちだってのに。

そうともさ、たいした政ふだよ、まったくたいしたもんだ。いいか、おい。オハイオから来た、自由の身のニガーがいたんだよ〔オハイオでは一八〇三年に奴隷制が廃止された〕。こんけつで、みかけは白人とほとんどおなじくらい白い。シャツも見たことないくらいまっ白でさ、ぼうしもピカピカなんだ。あんなにりっぱな服着てるのは、町じゅうひとりもいなかった。クサリつきの金時けいと、つかに銀のついたステッキもってるんだ。州いちばんの、しらがアタマのおだいじんさ。で、なんでもこいつ、大学のきょうじゅで、どんなコトバもしゃべれて、なんでも知ってるんだってさ。しかも話はそれだけじゃすまねえ。じぶんの州にかえったら、投ひょうもできるんだってよ。これでさすがにおれもキレたね。この国、いったいどうなっちまってるんだ？　ちょうどその日は投ひょう日で、おれもそんなにヨッパラってなかったら投ひょうにいくつもりだったんだが、この国にはあのニガーに投ひょうさせる州があってきいて、それでイチぬけたね。二どと投ひょうなんかするか、っておれは言ってやったよ。はっきりそう言ったのさ、みんなにちゃんときこえたさ。こんな国、クサってくれちまってかまわん――おれはもう死ぬまで二どと投ひょうしない。それにあのニガーの、すましようときたら――こっちが押してどかさなかったら、道をゆずりもしなかったろうよ。みんなに言ってやったんだ、このニガー、どうしてきょうばいにかけられて売られちまわないんだ、いったいどうなってんだよ？って。そしたらなんて言ったとおもう？　この州に六か月いるまでは売ることもできない、で、まだこいつはそんなに長くないんだとさ。な、こうゆうことだよ。自由なニガーを六か月いるまで売ることもできねえで、政ふだなんて言ってるのさ。政ふとか名のって、政ふのふりして、政ふだとおもってるけど、コソコソうろつく、ドロボーの、ゴクアクヒドーの、白いシャツ着た自由なニガーつかまえるのに六か月おとなしく待ってなくちゃなんなくて、おまけに――」

おやじはすっかりむちゅうになって、もうトシで力のぬけたじぶんの足がどうなってるかも気づかなくて、けつまずいて塩ブタのたるのむこうがわにまっさかさまに落ちて、両方のスネすりむいて、えんぜつののこりはもうどうしようもなくムチャクチャなコトバづかいになって、おもにさっきのニガーと

吠え声を上げる

政ふをバトーしてたけど、ときおりたるにもアクタイをあびせていた。小屋のなかを、はじめいっぽうの足で、それからもういっぽうの足でぴょんぴょんとびまわって、さいしょはかたっぽのスネを、それからもうかたっぽのスネをおさえて、さいごにいきなり左足で、たるにそうぞうしくケリを入れた。けれどこれはかしこいはんだんとは言いかねた――ケッたのは、クツの先っぽからユビが二本顔を出してるほうの足だったからだ。身の毛もよだつようなホエ声をおやじはあげて、土のゆかにたおれて、ころがって足のユビをおさえた。このとき口にしたアクタイは、それまでやったどのアクタイより上を行っていた。あとでじぶんでもそう言っていた。サウベリー・ヘーガンのさかりのころをきいたことあるけどあれにも勝ってたな、とおやじは言った。でもまあこれはすこしこちょうだったとおもう。

晩メシがすむと、おやじは酒ビンを出して、これだけあれば二回ヨッパラって一回げんかくが見えると言った。これはおやじの口ぐせだった。きっと一時かんくらいでべろんべろんになるだろうから、そしたらカギをぬすむか、ノコギリで木を切って外に出るか、どっちかだとおもった。おやじはガンガンのみつづけ、そのうちに毛ふの上にころがった。でもツキはおれにまわってこなかった。おやじはぐっすりねむりこけず、なんだかおちつかなかった。長いことうなったりうめいたり、バタバタねがえりをうったりした。とうとう、おれはもうねむくてねむくて、いくらがんばっても目をあけてられなくなって、いつのまにか、ロウソクをもやしたままぐっすりねいってしまった。

どれくらいねむっていたかはわからない。でもとつぜん、ものすごいヒメイがきこえておれは目をさました。おやじがものすごい面そうで、そこらじゅうはねまわって、ヘビがどうこうとわめいていた。ヘビどもが足をつたってはいあがってくる、とおやじは言って、ぴょんととびあがってカナキリ声をあげて、ほっぺたをかまれたと言ったけど、おれにはヘビなんか見えなかった。それからおやじはハッと身を起こして、小屋のなかをぐるぐるかけまわって、「どけてくれ！　このヘビどけてくれ！　おれのクビをかんでる！」とわめいてる。あんなすごい目をした人げんは見たことない。じきにおやじはくたびれはてて、バッタリたおれてゼイゼイ言ってた。それからゴロゴロゴロゴロゴロ、びっくりするくらいはやくころがって、そこらじゅうのモノをけとばして、ちゅうになぐりかかり、つかみかかり、カナキリ声をあげて、アクマどもにつかまったとわめいた。そのうちにだんだんつかれてきて、しばらくじっとヨコになってウウウウうなっていた。それからもっとじっとうごかなくなって、音ひとつたてなかった。森のほうからフクロウやオオカミの声がきこえてきて、おそろしくしずかなかんじがした。おやじはすみっこでブッたおれていた。そのうちにすこしずつ、からだがとちゅうまでもちあがって、おやじはアタマをヨコにかたむけて、耳をすました。すごくちいさい声で、こう言った――

「ひた――ひた――ひた――死人どもだ。ひた――ひた――ひた――おれをつかまえにきたんだ。でも行きやしねえぞ――わ、来た！　さわるな――よせ！　手をはなせ――つめたい手だ――はなせ――たのむ、ほっといてくれ！」

そうしておやじは両手両ヒザついて、ほっといてくれとたのみこみながらはいっていって、毛ふでからだをくるんで、ふるいマツの木のテーブルの下でのたうって、まだたのみこんでいた。それから、おやじは泣きだした。毛ふのなかから泣き声がきこえた。

そのうちにおやじは毛ふからころげ出て、すごい面そうでパッと立ちあがり、おれを見て、おそいかかってきた。折りたたみナイフを手に、小屋じゅうおれを追っかけまわしながら、おれのことを死の天しと呼んで、おまえをころしてやる、そうすりゃもうおれをむかえにこれねえさと言った。やめてくれよ、おれは天しなんかじゃないよハックだよ、と言ったけど、おやじはケケケケとものすごいキンキン声でわらって、どなって、アクタイついて、なおもおれを追いかけた。一ど、おれがくるっと身をひるがえしておやじのウデの下をくぐりぬけようとしたら、上着のクビをつかまれてしまい、これでもうおしまいかとおもった。けれどおれはイナズマみたいにするっと上着からぬけ出て、なんとかたすかった。じきにおやじはつかれはてて、どさっとたおれこんでトビラによりかかり、ちょっとやすむ、それからころしてやる、とおれに言った。からだの下にナイフをおくと、ねむって力をやしなうからな、そしたら目にモノ見せてやる、とおやじは言った。

とゆうわけで、おやじはじきにねいった。そのうちにおれはふるいトウのイスを出してきて、音をたてないようそうっと上にのってテッポーをおろした。押しこみぼうを入れてみてタマがはいってることをたしかめて、カブだるの上にヨコむきに、おやじのほうにむけてテッポーをおいて、そのむこうがわにこしかけて、おやじがうごきだすのを待った。時かんがすすまないことといったら、まるっきりとまっちまったみたいだった。

CHAPTER VII.

Git up! what you 'bout!"

I opened my eyes and looked around, trying to make out where I was. It was after sun-up, and I had been sound asleep. Pap was standing over me, looking sour—and sick, too. He says—

"What you doin' with this gun?"

I judged he didn't know nothing about what he had been doing, so I says:

"Somebody tried to get in, so I was laying for him."

"Why didn't you roust me out?"

「起きろ！」

7

「起きろ！　なにやってんだ！」

目をあけて、ここはどこかとあたりを見まわした。もう日はのぼっている。おれはすっかりねむってしまったのだ。おやじは目のまえに立ちはだかり、不きげんそうな——そしてぐあいのわるそうな——顔で

「テッポーなんか出して、なにやってたんだ？」ときいた。

じぶんがなにしてたか、おやじはぜんぜんわかってないとおれはふんで、

「だれかがなかにはいろうとしたんで、見はってたんだよ」と言った。

「どうしておれを起こさなかった？」

「起こそうとしたけど、起こせなかったんだよ。ぴくりともうごかなかった」

「まあいい。そんなとこに一日じゅうつっ立ってムダ口たたくんじゃねえ、朝メシのさかながかかってるかどうか見てこい。おれもじき行くから」

おやじがトビラのじょうをはずして、おれは外に出て、川ぞいの土手をあるいていった。ふといえだやらなにやらが流れてくるのが見えた。木の皮もちらほら見える。それで川の水かさが上がったんだとわかった。いま町にいたらサイコーなんだけどな、とおもった。六月に水かさが上がると、おれはいつもツイていた。上がるとすぐ、マキ用の木や、丸太いかだのかけらがプカプカ流れてくるからだ。ときには丸太が十本くらいまとまって流れてきた。来たらただつかまえて、材木屋やせい材所に売りにいけばいい。

土手の上をあるいていきながら、片目はおやじからはなさないようにして、もう片目で水かさが上がってなにが流れてきたかに目をひからせた。と、いきなりカヌーがやってきた。それもすごく上とうの、四メートルくらいある、カモみたいにすいすい流れるカヌーだ。おれは服もきたままでぴょんとカエルみたいに土手からとびこんで、カヌーめざして川にはいっていった。だれかがなかでヨコになってかくれてることをおれはカクゴした――よくみんなそうやって人をからかうのだ。こっちがボートを出してまんまえまで寄っていくと、パッと起きあがって、ケラケラわらう。だけど今回はそうじゃなかった。しょうしんしょうめい、流されてきたカヌーで、おれはのりこんで岸までこいでもどった。これ見たらおやじのやつよろこぶだろう。きっと十ドルのねうちはある。でも岸につくとおやじはまだ来てなかった。で、ツタやヤナギがいっぱいたれた、雨でできたみたいなほそい支流《クリーク》にカヌーをひっこめてるさい

小屋

ちゅう、べつのかんがえがうかんだ。こいつをしっかりかくしておいて、逃げるときになったら、森へ行くかわりに、これで川を八十キロばかり下って、一か所にずっとキャンプをはれば、あるいてうごくみたいに苦労せずにすむ。

小屋からもすぐ近くだったから、しじゅうおやじが来る足おとがした気がしてならなかった。でもとにかくカヌーをかくして、水から出て、ヤナギのしげみのかげからのぞいてみると、おやじはべつの道にいて、ちょうどテッポーで一わの鳥にねらいをつけてるさいちゅうだった。じゃあなにも見られずにすんだんだ。

おやじがこっちへ来たとき、おれはせっせと釣り糸をひきあげていた。なんでそんなにノロいんだ、とすこしどやされたけど、川に落ちたんで時かんがかかったんだよと言っといた。おれのからだがぬれてることにおやじが気づくだろうし、気づかれたらあれこれきかれるとおもったのだ。ふたりでナマズを五ひき、糸からはずして小屋にもどった。

朝メシがすむと、ふたりともけっこうくたびれてたんで、ひとねむりしようとしたところでおれはかんがえはじめた。おやじも未ぼう人も追っかけてこないように、なにかしっかり手をうつほうが、運にまかせて、おれがいなくなったことに気づかれるまえにめいっぱいとおくまで逃げるよりかくじつじゃないか。とにかく、なにが起きるかわかったもんじゃないし。で、しばらくはなにもおもいつかなかったけど、そのうちにおやじが、また水をガブのみしようとしばし起きあがって

「またこんど、だれかがこのへんうろついてたら、おれを起こすんだぞ、いいな？　こないだのやつもきっとロクでもねえことをたくらんでたんだ。おれだったら銃で撃っちまってたさ。こんど来たら起こすんだぞ、いいな？」と言った。

　そう言ってバッタリたおれて、またねむった。でもおやじにそう言われたことで、おれはバッチリの案をおもいついた。こうすれば、だれも追っかけてこようなんてかんがえもしないようにできる、そうおもった。

　十二時ごろに起きだして、ふたりで土手を歩いていった。川の流れはけっこうはやくて、水かさが上がってりゅうぼくがたくさんとおっていった。そのうちに、丸太いかだのかけらが流れてきた。九本の丸太がしっかりゆわえつけてある。おれたちはボートで川にはいっていって、そいつを岸にひっぱっていった。それから昼メシを食った。おやじ以外ならだれだって、夕がたまでとどまって、もっとたくさんえものをねらったことだろう。でもおやじのやりかたはそうじゃない。丸太九本で、ひとまずはじゅうぶんなのだ。さっさと町に出て、売る。とゆうわけでおやじはおれをとじこめて、ボートにのって、いかだをひっぱっていった。これが三時半ころ。もう今夜はかえってこないだろう。おやじがじゅうぶ

んとおくへ行ったとおもえるまで待ってから、おれはノコギリを出して、きのうの丸太のつづきにかかった。おやじが川のむこう岸にたどりつくよりまえに、おれは穴からぬけだした。おやじといかだはもう、川のずっとむこうのほうの点になっている。

おれはひきトウモロコシのふくろを出して、カヌーをかくしたところにもっていって、ツルやえだをわきへどかしてふくろをのせた。それからベーコンものせた。それからウイスキーのビンも。コーヒーとサトウ、テッポーのタマもありったけもちだした。つめものも、バケツとひょうたんももちだし、ひしゃくとブリキのコップ、さんざんつかったノコギリ、毛ふ二まい、フライパン、コーヒーポットももっていった。釣り糸、マッチなど、とにかく一セントでもねうちのありそうなものはかたっぱしからもっていった。小屋のなかはからっぽになった。オノがほしかったけど、一本、マキの山のところにあるだけだ。こいつはなぜおいていくか、ちゃんと心づもりがあった。さいごにテッポーを出してきて、これでできあがりだった。

穴からはい出て、いろんなものをひきずりだしたせいで、地めんがずいぶんすれてしまっていた。それで、外から土をまいて、ツルツルになった地めんや、ノコギリのおがクズをかくした。それから、切った丸太をもとにもどして、下から石を二コさしこんで、もう一コあてて丸太がうごかないようにした。そこのあたりで丸太はまがっていて、下が地めんにつかなかったのだ。一メートルちょっとはなれたところから見て、ノコギリで切ったと知らなければ、きっと気づきもしないだろう。それに、ここは小屋のウラ手だ。だれもここまでまわってきたりしない。

カヌーまでずっと草地だから、足あとはのこしていない。もういっぺんとおってたしかめた。土手に立って、川むこうを見た。だいじょうぶ。テッポーをもって、森にすこしはいって、鳥はいないかあさっていたら、やせいのブタが見えた。ブタって農じょうから逃げてくぼ地とかにすみつくと、あっというまにやせいになるんだよな。で、このブタをテッポーで撃って、小屋につれてかえった。

豚を撃つ

　オノを出して、トビラをこわす——たたいて、メッタ切って、とにかくさんざんやった。それからブタをなかに入れてテーブルのそばまでもっていって、オノでノドに切りつけて、地めんにねかせて血を流させた——そう、地めんなんだ、ゆかじゃない、カチカチの土なんだ、板なんかない。つぎに、ふるいふくろを出してきて、おおきな石をいっぱい、ひきずってこられるだけ入れて、ブタがいるところからトビラまでひきずっていき、森をぬけて川まで行って、水のなかにほうりこむとブクブクしずんで見えなくなった。なにかが地めんをひきずってこられたことはひと目でわかった。トム・ソーヤーがここにいたらなあっておれはおもった。トムならきっとすっかりもりあがって、あれこれ気のきいたアイデアをもりこむにちがいない。こうゆうことをやらせたら、トム・ソーヤーの右に出るやつはいない。

で、さいごにじぶんのかみの毛をすこしひっこぬいて、オノに血をたっぷりつけてから刃のウラにかみの毛をはりつけ、オノをすみっこにほうりなげた。それから、ブタをかかえ上げて、血がたれないよう上着でくるんではこび、家よりだいぶ川下まで行ってから水のなかにほうりこんだ。と、もうひとつべつのことをおもいついた。それでカヌーに行って、ひきトウモロコシのふくろとノコギリを出して、家にもっていった。粉ぶくろをいつも立ててあった場しょにおいて、ナイフとかフォークとかはないから――おやじはりょうりをするにもすべて折りたたみナイフですませていたのだ――ノコギリをつかってふくろのそこにほそい穴をあけた。それからふくろをかかえて、草地を百メートルくらいすすんで、小屋の東がわのヤナギもぬけて、はばが八キロくらいあるあさい池にもっていった。ここにはイグサがいっぱいはえていて、きせつになるとカモもいっぱいいる。むこうがわから、沼とゆうかクリークとゆうか、そうゆうのが出ていて、何キロも先までのびてるんだけどどこにつうじるかは知らない。とにかく川にはつうじていない。ひきトウモロコシがふくろからすこしずつもれて、池までずっと、ほそいせんができた。そこにおやじのと石も、ぐうぜんそうなったみたいに落としておいた。そうして粉ぶくろからそれ以上もれないよう穴をヒモでしばって、ノコギリといっしょにまたカヌーにもっていった。

もうあたりは暗くなりかけていた。それで土手にヤナギがたれてるあたりでカヌーを川に出して、月がのぼるのを待った。一本のヤナギにカヌーをしばりつけて、かるく食べてから、カヌーにねころがってパイプをすいながらけいかくをたてた。おれはこうかんがえた。みんなはあの石のはいったふくろのせんをたどって岸まで行って、おれのことをさがして川をさらうだろう。それからこんどは、あの粉ぶくろのせんをたどって池まで行って、おれをころしていろんなモノをうばっていったドロボーたちを追って池から出ているクリークぞいにあちこちさがすだろう。川をさらうのはあくまでおれの死たいをさがすためで、ほかのものには目もくれないはずだ。それだってじきウンザリして、もうだれもおれのことをかまわなくなる。そうなったら、おれはもう、どこでも好きなところにいられる。ジャクソン島でじゅうぶんだ。あの島ならよく知ってるし、あそこにはだれも来ない。夜になったら町までこいでいって、こっそり必ようなものをあつめてまわればいい。そう、ジャクソン島だ。

けっこうくたびれてたんで、気がついたらねむっていた。目がさめるとしばらく、どこにいるかもわからなかった。ちょっとおびえて、起きあがってあたりを見まわした。そのうちにおもいだした。川は何キロも何キロもはばがあった。月はすごくあかるくて、川をゆるゆる流れていくりゅうぼくがかぞえられそうだった。くろぐろと、しずかに、一本一本、岸から何百メートルもはなれたところを流れてる。なにもかもが死んだみたいにしずかで、いかにも夜ふけってかんじで、ニオいまでふけていた。わかるよね——どうコトバにしたらいいのか、おもいつかないけど。

おれはおおきなアクビをして、のびをして、そろそろカヌーのナワをはずして出かけようかとおもっていたら、川のむこう岸に近いほうから音がきこえてきた。おれは耳をすました。じきになんの音だかわかった。このこもったかんじの、きそくただしい音は、しずかな夜にボートをこいでいてオールがオールうけにあたる音だ。ヤナギのえだのすきまからのぞいてみたら、いたいた――ちいさなボートが一そう、むこう岸近くにいる。何人のってるかまではわからなかった。だんだん近くに来て、まんまえまで来ると、ひとりしかのってないことがわかった。まだかえってこないとおもってたけど、ひょっとしておやじかもしれない。ボートは流れにのって、もっと川下まで下っていったけど、そのうちに、ゆるい流れにひかれてぐるっとまわって岸のほうに来て、すごく近くまで来たから、テッポーをのばせばさわれそうだった。やっぱりそうだ――おやじだ。しかも、めいっぱいこいでるところを見ると、酒ものんでない。

おれはグズグズしなかった。一分としないうちに、もう流れを下っていた。しずかに、でもすばやく、土手のかげを下っていく。四キロすすんでから、川のまんなかへむかって五百メートルばかり出ていった。とゆうのも、じきにわたし場をとおるからで、気をつけないと見られて声をかけられてしまう。りゅうぼくがいっぱいうかんでるあたりまで出ていって、カヌーのそこにねそべって、流されるままにした。あおむけになってのんびりやすんで、パイプで一ぷくしながら雲ひとつない空を見あげていた。月光の下であおむけにねころがると、空ってものすごくふかく見える。いままでそんなこと知らなかった。それと、こうゆう夜に川にいると、ほんとにとおくまできこえる！　わたし場で人が話してるのがきこえた。なにを言ってるか、ひとことひとこときき取れた。日が長くなって夜がみじかくなってきたなあ、とひとりが言った。今夜はみじかくないとおもうぜ、ともうひとりが言って、ふたりであははとわらって、そいつがおんなじことをもういっぺん言って、またふたりでわらった。それからもうひとりべつの

一休み

やつを起こして、そいつにも言ってじぶんたちはわらったけど、そいつはわらわなかった。そいつはぶっきらぼうになにか言って、ねてんだからジャマすんなよと言った。ひとりめのやつが、こいつぁうちのカミさんに言ってやらなきゃ、きっとおもしろがるぜ、まあでもむかしおれが言ったことにくらべりゃこんなのじょのくちだけどなと言った。どっちかがまた、もうそろそろ三時だ、朝の光がのぼってくるのに一週かんもかからないでほしいねと言った。それから話し声はどんどんとおざかっていって、もうなんて言ってるのかききとれなくなったけど、モゴモゴしゃべるのはきこえていた。ときどきあははとわらう声もきこえたけど、すごくとおくにおもえた。

わたし場はもうずいぶんまえにすぎていた。からだを起こしてみると、四キロばかり川下にジャクソン島が見えた。木がうっそうとしげって、川のまんなかにぬっとおおきく、暗く、がっしり立っている。あかりをつけてないじょう気船みたいだ。島の先っぽに砂《さ》すはいっさい見えない。いまはぜんぶ水にうもれてるのだ。

いくらもしないうちに島に着いた。なにしろ流れがはやいので、島の先っぽをすごいいきおいでこえて、それからよどみにはいっていって、イリノイの岸にむいたがわにつけた。まえから知ってる土手のふかいひっこみにカヌーを入れた。ここへはいるにはヤナギのえだをかきわけないといけない。ここにつなげば外からはだれにも見えない。

島に上がって、島の先っぽにころがってる丸太にこしかけて、おおきな川と黒いりゅうぼくを見わたした。五キロはなれた町のほうを見てみると、あかりが三つ四つチカチカしていた。ものすごくデカい、材木でつくったいかだが一キロ半ばかり川上にいて、こっちへ下ってくる。まんなかからへんにランタンがついてる。そいつがのろのろ来るのを見ていて、おれの立ってるほぼ正めんをとおったところで男が「船尾《とも》のオール、こげ！　へさきを右に！」と言うのがきこえた。ほんとにすぐそばにいるみたいにハッキリきこえた。

空がすこし白《しら》みかけていたので、おれは森にはいっていって、朝メシまえにひとねむりしようとヨコになった。

8

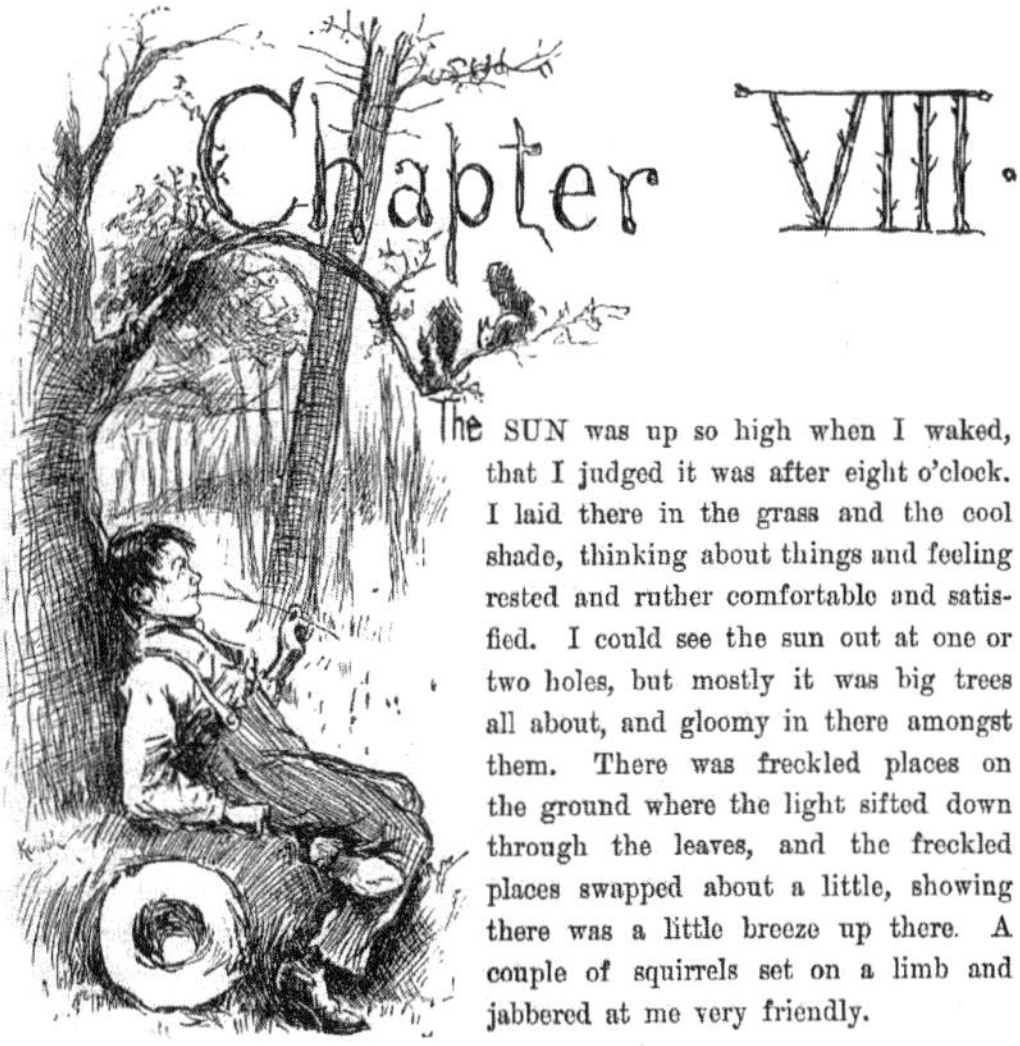
Chapter VIII.

The SUN was up so high when I waked, that I judged it was after eight o'clock. I laid there in the grass and the cool shade, thinking about things and feeling rested and ruther comfortable and satisfied. I could see the sun out at one or two holes, but mostly it was big trees all about, and gloomy in there amongst them. There was freckled places on the ground where the light sifted down through the leaves, and the freckled places swapped about a little, showing there was a little breeze up there. A couple of squirrels set on a limb and jabbered at me very friendly.

森の中

目がさめると日はもう高くのぼっていたから、八時はすぎてるとおれはふんだ。すずしい木かげの草にねころがって、いろんなことをかんがえながらのんびりやすんで、いい気もちでくつろいでいた。葉っぱのすきまにひとつふたつ穴があって日が出てるのが見えたけど、だいたいはおおきな木におおわれて、暗くていんきだった。木《こ》もれ日が地めんにそばかすをつくっていて、そのそばかすがすこぉしはねるんで、上は風がかるくふいてるんだってわかった。リスが二ひき木のえだにすわって、おれにペチャクチャあいそよく声をかけてきた。

ものすごくのんびりしたいい気ぶんで、起きて朝メシをつくる気にもなれなかった。で、またウトウトしてたら「ドーン！」――とぶっという音がずっと川上のほうからきこえてきた。おれは起きあがって、ヒジをついて耳をすました。じきにもう一どきこえた。とびあがって見にいって、葉っぱのすきまからのぞいてみたら、ずっと上流の水にケムリが何本も立ってる——だいたいわたし場のヨコあたりだ。そして、わたし船にいっぱい人がのっていて、ゆっくり川を下ってくる。これでどうゆうことかわかった。「ドーン！」。わたし船のヨコから白いケムリがふき出るのが見える。つまり、水の上で大ほうを撃って、おれの死たいをうかびあがらせようってわけだ。

　けっこうハラがへってたけど、ケムリが見えてしまうから火をおこすわけにもいかない。だからそのままじっと大ほうのケムリをながめ、ドーンに耳をすました。川はそのあたり、はばが一キロ半くらいあって、夏の朝にはいつもすごくキレイに見える。だから、みんながおれの死たいをさがすのを見てるだけでなかなかいい気ぶんで、これでなにかちょっと食えればもう言うことなしだった。そういえば、とおれはおもった。こうゆうときはいつも、パンに水《すい》ギンを入れて川に流すんじゃなかったか。水ギンいりのパンは、かならずまっすぐでき死たいのところに行ってとまるからだ。ここはひとつ見はってないといけない。おれをさがしてプカプカしてるパンがあったら、つかまえてやろう。モノはためしと、島のイリノイがわのはじっこにまわってみたら、あんのじょう、来たかいはあった——おおきな二キンのパンがやってきて、長いぼうをつかってもうすこしでつかまるところだったんだけど、足がすべってまたプカプカはなれてしまった。もちろんおれは、水の流れがいちばん岸の近くになってるところにいた。そのくらいのチエはある。で、そのうちにもう一コやってきて、こんどはおれの勝ちだった。つめものをぬいて、なかのちいさな水ギンをふって落として、パンにかぶりついた。ほんものの「パンやのパン」、えらい人たちが食べるパンだ。安モノのモロコシパン《コーン＝ポーン》なんかじゃない。葉むらのなかにいい場しょを見つけて、丸太にすわってパンをかじりながらわたし船を見まもって、すごくいい気ぶんだった。そのうちに、フッとあることがアタマにうかんだ。きっと未ぼう人か牧しさんかだれかが、このパンがハックのもとへ行きますようにって、おいのりしてくれたにちがいない。で、パンはしっかりおれのもとに来た。だから、おいのりにもちゃんとそれなりのききめはあるってことだ。てゆうか、未ぼう人とか牧しさんみたいな人がおいのりしたらそれなりのききめはあるわけだけど、おれじゃダメだ。ようするに、ちゃんとした人じゃないとダメなんだとおもう。

船を見守る

　パイプに火をつけて、のんびりすいながら見まもった。わたし船は流れにのってただよっているから、ここのまえをとおったらだれがのってるかも見えるだろう。船もパンとおなじに、すぐそばをとおるはずだから。だいぶちかづいてきたところで、パイプを消して、パンをひろいあげたところへ行って、土手のちいさくひらけた場しょまで上がって、そのへんの丸太のうしろでハラばいになった。丸太のわかれめから川のほうがのぞけた。

そのうちに船がやってきて、すーっとすごく近く、船から板を出せば陸《おか》にうつれるくらい近くまで来た。ほとんどみんながのっていた。おやじ、サッチャー判じ、ベッキー・サッチャー、ジョー・ハーパー、トム・ソーヤーとポリーおばさん、シドとメアリ、ほかにもまだたくさん。だれもがさつじんの話をしてたけど、船ちょうがわってはいって

「さあ、よぉく見てくださいよ。流れがここでいちばん島に近くなりますから。ひょっとしたら岸にうちあげて、水べのしげみにひっかかってるかもしれません——そうだといいとわたしはおもってるんですが」と言った。

おれはそうだといいなんておもわない。みんなぎっしりならんで手すりから身をのりだし、ほとんどおれの鼻さきまで出てきて、じっとうごかず、目をさらにしてひっしで見ていた。おれからはみんながバッチリ見えたけど、みんなからおれは見えない。やがて船ちょうが

「はなれて!」と声をあげると、大ほうがおれのまんまえでものすごいいきおいでバクハツし、その音で耳がきこえなくなってケムリで目もよく見えなくなって、これでおれも一かんのおわりかとおもった。あれでふつうにタマをこめていたら、みんながさがしてる死たいが手にはいっただろう。さいわいどこもケガしなかった。船はプカプカすすんでいって、島のまがりかどをまわって見えなくなった。ドーンはまだときどききこえたけど、それもだんだんとおくなって、そのうちに一時かんもたつとぜんぜんきこえなくなった。島は五キロの長さがある。もう島のいちばん下まで来てあきらめたんだなとおれはふ

んだ。ところがどっこい、まだつづきがあった。船が下の先っぽをまわって、じょう気をたいてミズーリがわの水流をのぼっていき、すすんでいきながらときどきドーンとやるのがきこえたのだ。おれもそっちがわにまわってけんぶつした。島のてっぺんまで来ると、もう撃つのもやめて、みんなミズーリがわにおりて町へかえっていった。

もうだいじょうぶ。あとはだれも追ってこない。カヌーからにもつを出して、こんもりした森のなかでしっかりキャンプをはった。毛ふでテントみたいなのをつくって、雨にぬれないよう、にもつをなかに入れた。ナマズを一ぴき釣って、ノコギリでハラをひらいて、日がしずむころに火をたいて夕メシを食った。それから朝メシ用のさかなを釣ろうと糸をはった。

暗くなるとたき火のそばにすわってパイプをすって、けっこういい気ぶんだったけど、そのうちになんかさみしくなってきたんで、土手に行ってこしかけて、ざあっ、ざあっていう水の音に耳をすまして、星をかぞえて、流れてくるりゅうぼくやいかだをかぞえて、それからねた。さみしいとき、これ以上いいすごしかたはない。いつまでもさみしいってことはない。じきわすれる。

そんなふうに、三日三晩やっていた。なにもちがわない、毎日おなじ。でもそのつぎの日は、島のおくへ探けんに行った。おれはこの島のボスだ。言ってみりゃなにもかもおれのものなんだから、なにもかも知りたかった。まあでも、まずは時かんをつぶしたかったのだ。イチゴがたっぷり、よくじゅくしたやつが見つかったし、まだ青いサマーグレープ、まだ青いラズベリーもあった。まだ青いブラックベリーもちょうど出はじめていた。どれもゆくゆく役にたってくれそうだ。

焚き火発見

で、森のおくをうろついてるうちに、そろそろ島の下の先っぽがちかいなとおれはふんだ。テッポーはもってたけどまだなにも撃ってない。まずは身をまもるためなのだ。でもキャンプのそばで鳥かなにかしとめよう、なんておもってたら、けっこうなおおきさのヘビをあやうくふんづけそうになった。ヘビはするするっと草や花のなかをとおっていって、おれはそいつを撃ってやろうと追いかけた。ささっとすすんでいったら、とつぜん、まだケムリがたってるたき火の灰をもろにふんづけた。

心ぞうが肺のなかまでとびあがった。おれはもうそれ以上見もせず、テッポーのげきてつをおろし、来た道をしのび足でせいいっぱいはやくもどっていった。ときどき、こんもりしげった葉むらのなかでいっしゅん立ちどまり、耳をすました。でもじぶんのイキばっかりやかましくて、ほかにはなにもきこえなかった。またしばらくすすんで、また耳をすまして、てなことをなんべんもくりかえした。切りカブを見れば人だとおもった。ぼうきれをふみつけて折るたび、だれかにおれのイキをまっぷたつに切られてかたっぽしか——それもみじかいほうしか

――かえしてもらえなかった、みたいな気になった。

キャンプにもどってきても、あんまりいさましい気ぶんじゃなかった。ハラにどきょうがすわってるかんじがしない。でも、グズグズしちゃいられないぞ、とじぶんに言いきかせて、にもつを見られないようみんなカヌーにつみこんで、たき火を消して、灰をけちらしてきょ年のキャンプみたいに見せかけてから、木にのぼった。

たぶん二時かんくらい上にいたとおもうけど、なにも見えなかったし、なにもきこえなかった――ものすごくいろんなことがきこえたとおもっただけ、見えたとおもっただけ。まあでも、いつまでも木の上にはいられない。それでとうとうおりたけど、ふかい森から出ずに、ずっと目をひからせていた。食えたのはイチゴのたぐいと、朝メシののこりだけだった。

夜になるとだいぶハラがへってきた。それで、すっかり暗くなると、月が上がるまえに岸からカヌーを出して、イリノイがわの土手までこいでいった。だいたい四百メートルのきょり。森にはいって夕メシをつくって、ひと晩じゅうここにいようとハラをきめかけたところで、パカポン、パカポンと音がして、馬が来る、とおもったらつぎに人の声がきこえた。おおいそぎでなにもかもカヌーに入れて、ようすを見に森のなかをはっていった。たいして行かないうちにひとりの男が
「このへんで野宿したほうがいい。馬たちもずいぶんつかれてるし。いい場しょをさがそう」と言うのがきこえた。

おおいそぎでカヌーを押して出し、そぉっとこいで行った。いつもの場しょにカヌーをしばりつけて、

今夜はこの上でねようとおもった。

たいしてねむれなかった。どうも、いろいろかんがえてしまうのだ。それに、目がさめるたんびに、だれかにクビをつかまれてる気がした。だからねむってもぜんぜんたしにならない。そのうちにもう、こんなふうに生きてけやしない、とおもった。この島に、おれといっしょにいるのがだれなのか、さぐりだすんだ。そうするっきゃない。そうおもったら、いっぺんに気がラクになった。

そこでパドルを手にとり、一、二歩ぶんだけ岸をはなれてから、カヌーが木かげを流れていくのにまかせた。月はあかるくひかっていて、木かげの外はほとんど昼まみたいにあかるい。おれはパドルでつっつきながら、ほぼ一時かん、なにもかもが岩みたいにうごかずぐっすりねむってるなかをそろそろと下っていった。もう島のいちばん下まですぐのところに来ていた。かるい、さざ波みたいなすずしい風がふいてきて、とゆうことは夜ももうほぼおしまいってことだ。パドルでカヌーをまわして、鼻さきを岸にもっていった。それからテッポーをとりだして、そっとカヌーをおりて、森のふちにはいっていった。丸太にすわりこんで、葉むらのすきまから森のなかをのぞいた。月がシゴトをおえて、やみが川をつつんでいくのが見えた。でもすこしすると、あおじろいスジがこずえのあたりに見えてきて、もう朝が来るんだとわかった。だからテッポーをかまえて、あのたき火に出くわしたところにむかってこっそりあるきだした。一分か二分ごとに立ちどまって耳をすます。だけどどうもツキがなくて、どうしても見つからなかった。けどそのうち、木々のすきまのむこうに、火がかすかに見えてきた。ゆっくり、用心ぶかく、そっちのほうへあるいていった。じきにもうのぞき見できるくらい近くまで来たら、地めん

ジムと幽霊

にひとり、男がヨコになっていた。おれはもうゾッとした。男はアタマに毛ふをまいていて、そのアタマがほとんど火のなかにはいりかけてる。しげみのかげ、そいつから六歩ばかりのところにおれはすわって、ずっと目をはなさずにいた。灰いろの日のひかりが出てきた。じきにそいつがアクビをして、のびをして、毛ふをはらいのけると――ミス・ワトソンのジムだった！　いやあ、ジムを見ておれはほんとにうれしかった。

「よう、ジム！」とおれは言いながらとびだしていった。

ジムはとびあがって、ギラギラひかる目でボーゼンとおれを見ていた。それから、ひざまずいて手をあわせ、こう言った――

「いたい目にあわせないでくれ――たのむよ！　おれユウレイにわるさしたことといっぺんもねえよ。おれいつだって死んだ人たちが好きだったし、できるだけのことはしてやったよ。あんたも川にもどってくれよ、あそこがあんたのいばしょだよ、このジムになにもしねえでくれよ、おれいつも、あんたのともだちだったろ」

　おれが死んでないってこと、ジムになっとくさせるのはそんなにたいへんじゃなかった。ジムに会えておれはホントにうれしかった。もうさみしくなかった。おまえがおれのいばしょみんなにしゃべったりするわけないもの、とおれはジムに言った。なおもペチャクチャおれはしゃべったけど、ジムはただじっとおれを見ていた。ひとことも言わない。で、おれは
「もうすっかり夜があけた。朝メシにしようぜ。たき火、しっかりおこせよ」と言った。

「イチゴだのなんだのりょうりするのに、たき火おこしてどうすんだ？　でもあんた、テッポーもってるんだよな？　じゃあイチゴよりマシなものとれるかな」

「イチゴだのなんだの？」とおれは言った。「おまえ、そんなんで食いつないでたの？」

「ほかになにも手にはいらなかったよ」とジムは言った。

「え、おまえいつからこの島にいるの？」

「あんたがころされたつぎの夜に来たよ」

「なに、それからずっとここに？」

「そうだともさ」

「で、ずっとそんな、クズみたいなのしか食ってなかったの？」

「そうとも――そればっかし」

「じゃおまえ、うえ死にしそうだろ？」

「馬一とう食えるね。食えるとおもう。あんた、いつから島にいる？」

「おれがころされた夜からだよ」

「そうなんだ！　で、あんたはなに食ってた？　でもあんたテッポーがあるもんな。そうだよな、テッポーがある。いいよな。なにかしとめなよ、おれは火をおこすから」

とゆうわけでふたりでカヌーのところに行って、木にかこまれた草っぱらでジムが火をおこしてるあいだ、おれはひきトウモロコシ、ベーコン、コーヒー、コーヒーポット、フライパン、サトウ、ブリキのカップをもってきた。ジムのやつ、けっこうビックリしてた――ぜんぶまほうで出してきたとおもったのだ。おれはデカいうまそうなナマズも一ぴき釣りあげて、ジムがナイフではらわたをぬいて、フライパンでやいた。

朝メシができると、草の上にハラばいになって、アツアツを食べた。ジムはとにかくすごぉくハラをすかしていて、そりゃもうおもいっきり食べた。やがてさすがにまんぷくになってきて、ふたりともただゴロゴロしていた。

そのうちにジムが
「だけどさハック、あのほったて小屋でころされたの、あんたじゃなけりゃだれだったんだ？」と言った。

それでいちぶしじゅうを話してきかせたら、たいしたもんだ、トム・ソーヤーだってそんなにいいかんがえおもいつきやしないよ、とジムは言った。それからこんどはおれが

「おまえはどうしてここにいるんだい、ジム？　どうやってここに来たんだ？」ときいた。

ジムはすごくいごこちわるそうなようすで、すこしのあいだなにも言わなかった。それから
「言わねえほうがいいかも」と言った。

「なぜだい、ジム？」

「いろいろわけがあるのさ。だけどさ、もし言ったら、あんたおれのことつげ口しないよな、ハック？」

「するもんか。だいじょぶだよ、ジム」

「うん、信じるよ、ハック。おれな――おれ、逃げたんだ」

「えーっ！」

「待てよ、あんた言ったよな、だれにも言わねえって――言わねえって言っただろ、ハック」

「ああ、言った。言わないって言ったし、やくそくはまもるよ。ちかうよ、ぜったい言わない。見さげたドレイせいはいしろんじゃとか人から言われて、だまってたせいでケイベツされたって、かまうもんか。ぜったい言わないよ。[1]だいいちおれ、もうもどらないし。だからさ、ぜんぶきかせてくれよ」

「うん、こうゆうことさ。おかみさんが――ミス・ワトソンだよ――年じゅうおれのことといびって、さんざんひどいしうちしたけど、オーリンズに売ったりはしねえといつも言ってたんだ。[2]だけどこのごろ、ニガー商にんがちょくちょく顔だすようになって、どうにも心ぱいでさ。ある晩、けっこうおそい時かんにこっそりへやのほうへ行ったら、ドアがちゃんとしまってなくて、おかみさんが未ぼう人に、おれ

をオーリンズに売るつもりだって言うのがきこえたんだ、ほんとは売りたくないけど売れば八百ドルになる、そんな大金つまれたらことわれねえって言ってるんだ。未ぼう人はやめなさいよって言ってたけど、おれはもうそれ以上待たなかった。いちもくさんに逃げだしたよ。

ぬけだして、丘をかけおりて、どこか町の川上でボートをぬすもうとおもったんだけど、まだ人がいたから、土手ぞいのふるいあれはてたオケやのさぎょう場《ば》にかくれて、みんながいなくなるのを待った。けっきょく、ひと晩じゅうかくれてたよ。なにしろいつもかならずだれかがいるんだ。朝の六時ごろ、ボートがとおりはじめて、八時か九時になると、とおるボートどれもみんな、あんたのおやじさんが町へ来てあんたがころされたと言ったってゆう話でもちきりだった。さいごのほうのボートはどれも、げんばを見にいくしんしいしゅくじょのみなさんでいっぱいだったよ。岸でとまってひとやすみしてから出かけるボートもあるんで、それきいてるだけで、おれもさつじんの話がひととおりわかっちまったのさ。あんたがころされて、おれすごくかなしかったよハック、でももうかなしくないよ。

おれはかんなクズにうもれて一日《いちんち》じゅうかくれてた。ハラがへったけど、こわくはなかった。おかみさんも未ぼう人も、朝ごはんがすんだら伝どう集かいに行って一日出かけてるのはわかってたし、おれ

1　この物語の舞台になっている一八三〇年代当時すでに奴隷解放運動は存在していたが、一般的には、奴隷所有は神聖な権利と見なされ、奴隷の逃亡を助けたりする行為は一種極悪犯罪と見られることが多かった。

2　ニューオーリンズを含めミシシッピ川下流（down the river）に売られて大きなプランテーションで働かされることは、比較的家族的な扱いを受けていたミズーリの奴隷にとって運命の苛酷な急変を意味し、何より恐れられた。

が夜あけごろ牛をつれて出てって、家のまわりにいないことはふたりとも知ってるから、おれがいなくなったことに、ふたりは日がくれるまで気づかねえ。ほかのめしつかいたちも、おれがいなくたって気づきやしねえ——待ちに待ったやすみだから、年上のみなさんが出かけたらみんなさっさといなくなるからね。

で、暗くなってから川ぞいの道をのぼってってって、三キロかそこらあるいて、もう家がないあたりまで来た。どうするか、もうハラはきまってた。つまりさ、あるいて逃げようとしたら犬にかぎつけられる。ボートをぬすんで川をわたったら、ボートがなくなったって気づかれて、おれがむこう岸のどのあたりに行くかもわかるだろうから、そこからどう追っかけたらいいかのけんとうもつく。だから、こいつはいかだしかねえとおもったのさ。いかだならあとがのこらねえ。

で、そのうち、みさきのむこうからあかりがひとつまわってきたから、川にあるいてはいって、丸太をまえに押して、川を半ぶん以上およいで、りゅうぼくのあいだにはいってアタマをひくくかくして、流れとだいたいぎゃくにおよいでたら、じきにいかだが流れてきた。そんでそのうしろにおよいでまわって、がっちりつかまった。雲が出てきて、すこしのあいだけっこう暗くなった。だからいかだにはいあがって、板の上にヨコになった。のってる人はみんなずっとまんなかのほう、ランタンがあるあたりにいる。川は水かさがふえてて、いいかんじに流れもあった。だから朝の四時までに四十キロは下れるだろうとおもった。そしたら夜あけのすぐまえにまた川にこっそりはいって、岸までおよいで、イリノイがわの森に上がればいい。

でもおれはツイてなかった。島のほぼ先っぽまで来たところで、ひとりがランタンをもっていかだのうしろのほうに来ちまったんだ。こりゃグズグズしちゃいられねえってんで、そぉっと水にはいって、島めざしておよいでった。でさ、どこからでも上がれるとおもってたんだけど、そうはいかねえんだ、土手がけわしくてさ。島のいちばん下のほうまで行って、やっといい場しょが見つかった。おれは森にはいっていった。あんなにランタンもってうごきまわられるんじゃ、いかだはもうよそうってきめたよ。パイプとタバコとマッチをぼうしのなかに入れてあって、どれもぬれてなかったから、まあよかったよ」

「じゃなに、いままでずっと肉とかパンとか食ってないわけ？　なんでドロガメとかつかまえなかったの？」

「どうやってつかまえられる？　そっと寄ってってつかめもしねえし、石をぶつけられもしねえ――夜なかにそんなことできるわけねえだろ？　昼ま土手に顔だすなんて、ジョーダンじゃねえし」

「うん、そりゃそうだな。ずっと森にかくれてなきゃいけなかったんだもんな。大ほう撃ってるの、きこえたかい？」

「きこえたともさ。あんたをさがしてるんだってわかったよ。ここをとおってくのも見えた。ヤブのすきまから見てたよ」

こどもの鳥が何わかやってきて、一どに一、二メートルとんではまた下りてきた。雨がふるしるしだよってジムは言った。ニワトリのこどもがああゆうふうにとぶのは雨のしるしなんだ、だから鳥のこどもがやってもおなしだとおもうとジムは言った。おれはそいつらをつかまえようとしたけど、ジムによせと言われた。そうゆうのは死をまねくってジムは言った。なんでもジムの父さんがおもいびょう気にかかって、だれかが鳥を一わつかまえたら、おまえの父ちゃんは死ぬよってジムのバアちゃんに言われて、ほんとに死んだんだそうだ。

それとジムは、晩メシにりょうりする食べもののかずをかぞえちゃいけねえ、あくうんをまねくから、とも言った。日がくれてからテーブルクロスをばさっとふるのもおなじ。あと、ハチのすをもってる男が死んだら、夜あけまでにハチたちに知らせないといけない、さもないとみんなよわってはたらかなくなって死んじまうから。ハチはアホをささねえともジムは言ったけど、これはおれには信じられなかった。だっておれなんべんもためしてみたけど、ぜんぜんさされたことないから。

こうゆう話、いくつかはおれもきいたことあったけど、ぜんぶじゃなかった。ジムはありとあらゆるしるしを知っていた。おれはなんでも知ってるんだよとジムは言った。なんかどれもあくうんのしるしみたいだなあ、こううんのしるしはないのかいとおれはきいてみた。そうしたら

「すごくすくないよ――だって、そんなものだれの役にもたたねえよ。あんた、こううんをとおざけたいか？」とジムは言った。それから「もしあんたのウデが毛ぶかくてムネも毛ぶかかったら、そいつはあんたがカネもちになるしるしだ。まあそうゆうしるしはそれなりに役にたつかもしれねえな、すごく先の話だから。はじめ長いことビンボーで、そのうちカネもちになるってこと、しるしがないせいでわからなかったら、やる気なくして自さつとかしちゃうかもしれねえもんな」とジムは言った。

「おまえはウデとムネ毛ぶかいかい、ジム？」

「そんなことときいてどうする？　見てわかんねえか？」

「じゃおまえ、カネもちなの？」

「いいや。でもまえはカネもちだったし、またいつかカネもちになるよ。一どは十四ドルもってたことあるけど、とうきに手ぇ出してすっちまった」

「なにに、とうきしたんだい、ジム？」

「まずは、かぶ《ストック》をやった」

「どんなかぶ？」

「かちく《ライブストック》だよ。牛。牛一とうに、十ドルつぎこんだんだ。だけどもうかぶはこりごりだね。牛、あっさり死んじまったんだ」

「じゃあ十ドルなくしたのか」

「いいや、ぜんぶはなくさなかった。なくしたのはだいたい九ドルだけ。皮やアブラが一ドル十セントで売れたから」

「じゃあ五ドル十セントのこったんだな。それもとうきしたの？」

「ああ。ミスト・ブレイディシュんとこの片あしのニガー、知ってるだろ？　あいつがぎんこうをはじめてさ、一ドルあずけたら年のくれにあと四ドルうけとれるって言うんだ。で、ニガーの連中みんなぎんこうにはいったんだけど、一ドルなんてだれももってやしねえ。そんなにもってるのはおれだけだっ

ミスト・ブレイディシュのニガー

た。だからおれ、四ドルよりもっとたくさんよこせ、よこさないんだったらこっちもぎんこうはじめるぞっておどしたのさ。もちろん片あしニガーはおれをビジネスに入れたくねえ。ぎんこうふたつやってけるほどビジネスはねえから、って言ってさ。で、やつはおれに、じゃあ五ドル出せよ、そしたら年のくれに三十五ドルはらうからって言った。

それでおれは五ドル出した。三十五ドルはいったら、それもすぐとうきにまわして、どんどんふやしてくつもりだった。ボブってゆうニガーがいてさ、こいつが平ぞこボート見つけて、ご主人にも知られなかったんで、おれは年のくれに三十五ドルはらうからって言ってそいつを買いとったんだ。ところがその晩、ボートがだれかにぬすまれちまって、次の日にぎんこうがはさんしたって片あしニガーが言ってきた。だからひとりも、ぜんぜんもうからなかったんだよ」

「のこりの十セントはどうしたんだい、ジム？」

「うん、つかおうとおもったんだけどさ、ユメ見たんだよ、バラムってニガーにその十セントやれってユメのおつげがあったんだ。こいつはりゃくしてバラムのロバって呼ばれてるんだ、すごいバカだから。[3]だけど運はいいってみんな言ってて、どうやらおれには運がない。で、バラムが十セントをとうししてふやしてくれるってユメに言われたんだよ。それでバラムにカネわたしたら、バラムのやつ、きょう会に行って牧しさんの話きいて、まずしい者にあたえる者はみな神さまにかしをつくるんであって百ばいになってかえってくるってきいたんだ。それでバラムのやつ、まずしい者に十セントやって、どうなるか待ったんだよ」

「で、どうなったんだい、ジム？」

「どうにもならなかったよ。おれはぜんぜんカネをかいしゅうできなかったし、バラムもできなかった。これからはもう、たんぽなしでカネをかしたりしねえ。百ばいになってかえってくるなんて、牧しさんよく言うよなあ！　こっちは十セントだってかえってきたらそれでじゅうぶん、チャンスがあっただけよかったっておもうよ」

「まあでもいいじゃないかジム、またいつかカネもちになるんだったら」

「そうとも——それにいまだっておれ、かんがえてみりゃカネもちだよ。おれはじぶんを所ゆうしてるわけだろ、で、おれには八百ドルのねがついてる。それだけのカネがあったらなあ。もうそれ以上いらねえよ」

3 「ロバ」（ass）は「馬鹿」という意味もある。旧約聖書に出てくるバラムはロバに戒められる。ちなみにジムは「りゃくして」（for short）という言葉の意味を勘違いしているようである。

Chapter IX.

I WANTED to go and look at a place right about the middle of the island, that I'd found when I was exploring; so we started, and soon got to it, because the island was only three miles long and a quarter of a mile wide.

This place was a tolerable long steep hill or ridge, about forty foot high. We had a rough time getting to the top, the sides was so steep and the bushes so thick. We tramped and clumb around all over it, and by-and-by found a good big cavern in the rock, most up to the top on the side towards Illinois. The cavern was as big as two or three rooms bunched together, and Jim could stand up straight in it. It was cool in there. Jim was for putting our traps in there, right away,

洞窟探検

9

こないだ探けんしたとき、島のまんなかあたりによさそうな場しょがあったんで、おれはそこを見にいきたかった。それでジムと出かけていって、じきに着いた。なにしろこの島、長さ五キロ、はば五百メートルくらいしかないから。

　この場しょはけっこうほそ長くて、けわしい小山というか山の背というか、高さ十メートルちょっとある。しゃめんはけわしいし木はびっしりしげってるしで、てっぺんまで上がるのはけっこうタイヘンだった。ぐるっとまわりながらのぼっていって、そのうちに岩のなかにそうとうおおきな洞くつが見つかって、これがイリノイがわのしゃめんに、ほとんどてっぺんまでのびてる。なかはへやを二つか三つあわせたくらいひろくて、ジムでも背をまっすぐのばして立てるほどだった。なかはすずしかった。さっそくここへにもつもってこようぜとジムは言ったけど、年じゅうのぼったりおりたりなんてしてらんねえよとおれは言った。

するとジムは、カヌーをいい場しょにかくして、にもつは洞くつにみんなおいとけば、だれかが島に来てもすぐここに逃げてこれる、犬がいねえかぎりぜったい見つからねえよと言った。だいいちさ、とジムはまた言った、雨がふるって小鳥が言ってたろ、あんた、にもつぬれちまっていいのかい？

それでおれたちはもどっていって、カヌーを出して洞くつのヨコのあたりにつけて、にもつをみんな上まではこんだ。それからカヌーのかくし場しょを、近くの、ヤナギがしげってるあたりに見つけた。釣り糸からさかなをすこしとって、またしかけて、晩メシのしたくをはじめた。

洞くつの入りぐちは大だるをころがして入れられるくらいひろくて、はいってすぐヨコかたっぽは地めんがちょっと高くてたいらで、たき火をするのによさそうだった。それでそこで火をおこして晩メシをつくった。

なかに毛ふをひろげてジュウタンみたいにして、そこにすわってメシを食った。ほかのモノはぜんぶ洞くつのおくに、すぐとれるようキレイにならべた。じきにあたりが暗くなってきて、カミナリがゴロゴロ鳴ってイナズマもひかりはじめた。やっぱり鳥たちの言うとおりだった。たちまち雨がふってきて、いやふるのなんのって、それに風もあんなすごい風、見たことない。ほんものの夏のあらしだ。あたりいちめんまっ暗になって、なにもかもが青っぽい黒で、すごくキレイだった。雨がとにかくはげしくたたきつけるんで、ちょっとはなれたあたりの木はぼうっとかすんで、クモの巣みたいに見える。で、風がパーッとふいてきて木がのこらず折れまがって葉っぱの白っぽいウラがわをさらす。それからまたカ

洞窟の中

ンペキって言うしかないとっぷうがふいてきて、木のえだがくるったみたいにうでを上下《うえした》にふって。それから、あたりがさいこうに青く、さいこうに黒くなって――ピカッ！　天ごくみたいにあかるくなって、木のこずえがばたばたゆれてるのがいっしゅん見える、あらしのずっとむこうのほう、いままで見えてたより何百メートルも先だ。つぎのしゅんかんにはまたまっ暗がりになって、カミナリがドカドカーンって鳴ってゴロゴロガラガラグルグル、からっぽのたるを階だんでころがすみたいにこの世のウラがわにむけて落ちてくる、すごく長い階だんだからたるもよくはずむ、みたいなかんじに。

「ジム、これっていいよ」とおれは言った。「おれ、ここ以外のどこにもいたくない。さかなもうひときれとってくれよ、あとトウモロコシパンのやけたやつも」

「よう、あんたがここにいられるの、このジムのおかげなんだよ。あんたひとりだったら、いまごろ森にいて、晩メシもなしで、びしょびしょにぬれてるよハニー。ニワトリには雨ふるのがわかるし、鳥にもわかるんだよ、ぼうや」

川はそれから十日ばかりずうっと水かさが上がりっぱなしで、とうとう土手からあふれてしまった。島でも地めんのひくいところや、イリノイがわのいちばん下には水が一メートルぜんごあった。そっちがわは何キロもヨコにひろいけど、ミズーリがわはずっとおなじはばで、どこも一キロたらず。ミズーリの川べりはひたすらぜっぺきがきりたってるのだ。

ひるまはふたりでカヌーにのって島じゅうをまわった。外では日がギラギラてりつけても、森のおくは日かげですごくすずしい。木々のあいだをくねくねすすんでると、ツルがあんまりびっしりたれてるので、あきらめてべつの道を行かないといけなかったりした。で、折れてたおれた木一本いっぽんに、ウサギとかヘビとかがいるのが見える。島に水があふれて一日二日すると、みんなハラがへってすごくおとなしくなるから、すぐそばまでカヌーを寄せてなでてやることだってできる。ただしヘビとカメはだめだ。スルスルっと水のなかに逃げちまう。おれたちの洞くつがある丘にはあいつらがウジャウジャいた。ペットがほしけりゃよりどりみどりだった。

ある夜、いかだの切れはしをおれたちはつかまえた。上とうのマツの板だ。はば三メートル半、長さは五メートルたらずで、おもては水面から十五センチくらい上にある、がっしりしたひらたいゆか板だ。昼のあいだに、板ざいにするために切った丸太が流れてくるのもときどき見かけたけど、手は出さなかった。昼まは人目につかないよう、おれたち気をつけていたのだ。

べつの夜、島のいちばん上のほうに、夜あけのすぐまえに来ていたら、なんと木《もく》ぞうの家が西がわをプカプカ流れてきた。二階だての家で、だいぶかしいじまってる。おれたちはカヌーを出して、家に上がってみた。二階のマドからはっていった。でもまだ暗すぎてなんにも見えないので、カヌーを家にしばりつけて、カヌーの上で夜があけるのを待った。

島のいちばん下まで来るまえに、空があかるくなってきた。で、マドからなかをのぞいてみた。ベッド、テーブル、ふるいイスふたつが見えたし、ゆかにいろんなモノがちらかってた。カベには服がかけてある。ゆかのおくのスミになにかころがっていて、人げんみたいに見えた。それでおれは「よう、こんちは！」と言ってみた。

でもそのなにかはピクリともうごかなかった。それでもう一どどなってみたけど、ジムが「ありゃあねてるんじゃねえ、死んでるんだ。あんたはここにいな。おれが見てくる」と言った。

ジムはなかにはいって、からだをかがめて、見てみて
「死人だよ。そうともさ。それに、ハダカだ。背中を撃たれたんだな。死んでまだ二、三日ってとこだ。はいってきなハック、だけどこいつの顔は見るんじゃねえ、むごすぎるから」と言った。

顔もなにも、おれはぜんぜん見なかった。ジムがボロきれをかけてやったけど、おれは見たくなんかなかったからその必ようもなかった。ふるい、ヨゴれたトランプのカードがゆかにちらばって、ふるいウイスキーのビンが何本かと、黒いぬのでできた仮面がふたつころがってた。カベいちめん、さいこうにエゲツないコトバや絵が炭で書いてあった。ふるくてヨゴれたキャラコのワンピースがふたつ、日よけ帽、女ものの下着とかがカベにかかっていて、男の服もすこしあった。なんか役にたつかもしれないから、みんなまとめてカヌーにのせた。ゆかに男の子用の、まだらもようがついたムギわら帽があっ

ジム、死人を見る

たのでおれはそれももっていった。牛にゅうがはいってるビンも一本あって、あかんぼが吸えるようボロきれのフタがしてあって、もっていこうかとおもったらビンがわれてしまっていた。みすぼらしいふるいタンスと、なめしてない皮のトランクがあったけどトランクはちょうつがいがこわれていた。フタはあいていたけど大したものはなにもはいってない。このちらかりようを見て、ここにいた人たちはあわてて出ていって、にもつもロクにもっていけなかったんだとおれたちはふんだ。

　おれたちが手に入れたモノ——ふるいブリキのランタン。えのない肉切りぼうちょう。店で買うと25セントするまあたらしいバーローナイフ。じゅうしロウソク〔獣類からとった脂肪で作る〕たくさん。ブリキのロウソクたて。ヒョウタン。ブリキのカップ。ボロっちいふるいベッドキルト。ハリ、ピン、ミツロウ、ボタン、糸とかがこまごまはいってるハンドバッグ。オノとクギ何本か。おれの小ユビくらいぶっとくて、巨大な釣りバリが何本かつけてある釣り糸。シカ革ひとまき。革の犬のクビわ。馬のていてつ。ラベルのついてないクスリびん何本か。もうかえろうってところでおれはけっこう上とうの馬の毛すきぐしを見つけたし、ジムもふるくてボロいフィドルのゆみと、木のぎ足《そく》のかたっぽを見つけた。ぎ足はヒモが切れてたけど、それ以外はじゅうぶんいいぎ足だった。だけどおれには長すぎたしジムにはみじかすぎた。ふたりでそこらじゅうさがしたけど、もう一本の足は見つからなかった。

　とゆうわけで、まあなんだかんだいってけっこう収かくはあった。カヌーを出そうとゆうときおれたちは島から五百メートル川下にいて、まだまっ昼まだった。だからおれはジムに、ふせて毛ふをかぶれと言った。すわってたら、とおくからでもニガーとわかっちまうからだ。おれはイリノイの岸までこいでいって、そのあいだに一キロ近く川下に流された。土手の下の、よどんだ水におれはそうっとカヌーを入れた。なにごともなく、だれにも会わなかった。おれたちはぶじにかえりついた。

10

Chapter X.

AFTER breakfast I wanted to talk about the dead man and guess out how he come to be killed, but Jim didn't want to. He said it would fetch bad luck; and besides, he said, he might come and ha'nt us; he said a man that warn't buried was more likely to go a-ha'nting around than one that was planted and comfortable. That sounded pretty reasonable, so I didn't say no more; but I couldn't keep from studying over it and wishing I knowed who shot the man, and what they done it for.

We rummaged the clothes we'd got, and found eight dollars in silver sewed up in the lining of an old blanket over-coat. Jim said he reckoned the people

8ドル発見

朝メシがすむと、おれはさっきの死人のことを話しあっていったいどうやってころされたのかかんがえたかったけど、ジムは話したがらなかった。そういうのってえんぎがわるいから、とジムは言った。だいいちそいつがとりつきにくるかもしれねえぞ、ちゃんとまいそうされてない人げんはしっかり土んなかにねかされた人げんよりあちこちとりつきやすいんだ、とジムは言った。それはまあそうだろうとおれもおもったんで、それ以上なにも言わなかったけど、それでもついついかんがえてしまい、だれが撃ちころしたのか、なぜころしたのか知りたいとおもった。

手に入れた服をふたりでひっかきまわしてたら、ふるくてぶあついコートのウラ地に銀かが八ドルぬいこんであるのが見つかった。たぶんあの家の連中はこのコートぬすんだんだな、カネがはいってるとわかってたらおいてかなかっただろうから、とジムは言った。このもちぬしもころされたんじゃないのかな、とおれは言ったけど、ジムはその話はしたがらなかった。おれは
「おまえ、えんぎがわるいとか言うけどさ、おれがおとつい、丘のてっぺんで見つけたヘビの皮もってきたとき、おまえなんて言った？　ヘビの皮を手でつかむなんて、せかいサイコーにえんぎがわるいって言ったろ。で、サイコーにわるいえんぎがこれだ！　おれたちこんなにいろんなモノ手に入れて、八ドルも見つけた。なあジム、こんなんだったら、毎日えんぎわるかったらいいのにっておれはおもうぜ」と言った。

「まあ見てろってハニー、見てろって。あんまりいい気になりなさんな。いずれ来るんだよ。そうとも、いずれ来るんだよ」

じっさい、ほんとに来た。その話をしたのが火ようのことだった。で、金ようの昼メシのあと、丘の上のほうでふたりで草の上にねころがっていて、タバコをきらしてしまった。それでおれが洞くつへとりに行ったら、なかにガラガラヘビがいた。おれはそいつをころして、ジムの毛ふの足もとのほうにまるめてほうりなげた。ごくしぜんに、ジムが見つけたらおもしろかろう、くらいしかおもわずにそうしたのだ。で、夜になったらおれはヘビのことなんてすっかりわすれていて、おれがマッチをするとどうじにジムが毛ふにどさっとねころんだら、ヘビのつがいの片われがそこにいてジムにかみついた。

ジムはギャッとさけんでとびあがって、マッチの火でまず見えたのは、ヘビがとぐろをまいて、もういっぺんおそいかかろうとかまえてるすがただった。おれはすぐにぼうでブッたたいてそいつをしまっ

して、ジムはおやじのウイスキーびんをつかんでぐいぐいのみはじめた。

ジムはそのときハダシで、ヘビにかかとをかまれたのだ。これもみんなおれが、ヘビの死がいをほっといたらそいつの片われがかならずやってきて死がいのまわりでとぐろをまくってことをマヌケにもわすれていたからだ。ジムはおれに、ヘビのアタマを切ってすてろ、それからからだの皮をむいてひときれ火であぶれと言った。おれが言われたとおりにするとジムはそれを食って、これでなおりがはやくなるんだと言った。そうしてジムはおれに、ヘビのガラガラをはずして手クビにまきつけてくれと言った。これもきくんだよとジムは言った。それからおれはそうっと外に出て、二ひきのヘビの死がいをヤブのおくにほうりなげた。みんなおれのせいだってこと、ジムに知らせる気はなかった。できることならかくしておきたい。

ジムと蛇

ジムは酒ビンからグイグイグイグイのんで、ときおりアタマがどうかしちまってバタバタはねまわってギャアギャアわめいた。でもまた正《しょう》きにかえるたびにグイグイのんだ。足の先ははれてずいぶんおおきくなって、上のほうもおなじだった。でもそのうちに酒がきいてきて、これでだいじょぶかなとおもえた。まあでもおれなら、ヘビにかまれるほうがおやじのウイスキーよりマシだ。

　ジムは四日四晩ねたきりだった。それからははれもひいて、またうごけるようになった。おれはもう二どとヘビの皮を手でつかむまいときめた。どうなるのか、イヤというほどわかったから。これでつぎはおれの言うこと信じるだろうよ、とジムは言った。ヘビの皮にさわるってのはとにかくおそろしくえんぎがわるいから、これでもまだおわっちゃいないかもしれねえぞとジムは言った。ヘビの皮を手でつかむくらいなら、左の肩ごしに新月千回見るほうがまだいいんだとジムは言った。まあおれもそういう気ぶんになってきたけど、左の肩ごしに新月見るのはサイコーに不ちゅういでおろかなマネだとおれはまえまえからおもってた。ハンク・バンカーじいさんがまえに一どやって、どうだなんともねえぞっていばってたけど、二年とたたないうちに酒のんでヨッパラってショットタワーから落ちて、べったりひろがってまるっきりなにかのまくみたいになりはてて、カンオケのかわりになやのトビラ二枚のすきまにさし入れて土にうめたのだ。おれは見てないけどおやじからそうきいた。とにかくそれもみんな、おろかにもそんなふうに新月を見たせいだ。

　で、毎日そうやってすぎていって、やがてまたどっちの土手からも水がひいた。おれたちはまっさきに、こないだ手に入れたおおきな釣りバリに皮をはいだウサギをつけてしかけ、人げんなみにデカいナマズをつかまえた。なにしろ二メートル近くあって、おもさも百キロをこえてる。もちろんそんなやつ、おさえつけられやしない。イリノイまで投げとばされるのがオチだ。だからふたりともただそいつがバタバタあばれてからだがやぶれたりさけたりしておぼれ死ぬのをけんぶつしていた。ハラのなかからしんちゅうのボタンが一コ、まんまるい玉、そのほかいろんなガラクタが出てきた。玉をオノでわったらなかから糸まきが出てきた。この玉ずいぶん長いことここにあったんだな、いろんなモノがかぶさってこんなのができたんだ、とジムは言った。ミシシッピじゅうこれ以上デカいさかなはまずつかまらないとおれはおもう。おれもこんなにデカいの見たことないねとジムも言った。町にもっていけばそうとうなカネになるだろう。こういうさかなは町のやねつき市ばで半キロいくらで売って、みんながちょっとずつ買う。身は雪みたいに白くて、あげものにするとうまい。

ハンク・バンカー爺さん

　つぎの日の朝、なんかタイクツになってきたなあ、けいきづけになにかしようぜ、とおれは言った。こっそり川むこうに行ってようすを見てくる、と言うと、それはいいけど暗いときに行くんだぞ、気をつけろよ、とジムは言った。それから、ちょっとかんがえて、そのへんの古着着て女の子のかっこうしてっ

「なかなかぴったり」

たらどうだ?と言った。そいつは名案だ。それでキャラコのワンピースのたけをつめて、ズボンのあしをヒザまでめくりあげておれはワンピースを着た。ジムにうしろのホックをとめてもらうと、なかなかぴったりだった。日よけ帽をかぶってアゴの下でとめると、これでもうだれかに顔をのぞかれても、ストーブのエントツを見おろすみたいなもんだ。これなら昼まだってまずだれにもわかりゃしねえ、とジムもたいこばんをおした。おれはかんじをつかもうと一日うごきまわり、そのうちにだいぶうまくなったけど、あるきかたが女の子っぽくねえぞ、やたらワンピースをひっぱり上げてズボンのポケットに手をつっこむのはよせとジムに言われた。そのとおりにしたらもっとよくなった。

　日がくれてすぐ、カヌーにのってイリノイの岸をのぼっていった。

わたし場のすこし下から町のほうにむかっていって、川の流れにのって、町の下はじあたりに行きついた。カヌーをしばって、土手ぞいにあるいていった。と、長いことだれもすんでなかったほったて小屋にあかりがともってる。だれがすみついたんだろう。そっと寄っていって、マドからのぞいてみた。なかに四十くらいの女の人がいて、マツの木のテーブルにおいたロウソクのあかりであみものをしている。知らない顔だった。よそから来た人だ。この町でおれが顔を知らない人なんてひとりもいないから。これはさいわいだった。というのも、おれはよわきになりかけていたのだ。来るんじゃなかったかも、声でおれだとバレちまうんじゃないか、と心ぱいになってきていたのだ。そのいっぽう、こんなちいさな町のことだ、この人が二日もここにいるんだったら、こっちが知りたいことはきっとみんなおしえてくれるだろう。だからおれはトビラをノックして、女の子だってことをわすれるなよとじぶんに言いきかせた。

11

Chapter XI.

"COME in," says the woman, and I did. She says:

"Take a cheer."

I done it. She looked me all over with her little shiny eyes, and says:

"What might your name be?"

"Sarah Williams."

"Where 'bouts do you live? In this neighborhood?"

"No'm. In Hookerville, seven mile below. I've walked all the way and I'm all tired out."

"Hungry, too, I reckon. I'll find you something."

"No'm, I ain't hungry. I was so

「おはいり」


「おはいり」と女の人が言ったので、なかにはいった。女の人は
「すわんなさい」と言った。

おれはすわった。ちいさな、よくひかる目でそのおばさんはおれをじろじろながめて
「あんた、名まえは？」ときいた。

「セアラ・ウィリアムズです」

「どこにすんでるんだい？　この近じょかい？」

「いいえ。フッカヴィルです、十キロ川下の。ずうっとあるいてきたんで、つかれちゃって」

「きっとおなかもすいてるだろうね。なんかないか見てあげるよ」

「いいえ、おなかすいてないんです。さっきあんまりおなかすいたんで、ここから三キロ川下の農じょうに寄ったんです。だからもうすいてません。そのせいでおそくなったんです。うちのかあちゃんがび

ょう気になっちゃって、おカネもぜんぜんないんで、おじさんのアブナー・ムーアに知らせにきたんです。町の上のはじにすんでるんだってかあちゃん言ってました。ここに来るのははじめてなんです。うちのおじさんのこと、ごぞんじですかね？」

「いいや。あたしゃまだみんなと知りあってないんだよ、来て二週かんにもならないんでね。町の上のはじまで、けっこうあるよねえ。あんた、今夜はここにとまってったほうがいいよ。ぼうし、ぬぎなさい」

「いえ、ちょっとやすましてもらったら、行きます。暗いのはこわくないですから」

　するとおばさんは、あんたひとりで行かせるわけにゃいかないよ、もうじきうちのていしゅが、たぶん一時かん半くらいでかえってくるからね、いっしょに行かせるよと言った。それからおばさんはていしゅの話、川上にいるしんせきの話、川下にいるしんせきの話をやりだして、むかしはうちの一ぞくもはぶりがよかったんだけどねえ、この町に来たのはまちがいだったかもしれないねえ、あのままあすこにいたほうがよかったかも、とかなんとかかんとかえんえんしゃべりつづけるんで、町のようすをさぐりにおれがここへ来たのはまちがいだったかもって気がしてきたけど、そのうちにやっとおばさんも、おやじとさつじんの話にうつって、おれはただおばさんがペチャクチャやるのをだまってきいてればよかった。トム・ソーヤーとおれが六千ドル見つけた話も出たし（おばさんによると一万ドルだったけど）、おやじがどれだけヤクザかってゆう話やおれがどれだけヤクザかってゆう話もしてからやっと、おれがころされたところまで行きついた。おれは

「だれがやったんですか？　フッカヴィルでもずいぶんウワサききましたけど、ハック・フィンをころしたのがだれなのか、みんな知らなくて」と言った。

「この町にだってたっぷりいるとおもうね、だれがころしたか知りたい人げんは。フィンのおやじさんがじぶんでやったんだっておもってる人もいるよ」

「えっ、そうなんですか？」

「はじめはほとんどみんなそうおもったんだよ。本にんは知らないだろうよ、じぶんがリンチされるいっぽ手まえまで行ったなんてね。だけどじき、日がくれるまえにみんなかんがえがかわって、逃亡ニガーのジムだって言いだしたんだ」

「え、だってジ――」

　おれはだまった。ここはなにも言わないほうがいいとおもったのだ。おばさんはおれが口をはさんだのにも気づかずしゃべりつづけた。

「そのニガー、ハック・フィンがころされた、まさにその晩に逃げたんだよ。だからそいつにけんしょう金が出てるんだ――三百ドル。フィンのおやじさんにも出てる――二百ドル。さつじんがあったつぎの朝におやじさんが町に来てね、さつじんのこと知らせて、みんなといっしょにわたし船にのってさがしに出て、そのすぐあといなくなっちまったんだよ。日がくれる前はみんな、おやじさんをリンチにかけようってけんまくだったけど、もういなくなってたわけさ。で、つぎの日にはこんどはニガーがいなくなって、そう言えばさつじんのあった夜の十時以来、だれも見かけてないとわかった。それでこいつはニガーがやったんだってことになってね、その話でもちきりになってたら、つぎの日フィンのおやじさんがあらわれて、サッチャー判じのとこに行って、イリノイじゅうニガーをそうさくするカネよこせってギャアギャアわめいた。それで判じがいくらかカネをわたしたら、その晩にヨッパラって、午前れい時をすぎてもまだ、えらくヤクザそうなよそものふたりと町をうろついてたけど、そのうち三人いっしょにどっかへ行っちまった。で、それ以来もどってきてないし、ほとぼりがさめるまでもどってこないだろうってみんなおもってるよ、なぜってみんないまは、やっぱりおやじさんがころしたんだ、じぶんでころしてごうとうがやったみたいに見せかけたんだっておもってるんだよ、ハックがいなくなりゃさいばんに長い時かんかけたりもせずにカネがじぶんのものになるんだからね。あのおやじならそれくらいやりかねないってみんな言ってるよ。うん、なかなかずるがしこい人みたいだね。一年かえってこなけりゃ、もうだいじょうぶだろうよ。証こなんてなにもないしね、さわぎもおさまって、ハックのカネぜんぶフトコロにはいるってすんぽうさ」

「ええ、そうでしょうね。ジャマなもの、なにもないですよね。ニガーがやったっていうせつは、もうみんなすてたんですか？」

「いやいや、みんなじゃないよ。ニガーのしわざだとおもってる人もまだたくさんいるよ。でもまあじきにつかまるだろうよ、そしたらおどして白じょうさせるさ」

「え、まだ追っかけてるんですか？」

「あらまあ、あんたったらうぶだねえ！　三百ドルなんてカネ、毎日《まいんち》そこらへんにころがってるかい？

ニガーがここからそんなとおくへ行ってないっておもってる人もいるんだよ。あたしもそうだ――そのこと、だれとも話してないけどね。何日かまえにね、おとなりの丸太小屋にすんでるお年よりの夫ふと話してたら、あすこのジャクソン島って島、ほとんどだれも行かないってゆうじゃないか。だれもすんでないんですか？ってきいたらね、ああすんでないよって言われた。あたしはそれ以上なにも言わずに、じっくりかんがえたんだ。あすこのね、島のいちばん上のほう、あすこから、その一日《いちんち》か二日まえにケムリが上がるの、あたしきっと見たとおもうんだよ。それでね、あすこにニガーがかくれてるってこともあるんじゃないかっておもったわけさ。とにかくね、いっぺんあすこをそうさくするねうちはある。あれからケムリは見てないから、ひょっとするともういないのかもしれない、まあもともといたとしての話だけど。でもうちのていしゅは見にいく気なんだ、もうひとりとつれだってね。きょうまで川上のほうに行ってたんだけど、つい二時かんまえにもどってきたんで、島のこと、すぐに話したんだよ」

おれはもうものすごくおちつかなくなって、じっとしてられなかった。手をうごかさずにはいられなかった。それでテーブルの上からハリを一本とって、糸をとおしはじめた。ところが手がブルブルふるえて、ロクにとおせやしない。おばさんが話をやめたんで顔を上げてみると、おばさんはきょうみしんしんって顔でおれのこと見ていて、ちょっとニコニコしていた。おれはハリと糸をおいて、いかにもつづきをききたそうなふりをした。てゆうか、じっさいききたかったわけだし。それで

「三百ドルっていや大金ですよね。うちのかあちゃんにそれだけのカネ、あったらなあ。ごていしゅ、今夜その島に行かれるんですか？」ときいてみた。

「ああ、そうだよ。いまはさっき言った男といっしょに町へ行ってる、ボートをちょうたつして、テッポーももう一ちょうかりられないか、きいてみるって。島に行くのは午前れい時すぎだね」

「昼まで待ったほうがよく見えるんじゃないですか？」

「そうともさ。だったらニガーだってよく見えるんじゃないかい？　午前れい時すぎたらたぶんねむってるだろうから、こっちはこっそり森にはいってく。もしそいつがたき火とかしてたら、まわりは暗いからずっとさがしやすいよ」

「もうひとりとつれだって」

「それはかんがえませんでした」

おばさんはまだきょうみしんしんおれのこと見ていて、おれはものすごくおちつかなかった。じきにおばさんは
「ハニー、あんた名まえなんて言ったっけ？」と言った。

「メ、メアリ・ウィリアムズです」

なんとなくさっきはメアリじゃなかった気がしたんで、おれは顔を上げられなかった。たしか、セアラじゃなかったか。で、これは逃げようがないってかんじだったし、そういうのが顔に出てるんじゃないかって心ぱいだった。おばさんがもっとなにか言ってくれないか。むこうがじっとしてればしてるほど、こっちはますますおちつかない。でもやがておばさんが
「ハニー、あんたはいってきたときは、セアラって言わなかったっけ?」ときいた。

「ええはい、そうです。セアラ・メアリ・ウィリアムズなんです。セアラがファーストネームで。セアラって呼ぶ人もいるし、メアリって呼ぶ人もいるんです」

「あ、そうなってるのかい」

「ええ」

　これですこし気もちがラクになったけど、とにかくもうここを出たかった。まだ顔を上げられなかった。

　でもおばさんがまたしゃべりだして、世のなかけいきがわるいだの、くらしがまずしいだの、ネズミどもがわがもの顔でうごきまわるだのなんだのひたすらしゃべるんで、おれはまたすっかりくつろいだ。ネズミの話はほんとうだった。すみっこの穴から、なんべんも鼻をつき出す。ひとりでいるときはなにか投げるモノを手もとにおいとかなきゃいけないんだよ、じゃないと気がやすまりやしないからね、とおばさんは言った。なまりのぼうをねじってむすんだやつを見せてくれて、いつもはあたしもけっこう投げるのうまいんだけどね、一日《いちんち》二日まえに手クビをねじっちまってね、ちゃんと投げれるかわかんないんだと言った。で、おばさんはずっとチャンスを待っていて、一ぴき見えたとたんなまりを投げつけたけど、おおきくはずれて「いて!」と声をだした。ウデがすごくいたいみたいだった。つぎはあんた

やってごらん、と言われて、おれとしてははていしゅがかえってくるまえにさっさとおさらばしたかったけど、もちろんそんなことは言えない。なまりを手にもっておれは待ちかまえ、ネズミが鼻を出したとたんに投げつけた。あれでもしネズミがうごかなかったら、そうとうのいたでをおったことだろう。うまいもんだねえ、つぎはぜったいしとめられるよとおばさんに言われた。で、なまりのかたまりをおばさんはとりに行って、もってかえってくるときに毛糸もひとかせもってきて、これちょっと手つだっとくれとおれに言った。おれが両手を上げると、おばさんは毛糸をかせごとそこにかけて、じぶんのことやていしゅのことをまたしゃべった。ところがやがて話をピタッとやめて

「ネズミ見はってなよ。なまりヒザにのっけときな、すぐ投げれるように」と言った。

そう言うとどうじに、なまりをポイとおれのヒザにほうったので、おれは両あしをぴったりあわせてうけとめ、おばさんはまたしゃべりつづけた。でもそれもすこしのあいだだけだった。こんどは毛糸のかせをはずして、おれの顔を、すごくかんじのいい表じょうでだけど、じいっとまっすぐ見て

「さあ、言いな――あんた、ほんとの名まえは？」と言った。

「え、え――なんですか？」

「あんたのほんとの名まえだよ。ビルかい、トムか、ボブか？　なんなんだい？」

おれは葉っぱみたいにブルブルふるえてたとおもう。どうしたらいいか、わからなかった。でもとにかくなんか言わないといけない――

「おねがいですから、あわれな女の子をからかわないでください。おジャマでしたら、あたしすぐ――」

「いいや、出てくんじゃないよ。すわんなさい、そこにじっとしてなさい。あんたをいたい目にあわせたりしないし、あんたのこと人につげ口したりもしない。とにかくあんたのヒミツ、話してごらん、あたしのこと信用して。あたしはヒミツまもるよ。それにね、あんたのこと、たすけてあげる。あんたがたのめば、うちのていしゅもきっとたすけてくれるよ。いいかい、あんたは年きぼうこうから逃げてきたんだろ――それだけのことさ。そんなのなんでもないんだよ。なにもわるいことなんかない。あんたはひどいあつかいにたえかねて、逃げることにきめた。だいじょぶだよぼうや、あたしはつげ口なんかしない。さあ話してごらん、いい子だから」

それでおれは、もうごまかしてもムダだからなにもかもうちあけます、ぜんぶ話します、でもやくそくやぶっちゃやですよ、とねんをおした。それからおれは言った。とうちゃんとかあちゃんが死んじゃって、川から五十キロひっこんだ山んなかの農じょうにほうこうに出されたんですけどそこの主人ときたらおそろしく人づかいあらくて、おれホントにひどいあつかいうけてもうガマンできなくなって、で、主人が二日ばかりルスにするってゆうんでこれはチャンスだとおもって、そこのムスメさんの古着をちょいとしっけいして逃げだしたんです、三日かかって五十キロ来ました、夜だけうごいて昼はかくれてねむって、逃げるときにパンと肉たっぷりもってきたんで道中それでもちこたえてました。おじさんのアブナー・ムーアのところに行けばめんどう見てもらえるとおもって、それでこのゴーシェンの町に来たんです。

「ゴーシェン？　ぼうや、ここはゴーシェンじゃないよ。ここはセントピーターズバーグだ。ゴーシェンは川をあと十五キロ上がったとこだよ。だれに言われたんだい、ここがゴーシェンだなんて？」

「けさ明けがたに会った男の人です、またきょうもねようとおもって森にはいってこうとしたらバッタリ会ったんです。道が二またにわかれたら右へ行きなってその人に言われたんです、八キロばかり行ったらゴーシェンに着くからって」

「ヨッパラってたんだね、そいつ。まるっきりデタラメおしえたよ」

「ええ、なんかヨッパラってるかんじでしたけど、べつにいいんです。もう行かないと。いま行けば夜あけまえにゴーシェンに着くから」

「ちょっと待ちな。なんかおべんと、つくったげよう。いずれおなかすくだろ」

そう言っておばさんはべんとうをつくってくれて
「あのね──牛がねそべってたら、どっちから立つ？　すぐこたえるんだ、かんがえるんじゃない。どっちから立つ？」ときいた。

「うしろ足から」

「じゃあ、馬は？」

「まえ足からです」

「コケは木のどっちがわによく生《は》える？」

「北がわ」

「丘で牛が十五とう、草をはんでたら、何とうはおんなじほうを向いて食べる？」

お弁当を作ってもらう

「十五とうぜんぶ」

「うん、いなかにすんでたってのはホントらしいね。ひょっとしてまただましてるかとおもってさ。で、あんたのホントの名まえは？」

「ジョージ・ピーターズです」

「ふん、ちゃんとおぼえとくんだよ、ジョージ。かえるだんになったらエレグザンダーですなんて言って、さっきとちがうぞって言われたらじつはジョージ＝エレグザンダーなんですなんて言うんじゃないよ。それと、そのキャラコ着て女の人のそばに行っちゃダメだよ。あんた女の子のふりあんまりうまくないからね、まあ男ならだませるかもしれないけど。いいかいぼうや、ハリに糸とおすときはね、糸にハリをもってくんじゃない、ハリに糸をとおすんだ、女はだいたいみんなそうやるんだよ、男はいつだってはんたいだけどね。それと、ネズミとかにモノ投げるときは、つまさき立ちになって、手をアタマの上に、なるたけぎこちなくもちあげて、ねらいを二メートルばかしはずさないといけない。ウデをまげずにね、肩にじくがあるみたいにまわして投げる――女の子はそうやるんだ、男の子みたいに手クビやヒジつかって、ウデをヨコに出して投げたりしない。それにいいかい、女の子がヒザでモノうけとめるときはね、両方のヒザをひらくんだ、あんたさっきなまりうけとめるときヒザとじたろ、あれはちがう。ま、糸にハリとおしてるとこで男の子だってわかったんだけどね、あとのはみんなねんのためにやってみたのさ。さあおじさんのとこ行きな、セアラ・メアリ・ウィリアムズ・ジョージ・エレグザンダー・ピーターズ、こまったことになったらだれかにたのんでミセス・ジュディス・ロフタスにれんらくしてもらいな、それってあたしのことだよ、なんとかしてたすけたげるからね。川べりの道からはなれるんじゃないよ、で、こんど長あるきするときはクツとクツ下もってくるんだよ、川べりは石ころがおおいからね、きっとゴーシェンに着くころにはあんたの足、ひどいことになってるねえ」

おれは土手ぞいを五十メートルばかり上がってから、来た道をひきかえし、家よりだいぶ川下の、カヌーをかくしたところまでこっそりもどっていった。のりこんで、大いそぎで川に出た。川上にすすんで島の上はしのヨコまで来ると、そこから折れて島をめざした。もう顔をかくす必ようもないから、日よけ帽もぬいだ。半ぶん来たあたりで、時けいのうつ音がきこえたんで、とまって耳をすませた。音は川のむこうからかすかに、でもはっきりとどく――十一時。島の上はしに着くと、イキはゼイゼイ言ってたけどやすまずに、さいしょにキャンプをはった林のなかにとびこんでいって、高くてかわいた場しょでしっかり火をおこした。

それからまたカヌーにとびのって、二キロ下にあるおれたちの場しょめざしてひっしにこいでいった。

「いそげ」

陸に上がって、林をぬけて、丘をのぼって洞くつにはいっていった。ジムが大の字になってぐっすりねていた。おれはジムを起こして

「起きろ、いそげ、ジム！　ぐずぐずしてるヒマないぞ。おれたち追われてるんだ！」と言った。

ジムはなにもきかず、なにも言わなかった。そこから三十分のあいだのうごきを見れば、ジムがどれだけおびえてるかがよくわかった。おれたちのもちモノぜんぶ、またたくまにいかだにのせて、いかだをかくしておいたヤナギの入江からいまにも川に出ようってところまで来た。洞くつのたき火をおおいそぎで消して、あとはロウソク一本つかわなかった。

カヌーを岸からすこぉし出して見てみたけど、あたりにボートがいたとしても、木かげに星あかりじゃ見えなかった。それからおれたちはいかだを出して、木かげをそっと下って、じっとうごかずひとことも言わずに島の下はじをすぎていった。

12

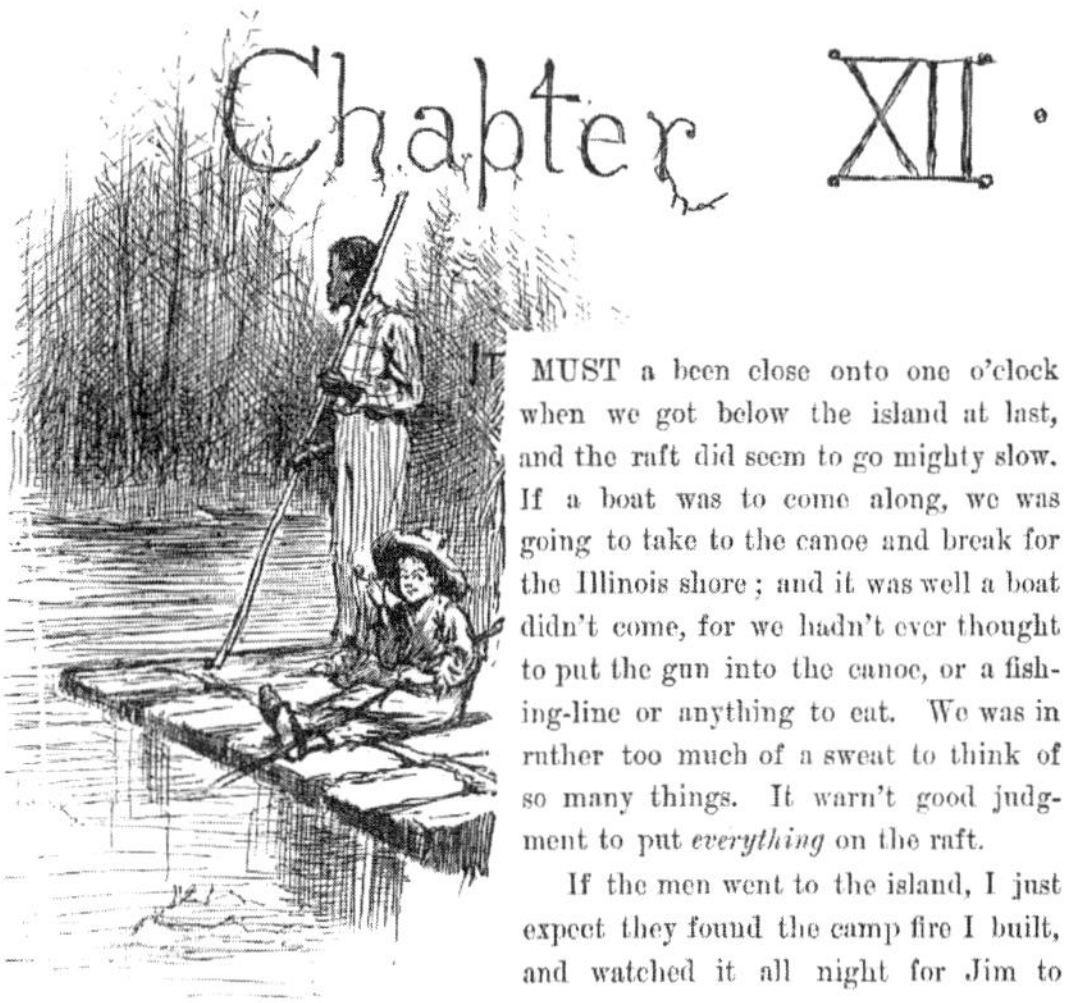
Chapter XII.

IT MUST a been close onto one o'clock when we got below the island at last, and the raft did seem to go mighty slow. If a boat was to come along, we was going to take to the canoe and break for the Illinois shore; and it was well a boat didn't come, for we hadn't ever thought to put the gun into the canoe, or a fishing-line or anything to eat. We was in rather too much of a sweat to think of so many things. It warn't good judgment to put *everything* on the raft.

If the men went to the island, I just expect they found the camp fire I built, and watched it all night for Jim to

いかだの上

やっと島の川下まで出たときはもう一時近かったにちがいない。いかだのすすみかたはものすごくのろくおもえた。もし船が来たら、カヌーにうつってイリノイの岸をめざすつもりだった。けっきょく一せきも来なかったのはさいわいだった。おれたちはテッポーをカヌーにもっていくこともおもいついてなかったし、釣り糸も、食いものものせてなかったからだ。なにしろおそろしくあわててたから、そんなにいろんなことまでかんがえられなかった。いかだになにもかものせたのは、かしこいはんだんじゃなかった。

男たちが島に行ったら、きっとおれがさっきおこしたたき火を見つけて、ジムがやってくるのをひと晩じゅう待つだろう。とにかくおれたちには近づかないでくれる。まんいち、やつらがあの火にだまされなかったとしても、それはまあしかたない。おれとしてはせいいっぱいごまかしたのだ。

空が白んできたところで、イリノイがわのおおきなまがりめにある砂《さ》すにいかだをつないで、なたでハコヤナギのえだを切りきざんでいかだにかぶせて、そこの土手でかんぼつがあったみたいに見せかけた。このへんの砂すにはハロー〔土を砕くための農具〕の歯みたいにびっしりハコヤナギが生えてるのだ。ミズーリがわの岸は山なみになっていて、イリノイがわはうっそうとした森で、このあたり、水がふかくて船がとおるのはミズーリの岸のほうなので、こっちにいればだれにもぶつかる心ぱいはない。おれたちは一日じゅうこっちがわにとどまって、いろんないかだやじょう気船がミズーリがわをすいすい走っていくのをながめた。川のまんなかでは、川上に向かうじょう気船がおおきな川の流れとたたかっていた。きのうのおばさんとのおしゃべりをいちぶしじゅうジムに話すと、その女の人はかしこい人だ、その人がじぶんでおれたちのこと追っかけてきたらすわりこんでたき火見はったりしねえだろうよ、その人なら犬をつれてくるよとジムは言った。じゃあなんで犬をつれてけってていしゅに言わないんだ？ってきくと、きっと男たちが出かけようってころにはおもいついたにちげえねえさ、だからきっと男たちは犬をちょうたつしに町へ行ったんだよ、それですっかり時かんをムダにしちまったのさ、さもなきゃおれたちいまごろこんなふうに町から二十五キロもはなれた砂すにいられやしないさ、いやいやきっとまたもとの町にぎゃくもどりしてるねとジムは言った。それでおれは、とにかくつかまらないかぎりりゆうはなんでもいいさと言った。

暗くなってくると、おれたちはハコヤナギのしげみからクビをつき出して、左を見て右を見てむかいを見た。なにも見あたらない。それでジムは、いかだの板を何まいかはずして、日でりや雨をしのげるよう、それににもつをぬらさないようにウィグワム〔インディアンが作るテントふうの小屋〕をつくりにかかった。まずウィグワムのゆかを、いかだより三十センチばかり高くつくる。これで毛ふがじょう気船の波でぬれずにすむ。ウィグワムのまんなかに土を十四、五センチつんで、土がくずれないようわくでまわりをかこんで、雨のときやさむいときにも火がおこせるようにした。ウィグワムのなかなら火を外から見られずにすむ。それとオールも一本よけいにつくった。いつどっちがしずみ木とかにひっかかって折れちまうかわからないから。ふるいランタンをつるしておけるよう二《ふた》またのぼうもつくった。川上からじょう気船が下ってきたら、ぶつかられないよう、かならずランタンをつけないといけないのだ。川上ただし、川下からのぼってくるじょう気船には必ようない——川をななめにのぼってくるときはべつだけど。いま水かさはまだずいぶん高くて、土手のいちばんひくいところはまだすこし水にうもれてるくらいだから、川上にのぼっていく船は水のふかいところをとおるとはかぎらなくて、とにかくいちばんラクな道スジをえらぶのだ。

この二日めの夜、おれたちは七、八時かん走りつづけて、水の流れにもたすけられて一時かん六キロ以上すすんでいった。さかなを釣って、いろんな話をして、ねむけざましにときどきおよいだ。おおきな、しずかな川を、流れにまかせてゆるゆる下り、あおむけにねそべって星をながめる。これってなんとなくげんしゅくなかんじがした。大ごえでしゃべる気にはならなかったし、ふたりともたまにしかわらわず、わらっても小ごえでクスクスやるていどだった。天きはだいたいいつもよかったし、その夜おれたちにはなにも起こらなかった——そのつぎの夜も、そのまたつぎの夜も。

時に鶏を失敬

毎晩いろんな町のまえをすぎていった。町はときおり、水ぎわじゃなく暗い丘の中ふくにあったりして、そうすると川から見ると光の点がポツポツねどこみたいにならんでるだけで、一けんの家も見えなかった。五日めの晩に、セントルイスのまえをとおったら、まるでせかいじゅうのあかりがついたみたいだった。セントルイスには二万か三万ひとがいるってセントピーターズバーグでは言っていて、おれはぜんぜん本きにしてなかったけど、そのしずかな夜の午ぜん二時にものすごい光のひろがりを見て、はじめてなっとくした。なんの音もしなかった。だれもがねむっていた。

で、毎晩十時近くにおれは陸《おか》に上がって、どこかのちいさな村に行って、十セントか十五セントぶん、トウモロコシのあらびき粉、ベーコンといった食べものを買った。ときおり、ぐっすりねむれずにいるニワトリを一わしっけいして、いかだにつれてかえった。おやじはいつも、ニワトリが手にはいるチャンスはぜったいのがすな、じぶんはいらなくてもだれかほしいやつがすぐ見つかる、よいおこないはおぼえてもらえるものだと言っていた。おやじがじぶんでニワトリがいらないのを見たことは一どもなかったけど、とにかく口ではいつもそう言っていた。

夜あけまえにこっそり畑にはいっていって、スイカ、マスクメロン、カボチャ、できたてのトウモロコシ、とかそんなものをはいしゃくした。モノをかりるのはかまわねえんだ、いつかかえす気があるんならっておやじはいつも言ったけど、そんなのはぬすみをていよく言いかえてるだけです、まともな人げんはそんなことしません、と未ぼう人には言われた。まあ未ぼう人もそれなりにただしいしおやじさんもそれなりにただしいんじゃねえかな、とジムは言って、いちばんいいのはリストをつくって、そのなかから二つ三つえらんでかりることにして、ほかはかりないようにするんだ、そうすりゃその二つ三つかりるのもわるいことにはならないんじゃねえかなと言った。それでふたりでひと晩じゅう、川をゆるゆると下りながら、スイカをあきらめるべきか、それともカンタロープか、それともマスクメロンかをきめようとした。でも夜あけ近くになって、これでよしときめたときには、けっきょくあきらめたのはクラブアップルとカキだった。そこにたどりつくまではどうもしっくりこなかったんだけど、これですっかりおちついた。こういうふうにきまっておれもうれしかった。クラブアップルはうまかったためしがないし、カキはどのみちあと二、三か月じゅくさないから。

ときおり、朝はやく起きすぎたか、夜ねどこにはいるのがおそすぎた水鳥もテッポーで撃った。なんだかんだ言って、けっこう上とうのくらしだった。

セントルイスをすぎて五日めの夜、午前れい時すぎにおおあらしになって、カミナリは鳴るしイナズマはひかるし、雨もざあざあふった。おれたちはウィグワムのなかにこもった。いかだには自力でたえてもらうしかない。イナズマがぴかっとひかると、まえのほうに川がまっすぐのびてるのが見えて、両ヨコはきりたったぜっぺきだった。そのうちにおれが「おぉいジム、あすこ見ろよ！」と言った。じょう気船が岩にのりあげて、ぶっこわれていたのだ。おれたちはその船のほうにゆるゆる下っていた。イナズマの光で船のすがたがくっきり見えた。船たいがヨコにかたむいて、上甲ぱんがすこし水の上に出ていて、チンブリーガイ〔正しくはチムニーガイ、煙突を支える張り綱〕一本いっぽんハッキリ見えるし、ピカッとひかると大がね《ビッグ・ベル》〔たいてい上甲板の屋根についている〕のそばのイスの背にふるいソフト帽がかかってるのまで見えた。

夜はふけてるし、あらしだし、なにもかもすごくしんぴてきなものだから、川のまんなかにそのナンパ船がひどくわびしく、さみしげにかしいでいるのを見て、なんだかワクワクしてきた。男の子だったらだれだってそうなるだろう。あの船にのりこみたい、あちこちのぞいてまわってなにがあるか見てみたい、そうおれはおもったのだ。それで

「のろうぜ、ジム」と言った。

でもジムははじめ、だんこはんたいした――

「ナンパ船にかかわるなんてゴメンだね。聖しょにも書いてあるだろが、うまく行ってるときによけいなことするなって〔実は聖書にそのような「教え」はない〕。あのナンパ船、たぶん見はりがついてるよ」

「なぁにが見はりだ」とおれは言った。「見はるもののためにって、テクサス〔高級船員用の最上層甲板室〕とそうだ室だけだろうに。こんな夜にそんなもののために、いのちキケンにさらすやつがいるとおもうか？　あの船、いまにもバラバラになって川を流れていっちまいそうじゃないか」。ジムもこれにはなんとも言いかえせず、言おうともしなかった。「だいいちさ」とおれはなおも言った。「なにかいいものかりれるかもしれないぜ、船ちょう室とかから。ハマキとか、ぜったいあるよ――一本しっかり五セントするやつが。じょう気船の船ちょうって、みんなはぶりがいいんだよ、月きゅう六十ドルとかもらってさ、なにかほしいとおもったら、いくらするかなんていちいち気にしやしないんだ。ポケットにロウソク一本入れろよ、おれおちつかないんだよジム、あの船たんけんしてみないとさ。こういうの、トム・ソーヤーがだまって見すごすとおもうかい？　ぜったいありえないね。トムならこれを冒けんだって言うさ、きっとそう言うとも、なにがあってもぜったいあのナンパ船にのりこむよ。それにトムならきっと、めいっぱいドラマにしたてるね、クリストファー・コロンブスが天ごくはっけんしたみたいにさ。ああ、トム・ソーヤーがここにいたらなあ」

ジムはすこしブツブツ言ったけど、けっきょくおれてくれた。なるたけ口きくんじゃねえぞ、しゃべるときはできるだけひくい声でな、とジムは言った。ちょうどそこでまたイナズマがピカッとひかって、おれたちは右げんのデリック〔荷物積み降ろし用のクレーンの腕木〕にたどりつき、そこにいかだをつないだ。

こっちがわでは、甲ぱんが高く上がっている。ななめのゆかをそうっと下って、暗いなか左げんにまわって、テクサスめざして一歩いっぽゆっくり、はりつなにひっかからないよう手をひろげてすすんでいった。とにかくまっくらで、つなもなにも見えやしないのだ。じきに天マドのまえがわに出たんで、のぼっていった。つぎは船ちょう室のドアのまえに出ると、ドアはあいていた。それでだ、テクサスのろうかのむこうに、あかりが見えた！　それとどうじに、そっちのほうからひくい声もきこえた！

ジムがヒソヒソ声で、おれもうこんなのやだよ、かえろうぜと言った。わかった、とおれも言っていかだのほうに行こうとしたところで、だれかがあわれっぽい声で

「なあたのむよ、おまえら、おれぜったい言わないからさ！」と言うのがきこえた。

べつの、ずいぶんおおきい声がした――

「ウソつくな、ジム・ターナー。まえにもこんなマネしたじゃねえか。おまえはいつだってわけまえよぶんにほしがって、いつだってよぶんにせしめるんだ、ぜったい言わねえからもっとくれとか言って。だけど、こんどというこんどは、さすがにやりすぎたぜ。おまえはこの国でサイコーにゲスのウラぎりものだ」

このときにはもう、ジムはいかだのほうに行ってしまっていた。でもおれはすっかりこうきしんをかきたてられて、トム・ソーヤーだったらここでひきさがりやしないぞ、おれだってするもんか、ここにとどまってなにが起きてるのか見とどけるんだ、ときめた。それでそのせまい通ろに両手両ヒザついて、暗いなかを船尾《とも》にむかってはっていき、テクサスのヨコろうかまで、あいだにはもうこしつひとつだけってとこまで近づいた。で、そのこしつのゆかに男がひとり、手も足もしばられてたおれてるのが見え

「たのむからかんべんしてくれよビル」

て、そいつを見おろしてふたりの男が立っていて、ひとりはうす暗いランタンを手にもち、もうひとりはピストルをもっていた。で、そいつはたおれてる男のアタマになんべんもピストルをつきつけて

「撃っちまいたいぜ！　撃つべきだぜ、おまえみてえなゲス野郎は！」と言った。

ゆかの男はちぢみあがって「たのむよ、たのむからカンベンしてくれよビル――ぜったい言わねえからさ」と言った。

そう言うたびに、ランタンをもった男はあはははとわらって

「言わねえだろうともさ！　おまえ、そんなに正しいこと言ったのはじめてだぜ！」と言った。そのうちにまた言った――「なぁにがたすけてくれだ！　こっちがおさえつけてしばりつけたからいいようなものの、そうじゃなけりゃこいつ、おれたちのことふたりともころしてるぜ。それも、なんのために？

りゆうなんかないのさ。おれたちがじぶんのけんり主ちょうしたってだけさ――それだけさ。けどもう、だれもおまえにおどかされやしねえぜ、ジム・ターナー。ピストルしまいな、ビル」

するとビルは

「やだよ、ジェイク・パッカード。こいつはころしたほうがいいとおれはおもう――こいつはハットフィールドのこともまるっきりおんなじようにころしたんだし――ころされたってじごうじとくだろ？」

と言った。

「だけどおれはころしたくねえんだよ、それにはちゃんとワケがある」

「なんていいこと言ってくれるんだ、ジェイク・パッカード！　おれ、おまえのことぜったいわすれないぜ！」とゆかの上の男はナミダ声で言った。

パッカードはそれに耳もかさず、ランタンをクギにひっかけて、暗いなかをおれがいるほうにあるきだして、ビルにもついてくるようあいずした。おれはせいいっぱいすばやく、二メートルばかりうしろに下がったけど、なにしろ船がひどくかたむいてるんで、そんなにはやくはすすめない。追いつかれてつかまったらエライことになるので、上のがわのこしつにもぐりこんだ。パッカードは暗いなかを手さぐりで来て、おれのいるこしつにたどりつくと

「ここだ――ここにはいるぞ」と言った。

そうしてパッカードがはいってきて、ビルがついてきた。ふたりがなかにはいるまえに、おれは二だんベッドの上がわに上がってたけど、もう逃げ道はない。ああ来るんじゃなかった、とこうかいしたけ

どもうおそい。ふたりはすぐそばに立って、二だんベッドのヨコ板に手をかけてしゃべってる。おれのいるとこからは見えないけど、ウイスキーのニオいでどこにいるかはわかったし、すごく近くにいることもわかった。じぶんがウイスキーのまなくてよかったとおれはおもったけど、まああんまりちがいはなかったか——おれはイキとめてたから、ニオいがあろうがなかろうが気づかれなかっただろう。とにかくあんまりこわくて、イキもできなかったのだ。だいたいあんな話きいて、イキなんかできやしない。

ふたりはひくい声で話しこんでいた。ターナーをころそうぜ、とビルは言っていた。

「一どはバラすぞって言ったんだ、きっとバラすさ。おれたちのわけまえをあいつにやったっておなじことさ、もうこんなふうにやりあって、しばりあげちまったからには。あいつのことだ、ぜったいきょうはんしょうげん〔共犯を認めて自分の罪を軽くしてもらう証言〕するぜ。あんなやつはさっさとしまつしたほうがいい」

「おれもそうおもう」とパッカードがすごくしずかな声で言った。

「なぁんだ、おれはまた、おまえはそうおもわねえのかとおもってたぜ。じゃあ話ははやい。さっさとやっちまおう」

「まあ、ちょっと待て。まだつづきがあるんだ。よくきけよ。撃ちころすのもいいが、やらなきゃいけねえとなったら、もっとしずかなやりかたがある。で、おれとしてはこうおもうんだ。しばりクビになりかねねえマネは、できることならさけたい。おんなじくらいききめがあって、こっちにはなんのキケンもないやりかたがあったら、そのほうがいい。ちがうか？」

「どうとくてきにもまちがってる」

「そりゃあそうだ。でも、どうやるんだ？」

「いいか、おれのかんがえはこうだ。船のこしつをまわって、まだとりのこしてるモノかきあつめて、陸に上がってどっかにかくす。それから、待つんだ。おれの見たところ、このナンパ船、あと二時かんもすりゃバラバラになって川を流されてく。な？　やつはおぼれちまって、じぶん以外だれもせめられやしねえ。そのほうがころすよりずっといいんじゃないかね。おれはね、なるべくなら人はころさねえにこしたことねえとおもうんだよ。ころすのはふんべつにもとるし、どうとくてきにもまちがってる。そうじゃねえか？」

「ああ、そうだとおもうよ。だけどもし船がバラバラにならねえで、流されなかったら？」

「そのときはそのときさ。とにかくまずは二時かん待って、ようすを見りゃいい」

「わかったよ。じゃあとりかかろう」

というわけでふたりはシゴトにかかり、おれはおびえきってあたふたと逃げていった。外はまっくらだったけど、おれがしゃがれた声で「ジム！」とささやくと、ジムはすぐヨコからうなるみたいな声をかえしたのでおれは言った——

「いそげ、ジム、ぐずぐずうなってるヒマないぞ、あすこに人ごろしの一みがいるんだ、やつらのボートをさっさとさがしだして川に流しちまわないといけない、そうすりゃあいつらナンパ船から出られなくなるから。さもないとやつらのうちひとりがエラいことになる。けどボートを流しちまえば、みんなエラいことにしてやれる——保安かんにつかまるんだ。さあ、はやく！　おれは左げんをさがす、おまえは右げんをさがせ。まず、いかだつないだあたりからさがしてさ、それで——」

「たいへんだ、たいへんだ！」

「たいへんだ、たいへんだ！　いかだ？　いかだもうないんだよ、つながはずれて流れてっちまったんだ——おれたちここにとりのこされたんだよ！」

13

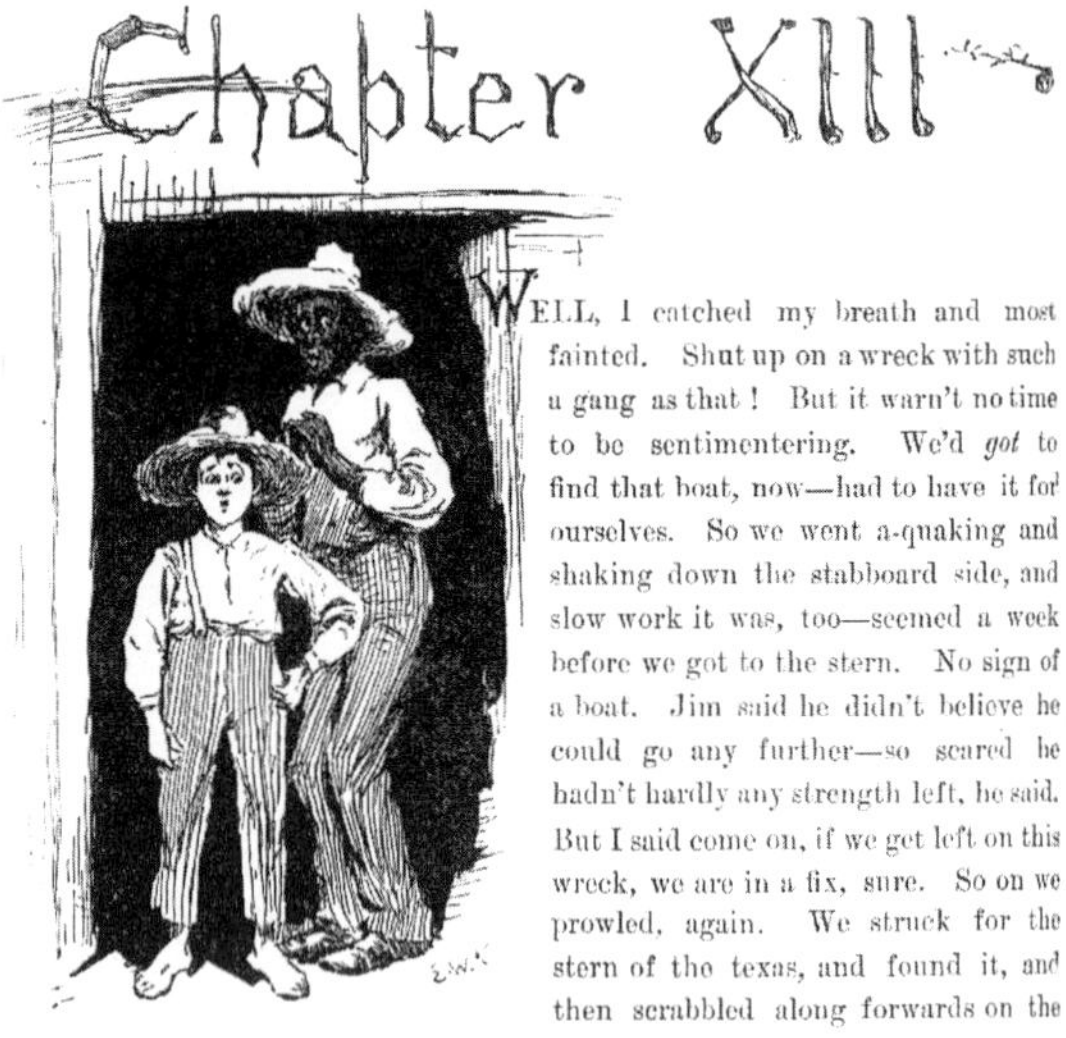

WELL, I catched my breath and most fainted. Shut up on a wreck with such a gang as that! But it warn't no time to be sentimentering. We'd *got* to find that boat, now—had to have it for ourselves. So we went a-quaking and shaking down the stabboard side, and slow work it was, too—seemed a week before we got to the stern. No sign of a boat. Jim said he didn't believe he could go any further—so scared he hadn't hardly any strength left, he said. But I said come on, if we get left on this wreck, we are in a fix, sure. So on we prowled, again. We struck for the stern of the texas, and found it, and then scrabbled along forwards on the

えらいことに

おれはハッとイキをのんで、あやうくそっとうするところだった。こんな悪とうどもといっしょにナンパ船にとじこめられるなんて！　けどメソメソしたってはじまらない。こうなったらぜったいやつらのボートを見つけなきゃいけない——おれたちがつかうのだ。というわけで、ふたりでブルブルガタガタふるえながら右げんをおりていった。ゆっくり、ゆっくりすすんで、船尾《とも》に着くのに一週かんかかった気がした。ボートはどこにも見あたらない。おれもうこれ以上行けないよ、もう力がのこってないよ、とジムは言った。なに言ってんだいこの船からおりられなかったらエラいことになるんだぞ、とおれは言った。それでまたコソコソとすすんでいった。テクサスのウラがわめざして、たどりついて、つぎは天マドの上を、天マドのはじは水にしずんでるんでヨロイ戸からヨロイ戸をつたってはっていった。ヨコにのびたろうかのドアのすぐそばまで来たところで、あった、ボートだ！　かろうじてそのりんかくが見えた。サイコーにありがたい気ぶんだった。つぎのしゅんかんにはもうボートにのって、といきたいところだったけど、そこでドアがひらいた。男のひとりがクビを、おれから五十センチくらいしかないところまでつきだして、これでもう万じきゅうすだとおもったけどそいつはまたクビをひょいとひっこめて

「おいビル、そこのランタンかくせ！」と言った。

　そうしてなんかのふくろをボートに投げいれて、じぶんものりこんですわった。パッカードだ。それからビルも出てきて、のった。パッカードがひくい声で

「これでよし――ボートを出せ！」と言った。

　おれはもうすっかり力がぬけちまって、よろい戸につかまってるのにもひと苦労だった。ところがそこでビルが

「ちょっと待て――あいつの服はさぐったか？」と言った。

「いいや。おまえ、やらなかったのか？」

「いいや。じゃああいつ、わけまえのカネ、まだもってるままだな」

「それじゃとりに行こう――こんなガラクタもってってたって、カネおいてくんじゃイミねえぜ」

「なあ――あいつ、おれたちがなにたくらんでるか、うたがわねえかな？」

「だいじょぶじゃねえか。とにかくやるしかねえだろ。さあ行こう」

　とゆうわけでふたりは、ボートをおりて船にもどっていった。

ドアがバタンとしまった。そっちはかたむいた下のがわだったのだ。一びょうもたたないうちにおれはボートにのっていて、ジムもあたふたついてきた。おれはナイフを出してナワを切って、ボートを出した！

おれたちはオールにさわらなかったし、しゃべりもささやきもせず、ほとんどイキもしなかった。なぁんの音もたてずにするすると、ナンパ船の水かきばこのまえをすぎて、船尾もすぎて、さらに一、二びょうするともう船の百メートル下に出て、暗やみが船をのみこんでまったくなにも見えなくなった。もうだいじょうぶ、これでひとあんしんだ。

川を三、四百メートル下ったところで、テクサスのドアのところでランタンが一しゅんキラッとひかるのが見えた。これで悪とうどもにも見えてくるはずだ——ボートにのりそこなって、ふたりともジム・ターナーとおんなじ厄介《トラブル》かかえこんだってことが。

それからジムがオールをこぎはじめて、おれたちはいかだをさがしにいった。ここではじめて、おれは男たちのことが心ぱいになった。たぶんそれまでは、そんなよゆうもなかったのだろう。いくら人ごろしだって、こんな目にあわされたらさぞおそろしいだろう。こいつはおれじしん、人ごろしになりかねないってことだぞ、そしたらどんな気がする？　そうおれはじぶんにといかけた。それでジムにむかって言った——

「どこかにあかりが見えたらすぐ、その百メートル下か上で、ボートとおまえをかくすのにいい場しょで陸に上がる。で、おれはなんか話をでっちあげて、あの悪とうどものとこにだれか行ってたすけだすようしむける。やつらはちゃんとそのときが来たら、しばりクビになればいい」

　でもこのおもいつきはうまくいかなかった。じきにまたあらしがやってきて、こんどのはもっとひどかったからだ。雨がざあざあふりまくって、あかりなんていっこうに見えない。きっとみんなねどこにはいってるんだろう。おれたちは川をぐんぐん下って、あかりが見えないか、おれたちのいかだはないかと目をひからせていた。長いことふったすえに雨はやっとやんだけど雲はそのままだったし、イナズマもまだしめっぽくひかっていて、そのうちにピカッときて、まえのほうになんか黒いモノがうかんでるのが見えたのでそれをめざした。

　いかだだった。いかだにまたのれて、ふたりともすごくうれしかった。と、右のずっと川下のほうの岸にあかりが見えた。おれ、あそこに行く、とおれはジムに言った。ボートは悪とうどもがナンパ船からぬすんだ品で半ぶんいっぱいになっていて、そいつをふたりでぜんぶいかだにつみあげてから、おれはジムに、このままゆっくり下っていけ、三キロばかり行ったとおもったらあかりをつけろ、おれがもどってくるまでつけっぱなしにしといてくれと言った。そうしてオールを手にとり、見えたあかりめざしてボートを出した。近づいてくとちゅう、丘の上のほうにまた三つ、四つあかりが見えた。村があるのだ。水ぎわのあかりの上で岸に寄って、オールをおいて流されるままにした。すすんでいくうちに、そのあかりが、どうたいがふたつあるわたし船のハタざおにかかったランタンだとわかった。なにもかもしずまりかえって、だれもうごいていない。おれはボートを船尾の下にすべりこませてナワでつなぎ、船にのりこんだ。見はりはいないか、どこでねてるんだろうとあたりを見まわし、そのうちまえのほうのビット〔ロープを巻きつける「係柱」〕のあたりで見はりの男がすわってアタマを両ヒザのあいだに押しこんでねむってるのが見つかった。おれはそいつの肩を二、三べんかるくゆすって、それからメソメソ泣きだした。

見はりの男はギョッとしたみたいにからだを起こしたけど、なんだ子どもか、という顔をしておおきくアクビしてのびをしてから

「よぉ、どうした？　泣くなって、ぼうや。なにがあったんだ？」ときいた。

おれは

「とうちゃんと、かあちゃんと、ねえちゃんが――」

と言ったところでまた泣きだした。男は

「おいおいいいかげんにしろって、だれだってつらいことはあるんだからさ、いずれ万《ばん》じまるくおさまるって。で、どうしたんだ？」と言った。

「とうちゃんも――かあちゃんも――あんた、この船の見はり？」

「そうとも」と男は、なんだかけっこうじまんそうに言った。「おれはこの船の船ちょう、けんオーナー、けん航かい士、けん水先あんない人、けん見はり、けん甲ぱんちょうだ。ときにはつみに、けんじょうきゃくにもなる。ジム・ホーンバックのジイさんほどカネもちじゃないから、ジイさんみたいに、だれにでも気まえよくカネばらまいたりはできんけどな、ご本人にめんとむかってなんべんも言ったとおり、ジイさんと立ちばをとりかえたいとはおもわんね。なぜっておれにはやっぱり、船のくらし

がしょうにあってるしさ、町から三キロはなれてくらすのだっておことわりだね、なんにもおもしれえことなんかないんだから、いくらジイさんみたいに、いやそれよりもっとカネがあったって——」

おれは話にわってはいって

「みんなタイヘンなことになってるんだよぉ——」と言った。

「よぉ、どうした？」

「みんなって？」

「だからぁ、とうちゃんと、かあちゃんと、ねえちゃんと、ミス・フッカーだよぉ。このわたし船であすこ行ってもらえたら——」

「あすこってどこだ？　みんなどこにいるんだ？」

「ナンパ船」

「え、ナンパ船っていったら一せきしかないでしょ？」

「じゃなにか、『ウォルター・スコット』か？」

「それだよぉ」

「こいつぁたまげた！　みんなあんなとこでなにやってんだ？」

「わざと行ったんじゃないよぉ」

「そりゃそうだろうとも！　こりゃタイヘンだ、さっさとおりねえと、たすかる見こみねえぞ！　だいたい、いったいどうやってそんなことになっちまったんだ？」

「うん、それがね、ミス・フッカーがあすこの町にいる知りあいに会いにいって――」

「ああ、ブースズ・ランディングだな。で？」

「そう、そのブースズ・ランディングの、おともだちのミスなんとかっていう、名まえわすれちゃったけどその人のうちにとまりにいくって言って、夕がたにニガーの女中つれて馬わたしにのったんだけど、とちゅうでオールがなくなっちまって、ぐるぐるまわってはんたいむきに流されて、三キロばかり下って、あのナンパ船にぶつかって、わたし守《もり》もニガーの女中も馬もみんなおぼれちまったけどミス・フッカーだけはなんとかナンパ船にとびついてはい上がったんだ。で、日がしずんで一時かんくらいしてから、おれたちべつのボートで下ってきたんだけど、なにしろまっくらだったからナンパ船がすぐ目のまえに来るまでぜんぜん気づかなくて。それでおれたちもぶつかっちまったんだけど、こっちはビル・ウィップル以外はみんなたすかった――ああ、いいやつだったのに！　おれ本きでおもっちまうよ、ビルじゃなくておれが死んでたらよかったのにって」

「たまげたなあ！　こんな話きいたことねえぞ。で、それからどうしたんだ、おまえら？」

「うん、たすけてくれぇってせいいっぱいわめいたんだけど、なにしろあのへんは川はばがひろいから、だれにもきいてもらえなかったんだよ。それでとうちゃんが、だれかが陸に上がってたすけを呼んでこいって。およげるのはおれだけだったから、大いそぎで出かけたんだけど、ミス・フッカーから、すぐたすけが見つからなかったらここへ来てミス・フッカーのおじさんをさがしなさいって言われたんだ、おじさんならなんとかしてくれるからって。で、おれ、ここから一キロ半くらい下に着いて、それからずっとあるいてたんだ、なんとかだれかにたすけてもらおうとおもって、だけど会う人みんな『なんだって、こんな夜に、こんな流れでか？　ムリにきまってるだろ、じょう気のわたし船にたすけてもらいな』って言うんだ。だからおじさんがもし行ってくれたら――」

「そりゃ行ってやりたいさ、もちろん行くとも。だけどさ、ひようはだれがはらってくれる？　おまえのとうちゃん、カネは――」

「うん、それならだいじょぶだよ。ミス・フッカーがハッキリ言ったんだ、ホーンバックおじさんが――」

「なんだって！　あの人がおじさんなのか？　いいかぼうや、あすこのあかりにとんでってな、着いたら西へまがるんだ、で、五百メートルくらい行ったらはたごがあるから、ジム・ホーンバックさんのうちにつれてってくださいってたのみな、そしたらひようはあの人がもってくれる。グズグズするんじゃねえぞ、あちらもはやく知りたいだろうから。おたくのめいごさんはわたし船の船ちょうがおまもりします、ホーンバックさんが町へおいでになるよりまえにぶじおつれしますって言うんだ。さあ気あい出して行きな、おれはそこのかどまがってきかん士起こしにいくから」

言われたあかりめざしておれはかけだしたけど、男がかどをまがったとたんにもどっていってボートにのりこみ、水をくみ出してから、流れのゆるい水を岸にそって六百メートルばかりのぼっていって、

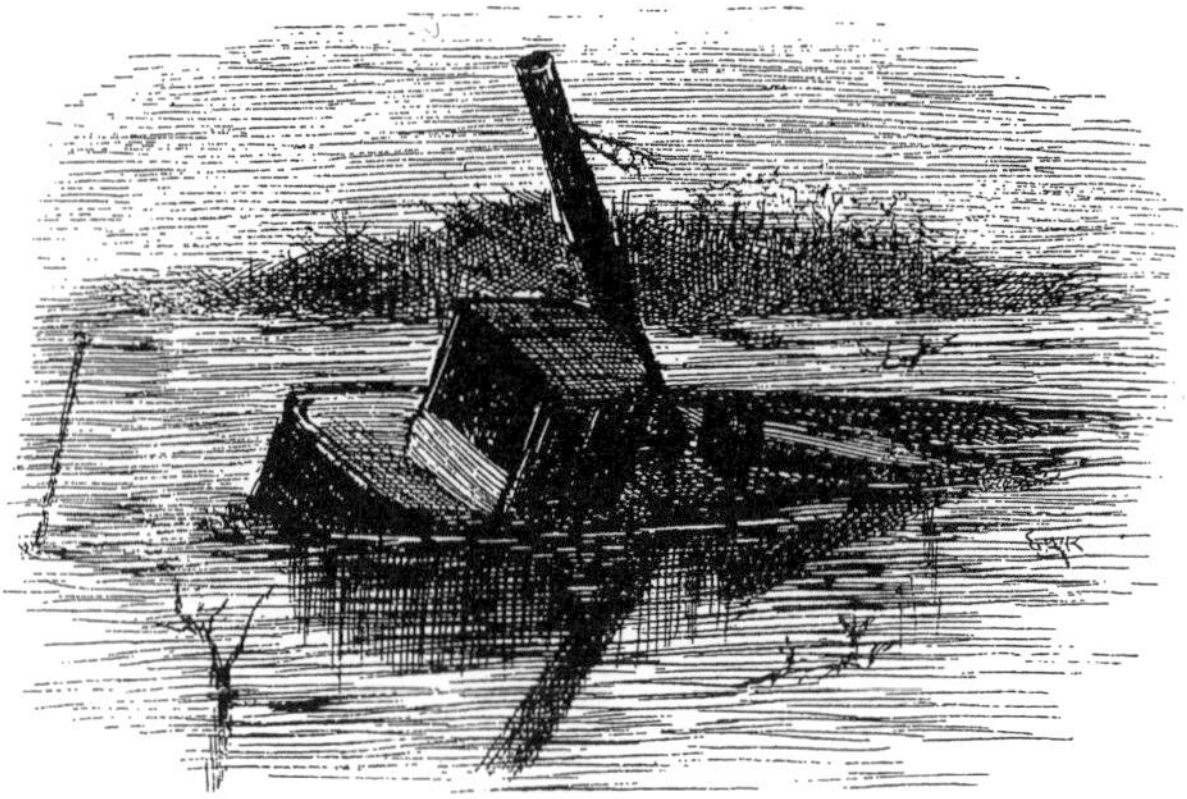

難破船

材もく運ぱんボートが何そうかならんでるなかにもぐりこんだ。とにかくわたし船が出ていくのを見とどけるまではおちつかなかった。でもまあぜんたいとしては、あの悪とうたちのためにこれだけやったんだとおもうと、まずまず気はラクだった。ここまでやる人げんはそんなにいないとおもう。未ぼう人にこれ知ってもらえたらなあ、とおれはおもった。ああいうロクでなし連中をたすけたときいたら、きっとじまんにおもってくれるはずだ。なぜって未ぼう人とかのただしい人がいちばんきょうみをもつのは、ロクでなしとかゴクつぶしとかのたぐいだから。

まもなくナンパ船が見えてきた。ぼうっとうす暗くて、ずるずるしずみかけてる！　ゾッとつめたいものが背スジを流れていったけど、おれはそっちへむかっていった。もうずいぶんふかくしずんじまって、なかにいる人げんがたすかる見こみがまずないことはすぐわかった。おれは船のまわりをぐるっとまわって、ちょっとどなってもみたけど、へんじはなかった。シーンとしずまりかえってる。悪とうどものことをおもうとすこし気がおもくなったけど、それほどでもなかった。やつらにたえられるんだったら、おれにもたえられる。

と、わたし船がやってきたので、おれは川のまんなかをめざそうと、長いななめの流れにボートをのせた。もう見えなくなったとおもえたところでオールをおろして、うしろを向き、船がミス・フッカーのいたいをさがしてナンパ船のまわりをうろつくのをたしかめた。ミス・フッカーのおじさんのホーンバックはきっといたいをほしがるにちがいない、と船ちょうはかんがえているだろう。でもじきに船はさがすのをあきらめて、岸へ向かっていった。それを見ておれはめいっぱいボートをこいで、川をぐんぐん下っていった。

寝支度をして眠った

ジムのあかりが見えるまで、ずいぶん長い時かんがかかった気がした。やっと見えたときも、二千キロくらいはなれてるみたいに見えた。たどりついたころには東の空が白みはじめていた。おれたちはそこらへんの島に行って、いかだをかくして、ボートをしずめて、ねじたくをして死人みたいにねむった。

14

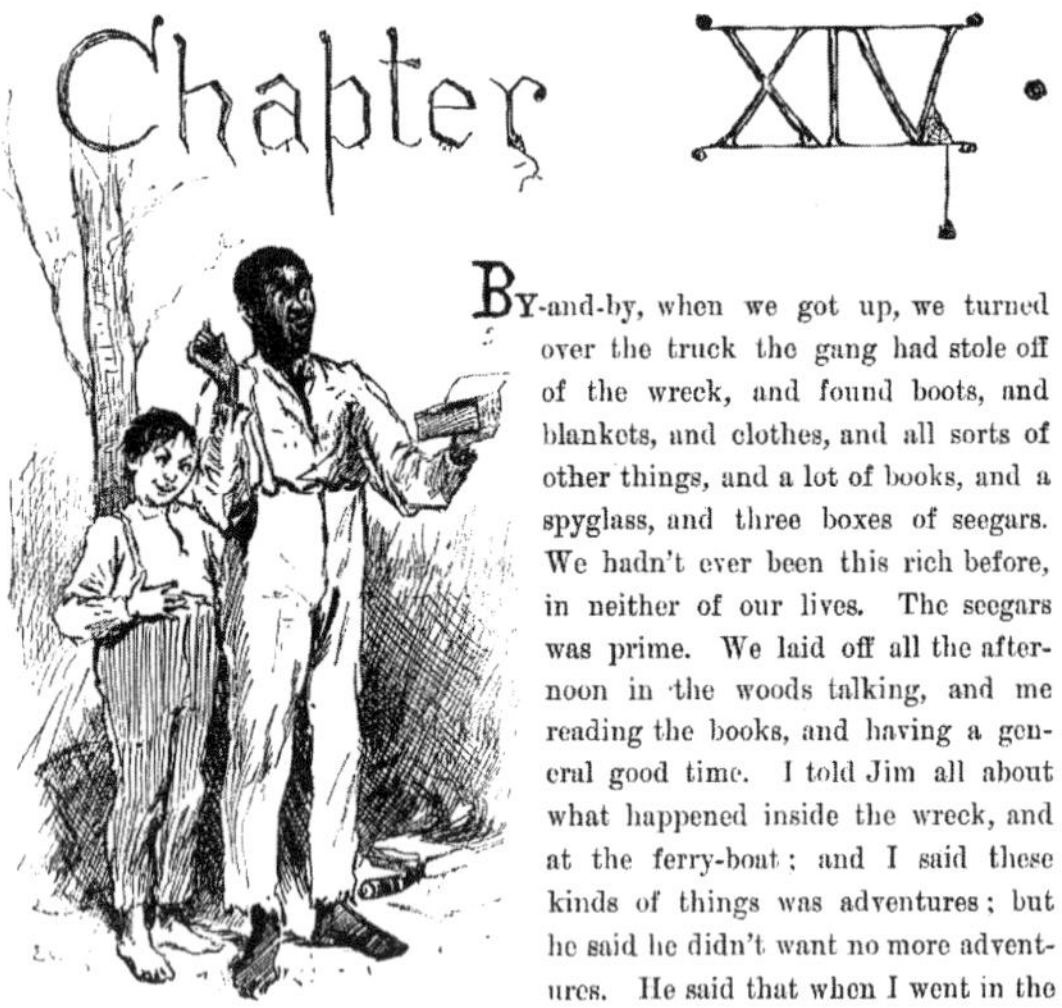
Chapter XIV.

BY-and-by, when we got up, we turned over the truck the gang had stole off of the wreck, and found boots, and blankets, and clothes, and all sorts of other things, and a lot of books, and a spyglass, and three boxes of seegars. We hadn't ever been this rich before, in neither of our lives. The seegars was prime. We laid off all the afternoon in the woods talking, and me reading the books, and having a general good time. I told Jim all about what happened inside the wreck, and at the ferry-boat; and I said these kinds of things was adventures; but he said he didn't want no more adventures. He said that when I went in the

盗品を見てみると

そのうちにふたりとも目をさまして、悪とうどもがナンパ船からぬすんだモノを見てみると、ブーツ、毛ふ、服、そのほかいろんなのが出てきた。本もたくさんあったし、小がたのぼうえんきょうに、ハマキ三パコもあった。おれたちふたりとも、こんなにモノもちになったのははじめてだった。ハマキはサイコーだった。午ごのあいだずっと森で、しゃべったり、おれが本をよんだり、のんびりかいてきにすごした。ナンパ船とわたし船で起きたいちぶしじゅうを、おれはジムに話してきかせた。これこそ冒けんだよなっておれは言ったけど、冒けんなんてもうゴメンだねとジムは言った。あんたがテクサスにはいってって、おれはいかだにのろうとおもってはってもどったらいかだがなくなってて、あやうく心ぞうがとまるところだったよ、これでおれは万じきゅうすだとおもったね、もうどうしようもねえ、だれにもたすけてもらえなかったらオボレるしかねえし、たすけてもらったらたすけてくれた人がケンショウ金めあてにおれをおくりかえすだろうし、そしたらミス・ワトソンはきっとおれを南へ売りとばすにきまってる。たしかにジムの言うとおりだった。ジムの言うことはたいていいつもただしかった。ニガーにしては、ジムはすごくまともなアタマのもちぬしだった。

おれはジムに、王さまだの公しゃくだの伯しゃくだのの話をいろいろよんでやった。みんなものすごくハデな服着てものすごくカッコつけて、ミスタとかじゃなくてカッカとかヘイカとかデンカとか呼びあうんだぜって言ったらジムが目をまるくした。きょうみしんしん、ジムは

「そんなにおおぜいいるとは知らなんだ。ソラマン王以外ひとりもきいたことなかったよ、まあトランプの王さまかんじょうに入れりゃべつだけど。王さまっていくらもらえるのかね？」ときいた。

「もらえる？　そりゃさ、ほしけりゃ月千ドルだってもらえるさ。いくらでも好きなだけとれるんだよ。なにもかも王さまのものなんだから」

「それってすごくねえかい？　で、なにやらされるんだね？」

「なにもやりゃしないよ！　なに言ってんだよ。なにもしねえでのんびりしてるだけさ」

「え、ホントに？」

「きまってるさ。なにもしねえでのんびりしてるだけだよ。まあ戦そうのときはべつかもしんなくて、そうなったら戦そうに行く。だけどそれ以外のときは、ただゴロゴロしてんだよ。じゃなきゃタカ狩りに行くとかさ——ただタカ狩《か》ってのん——　シーッ！　なんか音、きこえなかったか？」

ふたりともとびだしていって、見てみた。でも、川下のほうでまわりこんでくるじょう気船の水かきがパタパタいってるだけだったから、またもどってきた。

「うん、あとさ、タイクツになってくると、ギカイにちょっかいだしたりもする。みんなちゃんと言うとおりにしないと、そいつらのクビを切りおとすんだ。でもたいていは、ハーレムでぶらぶらしてる」

「どこでだって？」

「ハーレムだよ」

「ハーレムってなんだね？」

「女《にょう》ぼう連中をすませてるとこだよ。ハーレムのこと、知らないのか？　ソロモンももってたよ。なんせ女ぼうが百万人くらいいたから」

「あ、うん、そうだった――うん、わすれてたよ。ハーレムってのはようするにあれだ、下しゅく屋みたいなもんだな。子どもべやとか、きっとさぞうるせえだろうな。それに女ぼう連中もやたらケンカとかするだろうから、ますますうるさくなる。なのにソラマンはだれよりかしこい人だったってんだからな。おれぁなっとくできないね。だってさ、かしこい人げんがそんな年じゅうそうぞうしいなかでくらしたがるか？　したがるわけないがね。かしこい人げんだったら、ボイラー工じょうたてるさ。ボイラー工じょうだったら、やすみたけりゃしめればいい」

「でもホントにだれよりかしこい人げんだったんだよ。だって未ぼう人がそう言ってたもの」

「未ぼう人がなんて言おうと知ったことかね、あんなのかしこい人げんなもんかね。すごくひでぇこと、

ソロモンと百万人の妻

いろいろやってるし。子どもをふたつに引きさこうとした話、知ってるか？〔旧約聖書「列王伝」から〕」

「ああ、未ぼう人からぜんぶきいた」

「じゃあさ、あれってサイコーにバカなマネだとおもわんかね？　ちょっとかんがえてみなよ。そこに切りカブがあるだろ——あれがいっぽうの女だ。そこにあんたがいる——あんたがもうひとりの女だ。で、おれがソラマンで、この一ドル札が子どもだ。あんたらふたりとも、これはじぶんのだって言ってる。おれはどうするか？　近じょの連中のとこまわって、この札があんたらどっちのかさぐりだして、ただしいほうにむキズのままわたすか？　まともなアタマのもちぬしだったら、だれだってそうするんじゃねえか？　いいや——おれは札をふたつにやぶいて、半ぶんをあんたにやって、もう半ぶんをもういっぽうの女にやるんだよ。ソラマンは子どもをそうしようとしたのさ。で、いいか、あんたにきくぞ——一ドル札半ぶんなんて、なんの役にたつ？　そんなんじゃなんにも買えやしねえ。で、子ども半ぶんなんて、なんの役にたつ？　そんなもん、百万いたってイミないがね」

「なに言ってんだジム、おまえポイントはずしてるよ――ちがうって、まるっきりポイントはずしてるよ」

「だれが？　おれがか？　よっく言うよ。よしてくれ、パイントがどうこうだなんて。おれぁものごとのスジがとおってりゃちゃんとわかるんだ。そんなマネにスジなんかとおってるもんか。こいつは子ども半ぶんがどうこうってゆうモメごとじゃない、子どもまるひとりがどうってゆうモメごとなんだ。子どもまるひとりがどうってモメごとを、子ども半ぶんでかたづけられるとおもうようなやつは、雨ふったら家にはいるだけのふんべつもありゃしねえ。ソラマンがどうこうなんて話はよしとくれハック、ああゆうやろうのことはおれみんなわかってるんだ」

「だけどおまえ、ポイントはずしてるんだってば」

「パイントがどうした！　おれにはちゃんとわかってるんだ。で、いいかい、ホントのパイントはもっとふかいところにあるんだよ――もっとずっとふかいところに。こいつの根っこには、ソラマンのそだちかたがあるんだ。子どもがひとりかふたりしかいねえやつをかんがえてみなよ。そうゆうやつが、子どもをムダにするとおもうか？　いいや。そんなよゆうはねえさ。子どものねうちがそいつにはわかってるんだ。だけど五百万の子どもが家じゅうかけまわってる人げんは、話がちがう。そうゆうやつは、子どもだってネコみたいにあっさりふたつに切っちまうさ。まだいくらでもいるんだから。子どものひ

「ソラマン」の話

とりふたりふえようがへろうが、ソラマンにとっちゃどうだっていいのさ！」

　こんなニガー、見たことない。いったんこうとおもいこんだら、もうテコでもうごかない。とにかくソロモンのことはとことんわるく見てる。だからおれもソロモンはもうやめて、ほかの王さまの話をした。ずっとむかしにフランスでクビを切りおとされたルイ十六世の話とか、そのおさないむすこのイルカの話とか——イルカは王になるはずだったのに、牢やにとじこめられて、そこで死んだって言われてる。

「気のどくに」

「でもだっそうしてアメリカに来たってせつもあるんだ[1]」

「そりゃいい！　でもここじゃさみしいだろうな——この国には王なんていねえだろ、ハック？」

1　ハックはdolphin（イルカ）とDauphin（フランス王太子）を混同しているが、dauphinは元来フランス語で事実「イルカ」の意ではある。そして監禁され獄死した王太子＝ルイ十七世の生存説は根強くあり、我こそは逃亡した王太子なりと主張する者がヨーロッパやアメリカで続出した。

「いねえ」

「じゃつとめ口も見つからねえよな。どうすんだい、そいつ？」

「さあなあ。けいさつかんになるやつもいるし〔ナポレオン三世がロンドンで一時警察官だったことをハックはどうやら聞きかじっている〕、フランスごをおしえるのもいる」

「なんだい、フランス人っておれたちと話しかた、いっしょじゃねえのかね？」

「ちがうよ、ジム。なに言ってるか、おまえにゃひとこともわかんねえさ――ただのひとことも」

「こいつぁたまげた！　どうしてだ？」

「知らないよ。でもとにかくそうなってるんだよ。おれもちょっと本よんでおぼえたよ。たとえばだれかがおまえに寄ってきてさ、ポリー＝ヴー＝フランジーって言ったらどうおもう？」

「どうもこうもねえ、そいつのアタマぶんなぐってやるさ。つまり、白人じゃなかったら。ニガーにそんなふうに呼ばれてたまるか」

「なに言ってんだ、呼んでんじゃないんだよ。フランスごははなせますかってきいてるだけだよ〔より正しく言うなら「パレ＝ヴ・フランセ」〕」

「ふん、じゃあなんでそう言わねえんだ？」

「だからそう言ってるんだよ。フランス人はそうゆうふうに言うんだよ」

「ふん、まるっきりアホな言いかただよ、そんなのもうききたかないね。バカらしいにもほどがある」

「なあジム、ネコは人げんみたいにしゃべるか？」

「いいや、しゃべらねえ」

「じゃ、牛はどうだ？」

「牛もしゃべらねえ」

「ネコは牛みたいにしゃべるか？　牛はネコみたいにしゃべるか？」

「いいや、しゃべらねえ」

「みんなちがうしゃべりかたするの、しぜんでまっとうなことだろ」

「もちろん」

「で、ネコや牛がおれたちとちがうしゃべりかたするの、しぜんでまっとうなことだろ」

「ああ、そうともさ」

「じゃあさ、フランス人がおれたちとちがうしゃべりかたするの、しぜんでまっとうじゃねえか？――こたえてくれよ」

「ハック、ネコは人げんか？」

「いいや」

「それじゃ、ネコが人げんみたいにしゃべるのはスジがとおらねえ。牛は人げんか？――それとも牛はネコか？」

「いいや、どっちでもねえ」

「それじゃ、牛が人げんやネコみたいにしゃべるいわれはねえわけだ。フランス人は人げんか？」

「ああ」

「な、そうだろ？　だったらなんで、人げんらしくしゃべれねえんだ？——こたえてくれよ！」

これ以上コトバをムダにつかってもイミない。ニガーにまともなギロンおしえようったってムリだ。だからおれはそれっきりやめた。

15

Chapter XV

WE judged that three nights more would fetch us to Cairo, at the bottom of Illinois, where the Ohio River comes in, and that was what we was after. We would sell the raft and get on a steamboat and go way up the Ohio amongst the free States, and then be out of trouble.

Well, the second night a fog begun to come on, and we made for a tow-head to tie to, for it wouldn't do to try to run in fog; but when I paddled ahead in the canoe, with the line, to make fast, there warn't anything but little saplings to tie to. I passed the line around one of them right on the edge of the cut bank,

「いかだを売って」

あと三晩でケアロに着けるとおれたちはふんだ。ケアロはイリノイのいちばん南にある町で、そこまで行けばオハイオ川が合流してくる。おれたちがめざしていたのもそこだった。いかだを売って、じょう気船にのってオハイオ川をのぼり、自由州をすすんで厄介《トラブル》とおさらばするのだ。[1]

で、二日めの晩にキリが出てきて、おれたちはいかだをしばろうと砂《さ》すめざしていった。キリのなかですすむのはよくないからだ。ところが、おれがひと足さきにカヌーにナワをのせて行ってみると、しばりつけようにもちっぽけな若木しかな

1　自由州であるオハイオに入っただけではジムは本当に自由にはならない。完全に自由になるためには、逃亡奴隷の支援組織「アンダーグラウンド・レイルロード」の助けを得てカナダまで行く必要がある。

い。きりたった川ぎしにはえた一本にナワのわをかけたけど、はやい流れがそこにあって、いかだがすごいいきおいで下ってきてそいつを根こそぎひっこぬいてそのまま行ってしまった。キリがせまってくるのが見えて、おれはゾッとして三十びょうばかり——とおもえた——ぜんぜんうごけなくて、気がつけばもういかだはどこにも見えなくなってたのだ。なにしろ二十メートル先も見えない。おれはカヌーにとびのって大いそぎで船尾《とも》にもどってパドルをつかんで、ひとかきうしろにもどそうとした。ところがカヌーはうごかない。あんまりあわてたせいで、ナワをほどくのをわすれてたのだ。立ちあがってほどこうとしたけど、コーフンしてるせいで手がふるえてなにもできやしない。

やっとカヌーがうごきだすと、砂すにそってひっしにいかだを追いかけた。砂すがあるうちはそれでよかったけど、六十メートルかそこらしかないんで、その先っぽをとぶようにすぎたとたん、またまっ白な、こいキリのなかにはいりこんで、どっちにすすんでるのか、死人にまけないくらいわからなくなった。

こりゃあこぐのはまずい。土手か砂すかにぶつかっちまうにきまってる。ここはじっとして、流れにまかせるしかない。だけどこんなとき、じっと手をうごかさずにいるのって、ものすごくおちつかないんだよな。おれはおーいとどなって、耳をすました。と、どっかずっと川下のほうからおーいとちいさな声がきこえて、いっぺんに元気が出た。そっちへまっしぐらにこぎだしながら、もう一どきこえないかとせいいっぱい耳をすました。もう一どきこえると、じぶんがそっちへまっすぐすすんでなくて右にそれてることがわかった。そのつぎにきこえると、こんどは左にそれてた——それにきょりもあんまりちぢまっていない。おれはあっちこっちまたあっちとグルグルまわってるのに、あちらはずっとまっすぐすすんでるのだ。

なにやってんだよ、なべとかたたけよ、ガンガンたたけよ、とおもうんだけどむこうはそんなことぜんぜんしなくて、おーいがしばらくきこえてこないしずかなときがいちばん厄介《トラブル》だった。で、あたふたやってたら、こんどはおーいがうしろからきこえてきた。もうなにがなんだかわかんない。いまのはだれかべつのおーいなのか、おれのむきがぎゃくになったのか。

おれはパドルを投げだした。もう一どおーいがきこえた。まだうしろからだけど、さっきと場しょはちがう。だんだん近づいてきて、場しょはしじゅうかわっていて、おれもくりかえしへんじしてると、そのうちにむこうはまたまえにまわっていって、きっと流れのせいでカヌーの先が川下を向いたんだとわかって、これでだいじょぶだとおもった——もちろん、ああやってどなってるのがジムじゃなくて、だれかほかのいかだのりだったらべつだけど。キリのなかじゃ声なんてぜんぜんききわけられない。キリのなかじゃなにもしぜんに見えないし、なにもしぜんにきこえないのだ。

おーいはまだつづいてる。一分くらいすると、目のまえにきりたった川ぎしが見えて、おおきな木々がキリにけむるユウレイみたいにぬっとそびえたけど、かん一ぱつ、流れがカヌーをぐいっと左にまげてくれて、流れはおれをおきざりにしてものすごいはやさで下り、ごうごう鳴るとうぼくのあいだをとぶようにぬけていった。

一びょうか二びょうするとまたなにもかもまっ白に、しんとしずかになった。おれもじっとうごかず

倒木のあいだを

に、心ぞうがドキドキ鳴るのに耳をすました。百回鳴ったあいだいっぺんもイキをしなかったとおもう。
おれはそこでもう、じたばたしないことにした。どうなってるかがわかったのだ。あのきりたった岸は島であって、ジムは島のむこうがわを下っていったのだ。これって十分でプカプカとおりこせる砂すなんかじゃない。これっきとした島で、林もしっかりある。長さ八キロか、十キロか、はばも一キロくらいありそうだ。
十五分ばかり、じっと耳をそばだてていたとおもう。もちろん、時そく七、八キロで流されてはいる。でもそんなことぜんぜんおもいもしない。まるっきり、水の上でじっとうごかずにヨコたわって死んでるみたいなかんじなのだ。とうぼくかなんかがまえをとおりすぎても、じぶんがどんなにはやくうごいてるかなんてことはおもわなくて、ハッとイキをのんで、うわあのとうぼくすげえはやさで流れてらあ!とおもうのだ。そんなふうに夜なかひとりでキリのなかにいるのがわびしくもさみしくもないとおもったら、いっぺんじぶんでやってみるといい。やってみればわかる。

それから三十分くらい、ときどきおーいとさけんでたら、やっととおくのほうからへんじがきこえたんで追いかけようとしたけど、できなかった。おれはすぐさま、これは砂すがいくつも入りくんでるところにまよいこんだんだとふんだ。左にも右にもときどき砂すがぼんやりかげみたいに見えて、こっちはあいだのせまいすきまをすすんでるのがわかったからだ。おれには見えてないのもいっぱいあるにちがいない、土手の上にたれてるヤブやらなにやらに流れがバシャバシャぶつかるのがきこえたから。まあとにかく、砂すが入りくんだなかにおーいの声もじきにのまれちまったし、どのみちこっちもちょっとしか追いかけなかった。オニ火を追いかけるよりもっとひどいからね。音があんなにあっちこっちうごきまわって、パッパッと場しょをうつるのってきいたことない。

四回か五回、島の土手がいきなりとびだしてきて、あわやってしゅんかんによけた。たぶんいかだはときどき土手にぶつかってるにちがいない。じゃなけりゃもっと先へ行って、おーいもきこえなくなってるだろうから。おれよりほんのすこしはやく、でもやっぱり流れにまかせてすすんでるのだ。

で、そのうちにまた、ひらけた川に出たらしかったけど、おーいはどこからもきこえてこなかった。ジムはとうぼくにげきとつしちまったんだろうか、だったらもうおしまいかなあ、とおもった。おれはもうくたくたにつかれたんで、カヌーのなかでヨコになって、もうどうでもいいやとひらきなおった。もちろんねむってしまいたくはなかったけど、とにかくすごくねむくて、どうしようもなかった。ほんのちょっとひとねむりしよう、とおもった。

いかだの上で眠って

でもどうやら、ちょっとひとねむりじゃすまなかったらしい。目がさめたら星があかるくひかっていて、キリはすっかりはれて、おれは川のおおきなまがりめを、船尾を先にしてクルクル下っていた。はじめはここがどこかもわからなくて、ユメを見てるのかとおもった。だんだんきおくがもどってきても、先しゅうのことがボンヤリよみがえってくるみたいなかんじだった。

このあたり、川はとてつもなくおおきくて、どっちの岸にも、ものすごく高い、ものすごくびっしりしげった林がひろがってる。星の光にてらされて、見るかぎりどこまでもカベみたいにどっしりそびえてる。川下のほうを見てみると、水の上に黒い点が見えた。おれはそっちへ行ってみた。けれどそばへ寄ってみると、丸太が二本しばりつけてあるだけだった。それからもうひとつ点が見えたんで、そいつを追いかけた。それからもうひとつ見えて、こんどはあたりだった。いかだだった。

寄っていくと、ジムはすわりこんで、アタマをヒザのあいだにうずめてねむっていた。右ウデがだらんとカジとりオールにかぶさってた。もうひとつのオールは折れてはずれ、いかだの上には葉っぱやえだやドロがちらばってる。さんざんな目にあったみたいだ。

おれはカヌーをつないで、いかだにのって、ジムの鼻さきにねころがって、アクビをしてのびをしてこぶしをジムにぶつけて

「ようジム、おれねてたの？　なんでおこしてくれなかったの？」と言った。

「こいつぁたまげた、あんたかい、ハック？　あんた、死んでないんだね――おぼれてねえんだね――かえってきたんだね？　ウソみてえだよハニー、まるっきりウソみてえだよ。顔見せとくれよぼうや、さわらせとくれよ。うん、死んじゃいねえ！　かえってきたんだね、生きて、元気で、いつものハックで――いつものハックだ、ありがたや！」

「どうしたのジム、酒でものんでたのかい？」

「のんでた？　おれがのんでた？　おれにのむヒマなんてあったかね？」

「じゃあさ、なんでそんなムチャクチャ言うわけ？」

「ムチャクチャってなんのことかね？」

「なんのこと？　だっておまえ、おれがかえってきたとかなんとかワアワア言ってるじゃん。なんか、おれがどっか行ってたみたいにさ」

「ハック――ハック・フィン、おれの目をよぉく見てくれ。よぉく見てくれよ。あんた、どこへも行っ

てなかったかい？」

「行ってた？　いったいなんの話だい？　おれ、どこにも行ってなんかいねえよ。どこへ行くってんだい？」

「なあ、いいかいボス、なんかがヘンなんだよ。おれはおれかね、じゃなけりゃおれだれだ？　おれはここにいるのか、それともどこに？　おしえてほしいもんだね」

「そりゃあおまえはここにいるとおもうよ、見ればわかるもの、だけどおまえ、アタマそうとうこんがらがってんじゃないかな」

「ふうん、そうかね？　じゃあこれにこたえとくれ。あんた、カヌーにナワのせて、砂すへつなぎに行かなかったかい？」

「いいや、行ってないよ。砂すってどこの？　砂すなんてひとつも見てないぜ」

「砂すなんて見てない？　なあいいかい――ナワがはずれていかだがダーッと流されて、カヌーにのってるあんたはキリのなかにおいてけぼりくったんじゃなかったかい？」

「キリって？」

「キリだよ。ひと晩じゅう出てたキリだよ。で、あんたおーいって呼んでただろ、おれもおーいって呼びかえしたじゃねえか、で、そのうち島に行きあたって、かたっぽは一かんのおわり、もういっぽうもここがどこかさえわかんなくなっちまって一かんのおわりもどうぜんになったんじゃなかったか？　で、おれはつぎつぎ島にぶつかってそりゃもうひでえ目にあって、あやうくおぼれ死ぬところだったんじゃなかったか？　え、そうじゃなかったのかい、ボス――そうじゃなかったか？　こたえてくれよ」

「それってぜんぜんついていけないぜ、ジム。おれキリなんて見てねえし、島も見てねえし、なんの厄介《トラブル》も見てねえよ。おれただ、ここでおまえとひと晩じゅうしゃべってて、つい十分まえにおまえがウトウトねむってさ、それでたぶんおれもねむっちまったんだな。それだけの時かんでヨッパラうのはムリだから、やっぱりおまえ、ユメ見てたにちがいないよ」

「ジョーダンじゃねえ、十分でどうやってそんなにたくさん、ユメに見れるのかね？」

「そんなの知るかよ、とにかくユメ見てたのさ、だってそんなこと、なんにも起きなかったんだから」

「でもハック、おれにはなにもかも、ものすごくハッキリ――」

「いくらハッキリしてたってカンケイねえさ、ぜんぜんなんにもなかったんだから。おれにはわかるよ、ずうっとここにいたんだからね」

ジムは五分ばかりなんにも言わずに、じっとかんがえていた。それから
「じゃあ、まあ、ユメ見たんだろうよ。だけどさハック、そりゃもう、ものすごくなまなましいユメだったよ。だいいち、こんなにくたびれるユメもはじめてだね」と言った。

「うん、ま、いいんだよそれで、ユメってのもずいぶんくたびれることあるからさ。でもそれ、ものすごいユメだったみたいだなあ――話してくれよ、ジム」

とゆうわけでジムは一から十まで、すべてありのままに話しにかかった――ずいぶんおひれはくっつけたけど。それがすむと、こいつはひとつ「カイシャク」しないといけねえ、これはけいこくとしてお

くられてきたんだから、とジムは言った。まずさいしょの砂すは、おれたちになにかいいことをしてくれようとする人げんをあらわしてるけど、川の流れはその人からおれたちをひきはなそうとするべつの人げんをあらわしてる。おーいの声は人げんのもとにときどきとどくけいこくであって、きちんとよみとらないと、あくうんからまもってもらえるどころかぎゃくにあくうんにひっぱりこまれちまう。そのあとのもろもろの砂すは、おれたちがこんごランボーなやつらとかいろんなイヤな連中あいてにまきこまれる厄介《トラブル》だけど、よけいなことにクビをつっこまずヘタに言いかえしておこらせたりもしなけりゃまあなんとか切りぬけてキリから出ておおきなすんだ川、つまり自由州に出られて、それでもう厄介《トラブル》ともおさらばできるとゆうのだった。

おれがいかだにもどってきてすぐのときに、けっこうくもって暗くなったけど、いまはまたはれてきていた。

「うん、ま、そこまではりっぱなカイシャクだけどさ」とおれは言った。「だけどこれは、なにをあらわしてるのかな？」

いかだの上の葉っぱや木《こ》っぱや、折れたオールのことだ。いまはもう、とことんよく見える。

ジムは葉っぱや木っぱを見て、それからおれを見て、また葉っぱや木っぱを見た。ユメだったんだ、とアタマがしっかりかたまっちまったものだから、すぐにはそいつをふりはらってじじつをもどせずにいるらしい。けれどやっとハッキリせいりがつくと、ジムはまっすぐおれの目を、ニコリともせずに見て、言った――

「こいつがなにあらわしてるかって？　言ってやるよ。おれはひっしにがんばってがんばって、あんたをおーいって呼んでくたびれはててねむっちまったとき、もうムネがはりさけそうだったよ、あんたがいなくなっちまったから、で、もうじぶんがどうなろうといかだがどうなろうとどうでもよかった。それで、目がさめてあんたが元気でケガもせずかえってきたのを見ておれもうナミダが出てきて、ひざまずいてあんたの足にキスしたいくらいだったよ、ほんとにうれしかったのさ。なのにあんたのかんがえることときたら、ウソついてジムをだまくらかすことだけ。そこにころがってる木っぱはクズだよ。友だちのアタマにゴミほうってハジかかせる人げんもクズだよ」

　そうしてジムはゆっくり立ちあがり、ウィグワムのほうにあるいていって、なかにはいって、それっきりなにも言わなかった。でもそれでじゅうぶんだった。おれはもう、じぶんがすごくイヤなやつになった気がして、ジムに言われたことをナシにできるなら、こっちがジムの足にキスしたいくらいだった。

　ニガーのまえでアタマ下げる気になるのに、十五分かかった――でもとにかくアタマ下げたわけで、そのごもずっとこうかいしちゃいない。おれはもうそのあとジムにイジワルしなかったし、ジムがあんな気もちになるってわかってたらあれだってぜったいやらなかった。

Chapter XVI

WE slept most all day, and started out at night, a little ways behind a monstrous long raft that was as long going by as a procession. She had four long sweeps at each end, so we judged she carried as many as thirty men, likely. She had five big wigwams aboard, wide apart, and an open camp fire in the middle, and a tall flag-pole at each end. There was a power of style about her. It *amounted* to something being a raftsman on such a craft as that.

We went drifting down into a big bend, and the night clouded up and got hot. The river was very wide, and was walled with solid timber on both

「いかだつかいだったら、たいしたもんだ」

16

ふたりともほとんど一日《いちんち》じゅうねむって、夜になってから出ぱつした。ものすごく長い、おれたちのヨコをぬいてくにもそう式の行れつみたいに時かんのかかるいかだがあって、おれたちはそのすこしうしろをついていった。両がわに長いオールが四つずつあったから、きっと三十人はのせられるいかだだろう。おおきなウィグワムが五つのっていて、一つひとつけっこうはなれてるし、まんなかにはかこいもなしにたき火があって、両はじに背の高いハタザオがある。すっごくカッコいいいかだだった。こういうのいかだつかいだったら、ほんとにたいしたもんだ。

流れにまかせて、おおきなまがりめにはいっていくと、夜空に雲が出てムシあつくなってきた。川はすごくひろくて、両がわに木々ががっしりカベみたいにそびえてる。ほとんどひとつのすきまも、あかりも見えなかった。おれたちはケアロの話をして、着いたらケアロだってわかるかなあと話しあった。たぶんムリじゃないかな、家っていっても十けんくらいしかないっていってきいたぜ、だいたいあかりがついてなかったら町をとおってるってどうやってわかる?とおれは言った。おおきな川がふたつそこで出あうんだからそれでわかるんじゃねえか、とジムは言った。でもさ、これってどっかの島のはしっこに行きあたっただけでまだおなじ川がつづいてるんだっておもっちゃうかも、とおれは言った。それをきいてジムは心ぱいそうな顔になって、おれも心ぱいになってきた。というわけで、どうするか?がモンダイになった。あかりが見えたら岸までこいでいって、おやじがこれからボートで来るんですけどしょういいばいまだなれてないんでケアロまでどれくらいか知りたがってるんですって言えばいい、とおれは言った。これはジムも名案だと言って、ふたりでタバコを一ぷくして、待った。[1]

することといってもいまは、町が見えないかしっかり見はって、見ないでとおりすぎたなんてことにならないよう気をつけるしかなかった。ぜったい見えるともさ、なんてったって見たとたんおれは自由な人げんになるんだし、見のがしたらまたドレイ州にはいって自由になるチャンスもフイになるんだからとジムは言った。[2] ときおりジムはとびあがって

1　本来ここに、いわゆる「筏のエピソード」が挿入されていたが、出版前にトウェインはこれを『ミシシッピ川の暮らし』に流用したため一八八五年の初版では割愛された（解説参照）。
2　ミシシッピ川はケアロでオハイオ川と合流し、そこでオハイオ川に入って北へ進めば自由州に行くが、そのまま南下してしまえば逆に、奴隷たちが苛酷な生活を強いられている深南部へ向かってしまう。

「あそこだ！」と言った。

でもそうじゃなかった。どれもオニ火かホタルだった。それでジムはまたすわって、もう一ど見はりにかかった。自由のすぐそばまで来たせいでからだがブルブルふるえてあつくなってきたよ、とジムは言った。おれだってジムがそんなことを言うのをきいて、やっぱりからだがふるえてあつくなってきた。ジムがもうほとんど自由だってことを、やっとおれもじっかんしたのだ。で、それはだれのせいか？このおれじゃないか。そのことをおれは良心の外に追っぱらえなかった。どうやっても、どうあがいてもダメだった。あんまり気になるんでやすんでもじっとしていられなかった。これまではずっと、じぶんがどういうことをやってるのか、ピンときていなかったのだ。でもいまはきている。そしてそのことがアタマからはなれなくて、おれはジリジリやかれてる。おれのせいじゃないさ、おれがほんらいのもちぬしのところからジムを逃がしたわけじゃないんだから、とじぶんに言いきかせてみたけどムダだった。そのたんびに良心が顔を出して、「だけどおまえはジムが自由めざして逃げてるの知ってたんだから、陸にいかだをつけてだれかにおしえようとおもえばおしえられたんだぞ」と言うのだ。そのとおりだ。こいつはどうにも言いのがれようがない。そこがなんともつらかった。良心はおれに言った。「ミス・ワトソンがいったいおまえになにしたっていうんだ――あの人のニガーがおまえの目のまえで逃げるの見てたのにひとっことも言わないなんて。あの気のどくなおばさんにそんなひどいしうちするなんて、あの人になにされたっていうんだ。あの人はおまえに本をべんきょうさせてくれたし、ぎょうぎさほうもしつけようとしてくれたし、とにかくあれこれおまえにつくしてくれたじゃないか。そうゆうことをしてくれたんだぞ、あの人は」

おれはもう、ものすごくみじめな、なさけない気ぶんになって、いっそ死んじまいたかった。いかだの上をソワソワ行ったり来たりしながら、じぶんでじぶんをののしっていると、ジムもソワソワ行ったり来たりしておれとすれちがうのだった。おれたちはふたりともじっとしていられなかった。ジムがおどりあがって「ケアロだ！」と言うたびにおれはムネをグサッとさされた気ぶんで、ほんとにケアロなんだったらあまりになさけなくて死んでしまいそうだった。

おれがこうやってアタマのなかでああだこうだ言ってるあいだ、ジムはずっと大声でしゃべっていた。自由州に着いたらまず一セントもつかわずにカネためて、じゅうぶんたまったら女ぼうを買いとるんだとジムは言った。ジムの女ぼうはミス・ワトソンがすんでるそばの農じょうの人のもちものなのだ。それからふたりではたらいて、子どももふたりを買いとる。もし主人が売らねえって言ったら、ドレイせいはいしろんじゃにたすけてもらって子どもをぬすむんだとジムは言った。

そんな話をきいておれはゾッとした。いままでのジムはぜったいこんなこと言ったりはしない。もうじき自由だとおもったとたん、ホントにかわってしまったのだ。ことわざに「ニガーに一インチゆずったら一エルとられる」〔一インチは約二・五センチ、一エルはその四十五倍〕てゆうのがあるけどまるっきりそれだ。これもみんな、おれがちゃんとかんがえなかったせいだ。おれが逃げるのをたすけたもどうぜんのニガーがここにいて、子どもをぬすむなんてことをロコツに言ってる——おれが知りもしない人、おれになにもわるいことなんかしたことない人のもちものである子どもを。

ジムがそんな言いかたをするのをきいておれはガックリきた。ジムがそんな見さげたこと言うなんて。良心はますますおれをやいやいつっついてきて、おれもとうとう良心にむかって、「もうカンベンしてくれよ――まだ手おくれじゃないだろ――あかりが見えたらすぐ陸に上がって人に知らせるからさ」と言った。そのとたん、ハネみたいに気もちがかるくなって、おれはすごくうれしかった。これでもう、なやみはかいしょうだ。あかりが見えないかとおれは目をこらし、ハナうたまでうたいだした。そのうちに、あかりが見えた。ジムが声をあげた――

「もうだいじょぶだ、ハック、もうおれたちだいじょぶだ！　おどりあがってカカト鳴らせよ、やっとケアロが見えたぞ！　おれにはわかるんだ！」

おれは

「おれ、カヌーで見てくるよ。ケアロじゃないかもしれないからさ」と言った。

ジムはとびあがってカヌーをしたくし、おれがラクにすわれるようじぶんのふるい上着をそこにしいて、パドルをわたしてくれた。おれがパドルで押してカヌーを出すとジムは言った――

「おれもうじき、うれしくって声はりあげてるだろうよ、そしたらおれ言うよ、みんなハックのおかげだって。おれは自由な人げんだ、もしハックがいなかったらぜったい自由になんかなれなかったって。ハックがやってくれたんだ。ジムはぜったいわすれねえよ、ハック。あんたはジムのサイコーのともだちだよ、いまのジムのたったひとりのともだちだよ」

おれはパドルをこいでカヌーをすすめ、いまにもジムのことをつげ口しようとしてる。だけどそう言われて、なんだかその気もうせちまうようにおもえた。おれははやさを落として、こうやってカヌーを出したのがうれしいのかうれしくないのか、じぶんでもよくわからずにいた。五十メートルばかりはなれたところでジムが

「そうら、ハックが行くぞ、ホントのともだちが、ジムとのやくそくをまもってくれたたったひとりの白人のだんな《ジェヌルマン》が」と言った。

おれはほとほとイヤな気ぶんだった。でもやるっきゃないだろ、もうぬけだせないぞ、とじぶんに言いきかせた。すると、男がふたりのってるボートがやってきた。ふたりともテッポーをもってる。むこうがとまって、おれもとまった。男のひとりが

「あそこにあるの、なんだ？」ときいた。

「いかだです」とおれは言った。

「おまえのか？」

「はい」

「だれか男はのってるか？」

「ひとりだけです」

「あのな、今夜ニガーが五人逃げたんだ、まがりめの上流から。そのひとりって白人か、黒人か？」

おれはすぐにはこたえなかった。こたえようとしたけど、コトバが出てこなかった。一びょうか二びょう、気を入れて言ってしまおうとしたけど、おれには男らしさがたりなかった――ウサギほどのこん

じょうもなかった。どんどんけっしんがにぶってきてる。それでもうがんばるのはやめて
「白人です」と言った。

「行ってたしかめるぞ」

「そうしてもらえるとうれしいです」とおれは言った。「あそこにはとうちゃんがいるんで、すいませんけどいかだをあかりがあるところまでひっぱるの手つだってもらえませんか。とうちゃん、びょう気なんです——かあちゃんもメアリ・アンも」

「うわ、なんてこった！　あのな、おれたちいそいでるんだ。でもまあ手つだってやるしかねえな。さあ——気あいいれてこぎな、行こう」

おれは気あいいれてこいで、男たちもオールをうごかした。ひとかきふたかきしたところで、おれは
「とうちゃんものすごくかんしゃしますよ、ホントです。いかだを岸につけるの手つだってくれってたのんでもみんな行っちまうし、おれひとりじゃできないし」と言った。

「そりゃひでえなあ。でも、ヘンだな。おい、ぼうや、おまえのとうちゃん、どこがわるいんだ？」

「じつは——あの——いえ——その、大したことじゃないんです」

ふたりはこぐのをやめた。いかだはもうすぐそばにせまっている。ひとりが
「おい、ウソだろ。おまえのとうちゃん、どうしたんだ？　ちゃんとかくさずこたえろ、そのほうが身のためだぞ」と言った。

「こたえます、しょうじきにこたえます——でもおねがいですから見すてないでください。じつは——

その――おふたりでまえにまわってくだすったら、おれが岸にナワ投げますから、いかだのそばに来てもらわなくてもだいじょぶです――おねがいします」

おい、ウソだろ

「もどれ、ジョン、もどれ！」ひとりが言った。ボートはもどっていった。「ぼうや、寄るなよ――風下から出るな。タイヘンだ、いまこっちに風ふいたんじゃねえかな。おまえのとうちゃん天ねんとうなんだろ、おまえちゃんと知ってるんだろ。なんではっきりそう言わねえ？　天ねんとう、そこらじゅうにばらまく気か？」

「い、いままでみんなにそう言ったんだよぉ」おれはおいおい泣きながら言った。「そしたらみんな見すてて行っちまうんだよぉ」

「かわいそうに、おまえもタイヘンだよなぁ。すごく気のどくだとおもうよ、だけど――けどおれたちも天ねんとうはゴメンなんだよ、な。いいか、こうするんだ。ひとりで陸に上がろうとするのはよせ、なにもかもぶつけてこわしちまうのがオチだから。三十キロばかり川下に流れてったら、左がわに町が見える。もうそのころにはとっくに日も出てるだろうよ。たすけをたのむときは、一家みんなさむけがしてねつ出してるんですって言うんだぞ。またバカしょうじきに言うんじゃねえぞ。おれたちはおまえにしんせつにしてやろうとしてるんだ。だからいい子だから、三十キロはなれてくれよ。あすこのあかりのところにいかだをつけてもムダだ——あすこはただのマキおき場だから。なあ、おまえのとうちゃんきっとビンボーでツキにも見はなされてるんだろ。さあ、この板の上に二十ドル金《きん》かをのせる。流れてきたらうけとれよ。おいてけぼりにしちまってわるいけど、なんせ天ねんとうだろ！　ヘタなことはできねえんだよ、な？」

「待て、パーカー」もうひとりが言った。「これ、おれのぶんの二十ドルだ、こいつものせてくれ。それじゃなぼうや、ミスタ・パーカーに言われたとおりにするんだぞ、きっとうまくいくから」

「そうともさ、ぼうや——それじゃ、それじゃな。逃亡ニガー見たら、人に手つだってもらってつかまえろよ、そしたらカネも手にはいる」

「さようなら」とおれは言った。「逃亡ニガー見たら、ぜったい逃がしません」

　男ふたりは去っていき、おれはひどくおちこんだ気ぶんでいかだにのりこんだ。じぶんがまちがったことをしたのがよくわかったからだ。おれはおもいしった。おれなんかがただしいことをやれるようになろうとがんばったってムダなんだ。ちいさいころにただしくはじめなかったやつは見こみナシなんだ。いざってゆうときに、やるべきことをやらせるささえがないから、あっさりめげちまう。それからおれはすこしかんがえた。ちょっと待て、とおれはじぶんに言った。もしただしいことやって、ジムをひきわたしてたら、おまえ、いまよりもっといい気ぶんになってるとおもうか？　いいや、やっぱりひどい気ぶんだとおもう、とおれはじぶんでこたえた。いまとまるっきりおんなじ気もちだとおもう。それだったら、ただしいことやれるようになってなんの足しになる？　ただしいことやるのはタイヘンで、まちがったことやるのはぜんぜんタイヘンじゃなくて、のこるものはおんなじなんだろ？　おれは行きづまった。これにはこたえようがない。それでもう、これ以上かんがえるのはよそう、これからはとにかくとっさにおもいついたほうをやろうときめた。

　おれはウィグワムにはいっていった。ジムはそこにいなかった。そこらじゅう見まわしたけど、どこにもいない。

「ジム！」

「ここにいるよ、ハック。あいつらもう見えなくなったかい？　大声だすなよ」

　ジムは川のなかにはいっていて、船尾《とも》のオールの下で、鼻だけ外に出していた。もう見えなくなったよ、とおれが言うとジムはいかだにのぼってきた。ジムは言った——

「おれ話ぜんぶきいてたよ。それで川にかくれて、あいつらがのりこんできたら陸に逃げるつもりだったんだ。そうしてあいつらがいなくなったら、もういっぺんいかだまでおよいでもどる気だった。だけどハック、うまくだましたなあ！　サイコーのやり口だったよ！　おかげでおれ、すくわれたよ。ジムはあんたがしてくれたことぜったいわすれねえよ、ハニー」

　それからおれたちはカネの話をした。ひとり二十ドル、けっこういいあがりだ。これでじょう気船のキップが買える、自由州どこでも好きなとこまで行けるとジムは言った。いかだであと三十キロ、そん

「ここにいるよ、ハック」

なにとおくないけどもう着いてたらいいのになあ、とジムは言った。

明けがた近くにいかだをつないで、ジムはものすごくねん入りにいかだをかくした。それから一日じゅう、いろんなものをフロシキにまとめて、いかだの旅をおえるしたくをととのえた。

その夜十時ごろ、まえのほう、左手のまがりめのあたりに町のあかりが見えた。

おれはさぐりを入れにカヌーで出ていった。じきに、ちいさなボートで川にいる男が、釣り糸を何本かつけたナワをはってるのが見えた。おれは近くに寄っていって「あのう、そこの町、ケアロですか？」ときいた。

「ケアロ？　ちがうよ。なにバカなこと言ってんだ」

「じゃあなんて町なんですか？」

「知りたきゃじぶんでききに行きな。ここでこれ以上おれにつきまとったら、ロクな目にあわねえぞ」

おれはカヌーをこいでいかだにもどった。ジムはすごくガッカリしたけど、気にすんなよ、きっとつぎの町がケアロだよ、とおれははげました。

夜が明けるまえにもうひとつ町をとおったんで、おれはまたカヌーを出そうとしたけど、地めんが高かったのでやめにした。ケアロの地めんは高くないよ、とジムが言ったのだ。おれはそのことをわすれていた。日が出るのにそなえて、おれたちは左がわの土手に近い砂すにいかだをつけた。なんだかおかしいぞ、とおれはおもいはじめていた。ジムもおなじだった。おれは
「ひょっとしてこのあいだの夜、キリのせいでケアロをすぎちまったのかな」と言った。

ジムは
「そういう話よそうぜ、ハック。あわれなニガーにツキはねえんだよ。おれずっとおもってたんだ、あのガラガラヘビの皮、まだシゴトすんでねえって」と言った。

「あんなヘビの皮、見なきゃよかったよなあ——見なけりゃよかった、あんなもの」

「あんたのせいじゃないよ、ハック。あんたは知らなかったんだから。じぶんをせめるこたぁねえよ」

日が出ると、やっぱりそうだ、岸の近くはすんだオハイオの水、外の方はいつものにごったミシシッピ！　ケアロはすぎてしまったのだ。

おれたちはじっくり話しあった。陸に上がるのはよくないし、もちろんいかだで川をのぼれやしない。ここは暗くなるまで待って、カヌーでもどっていって、運にまかせるしかない。おれたちはハコヤナギのしげみで一日じゅうねむってえいきをやしない、暗くなってからいかだのところにもどると、カヌーがなくなっていた！

しばらくのあいだ、ふたりともなにも言わなかった。言うことなんてなかった。ふたりともよくわか

っていた。これもガラガラヘビの皮のしわざなんだから、なに言ったってしかたない。あらさがししてるみたいに見えるだけで、そんなのもっとわるい運をまねくにきまってる。おれたちがよけいなこと言わずにだまるまで、わるいことが起きつづけるだろう。

じきに、どうしたらいいか話しあって、もどるためのカヌーを買えるチャンスが来るまでいかだで下りつづけるしかないってことになった。おやじみたいに、人のいないスキにだれかのをかりるなんてことはしない。そんなことしたら追っかけられるから。

それで、暗くなってから、いかだで出かけた。

これだけおれたちがひどい目にあって、それでもまだ、ヘビの皮にさわるのはおろかなことだって信じない人がいたとしても、このあとの話をよんで、おれたちの身にこの上どんなことがあったか知ったら、さすがに信じるだろう。

カヌーを買う場しょは、岸にいかだがつんであるはずれにある。でもどこにもいかだはつんでなくて、そのまま三時かん以上、下りつづけた。で、夜空に雲が出てきて、どんどんぶあつくなってきた。これってキリのつぎにタチがわるい。川のかたちもわからなくなるし、きょりも見れない。夜もすっかりふけてきて、シーンとしずかになって、と、じょう気船が川をのぼってきた。おれたちはランタンをつけて、これなら見えるだろうとおもった。川下からのぼってくる船は、たいていおれたちの近くには来ない。だいたいみんな川のまんなかに出て、砂すをたどって、ラクにすすめるところをさぐる。でもこんな夜は、流れにさからってでも、ふかいところをつっきろうとする。

船がガンガンすすんでるのはきこえたけど、すぐそばに来るまですがたはよく見えなかった。それがいま、まっすぐおれたちめがけてやってくる——よくそういうことをやるのだ、ぶつからずにどこまで近よれるか見る気なのだ。水かきにひっかけられて、いかだをごっそりけずられちまうこともある。すると水先あんない人がクビをつきだして、さもとくいそうにゲラゲラわらう。で、いまもそんなふうに船がグングンせまってきて、おれたちのヨコをかすめていこうとしてる。ぜんぜんよける気はなさそうだ。でっかい船で、はやさもすごくて、ホタルが何れつもまわりにむらがった黒い雲みたいだ。そうしていきなりパッとふくれあがったみたいに、デカくておっかない船たいがせまってきて、めいっぱいひらいたかまどのトビラがいくつもならんでるのが赤くやけた歯みたいで、とんでもなくおおきなへさきや水かきおおいが上からのしかかってくる。おれたちにむかってわめく声がして、エンジンをとめろっていうあいずのかねがジャンジャン鳴って、アクタイのコトバがとびかって、きてきがヒューッと鳴る——ジムがかたっぽのがわからとびこんでおれがもういっぽうのがわからとびおりるのとどうじに、いかだは船にげきとつされてまっぷたつにわれた。

おれはとびこんで、川ぞこまでもぐろうとした。十メートルの水かきがアタマの上に来たんだから、ここはたっぷりもぐらなくちゃとおもったのだ。おれはいつでも、一分はもぐっていられる。今回は一分半もぐってたとおもう。それから、肺がはれつしそうになったので大いそぎで水面に出た。ワキの下まで出て、鼻から水ふきだして、すこしイキをすった。もちろん川の流れはすごくはやい。それにもちろん船も、さっきエンジンをとめたけど十びょうごにはまたうごかしはじめた。ああいう連中は、いかだにのってる人げんのことなんてどうでもいいとおもってるんだ。だから船はグングン川をのぼっていて、この天きじゃ見とおしもわるくてもう見えなくなったけど、音はまだきこえてる。

おれは十回ばかりジムを呼んだけど、こたえはなかった。それで立ちおよぎしてるあいだに流れてきた板につかまって、板をまえにつき出して岸をめざした。でも見れば水は左手の岸のほうに流れていて、ということはおれはいま、ヨコ向きの流れのなかにいるわけだ。ここはそれにのったほうがいいとふんで、むきをかえた。

土手を這い上がる

ずいぶん長い、ななめにすすむ流れにのって三キロばかり行って、岸に着くまでずいぶん時かんがかかった。でもまあぶじにたどりついて、土手をはいあがった。まえはほとんど見えない。ごつごつの地めんを手さぐりで五百メートルばかり行ったところで、いきなり、おおきくてふるめかしい二けんつづきの丸太づくりの家のまえに出た。まずい、逃げようとおもったとたんに犬がわんさととびだしてきてワンワンキャンキャンほえたんで、ここでヘタにうごくほどおれもバカじゃなかった。

Chapter XVII.

IN ABOUT half a minute somebody spoke out of a window, without putting his head out, and says:

"Be done, boys! Who's there?"

I says:

"It's me."

"Who's me?"

"George Jackson, sir."

"What do you want?"

"I don't want nothing, sir. I only want to go along by, but the dogs won't let me."

"What are you prowling around here this time of night, for—hey?"

"I warn't prowling around, sir; I fell

「だれだ、そこにいるのは？」

17

三十びょうくらいして、だれかがマドから顔は出さずに声だけ出して

「おいみんな、しずかに！　だれだ、そこにいるのは？」と言った。

おれは

「おれです」と言った。

「おれってだれだ？」

「ジョージ・ジャクスンです」

「なんの用だ？」

「なにも用ありません。とおりがかっただけなんですけど、犬たちがとおしてくれなくて」

「こんな夜なかに、なんでここをうろつきまわってるんだ？」

「うろつきまわってるんじゃありません。じょう気船から落ちたんです」

「ふうん、そうなのか。おいだれか、あかりをつけなさい。きみ、名まえはなんといったかな？」

「ジョージ・ジャクスンです。おれ、ただの子どもです」

「いいか、もしきみがほんとうのことを言ってるんだったら、こわがる必ようはない。だれもきみをいたい目にあわせたりしない。だけどうごいちゃダメだぞ、そこに立ってなさい。おいだれか、ボブとトムを起こしてテッポーをもってきなさい。ジョージ・ジャクスン、きみといっしょにだれかいるのか？」

「いいえ、だれもいません」

家のなかで何人かがうごきまわるのがきこえて、あかりも見えた。男が声をあげた――

「ばかベッツィ、そのあかりどかせ。おまえ、ふんべつってものがないのか？　玄かんのかげのゆかにおけ。ボブ、おまえとトムとで、じゅんびができたらいちにつけ」

「もうできました」

「さてジョージ・ジャクスン、きみはシェファードスン家を知っているか？」

「いいえ、きいたことありません」

「ま、そうかもしれんし、そうじゃないかもしれん。さ、みんな用いはいいな。まえに出なさい、ジョージ・ジャクスン。いいか、いきなりうごくんじゃないぞ、すごくゆっくりこっちへ来るんだ。もしだれかいっしょなんだったら、そいつはうごかすな――そいつがすがたを見せたらテッポーで撃つ。さあ、来なさい。ゆっくり来い。ドアをじぶんで押してあけるんだ、ちょうどじぶんがはいれるだけあけるんだぞ、わかったか？」

おれはいそがなかった。いそごうったってできやしない。ゆっくり、一どに一ぽずつすすんで、なんの音もしなくて、じぶんの心ぞうの音がきこえる気がした。犬たちも人げんとおなじにしずかにしてたけど、おれのうしろからすこしはなれてついてきた。玄かん先の、三だんの階だんまで来ると、なかでカギやらカンヌキやらつっかえぼうやらをはずす音がきこえた。おれは片手をドアにあててすこし押し、もうすこし押すとだれかが「よし、もういい――アタマをなかに入れろ」と言った。言われたとおりにしたけど、アタマをテッポーでふっとばされるんじゃないかっておもった。

ロウソクがゆかにあって、みんなそこにいておれを見て、おれもみんなを見て、てゆうのが十五びょうくらいつづいた。大男が三人、おれにテッポーをつきつけていて、おれはちぢみあがった――そりゃそうだ。いちばん年上のご老たいはシラガで六十くらいで、あとの二人は三十より上か、みんなりっぱでハンサムだ。そうして、すごくかんじのいいシラガのごふじんと、そのうしろにわかい女の人がふたりいたけどよく見えなかった。ご老たいのしんしが

「よし――まあだいじょうぶだろう。はいりなさい」と言った。

おれがなかにはいるとすぐ、ご老たいはドアにカギをかけて、カンヌキも入れてつっかえぼうもして、わかい男ふたりにテッポーをもってついてこいと言い、みんなでひろい、あたらしいジュウタンがしいてある居まにはいっていって、おもてのマドからは見えないスミにあつまった――左右のがわにはマドがないのだ。ロウソクをかざしてみんなでおれのことをジロジロ見て、口ぐちに「なんだ、こいつシェファードスンじゃないぞ。いいや、ぜんぜんシェファードスンらしくない」と言った。それからご老た

いが、ぶきをもってないかさぐらせてもらうよ、わるぎはないんだ、いちおうたしかめるだけだからと言った。おれのポケットに手を入れたりはせず、両手で外がわをぽんぽんさわっただけで、よしだいじょうぶ、と言った。もうラクにしてくれていい、きみの身の上をきかせてもらおうじゃないか、とその人は言ったけど、そこで年ぱいのごふじんがわってはいって

「まあまあソール、この子かわいそうにズブぬれじゃないの、それにおなかだってすいてるとおもわない？」と言った。

「そのとおりだねレイチェル、すっかりわすれていたよ」

それで年ぱいのごふじんが言った——

「ベッツィ」（これはニガーの女だった）「大いそぎでなにか食べものもってきてあげなさい。あんたたちだれか、バックを起こしてきてちょうだい——あら、じぶんで来たわね。バック、この知らないおチビさんつれてって、ぬれた服ぬがしてあげて、あんたのかわいた服を着せてやりなさい」

バックはおれとだいたいおないどしに見えた。十三か十四で、からだはおれよりちょっとおおきい。シャツしか着てなくて、かみの毛もぼさぼさだった。あくびして、げんこつで目をぐいぐいこすりながらはいってきて、もうかたっぽの手でテッポーをひきずってる。で、そのバックが

「シェファードスンのやつら、来たんじゃないの？」ときいた。

いいや、かんちがいだったよ、とみんなはこたえた。

「ふうん、来たんだったらぼく、ひとりやっつけたのに」

みんながわらって、ボブが
「おいおいバック、おれたちみんなアタマの皮はがれちまったかもしれんぞ、おまえが来るのずいぶんおそかったからな」と言った。
「だって、だれも呼びにきてくれなかったじゃないかよ。ぼく、いつもなかまはずれなんだから。がんばろうにもチャンスがないよ」
「まあ気にするな、バック」とご老たいが言った。「チャンスならこれからたっぷりあるさ、心ぱいはいらん。さ、行ってかあさんに言われたとおりにしなさい」

バック

バックにくっついてへやに行くと、ごわごわのシャツと、上着と、ズボンを出してくれたんでおれはそれを着た。着てるさいちゅうに、きみなんて名まえだいときかれたけど、こっちがこたえるまもなく、おととい森でつかまえたカケスとウサギの子の話をバックはやりだして、それからこんどは、ロウソクが消えたときモーセはどこにいたか、とおれにきいた。知らないよ、とおれは言った。そんな話きいたことない。

「かんがえてみなよ」とバックは言った。

「どうやってかんがえりゃいいんだよ」とおれは言った。「そんな話、きいたこともないんだぜ」

「だけど、かんがえるのはできるだろ。かんたんだよ」

「どんなロウソクだよ？」とおれはきいた。

「わかんないよ、どんなロウソクだっていいんだよ」

「やみのなかにいたんだよ。モーセがどこにいたかなんて」とおれは言った。「どこにいたんだよ？」

「なんだよ、知ってんだったら、なんでおれにきいたんだよ？」

「なに言ってんだ、これってナゾナゾだよ、わかんないの？　ねえ、きみいつまでここにいるの？　ずっといなよ。いろんなことしてあそぼう――いま、学校やすみだからさ。きみ、犬かってる？　ぼくかってるよ、ぼうきれ投げたら川にはいってとってくるんだ。きみさ、日ようにめかしこんだりとか、そういうバカなマネ、好き？　ぼく、とうぜんやだけど、ママにやらされるんだよ。こんなヒザたけズボンとかさ、はかなくちゃいけないんだろうけど、ほんとはやなんだよなあ、あつっくるしくて。もうしたくできた？　よし、行こう」

　トウモロコシパン、コーンビーフ、バター、バターミルク。これだけそろえてくれてあった。あんなにうまい食いものには、あとにも先にもお目にかかったことがない。バックも母おやもほかの連中も、みんなコーンパイプ〔トウモロコシの穂軸を火皿にしたパイプ〕をふかしていた。ニガーの女はもういなかったけど、わかい女の人ふたり以外、みんなパイプをふかしながらしゃべって、おれは食べながらしゃべった。わかい女の人ふたりはからだにキルトをまいていて、かみの毛は背中にたらしていた。おれはみんなにいろいろきかれて、とうちゃんとおれと家ぞくみんなでアーカンソーの南はじのちいさな農じょうにすんでたんですけど、ねえちゃんのメアリ・アンはいえでしてケッコンしてそれっきりゆくえ知れず、ビルはさがしに出かけてやっぱりゆくえ知れず、トムとモートは死んじゃってじきにかあちゃんも死んで、いまはもうおれととうちゃんしかのこってなくて、とうちゃん苦労つづきでもうすっかりやつれちまって、で、とうとうとうちゃんも死んじまったんで、どうせ農じょうはうちのものじゃないからおれはのこったモノかきあつめてじょう気船のキップ買って川を上がってったんですけど船から落っこちてここに行きついたんです、とこたえた。好きなだけここにいていいよと家の人たちは言ってくれた。そのうちもうじき夜もあけるってころにみんなねどこにはいり、おれはバックといっしょにねどこにはいって、朝目をさますとタイヘン、じぶんの名まえをすっかりわすれてしまっていた。なんとかおもいだそうと、ねどこにはいったまま一時かんくらいかんがえたところでバックが目をさましたんで

「おまえつづりできるか、バック？」ときいた。

「うん」

「でもおれの名まえはつづれないだろ」

「できるさ、やってみせようか」

「よし、やってみな」とおれは言った。

「G-o-r-g-e J-a-x-o-n——ほぉらできた」

「できたなあ」とおれは言った。「まさかできるとはおもわなかったよ。それもけっこうむつかしい名まえなのに——大したもんだ」

おれはこっそり書きとめた。こんどおれがだれかに書いてみろと言われたら、いかにもなれてる顔してささっと書けるようにしとこうとおもったのだ。[1]

すごくいい人ばかりで、すごくいい家だった。こんなにいいかんじでこんなにりっぱないなかのやしき、いままで見たことなかった。玄かんにあるのはてつのかけガネでもなく、シカがわのヒモのついた木のぼうでもない。町の家とおんなじに、しんちゅうのドアノブがついているのだ。町の家でもしんしつがなくて居まにベッドをおいてるとこはたくさんあるけど、この家の居まにはベッドなんてカゲもない。レンガをくんだおおきなだんろがあって、レンガはしじゅう水をかけてべつのレンガでごしごしこすってるからキレイな赤いろのままだし、ときどきスパニッシュ・ブラウンてゆう赤いとりょうをぬってるところも町とおなじ。おおきなしんちゅうのマキのせ台もあって丸太をのせられる。ろだなのまんなかにおき時けいがあって、おもてのガラス下半ぶんにはどこかの町の絵がかいてあって、まんなかのまるいところはお日さまになっていて、そのうしろでふりこがゆれてるのが見えた。この時けいがチクタクいう音をきくのはとても気もちがよかった。ときどき行しょう人がやってきて時けいのなかをてっていてきに手入れすると、ボーン、ボーン、と一五〇回くらい鳴ったすえにやっとくたびれてやめた。行しょう人は一せんもカネをうけとろうとしなかった。

時けいの左右には、石《せっ》かいかなんかでつくってケバケバしい色をぬったバカでかい、とんでもないオウムがいた。かたっぽのオウムのそばにはセトモノのネコがいて、もういっぽうのそばにはセトモノの犬がいた。ネコや犬をぎゅっと下むきに押すとキーッて音をたてたけど、べつに口をあけもしないし、なんかちがって見えるとか、ひょうじょうがかわるとかいうのでもなかった。キーッていう音は下から出てくるのだ。そのうしろに、野生のシチメンチョウのハネでつくったおうぎがふたつひろげてあった。へやのまんなかのテーブルの上にも、ひんのいいセトモノのカゴみたいなのがあって、つんであるリンゴ、オレンジ、モモ、ブドウはホンモノよりずっと赤くてきいろくてキレイだったけど、ところどころかけていて下地の白い石かいだかなんだかが見えるのでホンモノじゃないとわかった。

テーブルにはりっぱなオイルクロスのおおいがかかっていて、赤と青のつばさをひろげたワシの絵がかいてあって、四方にふちどりがしてあった。フィラデルフィアからとりよせたんだと言っていた。テーブルの四すみには本が何さつか、きっちりカンペキにつんであった。ひとつはおおきな、絵がたくさんはいってる家ていよう聖しょ。ひとつは「天路歴程」ってゆう本で家ぞくをすてて出ていく男の話なんだけどなぜ出ていくのかは書いてなかった。[2] おれもときどきじっくりよんでみた。言ってることはおもしろいんだけどむつかしかった。もう一さつは「友情のささげもの」ってゆうキレイなコトバや詩がた

1　もちろんこの綴りはムチャクチャで、正しくは George Jackson である。
2　ジョン・バンヤン著『天路歴程』は当時多くの家庭に置かれていた。天の都めざして主人公クリスチャンが旅に出るという有名な筋立てをハックは知らない。

くさんはいってる本だったけどおれは詩はよまなかった。もう一さつはヘンリー・クレイ〔十九世紀前半アメリカの代表的な政治家〕の演ぜつしゅう、もう一さつはドクター・ガンの家庭の医学ってゆう本でびょうきになったり死んだりしたらどうすればいいかぜんぶ書いてあった。さんびかしゅうも一さつあって、ほかにもたくさん本があった。うす板あみのいいかんじのイスがいくつかあって、つくりもしっかりしていて、ふるいカゴみたいにまんなかがへこんでわれてたりするなんてこともなかった。

カベにはいろんな絵がかかっていた。だいたいはワシントン、ラファイエット、戦とう場めん、ハイランドのメアリ〔ロバート・バーンズの詩でたびたび歌われた女性〕なんかで、「独立宣言の署名」てゆうのも一まいあった。クレヨン画ってのもいくつかあって、この家のむすめでもう亡くなった人が、まだ十五のころにじぶんでかいたってゆうことだった。おれがいままで見たどんな絵ともちがっていて、だいたいいまず、ふつうのより黒い。一まいはほっそりした黒いドレスを着た女の人で、ワキの下がきっちりしまって、ソデのまんなかあたりはキャベツみたいにふくらんで、おおきな黒いスコップみたいな日よけ帽に黒いベールがかかって、白いほっそりした足クビには黒いリボンが十字にわたしてあって、大工のつかうノミみたいなすごくちいさな黒いクツをはいて、シダレヤナギの下のはか石に右ヒジでものうげによりかかって、白いハンカチとハンドバッグをもったもういっぽうの手はヨコにたれていて、絵の下には「もう貴方には会えないのかしら噫《ああ》」と書いてあった。べつの絵はわかい女の人でかみをぜんぶ上むきにとかしててっぺんでたばねて、そのうしろにクシをイスの背みたいにさしてあって、女の人はハンカチを顔にあてて泣いていて、もういっぽうの手の上では死んだ鳥があおむけにねて足を上げていて、絵の下に「もう二度と貴方の可愛い声を聞けないのね噫」と書いてあった。わかい女の人がマドベで月を見上げていてナミダがホオを流れてる絵もあって、片手でもってるひらいた手がみのはじっこに黒い封ロウが見えていて、女の人はクサリのついたロケットをじぶんの口に押しつけ、絵の下には「貴方は逝《い》ってしまった　そうよ貴方は逝ってしまった噫」と書いてあった。どれもいい絵なんだとおもうけど、おれはどうも好きになれなかった。すこし落ちこんでるときに見たりすると、なんだかゾワゾワおちつかなくなるのだ。このむすめさんが死んだことはだれもがかなしんでいた。こういう絵をこの人はまだまだたくさんかくけいかくをたてたままなくなって、のこった絵を見れば、かのじょがいなくなったことがどれだけおおきないたでかわかるというのだ。でもおれから見ると、かのじょのせいかくからして、はか場にいるほうがしょうにあってるんじゃないかって気がした。びょう気になったとき、だれが見てもこの人のサイコーけっさくとおもえる絵にかのじょはとりかかっていて、毎日毎晩、どうかこの絵をしあげるまで生きさせてくださいといのったけれど、けっきょくそのねがいはかなわなかった。それは長い白いガウンを着たわかい女の人が、橋のらんかんの上に立っていまにもとびこもうとしてる絵で、女の人はかみの毛をぜんぶうしろにたらして月を見上げ、ナミダが顔を流れおち、二本のウデをムネでこうさせて、二本をまえにつきだし、さらに二本を月にむかって上げていた――どれがいちばんいいかを見てみて、のこったのはあとで消すつもりだったのだ。でも言ったとおり、けっしんがつくまえに死んでしまったわけで、いまはこの絵がかのじょのへやのベッドの上にかかっていて、かのじょのたん生日が来るたびにみんなで絵に花をかざっていた。ふだんはちいさなカーテンでおおっていた。絵のな

「さすがにクモっぽい気が」

かの女の人はかんじのいいやさしそうな顔をしてたけど、さすがにウデが多すぎてクモっぽい気がおれはした。

このむすめさんは生きてるあいだスクラップブックをつくっていて、『プレスビテリアン・オブザーバー』にのっていた死ぼう記じ、事こ《ヽ》の記じ、長わずらいの話なんかをはりつけて、それについてじぶんのアタマから詩をひねりだして書きつけていた。とてもよくできた詩だった。たとえばスティーヴン・ダウリング・ボッツという、井戸に落ちておぼれ死んだ男の子についてこんな詩を書いていた——

今は亡きスティーヴン・ダウリング・ボッツを悼《いた》みて

若きスティーヴン　病に臥《ふ》して
帰らぬ人となりしか
人みなその死を嘆き
涙流して喪に服しか

否　若きスティーヴン・ダウリング・ボッツ
かくなる運命《さだめ》にはあらず
人みなその死を嘆くも
病に襲われたにはあらず

身を揺すぶる百日咳
発疹《ほっしん》の見舞う恐ろしきはしかも
スティーヴン・ダウリング・ボッツ
その聖なる名を損ないはせず

恋に破れ　愛らしい巻き毛の
頭を悩ましもせず
胃腸を病みて寝込みもせず
若きスティーヴン・ダウリング・ボッツ

噫《ああ》　さにあらず　いざ聞け
われ語る　彼の悲しい運命《さだめ》を
この冷たき世から魂が去れるは
井戸に落ちにしがゆえ

皆で井戸から引き揚げ身から水を抜くも
噫　もはや手遅れ
その霊は天の国へと赴きて
善良なる者　偉大なる者と戯れる

まだ十四にもならないうちにこんな詩が書けたんだから、そのまま生きてたらエメリン・グランジャフォードがどれだけのことをなしとげられたか。スイスイいくらでも詩が出てきたんだよ、とバックは言った。ちょっととまってかんがえる、なんてぜんぜん必ようなかったという。一行バシッと書いて、それといんをふむコトバがおもいつかなかったらあっさりその一行を消してまたべつの一行をバシッと書いて先へすすむ。やかましいことは言わずに、これこれについて書いてくれとたのまれたら、それがかなしい話でありさえすればなんでも書けた。だれかが死んだら、男でも、女でも、子どもでも、いたいがつめたくなるまえにもう本人言うところの「たたえるうた《トリビュート》」をもってきた。まずは医しゃ、つぎにエメリン、それからそうぎ屋だと近じょの人たちは言っていた。そうぎ屋がエメリンの先をこしたのは一どだけで、そのときエメリンは死人の名まえといんをふむコトバがおもいつかず（ウィスラーとゆう名だった）時かんを食ってしまったのだった。そのあとかのじょは人がかわったようになってしまった。グチひとつこぼさなかったけれど、だんだんやつれて、じきに死んでしまった。かわいそうに。かのじょの絵にどうもイライラさせられて、なんとなくかのじょがキライになりかけたとき、おれは何

「井戸から引き揚げ身から水を抜くも」

ども、かのじょのへやだったちいさなへやに出むいていって、ふるいスクラップブックを出してなかみをよんだものだ。おれはこの家の人がみんな好きだった。生きてる人も死んでる人も。だからなにか、おれとこの家の人とをへだてるものがあるのはイヤだった。エメリンは生きてるあいだ死んだ人みんなの詩をつくったんだから、いなくなったいま、だれもかのじょの詩をつくってやらないのはなんだか不こうへいにおもえた。それでおれは、ひとつふたつじぶんでひねりだそうとしてみたんだけど、なぜかうまくいかなかった。エメリンのへやはいつも小ギレイにかたづけてあって、なにもかもかのじょが生きてたときのままにしてあったし、だれもそのへやではねむらなかった。ニガーはおおぜいいるのに年ぱいのごふじんがじぶんでへやを手入れしていて、そこでずいぶんあみものをしていたし、聖しょもたいていそこでよんだ。

　で、居まのことはさっきも言ったけどマドにキレイな白いカーテンがかかっていて、ツタがカベいちめんにはうおしろとか、水をのみにきた牛とかの絵がらがはいっていた。ちいさなふるいピアノもあって、たぶんなかにブリキなべがはいってんだとおもう。わかいごふじんふたりが「さいごのきずなも切れて」〔一八四〇年に発表された感傷的な流行歌〕をうたったり「プラハのたたかい」〔一七八八年にボヘミアで作られたにぎやかな曲〕をピアノでひいたりするのをきくのはほんとうにステキだった。どのへやのカベにもしっくいがぬってあって、ゆかにはほぼぜんぶジュウタンがしいてあって、家の外がわはぜんぶ水しっくいがぬられていた。

　ふたつの家がくみあわさった家で、まんなかのおおきな、外にひらいた場しょにもやねとゆかがあっ

家

て、ときどき昼ひなかにここにテーブルをすえると、すずしくてきもちがよくて、もうサイコーだった。りょうりもおいしくて、たっぷりあった！

Chapter XVIII

C GRANGERFORD was a gentleman, you see. He was a gentleman all over; and so was his family. He was well born, as the saying is, and that's worth as much in a man as it is in a horse, so the Widow Douglass said, and nobody ever denied that she was of the first aristocracy in our town; and pap he always said it, too, though he warn't no more quality than a mud-cat, himself. Col. Grangerford was very tall and very slim, and had a darkish-paly complexion, not a sign of red in it anywheres; he was clean-shaved every morning, all over his thin face, and he had the thinnest

グランジャフォード大佐

18

グランジャフォード大佐、この人はしんしだったね。スミからスミまでしんしだった。一家みんながそうだった。けっとうがいいってゆうやつで、そういうのは馬でも人げんでもおなじくイミがあるんだってダグラス未ぼう人が言ってたし、未ぼう人が町でいちばんゆいしょあるきぞくの家がらだってことはだれもがみとめてる。おやじもやっぱりそう言ってた。まあおやじじしんはゆいしょっていってもそこらへんのドロナマズとかわらなかったけど。グランジャフォード大佐はすごく背が高くてやせてて、顔色はなんとなく黒っぽくてなんとなく青じろくて、とにかくどこにも赤みがない。ほそい顔ぜんたい、毎朝キチンとそって、クチビルはものすごくうすくて、鼻の穴もものすごくせまくて、鼻は高くて、マユ毛はこくて、目はこれ以上ないってゆうくらい黒いのがすごくおくにひっこんでて、なんだか洞くつのなかから見られてるみたいだった。ヒタイはひろくて、かみの毛は黒くてまっすぐなのが肩までたれてた。[1]手はほっそり長くて、毎日かならずキレイなシャツと、目がいたくなるくらいまっ白なリンネルの、アタマからツマさきまでそろったスーツを着ていた。日ようにはしんちゅうのボタンのついた青いエンビ服を着た。銀のにぎりのあるマホガニーのつえをもちあるいた。うわついたところとかぜんぜんなくて、そうぞうしいなんてことはぜったいなかった。すごくやさしい人で、それがはっきりつたわってきて、あんしんだった。ときどきニッコリわらうといいかんじだったけど、背をピシッと自由の柱〔村の共有地などにあって、英国支配に抗した自由を象徴した柱〕みたいにのばしてマユ毛の下からイナズマがピカピカひかりだすと、まずは木にのぼってひなんして、なにごとなのかはあとから見ることにしようって気になった。おぎょうぎに気をつけなさい、なんてこの人が言う必ようはなかった。この人がいればだれでもおぎょうぎよくしたからだ。だれもがみんな、この人がいるとよろこんだ。たいていは日の光みたいな人だった。この人がいると、天きがいいみたいなかんじになるのだ。でもこの人がひくい雲のかたまりにかわると、三十びょうくらいのあいだすごく暗くなって、それでじゅうぶんだった。あと一週かんくらい、もうなにもヘンなことにならない。

　この人とおくさんとで朝おりてくると、一家みんなイスから立ちあがっておはようございますとアイサツし、ふたりがすわるまですわらなかった。それからトムとボブが、デカンタのおいてあるサイドボードに行って、にがみ酒をつくってこの人にわたして、この人はそれを手にもって、トムとボブのぶん

1　前章での「シラガで六十くらい」とずいぶん違っているが、これはこの章での大佐の描写が、別の未完作品のために書いた南部紳士を皮肉った描写を流用したためと考えられる。

ができるまで待ち、それからトムとボブがおじぎして「どうぞおふたりとも、きょう一日もお元気でいらっしゃいますように」と言うと、この人とおくさんもほんのすこしだけおじぎして、ありがとう、と言って三人とものんで、ボブとトムはタンブラーのそこにのこってるさとうとウイスキーかアップルブランデーに水をスプーン一ぱい足しておれとバックにくれて、おれたちもご夫ふのけんこうをいのってのんだ。

　ボブがいちばん年うえで、トムがつぎだった。背の高い、カッコいい男たちで、すごく肩はばがひろくて、顔は日やけして、黒いかみの毛が長くて目も黒かった。ご老たいとおなじにアタマからツマさきまで白いリンネルを着て、おおきなパナマ帽をかぶっていた。

　それからミス・シャーロットがいた。二十五さいで、背が高くてプライドも高そうでどうどうとしていて、コーフンしてないときはすごくいい人だけど、いったんコーフンすると父おやとおなじでその顔を見ただけでこっちはなえてうごけなくなっちまう。キレイな人だった。

　妹のミス・ソフィアもキレイだったけど、こっちはちがうキレイさだった。ハトみたいにやさしくて、おだやかで、まだはたちだった。

　みんなそれぞれにおつきのニガーがいた。バックにまでいた。おれは人になにかやってもらうのとかなれてないから、おれのニガーはものすごくラクしてたけど、バックのニガーは年じゅうとびまわらされていた。

　いまいる家ぞくはこれでぜんぶだったけど、まえにはもっといた。むすこが三人ころされて、あとエメリンも死んだ。

　ご老たいは農じょうをたくさんもっていて、ニガーも百人以上もってた。ときどき二十、三十キロはなれたところからお客が何人も馬でやってきて、まわりの土地や川でさんざんおもしろおかしくすごし、昼まは森でダンスやピクニックとかやって、夜は屋しきでぶとう会をした。こういう人たちはだいたい一家の親るいだった。男たちはみんなテッポーをもってきていた。みんなほんとに見ばえのいい、家がらのいい人たちだった。

青年ハーニー・シェファードスン

　このあたりにはもうひとつ、きぞくの家があった。五つか六つ家ぞくがいて、たいていはシェファードスンという名まえだった。こっちもグランジャフォード一ぞくにおとらずかくちょう高くて、血すじがよくて、おカネもちではなやかだった。シェファードスン一ぞくとグランジャフォード一ぞくは、じょう気船の発ちゃく所もおなじところをつかっていて、おれのいた屋しきから三キロ上がったその場しょへ、ときどきおおぜいのグランジャフォードにくっついて出かけていくと、りっぱな馬にのったシエファードスンがやっぱりおおぜいいるのだった。
ある日バックとおれとで森へ狩りにきてるさいちゅう、馬がやってくるのがきこえた。おれたちは道をわたってるところだった。バックが
「はやく！　森にかくれろ！」と言った。
森にかくれて、葉っぱのすきまからのぞいてみた。じきにさっそうとしたわかい男が馬を全そくで走らせ道をやってきた。ゆうぜんと馬にのっていって、兵たいみたいだった。くらのまえにテッポーをヨコむきにおいている。この人はまえにも見たことがあった。ハーニー・シェファードスンという青年だ。おれの耳もとでバックがテッポーを撃つ音がひびいて、ハーニーのぼうしがアタマからころげ落ちた。ハーニーはテッポーをつかんで、おれたちがかくれてるところめがけて馬を走らせてきた。でもおれたちはグズグズしなかった。ふたりともいちもくさんに森をかけぬけていった。そんなに木がしげってる森じゃなかったので、おれは弾をよけようと何どかうしろをふりむき、ハーニーがバックをしゃていのなかに二どおさめるのを見たけど、けっきょくハーニーはもときた道へ馬を走らせていった。たぶんぼうしをとりにもどったんだろうとおもったけど、よく見えなかった。おれたちは屋しきに着くまで走るのをやめなかった。ご老たいの目がすこしのあいだギラギラひかって――まずはよろこんでるんだとおれにはおもえた――それから顔がおだやかになって、なんとなくやさしい声で
「やぶのかげから撃ったというのは気に入らんな。どうして道に出ていかなかった？」と言った。
「シェファードスンのやつらは出てこないよ、とうさん。あいつらいつだって、ずるいマネするんだ」

バックがそうやって話してるさいちゅう、ミス・シャーロットの顔が女王さまみたいにしゃきっと上がって、鼻の穴がひろがって目がギラッとひかった。むすこふたりはこわい顔してたけどなにも言わなかった。ミス・ソフィアは青ざめたけど、あいての男にケガはなかったときくと血の気がもどってきた。

おれはバックを、トウモロコシをしまうなやのほうにつれだして、木かげでふたりきりになるとすぐ「おまえあいつをころす気だったのかい、バック？」ときいた。

ミス・シャーロット

「きまってらあ」

「あいつになにされたんだ？」

「あいつに？　なにもされてないよ」

「じゃあなんでころそうとおもったんだ？」

「べつにワケなんかないよ——ただたんにしゅくえんのせいさ」

「しゅくえんってなんだよ？」

「おまえ、どこでそだったんだよ？　しゅくえんがなんなのか、知らないの？」

「きいたことないね。おしえてくれよ」

「いいか、しゅくえんってのはさ」とバックは言った。「ある男がもうひとりの男とケンカして、そいつをころす。すると、そのもうひとりの男のきょうだいがその男をころす。すると両方のきょうだいが出てきておたがいにやっつけあう。それからいとこたちまではいってくる。そのうちにみんなころされて、もうしゅくえんもなくなる。でもこれってズルズルつづく話でさ、ずいぶん時かんかかるんだよ」

「このしゅくえんも長いことつづいてるのかい?」

「そうともさ! 三十年だか、それくらいまえにはじまったんだよ。なんかモメごとがあって、それがそしょうまで行って、だれかひとりに不りなはんけつが下って、そいつがそしょうに勝ったやつを撃ちころしたんだ——そりゃみんなそうするよな。だれだってするさ」

「モメごとはなんだったんだい? 土地か?」

「たぶんね。よく知らない」

「で、撃ったのはどっちだい? グランジャフォードか、シェファードスンか?」

「そんなの知るかよ! ずっとむかしの話なんだよ」

「だれも知らないのか?」

「うん、そりゃパパは知ってるとおもうよ、ほかにも年ぱいの人たちで知ってる人はいるだろうね。だけどもう、そもそもさいしょのモメごとがなんだったかなんて、だれも知らない」

「いままでにたくさんころされたのかい?」

「ああ、ずいぶんいっぱいそう式やったよ。でもいつもころすとはかぎらない。パパのからだにはシカ弾〔大型の散弾〕が何ぱつかはいってる。でもパパは気にしない。パパのからだ、どのみちそんなにおもくないからね。ボブはナイフでだいぶ切りきざまれたし、トムも一、二どいためつけられた」

「ことしになってからだれかころされた？」

「うん、ぼくたちひとりころしたし、むこうもひとりころした。三か月ばかりまえに、ぼくのいとこで十四さいのバドが川むこうの森を馬で走ってて、バカなことになにもぶきもってなくて、さみしい場しょに来てうしろから馬が来るのがきこえて、見たらボールディ・シェファードスンのジイさんが手にテッポーもって白いかみなびかせて走ってきたんで、さっさとヤブにかくれればいいものを、バドのやつ逃げられるとおもって、そのまま走ったんだ、それで十キロばかり追っかけっこになってジイさんがじわじわせまってきて、こりゃもうダメだとバドもかんねんして、とまってむきなおったんだ、弾をまえからうけようとしてね、それでジイさんがやってきて撃ちころした。でもジイさんがとくいな顔してられたのも長くなかったよ、一週かんとしないうちにぼくたちの親せきがしまつしたから」

「そのジイさん、こしぬけだったんだろうな」

「あのジイさん、こしぬけじゃなかっただろうよ。ぜんぜんそうじゃない。シェファードスンにこしぬけはいないよ――ひとりも。グランジャフォードにだっていない。あのジイさん、あるときなんか、グランジャフォード三人あいてに三十分たたかって、けっきょく勝ったんだぜ。みんな馬にのってたけど、ジイさんは馬からおりて、ちいさな材もくの山のうしろにまわって、馬をまえに立たせてたてにして、グランジャフォードのほうはみんな馬にのったままジイさんのまわりをはねまわってパンパン撃って、ジイさんもパンパン撃ちかえした。ジイさんも馬もかえりついたときはけっこう血ながしてびっこひいてたけど、グランジャフォードの三人は家まではこんでもらわないといけなかったんだ――ひとりは死んでたし、つぎの日にもうひとり死んだ。いいや、こしぬけさがしたかったら、シェファードスンのやつらを見てもムダだよ。そういう人げんはつくらない家がらだからね」

つぎの日よう、みんなで馬にのって五キロばかりはなれたきょう会に行った。男たちはテッポーをもってってたしバックももっていって、ヒザのあいだにはさむか、そばのカベにたてかけるかしていた。シェファードスンたちもおなじことをやっていた。そうとうつまんないせっきょうで、きょうだい愛がどうとかこうとかってゆうタイクツな話ばっかりだったけど、いいせっきょうだったなあってみんな言って、かえり道でもあれこれ話しあって、信こうだ、善こうだ、神の恩ちょうだ、プリフォーオーデスティネーション〔predestination＝運命予定説とforeordination＝宿命とをごっちゃにしている〕だ、とエラいさわぎで、こんなにあらっぽい日ようはおれ、はじめてじゃないかってかんじだった。

昼ごはんのあと一時かんくらい、みんなそこらへんのイスやじぶんのへやでウトウトして、おれはタイクツになってきた。バックも犬といっしょに日なたで草にねころがってスヤスヤねてしまったし、おれもひとねむりしようとおもってへやに上がっていった。と、ステキなミス・ソフィアがじぶんのへやの戸ぐちに立っていた。そのへやはおれのへやのとなりで、かのじょはおれをなかに入れてからすごくそうっとドアをしめて、あなたわたしのこと好き、ってきくからハイ好きですってこたえると、あなたわたしのためになにかしてくれてみんなにだまっててくれるかしらってきくので、ハイだいじょぶですとこたえた。わたしね、きょう会に聖しょわすれてきちゃったの、ほかの二さつの本のあいだにおいてあるの、あなたこっそり行ってとってきてくれるかしら、それでそのことだれにも言わないでほしいの、とかのじょは言った。ハイだいじょぶですとおれは言った。それでそうっと出ていって、道をコソコソあるいてきょう会に行くとなかにはだれもいなかったけど、ドアにはカギがかかってないんでブタが一ぴき二ひきはいりこんでる。ブタは夏になると板ゆかに来たがるのだ、すずしいから。かんがえてみれば、たいていの人げんは行かなきゃいけないときしかきょう会に行かないけどブタはそうじゃない。

　これってなんかあるな、とおれはおもった。わかい女の人が聖しょのことで大さわぎするなんてフツウじゃない。それでその本、ゆすってみたら、エンピツで「二時半」と書いた紙きれが落ちてきた。ひっかきまわしてみたけど、ほかにはなにも見つからない。ワケがわからないんで、とりあえず紙をもとにもどして、屋しきにもどって二階に上がると、ミス・ソフィアがへやの戸ぐちでおれを待って

「あなたわたしのこと好き、ってきいた」

いた。かのじょはおれをひっぱりこんでドアをしめて、聖しょをひらいて紙を見つけて、よんだとたんにうれしそうな顔になった。とおもったらおれをつかまえてぎゅうっとだきしめて、あなたってせかい一いい子ね、みんなにはだまっていてねと言った。すこしのあいだ顔はまっ赤だし目もキラキラひかっていて、すごくキレイだった。おれはなにしろビックリしたけど、ひとイキついたところで、その紙なんなんですかときいたら、あなたよんだの、ときかれたんでいいえとこたえると、あなた字はよめるの、ときくので「いいえ、かつじたいだけです」と言うと、これはただのしおりよ、もう行っていいわ、外であそんでなさい、と言われた。

　どういうことなのか、かんがえながら川べまでおりていくと、おれのニガーがうしろからついてきてることにおれはじきに気づいた。屋しきから見えないところまで来ると、ニガーはいっしゅんうしろとまわりをたしかめてから、おれのほうにかけてきて

「ジョージぼっちゃん、沼にいらしたら、ヌママムシのむれ見せたげますよ」と言った。

　これってなんかヘンだぞ、とおれはおもった。こいつ、きのうもそう言ったのだ。ヌママムシをわざわざ見にいくほど好きな人げんなんていないことくらい、わかりそうなものだ。なにがめあてなんだ？そこでおれは

「わかった、つれてってくれ」と言った。

　七、八百メートルばかりついていくと、ニガーは沼にはいって、足クビまで水につかってあるいていった。また七、八百メートルあるくと、ぬれてないちいさなひらべったい場しょに出た。木やヤブやツ

タがうっそうとしげっている。ニガーは「そこんなかへはいっていきなさいジョージぼっちゃん、何ぽか行っただけでいいですから。おれもう、まえにも見たんでいいですから」と言った。

そうしてニガーはすうっと行ってしまって、じき木々のかげに見えなくなった。おれは言われたところにはいってしばらく行くと、しんしつくらいのひろさの、ツタがびっしりたれたひらけた場しょに出た。男がひとり、そこでねている――なんと、ジムじゃないか!

おれはジムを起こして、ジムもさぞビックリするだろうとおもったらぜんぜんそうじゃなかった。泣きそうになるくらいよろこびはしたけど、ビックリはしなかった。きいてみたらあの夜、おれのうしろをジムもおよいでいて、おれがわめくたびにぜんぶきこえてたんだけど、だれかにつかまってまたドレイにされたらタイヘンだとおもってだまってたんだそうだ。ジムが言うには――

「おれちょっとケガしたんであんまりはやくおよげなくて、さいごのほうはあんたよりだいぶおくれてたんだ。陸《おか》に上がったら大声出さなくても追いつけるだろうとおもったんだけど、あの屋しきが見えたんでゆっくり行くことにしたんだ。やつらがあんたになんて言ってるか、とおくてきこえなかったし、犬どももこわかったし、だけどじきまたしずかになったんで、あんたが屋しきんなかにはいったんだなってわかったから、森へ行って日がのぼるのを待つことにした。そしたら朝はやくにニガーの連中が来て、これから畑しごとに行くんだって言って、おれもつれてってくれて、水があるから犬にはたどれないからってこの場しょおしえてくれてさ、毎晩食いものもってきてくれて、あんたがどうしてるかも知らせてくれたんだよ」

「どうしてもっとはやく、おれをつれてくるようにおれのおつきのジャックに言わなかったんだよ？」

「だって、なにもできねえうちにあんたのジャマしてもしょうがないからさ。でももうだいじょうぶ。おれ、ナベとかカマとか食いものとか買いそろえたし、夜のあいだにいかだもしゅうぜんして――」

「いかだってどのいかだだよ、ジム？」

「おれたちのいかだだよ」

「じゃあおれたちのいかだ、バラバラにこわれたんじゃなかったわけ？」

「いいや。まあかたっぽのはしはけっこういたんでたけど、なんとかなったよ、ただ、もちモノはあらかたなくなっちまってたけどな。もしおれたちがあんなにふかくもぐらずに、水のなかをあんなにとおくまでおよぎもせずに、夜があんなに暗くもなくて、おれたちがあんなにおびえてなくて、あんなにカボチャあたまになってなかったら、きっといかだが見えただろうよ。でもまあ見えなくてべつによかったよ。もういまはすっかりなおって新ぴんどうようだし、いろんなモノもまた手に入れたし」

「で、ジム、いったいどうやっていかだとりもどしたんだ？　つかまえたのか？」

「森にいてどうやってつかまえられるんだね？　いいや、ここのニガー連中が、そのへんのまがりめのしずみ木にひっかかってるのを見つけて、小川のヤナギのなかにかくしてさ、で、じぶんたちのうちだれにいちばんけんりがあるか、ケンケンガクガク言いあうもんだから、じきにおれにもきこえてさ、おまえらのだれにもけんりないよ、おれともうひとりの白人のなんだからって言ってケリつけたのさ。おまえら、わかい白人のぼっちゃまのもちモノぬすんで、ムチくらいたかねえだろって言ってやったんだ。みんなに十セントずつやったらすっかりまんぞくしてさ、もっといかだ来ねえかなあ、そしたらまたカネもちになれるのに、なんて言うんだ。ここのニガー連中、すごくよくしてくれたよ、たのめばなんでもやってくれるんだよ。あのジャックってやつもいいニガーだ、アタマもいいし」
「うん、そうだよな。おまえがここにいること、おれにはぜんぜん言わなかったよ——いっしょに来い、ヌママムシどっさり見せるからとしか言わなかった。ああすればなにかあっても、じぶんはカンケイありませんって言えるもんな。おれとおまえがいっしょにいるところも見たことありませんって言えて、それってウソじゃないし」
つぎの日のことはあんまり言いたくない。ごくみじかく話そうとおもう。明けがたに目がさめて、ねがえりうってまたねようとしたけど、ふと気がつくとまわりがやけにしずかだった。だれも、ぜんぜんうごいてないみたいなのだ。それってフツウじゃない。と、バックがいないことにもおれは気がついた。どうなってるんだ、とおもいながらねどこを出て、下へおりていった——だれもいない。なにもかもネズミみたいにしずまりかえってる。外もおなじ。これってどういうことだ？　材もくの山のあたりでおれのおつきのジャックがいたんで
「どうなってるんだ？」ときいてみたら
「ごぞんじねえんですか、ジョージぼっちゃん？」
「いいや、知らない」

「それがね、ミス・ソフィアがいえでなすったんです！　いなくなっちまった。夜のあいだに出てったんです、何時だったかだれにもわかりません、シェファードスンのわかぞうのハーニーとけっこんするために――すくなくともみんなそうおもってます。みなさん三十分くらいまえに気がついたんです、いやもうちょっとまえかな、いやもう、わかったとたん、はやいのなんのって。あんなにすばやくテッポーも馬もしたくしたの、見たことねえですよ！　女の人たちは親るいに知らせにいって、ソールさまとむすこさんたちはあのわかぞうが川むこうに着いてミス・ソフィアと落ちあうまえにつかまえてぶっころそうと、テッポーもって川ぞいの道のぼっていきましたよ。今回はそうとうあらっぽいことになるんじゃないですかねえ」

「バックのやつ、おれを起こさないで行っちまった」

「そりゃそうでしょうよ！　みなさんあんたをまきこむつもりはねえですよ。バックぼっちゃん、テッポーに弾こめて、シェファードスンひとりやっつけてくるぞってイキまいて。まあたっぷりいるでしょうからねえシェファードスン、ぼっちゃんもうまくいけばひとりくらいやっつけるでしょうよ」

　おれは全そくりょくで川ぞいの道をかけていった。そのうちにとおくから銃せいがきこえてきた。じょう気船の着くあたり、丸太おきばとマキの山が見えたところで、おれは木やヤブのなかにはいっていい場しょをさがし、弾のとどかないところに立ってるハコヤナギのえだのわかれめにのぼって、見てみた。のぼった木のすこし手まえに、高さ一メートルちょっとマキがつんである。はじめはそのかげにかくれようかとおもったけど、けっきょくそうしなくてよかったとおもう。

「マキの山のかげに」

丸太おきばのまえのひらけた場しょで四、五人が馬にのってはねまわって、アクタイついたりわめいたりしながら、じょう気船発ちゃく所そばのマキの山のかげにいる男の子ふたりを撃とうとしてたけど、うまくいかなかった。やつらがマキの山の、川のがわにすがたを見せるたびに、かげから弾がとんでくるからだ。男の子ふたりは山のかげで背中あわせにしゃがんでるんで、両がわを見はれるのだ。

そのうちに男たちははねまわるのもわめくのもやめて、丸太おきばのほうに馬を走らせた。と、男の子のいっぽうがマキの山のかげからしっかりねらいをつけて、男のひとりをくらから撃ちおとした。のこった男たちはみんな馬からとびおりて、ケガした男をかかえて丸太おきばへはこんでいった。そのしゅんかん、男の子たちがかけだした。おれがかくれてる木まで半ぶんくらい来たあたりで、男たちが気づいた。気づいたとたん、馬にとびのって追いかけてきた。じわじわせまってはいったけど、けっきょくはムダだった——男の子たちはずいぶん先に走りだしてたから。おれがかくれてる木のすぐまえのマキの山にふたりはたどりついて、うしろにまわりこんだ。これでまた身をまもるたてができたわけだ。男の子たちのひとりはバックだった。もうひとりは十九さいくらいの、ほっそりしたわかものだった。

男たちはしばらくそのへんを走りまわったけど、やがてまたかえっていった。やつらが見えなくなってすぐ、おれはバックに呼びかけて、じぶんがいることを知らせた。バックははじめ木のなかからおれの声が出てきたんでワケがわからないみたいだった。ものすごくビックリしていた。しっかり見はっててくれよ、やつらがまた見えたら知らせてくれよな、とおれはバックにたのまれた。あいつらなんかたくらんでるんだ、きっとじきまたもどってくるよ、とバックは言った。こんな木からさっさとおりたいとおれはおもったけど、いまはムリだ。バックは泣きだして、アクタイをつき、じぶんといとこのジョー(これがもうひとりのわかものだ)とできょうのカタキはいつかかならずとってやるとちかった。バックの父おやと、兄ふたりがころされて、むこうも二、三人死んだという。シェファードスンのやつらに待ちぶせされたんだ、とバックは言った。とうさんも兄きたちも親せきが来るのを待つべきだったんだ、あいてのかずが多すぎたんだとバックは言った。わかぞうのハーニーとミス・ソフィアはどうなったかとおれはきいてみた。川むこうに逃げてぶじだよ、とバックはこたえた。おれはうれしかった。だけど、このあいだハーニーを撃ったときにころさなかったことをバックがなげいたのなんの——あんなすごいなげきはきいたことがない。

いきなりバン！　バン！　バン！　と三ちょうか四ちょうのテッポーがいっせいに鳴った——男たちが森をぬけてまわりこんできて、馬なしでうしろからしのびよってきたのだ！　男の子ふたりは川に逃げていって——ふたりともケガしていた——川をおよいで下っていくと男たちが川ぞいを走って「ころせ！　ころせ！」とわめきながらふたりめがけて撃った。おれはひどく気もちわるくなってしまって、あやうく木から落ちるところだった。起きたことぜんぶを話す気はない。話したらきっとまた気もちわるくなってしまうだろう。あの夜に川から上がってくるんじゃなかった、こんなもの見ることになるなんて、とほとほとウンザリだった。でもうこいつはアタマから消えてくれそうにない。いまもしょっちゅうユメに見る。

おれは暗くなるまで木のなかにいた。こわくておりられなかったのだ。ときどき森のほうから銃せいがしたし、何人かがテッポーをもって丸太おきばのまえを馬でかけていくのも二ど見た。だからまだモメごとはつづいてるんだろうとおもった。おれはもうすっかり落ちこんでしまって、もうあの屋しきには二どと近づかないときめた。なんとなく、なにもかもおれのせいだってゆう気がしたのだ。あの紙きれは、ミス・ソフィアとハーニーがどこかで二時半に待ちあわせてかけおちするとゆうイミだったんだろう。あの紙のことも、ミス・ソフィアのみょうなふるまいのことも、父おやに知らせるべきだったとおもった。そうすればミス・ソフィアは父おやにとじこめられて、こんなひどいこと起きずにすんだかもしれない。

木からおりて川ぞいの土手をコソコソすすんでいくと、いくらも行かないうちにふたつの死たいが水ぎわにころがっていた。おれはそれを陸にひっぱりあげ、顔におおいをかぶせてから、そそくさと立ちさった。バックの顔をおおうときはちょっと泣いた。バックはおれにはほんとうによくしてくれたから。

暗くなったばかりだった。おれは屋しきには近よらず、森をぬけて沼をめざした。ジムはこないだの島にはいなかったんで、おれはいそいで支流《クリーク》をめざし、ヤナギの木をかきわけ、ああはやくいかだにのりたい、こんなひどいとこからさっさとおさらばしたい、とおもったら――いかだはなくなっていた！　おれは心《しん》そここわかった！　一分近く、イキもロクにできなかった。それからおれはおーいとわめいた。と、十メートルとはなれてないとこから声がして
「わっ、あんたかい、ハニー？　音たてちゃダメだよ」と言った。

ジムの声だった。なにかがこんなにいいひびきにきこえたことはなかった。おれが土手ぞいにちょっと走っていかだにのりこむと、ジムはおれをつかまえてぎゅうっとだきしめた。おれの顔を見てほんとうによろこんでいた。

「よかったよぼうや、てっきりあんたはまた死んじまったとおもってたよ。ジャックがここに来て、あんたはかえってこないから撃ちころされたんだとおもうって言ったんだよ。だからおれ、ちょうどいまいかだをクリークの口のほうにもってこうとしてたんだ、ジャックがもう一ど来てあんたがほんとに死んだって言ったらすぐに逃げられるようにさ。ああよかった、あんたがかえってきてほんとにうれしいよ、ハニー」

「よし、それでいい。これでもうおれは見つかりっこない。きっとみんな、おれがころされて川を流れ

てったとおもうだろうよ――上流のほうに、そうおもわせるものがあるんだ。だからグズグズするなジム、いっこくもはやくいかだで川に出ようぜ」

いかだで三キロ下ってミシシッピのまんなかに出るまで、おれはずうっとおちつかなかった。そこまで出るとおれたちはあいずのランタンをつるし、これでまたぶじ自由の身になったとおもった。おれはきのうからなにも食ってなかったから、ジムがトウモロコシパンとバターミルク、ブタにくとキャベツ、それに青なを出してくれた。ちゃんとりょうりすれば、世のなか、これほどうまいものはない。おれが晩メシを食いながらふたりで話をして、たのしくすごした。おれはしゅくえんから逃げられてすごくうれしかったし、ジムも沼から逃げられてよろこんでいた。やっぱりいかだほどいい家はないよな、とおれたちは言った。ほかはどこもすごくせまくるしくてイキがつまるけど、いかだはそんなことない――いかだの上は、すごく自由で、気ラクで、いごこちがいいのだ。

19

Chapter XIX

TWO or three days and nights went by; I reckon I might say they swum by, they slid along so quiet and smooth and lovely. Here is the way we put in the time. It was a monstrous big river down there—sometimes a mile and a half wide; we run nights, and laid up and hid day-times; soon as night was most gone, we stopped navigating and tied up—nearly always in the dead water under a tow-head; and then cut young cottonwoods and willows and hid the raft with them. Then we set out the lines. Next we slid into the river

昼は隠れて

二晩か三晩がすぎていった。およぐように、と言ってもいいくらいしずかに、なめらかに、気もちよく。おれたちはこんなふうに時をすごした。まずこのへんは川がものすごくひろくて、ときにははばが二キロくらいある。夜に走って、昼はかくれてねむっていた。夜がもうじき明けるってゆうところでいかだをとめて、しばりつける――だいたいいつも、砂《さ》すの川下のよどんだ水に。そうしてハコヤナギやヤナギのわか木を切って、いかだをかくす。それから釣り糸をしかける。そして川にはいってひとおよぎすると、気ぶんはサッパリするしからだもひんやりする。そうして、ヒザくらいのふかさの、砂の水ぞこにすわりこんで、日の出をながめる。どこからも、なんの音もしない。シーンとしずまりかえって、まるでせかいじゅうがねむってるみたいだ。せいぜい、ときどきウシガエルがゲコゲコっと鳴くだけ。川むこうに目をやると、まず見えてくるのは、なんかこう、どんよりくもったみたいな線で、これはむこうがわの森だ。ほかはまだなにも見わけがつかない。それから、空に、ほんのり白っぽいところが出てきて、やがてその白っぽさがいちめんにひろがっていく。じきに川の色も、とおくのほうからやわらいできて、もうまっ黒じゃなく、灰いろがかってくる。ちいさな黒っぽい点々がずうっと先のほうをゆっくり流れてるのが見える。しょうばいをやってる平ぞこ舟とかだ。それに、ほそ長い黒いたてじま、こっちはいかだだ。ときおり、オールがぎぃっと鳴るのがきこえる。それと、いろんな声がまじりあった音も。なにしろホントにしずかだから、音はすごくとおくからとどく。そのうちにぼちぼち、水面に一本のしまが見えて、そのしまのようすから、急流に流ぼくがしずんでいて、そこで流れがぶつかりあうせいでそんなふうにしまが見えるんだとわかる。それから、水面からもやがうずをまいて上がるのが見えてきて、東の空が赤くそまって、川も赤くそまって、それから、川むこうの水ぎわ、森のはしっこに、丸太小屋が一けん見えてくる。たぶんそのへんはマキおき場なんだけど、インチキなやつらがマキをつんでるもんだから、犬が一ぴき投げこめそうなくらいおっきなすきまがあいてる〔薪は積んである体積で値段が決まったので、すきまを作ればそのぶん得になる〕。そのうちに、気もちのいい風がふいてきて、川のむこうからあおいでくれる。すごくひんやりとしてさわやかで、森や花のおかげでニオいもステキだ。だけどたまに、そうじゃないこともある。だれかがさかなの死がい、ガーとかその手のさかなの死がいをそこらへんにすててったからで、これはそうとうニオう。そうこうするうちにすっかり夜もあけて、なにもかもが日をあびてニコニコほほえみ、ウタドリたちがめいっぱいうたう！

この時かんになると、ちょっとくらいケムリをたてても気づかれないから、釣り糸にかかったさかなを何びきかはずして、アツアツの朝メシをつくった。それから川のさみしさをながめながら、のんびりすすんでいって、そのうちにウトウトねむってしまう。またそのうちに目がさめて、なんでさめたんだろうとおもって見てみると、じょう気船が川上に、こほこほセキでもするみたいにのぼっていくんだけど、ずっとむこうっかわを走ってるもんだから、船の水かきがうしろについてるかヨコについてるかくらいはわかるけど、それ以上はなにもわからない。それから、一時かんばかり、なにもきこえないしなにも見えなくて、ずっしり手にとれるようなさみしさがあるだけ。と、いかだがひとつ、ずっとむこうのほうをすうっと流れてくのが見えて、どっかのおっさんがそのうえでマキをわってたりする。いかだのうえって、たいていだれかマキわってるんだよな。オノがキラッとひかって、落ちてくのが見える──音はなにもきこえない。またオノが上がるのが見えて、それがおっさんのアタマの上にもちあがるころに、カチャンク！と音がきこえる。音が水の上をわたってくるのに、それだけかかったわけで。そんなふうにおれたち、のんびりしずけさに耳をすましながら一日をすごした。あるとき、こいキリが出て、とおりすがるいかだやらなにやらがみんな、じょう気船にぶつけられないようブリキなべをガンガンたたいてた。平ぞこ舟だかいかだだかが一そう、すぐそばをとおっていって、しゃべったりアクタイついたりわらったりするのがハッキリきこえるくらい近いんだけど、すがたはぜんぜん見えない。なんだかうすきみわるかった。なんかまるっきり、亡れいたちが空でさわいでるみたいで。あれはホントに亡れいだとおもう、とジムは言ったけど、おれは

「ちがうよ、亡れいが『まいったぜ、ひでぇキリだなぁ』なんて言うもんか」と言った。

夜になるとすぐ、おれたちはいかだを出した。川のまんなかあたりまで出したところでこぐのをやめて、川の流れにまかせる。そうしてパイプに火をつけて、両足を水にひたして、ありとあらゆることについて話しあった。昼も夜も、カさえ来なければふたりともいつもハダカだった。バックの家ぞくがつくってくれた服は、上とうすぎて着ごこちがいまひとつだったし、もともとおれは服ってそんなに好きじゃない。

ずいぶん長いあいだ、おれたちだけで川まるごとどくせんすることもあった。川むこうには土手があり島があり、チラッと光がきらめくこともあるし――丸太小屋のマドぎわにおいたロウソクだ――水の上でチラッチラッとひかることもあって、これはいかだか、平ぞこ舟の上だ。それと、船からフィドルの音やうたの声がきこえてきたり。いかだでくらすのはステキだ。上には空があって、星がいちめんにちらばり、おれたちはよくねころがって星空を見上げて、あれはだれかがつくったのか、さいしょからただあるのかを話しあった。つくったんだとジムは言ったけど、はじめからあったんだよとおれは言った。あんなにたくさんつくるなんて時かんかかりすぎるっておれはおもったのだ。月がうんだのかもしれないぜとジムが言い、それはいちりある気がしたから、おれもとくにはんたいしなかった。カエルがほとんどおなじくらいたくさんタマゴうむのは見たことあるから、不かのうってことはもちろんない。落ちてくる星もおれたちはよくながめて、流れおちていくスジを目で追った。あれはあまやかされてワガママになった星が巣からほうり出されたんだよとジムは言った。

毎晩一どか二ど、やみのなかをじょう気船がやってくるのが見えて、ときおりエントツからパーッと火花をはき出して、それが川にふりそそぐと、ものすごくキレイだった。やがて船はかどをまがって、光がチカチカてんめつしながら消えていき、水かきの音もきこえなくなって、川はまたひっそりしずまりかえる。そのうちに、船がもう行ってしまってずいぶんたってから、船が起こした波がおれたちのところまでやってきて、いかだをちょっとゆさぶる。そのあとはもう、どれくらい長くかわからないくらい長く、カエルとかの声以外なにもきこえない。

午前れい時をすぎると、川ぞいの人たちもねどこにはいって、その後二、三時かん岸はまっくらで、丸太小屋のマドがチラッとひかったりもしない。そういうチラッがおれたちの時けいだった。それがつぎにまた見えたら、じき朝になるしるしなのだ。するとおれたちはすぐ、かくれ場しょをさがしていかだをつないだ。

ある朝、明けがたにおれはカヌーを見つけたので、急流をわたって岸まで——といっても二百メートルくらいのものだけど——行って、木イチゴのたぐいはないかと、イトスギの森にかこまれたクリークをさらに一キロ半ばかりこいでいった。牛のとおり道みたいなのがクリークにまたがってるところをとおりかかると、むこうから男がふたり、めいっぱいはやく道をかけてくる。とっさに、これでおれもおしまいだとおもった。だれかがだれかを追いかけているのを見ると、おれを追っかけてるんだとついおもってしまうのだ——おれじゃなかったら、ジムを。大いそぎで逃げようとしたけど、ふたりともうすぐ近くまで来ていて、たすけてくれ、とおれに泣きついてきた。なにもしてないのに追われてるんだ、人げんも犬も追ってきてるんだ、とそのふたりは言った。ふたりともさっさとカヌーにのりこもうとしたけど、おれは言った――

「ちょっと待ってください。まだ犬の声も馬の音もきこえませんよ。あんたたち、ヤブをぬけてクリークぞいをすこし先まで行く時かんありますよ。それから水にはいって、あるいてこのカヌーにもどってくるといい。そうすれば、犬をまけるから」

ふたりが言われたとおりにしてのりこんでくると、おれはジムの待つ砂すめざしてこぎはじめ、五分か十分すると、とおくのほうで犬の鳴き声や人がわめく音がきこえてきた。このクリークにむかってくるのはきこえたけど、すがたは見えない。どっかで立ちどまってウロウロしてるみたいだ。やがて、こっちがぐんぐんはなれていくと、もうほとんどなにもきこえなくなった。二キロぶんの森をあ

「犬も追ってきてるんだ」

とにして川へ出たころには、なにもかもしずかになっていて、おれはふたりをのせたまま砂すにむかってこいでいき、ハコヤナギのしげみにかくれて、これでもうあんぜんだった。

ふたりのうちひとりは七十か、もっと上で、アタマはハゲていて、あごヒゲはすっかり灰いろだった。ふるい、ぼろぼろのソフト帽をかぶっていて、アカじみたウールのシャツを着て、ズタズタのふるいデニムのズボンのすそをブーツのてっぺんに押しこみ、その上に手あみのオーバーシューズをはいていた——といっても片足だけ。ふるい、すその長い、てかてかのしんちゅうボタンがついたデニムの上着を肩にかけている。ふたりともぼてっとおおきい、うすぎたないジュウタン地のカバンをかかえていた。

もうひとりは三十さいくらいで、おなじくらいパッとしないかっこうだった。朝メシがすむと、おれたちはのんびりやすんで話をした。まずあきらかになったのは、このふたりが知りあいじゃないってゆうことだった。

「あんた、なんで厄介《トラブル》にまきこまれたのかね？」と、ハゲたほうがもうひとりにきいた。

「それがさ、歯せきをとるクスリを売ってたんだが——じっさいよくとれるんだぜ、たいていはいっしょにエナメルもとれちまうけどな——一晩ながいしすぎて、そろそろおさらばしようとしてたら町のこっちがわの道であんたに出くわして、追われてるんだ、逃げるのをてつだってくれってあんたにたのまれて、こっちもちょっと厄介《トラブル》になりそうだったから、じゃあいっしょにずらかることにしようって言ったのさ。で、あんたは？」

「うん、あすこで一週かんばかりきん酒のこうえんやって、ごふじんがたにはけっこううけたよ、年くったのにもわかいのにもね、なんせ酒のみをさんざんコキおろしたからな、で、一晩五ドルとか六ドルみいりがあったのさ——一人十セント、子どもとニガーはタダ、それでしょうばいますますはんじょうだったのに、なぜだかきのうの晩、ちょっとしたウワサがひろまってな、わしがこっそり酒ビンかくしてちびちびやってるって言われちまってさ。けさだれかニガーの男に起こされて、みなさんこっそりあつまってますよ、犬とか馬とかつれて、じきここへやってきて三十分くらい好きに逃げさせて、それから追っかける気ですよって言うんだ。つかまったらタールとハネぬったくられて、ぼうにのせられて村じゅうひきまわしだ。[1] 朝メシも待たなかったよ——ハラへったどころじゃなかったからな」

「おっさん、おれたちコンビが組めるんじゃないかね。どうおもう？」とわかいほうが言った。

「わるくないんじゃないかね。あんた、おもにどういう手ぐちだ？」

「しょうばいはいんさつ工でさ。とっきょ薬もすこしやる。あと役者も——ひげきだよ。チャンスがあればさいみんじゅつやこっそう学[2]にも手を出す。たまに気がむくと、地りうたい[3]の学校をやる。ときどきこうえん会もやる。いやほんと、とにかくいろんなことやるんだよ、りんきおうへんに。だからシゴトはこれこれってかんじじゃないね。あんたは？」

「まえは医しゃカンケイをずいぶんやったよ。手をあててなおすってのがいちばんとくいでさ。ガン、

1 人の体にタールを塗って鳥の羽でおおって棒に乗せて町をひきまわすのは典型的なリンチの方法。
2 骨相学は骨相から人の性格や運命を判断する学問で、十九世紀前半に欧米で流行した。
3 「地理歌い」（singing-geography）は十九世紀に流行した、歌って地名を覚える勉強法。

マヒとかのびょう人あいてだよ。うらないもけっこうとくいだな——だれかじじつをさぐってくれる人げんとくめば。あと、せっきょうもやる。伝どう集かいとか、せんきょうしとか」

しばらくのあいだだれもしゃべらなかったけど、やがてわかいほうがふうっとためイキをついて「噫《ああ》！」と言った。

「なにが噫なんだね？」とはげアタマが言った。

「このわたしが、かような生を生き、かような人びととまじわる身に落ちぶれようとは」。そうして男は目のはしをボロきれでぬぐいはじめた。

「おいおいなんだ、わしらじゃあんたに不そうおうだってのか？」とはげアタマがえらくムッとしたようすで言った。

「いいや、わたしにはそうおうだとも、いまのわたしには。かつてあれほど高い身分だったわたしを、ここまで落ちぶれさせたのはだれか？　わたしじしんだ。いいかね、しょくんをせめているのではない——めっそうもない。わたしはだれのこともせめはしない。すべては身から出たサビ。つめたいせけんはいくらでもつめたくふるまうがいい。ひとつだけわかっているのは、どこかにわたしのためのはかがあるということだ。せけんはいままでどおりにつづくがいい、わたしからすべてをうばうがいい——愛する家ぞく、ざいさん、なにもかも——だがそのはかだけはうばえはせぬ。いつの日かわたしはそこによこたわり、すべてをわすれ、わがキズつきし心にやすらぎがもたらされるのだ」。男はまだナミダをぬぐっている。

「なぁにが、キズつきし心だ」とはげアタマが言った。「わしらにそんなこと言ってどうする？　わしらなんにもしちゃおらんぞ」

「ああ、それはわかってる。あんたがたをせめてるんじゃないんだ。わたしはじぶんでじぶんをひきずりおろしたんだ――そう、じごうじとくなのさ。わたしはくるしんでとうぜんなんだ――くるしんでしかるべきなんだ――うらみごとは言うまい」

「ひきずりおろしたって、どこから？　おろされるまえはどこにいたのかね？」

「あぁ、言っても信じてはくれまいさ。せけんはけっして信じやしない――もうよそう――どうでもいいことだ。わたしのしゅっせいのヒミツは――」

「あんたのしゅっせいのヒミツ？　するってえとあんた――」

「しょくん」とわかい男はひどくいかめしい顔で言った。「しょくんにはうちあけよう、みなさん信用できるごじんとお見うけしたから。このわたし、生まれは公しゃくなのだ！」

　これをきいてジムの目がとびだした。おれの目もそうだったとおもう。やがてはげアタマが「まさか！　ジョーダンだろ？」と言った。

「いやいや。わたしのそうそ父はブリッジウォーター公しゃくの長男であったが、前せいきのすえに、自由のじゅんすいな空気をもとめてこの国へのがれてきて、つまをめとり、むすこをひとりのこして死んで、それとほぼどうじに本国で父おやもなくなった。次男が公しゃくのしょうごうをさんだつし、ざいさんをうばって、真の公しゃくたる、長男のおさな子はむしされた。わたしこそそのおさな子のまつ

「このわたし、生まれは公しゃくなのだ！」

えいであり、せいとうなるブリッジウォーター公しゃくなのだ。そのわたしが、高き地位をうばわれ、よるべなく、人から追われる身となり、つめたいせけんにさげすまれ、服はボロ、尾羽《おは》うちからして、しょう心をかかえ、落ちるところまで落ちていかだの上で悪とうとまじわるとは！」

　ジムはすっかりどうじょうしたし、おれもそうだった。ふたりしてなぐさめようとしたけど、なにを言われてもせんないこと、このムネはもはやいやしようもないのだ、とこたえがかえってきた。ただまあ、ほんとうの身分にふさわしくせっしてくれるならわたしとしても大いに気がはれる、と言うんで、どうやったらいいかおしえてくだすったらやりますよ、とおれたちは言った。すると、話しかけるときはおじぎをすること、そして「かっか」「公しゃくさま」と呼ぶこと、たんに「ブリッジウォーター」でもかまわない、これはそもそもしょうごうであって名まえではないから、とゆうこたえ。

食じのせきではおれたちのどっちかがきゅうじし、あれこれのようきゅうにこたえること。

　そんなことならおやすいご用、おれたちは言われたとおりにした。食じのあいだジムはそばに立ってきゅうじし、「かっか、これもっとめしあがりますか、それもっといかがですか？」などと言い、公しゃくは見るからに気をよくしていた。

　ところがそのうちに、ジイさんのほうがだんまりになってきて、ロクにものも言わない。公しゃくがチヤホヤされてるのを見て、どうもおもしろくないようすで、なにかかんがえてることがあるみたいだった。で、午ごになってから

「なあおい、ビルジウォーター〔ブリッジウォーターの言い違いで、船底にたまる汚水の意〕」と言った。「あんたはほんとに気のどくだとおもうがな、そういうつらい目にあったのは、あんただけじゃないのだぞ」

と言った。

「そうなのか？」

「そうとも。高き地位から不とうにひきずりおろされたのは、あんただけじゃない」

「噫！」

「そうとも、しゅっせいのヒミツをかかえてるのは、あんたひとりじゃない」。そう言って、なんとこの人も泣きだした。

「おい待て！　どういうことだ？」

「ビルジウォーター、あんたのこと信用していいかね？」とジイさんはまだシクシクしながら言った。

「このいのち、つきるまで！」。公しゃくはジイさんの手をつかみ、ぎゅっとにぎって、「あなたのそんざいのヒミツ、お話しくだされ！」と言った。

「ビルジウォーター、わしはかのおうたいしなのだ！」

今回はジムもおれも、ギョッとイキをのんだにちがいない。そうして公しゃくが
「あんた、なんなんだって？」と言った。

「そうとも、わが友よ、うごかぬしんじつなのだ――汝の目はいままさしく、かのゆくえしれずのおうたいし、ルーイ十六世とマリー・アントネットのむすこ、ルーイ十七世を見ているのだ！[4]」

「あんたが！　その年で！　まさか！　かのシャルルマーニュだって言うならわかるが。あんた、どう見ても六百さいか七百さいは行ってるだろうが[5]」

「心労のせいだよ、ビルジウォーター、心労のせいさ。苦労ゆえにかみは白くなり、時《じ》きしょうそうのハゲにも見まわれた。そうとも、しょくん、汝らがいま目にしている、このデニムすがたのみすぼらしい男は、さまよえる、るろうをしいられた、しのびがたきをしのぶフランス王その人なのだ」

で、さんざん泣いてわあわあさわぐので、おれとジムはもうどうしたらいいかわからない。とにかくすごく気のどくだとおもったし、そういう人がいっしょだとわかってすごくうれしく、ほこらしくもあった。で、公しゃくにしてやったのとおなじように、なんやかやとせわをやいてなぐさめようとした。ところが本人は、そうされてもせんかたなきこと、もはやこのいのちをたってすべてをおえるしかないのだなどと言ったけど、でもまあ身分にふさわしくあつかってもらえればすこしは気もはれるかなと

「わしはかのおうたいしなのだ」

言い、話しかけるときは片ヒザをつくこと、呼ぶときはかならず「へいか」とよぶこと、食じのときはまずじぶんにきゅうじすること、まえに出たらすわってよろしいと言われるまですわらないこと、と言った。なのでジムとおれはへいか、へいかとやりだして、なにかとこまめにせわをやき、すわってよろしいと言われるまで立っていた。これでだいぶまんぞくしたみたいで、すっかりようきで上きげんになった。ところがこんどは公しゃくのほうがすねたみたいで、このなりゆきが気に入らないようすだったけど、王さまのほうはすごくしたしげに公しゃくにせっして、汝のそうそ父はもとより、

4　十四章でハックが「イルカ」(dolphin) と誤って呼んだ、フランス王太子 (Dauphin) =ルイ十七世。

5　王太子は一七八五年生まれなので、この時点でもし生きていたら五十代なかば。シャルルマーニュ (カール大帝) は七四二年生まれ、八一四年没。

ビルジウォーター代だいの公しゃくは余の父おやもいちもくおいておったものだ、よく宮でんにもまねいていたものだと言った。けれど公しゃくはあいかわらずムスッとしてるんで、そのうちに王さまが言った――

「なあビルジウォーターよ、おそらくわしらはこのいかだで、長いこといっしょにすごさねばなるまい。なのに汝がそんなにすねて、なんのたしになる？　万じ気づまりになるだけではないか。余が公しゃくに生まれなかったのは余のせいではないし、汝が王に生まれなかったのは汝のせいではない。ならばそのことを気にやんで、なんになる？　ものごと、なるたけいいようにうけとめるしかない――これが余のモットーだ。ここでわしらが落ちあったのも、あながちわるいことではないぞ。ここなら食いものはたっぷりあって、ラクにくらせる。さあ、あく手しよう公しゃく、なかよくしようではないか」

　公しゃくが言われたとおりにしたので、ジムもおれもすごくホッとした。これで気まずいふんいきもなくなって、おれたちもすっかりいい気ぶんだった。なにしろいかだの上でなかたがいとかあると、ほんとうにやりづらいものだ。いかだの上では、なによりまず、みんながまんぞくして、おたがいにしっくり、やさしい気もちになることがかんじんなのだ。

　このウソつきどもが王さまでも公しゃくでもないことをおれが見ぬくのに、さして時かんはかからなかった。こいつらはただのペテンし、サギしなのだ。でもおれはなにも言わずに、なんのそぶりも見せずに、すべてじぶんのムネにしまっておいた。それがいちばんだ。そうしていればケンカにもならないし厄介《トラブル》にもならずにすむ。あちらが王さまとか公しゃくとか呼ばれたいんだったら、それでまるくおさまるかぎり、おれとしてももんくはない。ジムに言ったってしかたないので、ジムにはだまっていた。とにかくおやじとくらして、おれがなにかひとつまなんだとすれば、それは、おやじみたいな人げんとうまくやっていくには、むこうのやりたいようにやらせるのがコツだってことなのだ。

20

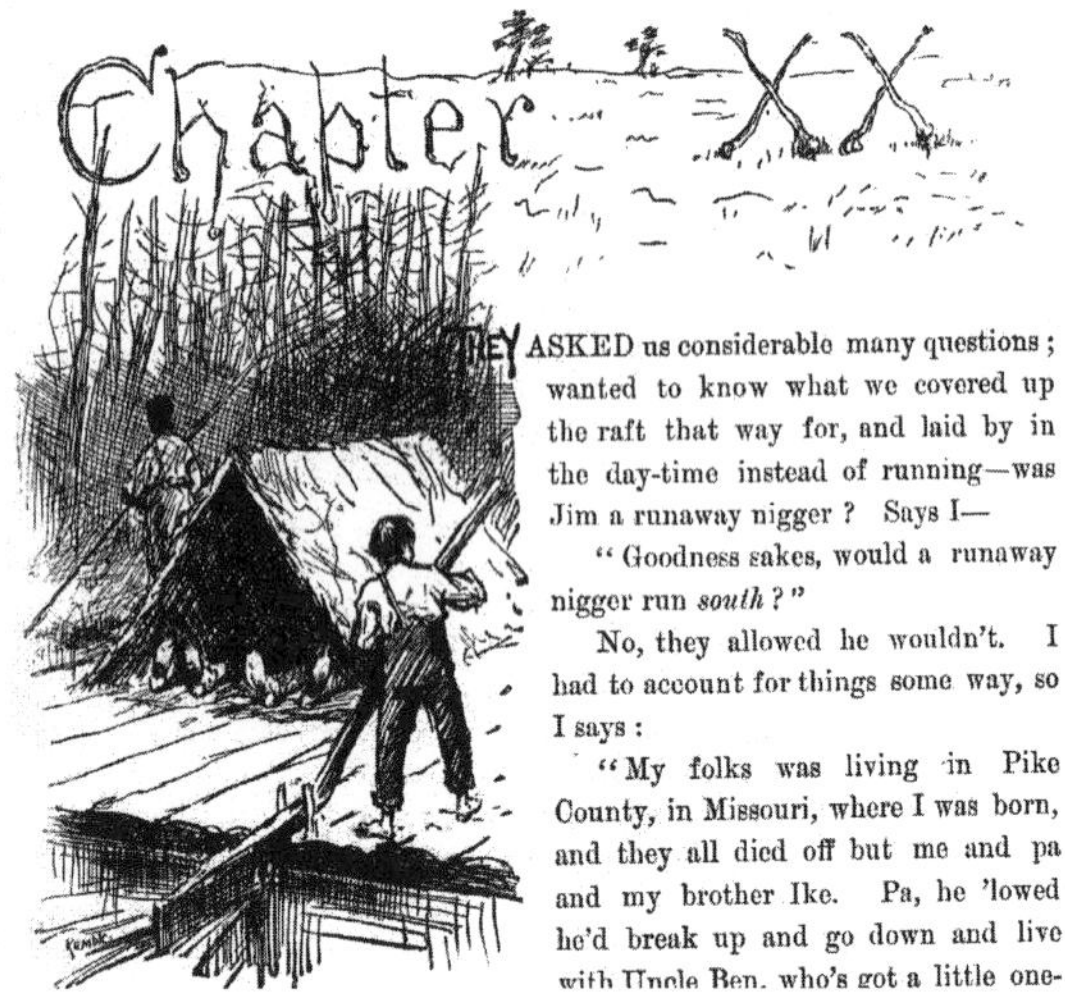

Chapter XX

THEY ASKED us considerable many questions; wanted to know what we covered up the raft that way for, and laid by in the day-time instead of running—was Jim a runaway nigger? Says I—

"Goodness sakes, would a runaway nigger run *south*?"

No, they allowed he wouldn't. I had to account for things some way, so I says:

"My folks was living in Pike County, in Missouri, where I was born, and they all died off but me and pa and my brother Ike. Pa, he 'lowed he'd break up and go down and live with Uncle Ben, who's got a little one-

いかだの上

ふたりはおれたちにいろんなことをきいた。どうしてそんなふうにいかだをかくしてるのか、どうして昼のあいだはうごかずにやすんでいるのか――ジムは逃亡ニガーなのか? おれは「まっさかあ。逃亡ニガーが南へ逃げますか?」とこたえた。

そりゃまあそうだな、とふたりもなっとくした。ここはひととおりとりつくろわないといけないので、おれは言った――

「おれの家ぞくはミズーリのパイクぐんにすんでて、おれもそこで生まれたんですけど、おれととうちゃんとおとうとのアイク以外みんな死んじまったんで、もう家をたたんでベンおじさんのところにやっかいになるってとうちゃんが言ったんです。ベンおじさんはオーリンズの下流七十キロの川ぞいにちっこい土地もってるんです。とうちゃんはえらくビンボーで、しゃっきんもあったんで、ぜんぶせいさんしたら手もとには十六ドルとニガーのジムしかのこりませんでした。それだけじゃ二千キロの道のり行けるわけないし、船にのるなんてとうぜんムリです。けどある日、川の水かさが上がったときに、とうちゃんツキがめぐってきてこのいかだつかまえたんで、これにのってオーリンズまで行こうってことになったんです。でもとうちゃんのツキは長つづきしませんでした。ある夜、じょう気船にいかだのはじっこをひっかけられて、おれたちみんな川に落ちて、水かきの下にもぐりこんで、ジムとおれはぶじ上がってきたんだけど、とうちゃんはヨッパラってたし、アイクはまだ四つだったんで、ふたりとも上がってきませんでした。で、そのあと一日《いちんち》か二日、すごい厄介《トラブル》だったんです。みんなつぎからつぎへとボートでやってきて、おれからジムをうばおうとするんです、こいつは逃亡ニガーにちがいないって言って。だからもう、昼はうごくのやめたんです。夜ならジャマがはいらないから」

　すると公しゃくは言った——

「すこしひとりにしてくれ、いざとなったら昼にうごけるやりかたをかんがえるから。チエしぼって、なにか案を出す。まあきょうのところはこのままやろう。あすこの町に昼ま行くのは、もちろんやめといたほうがいい——なにかびょう気でもはやってるかもしれんから」

　夜が近づくと、空が暗くなって、雨がふりそうだった。音のないイナズマがあちこち、空のひくいところでひかって、木の葉がザワザワふるえだす。どう見ても、そうとうひどい天きになりそうだ。それで公しゃくと王はウィグワムのなかを見にきて、ねどこがどんなかんじかをてんけんした。おれのねどこはワラでできていて、トウモロコシの皮でできてるジムのより上とうだった。トウモロコシの皮だと、どうしてもトウモロコシのじくとかがまぎれこんで、からだにあたっていたかったりする。ねがえりをうつと、かわいた皮が、おちばの山の上でからだをころがしたみたいにガサガサ鳴って、うるさくて目がさめちまう。で、公しゃくがおれのベッドをつかうと言ったけど、いやいやちょっと待て、と王が口をはさんで

「身分のちがいをかんがえれば、トウモロコシの皮のねどこが余にはふさわしくないことが汝にもわかろうというもの。汝にはこっちにねてもらおう」と言った。

また厄介《トラブル》になるんじゃないかと、ジムとおれはしばしアセッたけど、公しゃくがこう言ったんでああよかったとおもった――

「ぼうぎゃくのてつのかかとにふみにじられ、くつじょくの沼にしずめられるのがわがさだめ。かつてはほこり高かったわが心は、たてつづく不運によってうちくだかれました。いいですとも、しのびましょう、ふくじゅうしましょう、それがわがさだめ。われはこの世にただひとり――ひとりくるしむのみ、たえてみせましょうとも」

しっかり暗くなるとすぐ、おれたちはいかだを出した。川のまんなかまで出るのだぞ、町をじゅうぶんすぎるまであかりはつけるなよ、と王にねんをおされた。そのうちに、あかりがいくつかちいさくかたまってるのが見えて――これが町だ――やがてそれもすぎて、一キロ近く川なかに出た。一キロとすこし川下に来たところで、あいずのランタンをかかげて、十時ころになって雨がふって風がふいてカミナリが鳴ってイナズマがひかってとにかくエラいさわぎになったんで、天きがよくなるまでふたりとも

よく見はっているように、と王はおれとジムに言いわたして、公しゃくといっしょにウィグワムのなかにもぐりこんでねてしまった。十二時まではおれの見はりばんじゃなかったけど、たとえねどこがあったとしても、どのみちねどこになんかはいりやしなかっただろう。こんなあらしはそうそうお目にかかれるものじゃない。いやぁ、風がほえたのなんの！　一びょうか二びょうごとにピカッとひかってはまわり一キロのしらなみがてらしだされて、つよい雨のむこうに島がかすんで見えて、木々が風にゆられてのたうち、それから、ドカン！――ガラガラガンガラガラガラガン――カミナリがゴロゴロ鳴りながら去っていき、消える――それからまたピカッとひかってドカンとデカいのが落ちてくる。波がザバーッと来ておれはなんべんもいかだから流されそうになったけど、どのみち服は着てなかったし気にならなかった。しずみ木もモンダイなかった。なにしろイナズマがひっきりなしにピカピカキラキラ来て、じゅうぶんまえから見えるんで、むきをかえてよける時かんはたっぷりあったから。

午前れい時から四時の見はりがおれのわりあてだったけど、れい時になったところでおれがすごくねむそうにしていたので、さいしょの二時かんはかわってやるよとジムが言ってくれた。ジムはこういうときすごくやさしいのだ。おれはウィグワムにもぐりこんだけど、王と公しゃくが大の字になってねていて、はいるよちはぜんぜんなかったので、外でヨコになった。あったかいので雨も気にならなかったし、波ももうそれほどひどくなかった。でも二時ごろにまた波が高くなって、ジムはおれを起こそうとおもったんだけど、まあこれくらいならがいはないかとおもってやめにした。でもこれははずれだった――じきにものすごい大波がやってきて、おれをいかだの外にふっとばしたのだ。ジムはあやうくわらい死にするところだった。そもそもジムくらいよくわらうニガーはいない。

おれが見はりをひきつぐと、ジムはヨコになってイビキをかきはじめた。そのうちにあらしもすっかりやんで、どこかの丸太小屋のあかりがひとつ見えたところでジムを起こし、おれたちはその日のかくし場しょにいかだを流していった。


朝メシのあと、王がうすぎたないトランプを出してきて、王と公しゃくとでしばらくセブン＝アップを一回五セントかけてやっていた。そのうちにあきて、やつら言うところの「せんでんせんりゃく」をねると言いだした。公しゃくがカバンからちいさなビラをどっさり出して、一つひとつよみあげた。あるビラには「パリの名士　ドクトル・アルマン・ド・モンタルバン」が○月×日これこれの場しょで「骨相学講演会」をおこなう、入じょうりょうは十セント、「人格骨相図一枚二十五セントにて頒布」とあった。このドクトルってのはおれのことだよと公しゃくは言った。べつのビラでの公しゃくは「世界的シェークスピア悲劇俳優、ロンドン、ドゥルーリー・レーンのギャリック二世」だった。[1] ほかのビラでもとにかくいろんな名まえがあって、あれこれすごいことをやっていた――「占い棒」で井戸水や金《きん》を見つけるとか、「魔女の呪い祓《はら》い」とか。そのうちに公しゃくは
「だけどおれがいちばん愛してるのはえんげきの女神さ。王さま、あんたぶたいに上がったことは？」

ときいた。

「ないね」と王は言った。

「ならばあと三日トシとるまえに上げてしんぜよう、れいらくせるへいかよ」と公しゃくは言った。

「まともな町に行きあたったら、会じょうかりて、リチャード三世のチャンバラやって、ロミオとジュリエットのバルコニー場めんをやるんだ。どうかね？」

「カネになるならなんでものるとも、ビルジウォーター、ただわしはえんぎなんてものはやったことがないし、見たこともあまりない。とうちゃんが宮でんでやらせてたころにはまだちいさかったからな。あんた、わしにおしえられるとおもうかね？」

ジュリエットに扮する王

「カンタンさ！」

「よし。わしとしてもなにか目あたらしいことをやりたかったところだ。さっそくはじめよう」

　というわけで公しゃくが王に、ロミオがだれでジュリエットがだれかをせつめいし、おれはロミオをやるのになれてるからあんたがジュリエットをや

1　『ハムレット』などを演じた名優デイヴィッド・ギャリック（一七一七―七九）はたしかにドゥルーリー・レーン専属だったが、「ギャリック二世」は存在しない。

ってくれと王に言った。

「だけどジュリエットってのはわかい女の子だろう、わしのつるんとしたアタマと白いヒゲ、ちょっとおかしくないだろうか」

「いいや、心ぱいはいらん。ここのイナカもの連中、そんなことかんがえもしないさ。それにだな、あんたはいしょうを着るわけで、それで話はぜんぜんちがってくる。ジュリエットはバルコニーにいて、ねどこにはいるまえのひととき、月の光をあじわっていて、着てるのはナイトガウンに、ひだひだのナイトキャップ。さ、これがいしょうだ」

キャラコのカーテンきじの服をふたつみっつ公しゃくは出してきて、これはリチャード三世とそのあいかたをえんじるときの中せいのヨロイだと言い、それから長くて白いコットンのナイトシャツと、それにあったひだひだのナイトキャップも出して、これで王もなっとくした。で、公しゃくは台本をとり出し、サイコーにはなばなしい、かれいなよみかたでセリフをよんで、よみながらはねまわり、役がらをえんじてみせた。それから王に台本をわたして、セリフをあんきするようにと言った。

まがりめから五キロ下ったあたりにシケたちいさな町があって、食じがすむと公しゃくは、昼まにジムをキケンにさらさずにうごくやりかたをおもいついたぞ、町へ行ってそのしたくをしてくると言った。わしも行く、なにかしかけられるか見てみる、と王も言った。おれもジムから、コーヒーをきらしてるからあんたもカヌーでいっしょに行ってちょうたつしてくるといいと言われた。

町へ行ってみると、人っ子ひとりうごいちゃいなかった。通りにはだれもいなくて、日ようでもないのにまるっきり死んだみたいにしずまりかえってる。どっかのウラにわでびょう気のニガーがひなたぼっこしてたんできいてみると、あかんぼとびょう人と年より以外はみんな伝どう集かいに行ってますよ、森へ三キロばかり行ったところですと言われた。王は道じゅんをおそわって、ちょいとその集かいでカネにならんかやってみる、よかったらおまえも来いとおれをさそった。

おれは印さつ所をさがす、と公しゃくは言った。ほどなく、大工の店の上にちいさいのが見つかって、大工も印さつ屋もみんな集かいに行っていて、ドアにはカギもかかってない。キタナい、ちらかった場しょで、そこらじゅうインクのシミだらけで、馬や逃亡ニガーの絵をかいたチラシがカベいちめんにはってある。公しゃくは上着をぬいで、これでよし、と言った。それで王とおれは伝どう集かいに出かけた。

すごくあつい日だったので、三十分ばかりで着いたときには、おれも王もアセびっしょりだった。集かいにはまわり三十キロから千人くらいあつまってた。森じゅう馬車や荷車がつないであって、馬たちがかいばおけからエサを食べ、足をふみならしてハエを追いはらってる。さおで小屋をくみたて、えだでやねをつくってレモネードやジンジャブレッドを売っていて、スイカやトウモロコシなんかもつんであった。

せっきょうもあちこちで、にたような小屋でやってたけど、こっちのほうが小屋がおおきくて人も多かった。丸太を板にしたきれはしでつくった長イスがおいてあって、まるいぶぶんに穴をあけてぼうをさして足にしてある。背もたれはなし。小屋のはじに高いえんだんがあって、せっきょうしはその上に

「すみっこでイチャイチャ」

立っていた。女たちは日よけ帽をかぶって、着てるワンピースはリンネルとウールのまざったのやギンガムのがあって、わかい女はキャラコのを着ていたりもした。わかい男のなかにはハダシのやつもいたし、子どもはクズ糸のシャツ以外なにも着てない子もいた。あみものをしながらきいてるおばあさんもいれば、すみっこでイチャイチャしてるわかいふたりもいた。

　おれたちがさいしょに行きついた小屋では、みんなでうたえるよう、せっきょうしがさんびかのかしをおしえていた。せっきょうしが二ぎょう言って、みんながうたう。人はたくさんいるし、けっこうねつれつにうたうので、きいてるとなかなかのものだった。それからせっきょうしがまた二ぎょう言って、みんながうたう、これをくりかえす。みんなだんだんもりあがってきて、うたう声もどんどんおおきくなって、しまいにはうめく人やさけぶ人も出てきた。やがてせっきょうしがせっきょうをはじめた。これがまた気あいがはいっていて、えんだんのいっぽうのはじにまず行って、それからもういっぽうのはじに行って、それからしょうめんで身をのりだし、そのあいだずっとウデをふりまわしからだをゆすり、力いっぱいコトバをさけぶ。ときおり聖しょをかかげてひらき、あっちこっちにむけて見せて、「荒やをはうハジ知らずのヘビだ！　ヘビを見て、生きよ！」とさけぶとみんなは「さかえあれ！　ア＝ー＝メン！」と叫ぶ。てなぐあいにせっきょうしはさけびつづけ、みんなはうめき、泣き、アーメンととなえる。

「おお、来たれ、くいあらためしものたちのせきに！　来たれ、つみに黒くそまれるものよ！（アーメン！）来たれ、やまいになやむものよ！（アーメン！）来たれ、手足のうごかぬもの、目の見えぬものよ！（アーメン！）来たれ、まずしきもの、くつじょくにまみれしものよ！（ア＝ア＝メン！）来たれ、すべてのつかれ、よごれ、くるしむものよ！――やぶれた心で来たれ！　くやめる心で来たれ、ボロとつみとドロにまみれて！　きよめる水は万人にあたえられ、天ごくのとびらはひらいている――おお、はいれ、はいりてやすらげ！」（ア＝ア＝メン！　グローリー、グローリー、ハレルヤ！）

うんぬんかんぬん。さけび声、泣き声があんまりすごいんで、もうせっきょうしがなんて言ってるのかわからない。みんなそこらじゅうで立ちあがって、グイグイまえに出て、ボロボロなみだを流しながら、くいあらためた人たちのせきまで行って、くいあらためた人たちがゴソッと立ちあがっていちばんまえのせきまで出るとみんなでうたって、さけんで、もうまるっきりくるったみたいにワラの上にドサッとたおれこんだ。

で、アッとおもったら、王がなにやらやりだしていて、だれの声よりもハッキリきこえる。えんだんの上にかけのぼると、みなさんになにか話してくださいとせっきょうしにたのまれて、王はしゃべりだした。みなさん、わしは海ぞくでした、三十年海ぞくをインド洋でやっておりまして、こないだの春にたたかいで子ぶんをだいぶなくしまして、人手をほじゅうしようとおもってくにへもどってきましたら、ありがたいことにきのうの夜、ドロボーにあいまして一文なしでじょう気船からおりてまいりました、これはほんとうにうれしいです、いままでわしの身に起きたさいこうのできごとです、なぜならわしはもう生まれかわったのです、生まれてはじめてしあわせな人げんになりました。いまやまずしい身の上ですが、すぐに旅だって、行く先々ではたらきながらインド洋へもどるつもりです、海ぞくどもをただしい道へみちびくことに余生をついやすつもりです、わし以上のてきやくはおりません、なにせあの海の海ぞくどものことはひとりのこらず知っておるんですから、カネもないので着くまでにはだいぶん時かんがかかるでしょうが、いつかきっとたどりついて、海ぞくをひとりかい心させるたびにそいつにこう言うことでしょう、「わしに礼を言うにはおよばん、わしはなにもしておらん、すべてはポークヴィルの伝どう集かいにいらしたみなさんのおかげなんだ、人るいみなきょうだいにしておんじんであるかたがたの――そしてこのせっきょうしのかた、この海ぞくが人生でえただれよりも真なる友の！」

そう言って王はわっと泣きだし、みんなも泣きだした。やがてだれかが声をあげて「ぼきんをあつめよう、この人のためにぼきんをあつめよう！」と言うと五、六人がパッととびあがってカネをあつめはじめたけど、またうだれかが「この人がぼうしをもってまわればいい！」とさけんだ。そうだそうだとみんなが言い、せっきょうしもそう言った。

こうして王はぼうしをもってその場をまわり、目をぬぐいながら人びとをしゅくふくし、ほめたたえ、とおい海にいる海ぞくたちにこんなによくしてくださってありがとうございますと礼を言った。ときおり、とびきりキレイな女の子たちが、ホオにナミダを流しながら王に、キスさせてもらえるでしょうか、一生のおもいでに、と言い、王もつねにもとめにおうじ、何人かにはじぶんからハグして五かいも六かいもキスした。そうしてみんな、うちに一週かんとまっていきなさいよ、ぜひわが家でおすごしください、そうしてくださったらこうえいです、と口々にさそったけど、いやいや伝どう集かいもきょうがさいごですからもうこれ以上ここにいてもわしは役に立ちません、それよりいっこくもはやくインド洋に行って海ぞくたちをかい心させたいんですと王は言った。

「三十年海ぞくを」

　いかだにもどって王がカネをかぞえると、八十七ドルと七十五セントあった。それに王は、森をぬけてかえろうってゆうときに、どこかの荷車の下にウイスキーの三ガロンびんを見つけて、これもくすねてきていた。せんきょうしネタとしてはきょうはサイコーにもうかった、こういう伝どう集かいでインジャンをかいしゅうさせるとかと言ったってだれもききやしない、海ぞくのほうがずっといいんだと王は言った。

おれもけっこういい線いってるとおもってたけど、そちらにはかなわねえなあと公しゃくも言った。公しゃくのほうは、印さつ所にいるあいだに客がふたり来て、馬ビラ《ホース・ビル》〔種馬を貸し出す宣伝のビラ〕を印さつしてくれと言うのでその場でひきうけて四ドルかせいだ。それから、新ぶんこうこくのちゅうもんが十ドルぶん来たんで、先ばらいでしたら四ドルにしときますよと言って四ドルせしめた。新ぶんのこうどくは一年二ドルですけど、まえばらいでしたらおひとり五十セントでうけたまわりますよと言って三つちゅうもんをとった。むこうは例によってマキとタマネギではらおうとしたんだけど、すみませんわたしこの店買いとったばかりでせいいっぱいおやすくしてるんです、げんきんでいただかないとちょっと、と言ったのだ。それから公しゃくは、詩をちょいとひねりだした――一ばんから三ばんまで、耳ざわりがよくてなんとなくかなしい詩で、だい名は「つぶすがよい、つめたいせけんよ、このやぶれかけた心を」。かつじもくんで、あとは新ぶんに印さつすればいいようにしていって、これについてはいっさいカネをとらなかった。けっきょくもうけは九ドル半、まあ一日のかせぎとしてはじょうじょうだよと公しゃくは言った。

それから公しゃくは、もうひとつ印さつして、やっぱりカネをとらなかったものを見せた。これはおれたちのためにつくったのだという。逃亡ニガーが、肩ににもつをぼうでしょっている絵があって、その下に「懸賞金200ドル」と書いてあった。コトバはぜんぶジムのことで、いろんなとくちょうをカンペキにせつめいしていた。そうして、このドレイはニューオーリンズから六十キロ下ったセントジャックのプランテーションからこのあいだの冬に逃亡し、おそらくは北へ行ったとおもわれます、つかまえておくりかえしてくれたかたには、けんしょう金と必ようけいひをおしはらいします、と書いてあった。

もうひとつ印刷

「これでこんごは、うごきたければ昼でもうごける」と公しゃくは言った。「だれか来るのが見えたら、ジムの手足をナワでしばってウィグワムのなかにころがして、このチラシ見せて、川上でこいつをつかまえたんです、わたしらカネがなくてじょう気船にのれないんで、このちいさないかだを知りあいからツケでかりてけんしょう金もらいに行くんですって言えばいい。ジムに手じょうをして足にクサリはめればますますもっともらしくなるだろうけど、おれたちがビンボーだってゆう話とはあわないだろうな。まるっきりウデわやネックレスみたいだもんな。ここはナワがいい——しばいで言う、とういつかんをたもたないと」

これで昼まもうごける、と公しゃくのかしこさをみんながみとめた。公しゃくが印さつ所でやったマネがもとで、それなりのさわぎが起きるにちがいない。今夜じゅうにそのさわぎのとどかないところまで行けるとおれたちはふんだ。そこまで行ったら、あとはグングンとばせる。

おれたちはじっとしずかにしていて、十時近くになるまで川に出なかった。それからそうっと、町からだいぶはなれた場しょでいかだを出し、町がすっかり見えなくなったところでやっとランタンをかかげた。

午ぜん四時、ジムがおれに、見はりのこうたい時かんだと呼びかけて

「ハック、おれたちこの旅で、もっと王さまに出くわすかな?」ときいた。

「いや、もういないとおもう」とおれは言った。

「ならよかった」とジムは言った。「王さまひとりふたりならかまわんがね、もうそれでじゅうぶんだよ。この王さま、べろんべろんにヨッパラってるし、公しゃくも大してかわらねえし」

きけばジムは、フランスごってどんなかんじなのかきこうとして、王にしゃべらせようとしたんだけど、この国に来てもうずいぶんたつし、さんざん苦労したからわすれちまったと言われたんだそうだ。

Chapter XXI

It was after sun-up, now, but we went right on, and didn't tie up. The king and the duke turned out, by-and-by, looking pretty rusty; but after they'd jumped overboard and took a swim, it chippered them up a good deal. After breakfast the king he took a seat on a corner of the raft, and pulled off his boots and rolled up his britches, and let his legs dangle in the water, so as to be comfortable, and lit his pipe, and went to getting his Romeo and Juliet by heart. When he had got it pretty good, him and the duke begun to practice it together. The duke had to

けいこ中

21

もう日はのぼっていたけど、おれたちはとまらずにすすんでいった。王と公しゃくもそのうちにねむそうな顔で起きてきたけど、川にとびこんでひとおよぎしたらだいぶしゃきっとしたみたいだった。朝メシがすむと王はいかだのすみっこにこしかけてブーツをぬいでズボンをまくりあげ、水のなかに足をたらしてくつろぎ、パイプに火をつけて、ロミオとジュリエットのあんきをはじめた。だいぶおぼえたところで、公しゃくといっしょにけいこをやりだした。ひとことひとことのセリフをどう言ったらいいか、公しゃくはなんべんも王におしえこんでいた。王は公しゃくに言われたとおり、ためイキをついたり、片手をムネにあてたりして、しばらくすると、だいぶよくなってきたと公しゃくも言った。「ただし」と公しゃくは言った。「そんなドラ声じゃダメだ。**ロミオオ！**——って、雄牛みたいにどならずに——もっとやわらかく、せつなく、やるせなさげに、ロ‐ォ‐ミオ！——と、こう来ないと——なんてったってジュリエットはかれんでいいたいけな女の子なんだから、ロバみたいにほえたりしないんだよ」

公しゃくはつぎに、カシの木ぎれでつくった長い剣を二本もちだしてチャンバラのけいこをはじめた。われこそはリチャード三世なり、と公しゃくは名のった。ふたりでさんざんせめあっていかだの上をはねまわるすがたは、なかなかの見ものだった。けどそのうちに王がころんで川に落ちたんで、ひとやすみすることにして、ふたりでこれまでにこの川ぞいでやってきたいろんな冒けんの話をはじめた。

昼メシがすむと、公しゃくが
「なあフランス王よ、こいつは一きゅうのショーにしなくちゃいかん、だからもうちょっとだしものを足そう。どのみちアンコール用になんかいるしな」と言った。

「オンコールってなんだね、ビルジウォーター？」

公しゃくがイミをおしえて、それから
「おれはハイランドフリング〔スコットランド高地のフォークダンス〕かホーンパイプ〔イギリスの水夫たちのあいだで流行したダンス〕をやろう、それであんたは——そうだなあ——うん、そうだ、ハムレットのどくはくをやるといい」と言った。

「ハムレットの、なんだって？」

「ハムレットのどくはくだよ。シェークスピアでいちばんゆうめいなやつだ。そうごんだよ、そうごんだとも！　いつだってすごくウケる。いまもってる本にはのってないが——あいにく一さつしかもってないんだ——ぜんぶおもいだせるとおもう。ちょっとそのへんをあるいて、きおくのちかどうから呼びもどせるかやってみる」

そう言って公しゃくはそこらを行ったり来たり、かんがえながらあるいて、ときどきものすごいシカメつらをしたり、マユ毛をおもいっきり上げては片手でひたいをぎゅっとつかんでよたよたとあとずさってうなり声みたいのを出したかとおもうとこんどはふうっとためイキをついてナミダを一てき落としたりした。大したものだった。じきにセリフもぜんぶおもいだした。よくきけよ、と公しゃくはおれたちに言った。そうして、サイコーにかくちょう高いポーズをとって、片足をまえにつきだし、両ウデをぴんと上げて、クビをうしろにたおして空を見あげて——それから、バーッとしゃべってワーッとわめいて歯をギシギシ鳴らして——あとはもうほえっぱなしで、めいっぱいとびまわって、

ハムレットの独白

ムネをはって、これまでおれが見たどんな役しゃもかなわないすさまじさだった。で、そのえんぜつ、公しゃくが王におしえてるのをきいてるうちに、おれもすっかりおぼえてしまった――

生きるべきか、死ぬべきか、それが短剣だ、
そいつがかくも長い人生をくるしいものにする、
だれがおもにに耐えるものか、バーナムの森がダーシネーンに来るまで、
もしも、死ごに来るものをおそれるがゆえ、
大いなるしぜんのあたえてくれるごちそうたる
むじゃきなねむりをころし、
知らない運めいにとんでいくよりはと
このぼうぎゃくなる運めいの矢をはなってしまうのでなければ。
そうかんがえるせいで　ついためらってしまう――
おまえのノックでダンカンを起こしてくれ！　おまえにその力があればいいのに、
だれが耐えるものか、世のムチとさげすみを、
あっせいしゃの悪を、おごれる者のぶじょくを、
さいばんの長びきを、ムネのいたみが刺すとどめを、
草木もねむるまよなか、はか場がぱっくりひらく、

しきたりどおりの黒しょうぞくで、
いかなる旅びともかえってこない　あの未知の国が
この世にドク気をふきかけ、
けついがもともっていた色を　ことわざのあわれなネコのように
気苦労の病める色にそめ、
われらのやねをおおう雲がみな、
かくなる思いで道スジをはずれ、
行動にいたらずおわってしまうのでなければ。
それこそねがってもない最期。だが待て、うつくしきオフィーリアよ――
汝の重い　大り石の口をひらくな、
アマ寺へ行くがよい――さあ！

〔『ハムレット』三幕一場を中心に、『マクベス』二幕二場、『リチャード三世』一幕一場がシャッフルしてある〕

王のジイさんもこのえんぜつが気に入って、じきすっかりおぼえて、りっぱにやれるようになった。まるでこの役に生まれついたみたいなかんじで、すっかりのめりこんでコーフンしてくると、右へ左へうごきまわり、かみの毛をかきむしり、どうどうムネをつきだしてセリフをまくしたてるすがたは、見ていてほれぼれとさせられた。

公しゃくがさっそくせんでんビラもつくってきて、そのご二、三日、流れにまかせてゆるゆるすすんでいくあいだ、いかだの上はサイコーににぎやかだった。なにしろ朝から晩まで、チャンバラと、公しゃく言うところのリハーサルばっかりなのだ。ある朝、アーカンソーの州もだいぶ下ったあたりで、川のおおきなまがりめに、シケたちいさな町が見えたので、その一キロちょっと上流の、イトスギでかくされてトンネルみたいにとじてる支流《クリーク》の口にいかだをつないで、ジム以外みんなカヌーにのって、その町でしばいをやれそうか、ようすを見にいった。

おれたちはすごくツイていた。ちょうどその日の午ごにサーカスをやることになっていて、いなかからいろんなオンボロ荷車や馬にのって人があつまってきていたのだ。サーカスは日がくれるまえにいなくなるから、おれたちのショーにもけっこうチャンスはある。公しゃくがぐんの庁しゃをかりて、おれたちは町をあるいてビラをはってまわった。こういうビラだった——

シェークスピア・リバイバル!!!

世紀の名演技!

一夜のみ公演!

世界的悲劇俳優、
デイヴィッド・ギャリック二世
（ロンドン　ドゥルーリー・レーン劇場）
および
エドマンド・キーン一世
（ロンドン　王立ヘイマーケット劇場、
ホワイトチャペル、プディング・レーン、
ピカデリー、
および大陸諸国王立劇場）
崇高なるシェークスピア演劇　その名も
『ロミオとジュリエット』
バルコニー・シーン!!!
ロミオ・・・・・・・・・・・・・・・・・・ギャリック氏。
ジュリエット・・・・・・・・・・・・・・・・キーン氏。
劇団一座総出演！
新衣裳、新風景、新舞台！

更に

『リチャード三世』より

戦慄の名人芸　血も凍る

剣の一騎打ち!!!

リチャード三世・・・・・・・・・・・・・・・・・・・ギャリック氏。

リッチモンド・・・・・・・・・・・・・・・・・・・・・・キーン氏。

更に

（特別のご要望にお応えして）

『ハムレット』不滅の独白!!!

名優キーン、

パリで三百夜連続上演の名演！

ヨーロッパ上演迫るため

——一夜のみ！——

入場料25セント　児童・召使10セント。

それからおれたちは町をうろついてまわった。店も家もだいたいは、ペンキをぬったこともないほったて小屋で、川があふれたときにしん水しないよう、くいで地めんより一メートルくらい高くしてある。家のまわりにはどこもちいさなにわがあるけど、そだててるものといってもざっそうとヒマワリていどで、あとは灰の山、ふるいまるまったブーツやクツ、ビンのかけら、ボロきれ、くたびれたブリキの入れものなんかだった。さくはいろんなありあわせの板でできていて、クギのふるさもまちまちで、あっちへかたむきこっちにたおれて、出入り口のトビラにもたいていは革ヒモが一本、ちょうつがいがわりにあるだけだった。むかしに水しっくいをぬったさくもあったけど、むかしってたぶんコロンブスのころだぜと公しゃくは言った。にわにはだいたいいつもブタがうろついて、人げんがしっしっと追いはらっていた。

　店はぜんぶひとつの通りにかたまっていた。おもてに白い、そぼくな日よけがかかっていて、いなかの連中が日よけのはしらに馬をつないでた。日よけの下にはカラになったかんぶつのハコがあって、ヒマなやつらが一日《いちんち》じゅうそこにすわりこんで、ナイフでハコけずって、かみタバコかんで、口をあけてアクビしてのびをしている。おそろしくパッとしない連中だ。たいていはカサみたいにひろい、きいろいムギワラ帽をかぶってるけど上着もチョッキも着てなくて、なかまどうしビル、バック、ハンク、ジョー、アンディとか呼びあって、だらけてまのびしたしゃべりかたで、キタナいコトバだけは人なみにしっかりつかう。どの日よけのはしらにも、かならずひとりはヒマ人がよっかかっていて、たいてい手をズボンのポケットにつっこんで、出すのはかみタバコを人にかすときか、かゆいところをかくときくらいだった。なかにまじってきいていると、いつもこんなかんじだ——

「かみタバコくれよぉ、ハンク」

「だめだよぉ——おれだってひとつしかのこってねぇもん。ビルにたのめよぉ」

ビルがくれることもあれば、もってないよってウソつくこともある。こういう連中のなかには、じぶんじゃ一セントももってないしタバコもぜんぜんもってないやつもいる。ぜんぶかりてすませるのだ。

「なぁジャック、タバコかしてくれよぉ、おれいまさいごのひとつ、ベン・トムソンにやっちまったからさ」——とか言うけどまずまちがいなくウソだ。よそもの以外、だれもだまされやしない。で、ジャックはよそものじゃないからこう言う——

「おまえがやつにタバコやったって？　ケッ、おまえのいもうとのネコのばあちゃんだろうが。レイフ・バックナー、いままでおれからかりたタバコぜんぶかえせよ、そしたら一トンでも二トンでもかしてやらあ、りしだっていらねぇよ」

「まえにちょっとはかえしたじゃねえか」

「ああかえしたとも——六コばかりな。まともなうりもののタバコかりといて、ニガーヘッド〔手作りの粗末な噛みタバコ〕でかえしやがって」

うりもののはひらたい、黒いかみタバコだけど、こいつらがかむのはたいてい、そこらへんの葉っぱをひねっただけのやつだ。タバコをかりるときもナイフで切りとるんじゃなくて、歯でくわえて手でひっぱってちぎる。もちぬしはときどき、もどってきたタバコを暗い顔で見て、ひにくたっぷり

「かみタバコくれよぉ」

「ちょっとかしてくれって言ったのに、ちょっとかえしただけじゃねえか」などと言った。

おもて通りもウラ通りもただのドロで、スミからスミまでとにかくドロしかない。タールみたいにまっくろの、場しょによっては三十センチくらいふかい、どこでも六、七センチはあるドロ。そこらじゅうブタがブウブウ言いながらうろついてる。ドロだらけの母ブタが子ブタのむれをつれて通りをのそのそあるき、道のまんなかでドテッとねそべって、人げんはブタをよけて

あるかないといけなくて、母ブタはからだをすっかりのばして目をとじて耳をふって、子ブタたちにちちをすわれて、きゅうりょうでももらってるみたいにうれしそうな顔してる。じきにそこらへんにたむろしてるだれかが犬に声をかけて、「おいタイジ！　そこのブタにかかれ！」とさけぶ。ブタはキイキイなんともなさけない声を上げて、両耳それぞれ犬一ぴき二ひきにかみつかれたまま逃げていく。犬はまだまだ、三ダースか四ダースぞくぞくやってくる。たむろしてる連中はみんな立ちあがってブタがたいさんするのをながめ、ゲラゲラわらっておもしろがっている。それからまたすわりこんで、犬どうしのケンカかなにかがはじまるまでボーッとしている。こいつらがなにに目をさますといって、なにによろこぶといって、とにかく犬のケンカなのだ――あとは、そこらへんの犬にテレビン油ぶっかけて火つけるとか、犬のシッポにブリキナベくくりつけて犬が死ぬまでかけまわるのをけんぶつするとか。

川ぞいの家には、土手のむこうまでつき出てるのもあって、ぜんたいがまがってたれていて、いまにも水にころげ落ちそうだった。さすがに人はもうひっこしていなくなってる。家のすみっこでは、下の土手がくずれちまってることもあって、そのすみっこがぽっかり宙につき出てる。まだ人がすんでるわけだけど、これはけっこうキケンだ。家一けんぶんくらいのはばで地めんがまるごとゴソッとかんぼつしてしまったりするからだ。ときには地めんがふかさ四百メートルくらい、じわじわひと夏かけてかんぼつして川にしずんだりする。こういう町は年じゅうずるずる、ずるずる、うしろに下がってないといけない。川がいつもすこしずつしんしょくしてくるから。

その日、正ごに近づくにつれて、荷車や馬がますます通りにあふれて、まだひっきりなしにやってきた。家ぞくづれが山からべんとうもってきて荷車の上で食っていた。ウイスキーもずいぶんのんでいて、ケンカも三けん見かけた。そのうちだれかが「ボッグズじいさんが来たぞ！――月に一どの酒にひたりに山からやってきた！――みんな、ボッグズだぞ！」とさけんだ。

たむろしてる連中はみんなうれしそうだった。どうやらいつもボッグズをからかってるらしい。ひとりが「じいさん、きょうはだれをしまつするって言うのかな。この二十年、しまつするって言った人げんほんとにみんなしまつしてたら、いまごろさぞゆうめい人だろうよ」と言った。

ほかのだれかが「おれのことぶっころすって言ってくれねえかな。そしたらおれ、あと千年死なずにすむ」と言った。

ボッグズが馬をかりたて、インジャンみたいにワーワーギャーギャーさけびながらやってきた――「そこ、道をあけろい。おれはいくさに行くんだ、かんおけのねが上がるぞぉ」

ボッグズはヨッパラっていて、サドルの上でからだがグラグラゆれている。五十をすぎていて、顔はひどく赤かった。みんながはやしたて、ゲラゲラわらい、小バカにすると、やつも言いかえして、おまえらもひとりずつ片づけるからな、けどいまはダメだ、きょうはシャーバーン大佐のやつをころしにきたんだ、「肉がさいしょ、つけあわせはあと」がおれのモットーだからなと言った。

ボッグズはおれを見て、馬で寄ってきて

月に一度の酒浸り

「小ぞう、どっから来た？　おまえ、死ぬカクゴはできてるか？」と言った。

そうしてそのまま走っていった。おれはビビったけど、だれかが
「あれ、口だけだよ。ヨッパラうといつもああやってさわぐんだ。あいつはアーカンソー一、気のいいアホウさ。ヨッパラっててもしらふでも、人をキズつけたことなんか一どもない」と言った。

ボッグズは町でいちばんおおきな店のまえにのりつけて、クビをまげて日よけの下からなかをのぞいて、わめいた——

「出てこい、シャーバーン！　出てきて、おまえがだました男とむきあえ！　犬ちくしょう、おれがやっつけてやる！」

そんなふうに、おもいつくかぎりのワル口をボッグズがシャーバーンにあびせるのを、通りじゅう人がぎっしりけんぶつして、ゲラゲラわらっておもしろがっ

てる。そのうちに、五十五くらいの、気ぐらいの高そうな男が——服そうもこの町でずばぬけていちばん上とうだ——店の外に出てくると、やじ馬がすうっと道をあけた。男はボッグズに、ものすごくおちついた声でゆっくり言った——

「もううんざりだ。だが一時まではがまんしてやる。いいか、一時までだぞ。そのあと、ひとことでもおれにたてつくこと言ってみろ、どこまででも追いかけていくからな」

そう言ってシャーバーンはまわれ右して、なかにもどっていった。みんなおそろしくしおらしい顔をして、だれひとりうごかなかったし、もうだれもわらわなかった。ボッグズはシャーバーンをバトーするコトバをめいっぱいわめきながら、通りのむこうに馬を走らせていった。ところがじきまたもどってきて、店のまえでとまり、まだギャアギャアわめいていた。何人かがまわりにむらがってだまらせようとしたけど、ムダだった。一時まであと十五分だぞ、もう家へかえれよ、いますぐかえるんだ、と口々に言ってもぜんぜん耳をかさない。力いっぱいアクタイついて、ぼうしをドロにたたきつけて馬にふませて、じきにシラガをなびかせてまた通りをかけていった。なんとかつかまえて牢やに入れてよいをさまさせようと、みんなでなだめて馬からおろそうとしたけど、ききめはなく、ボッグズはまた馬をかりたてて店のまえに来て、またもやシャーバーンをバトーした。そのうちにだれかが

「むすめをつれてこい！　はやく、むすめをつれてくるんだ。むすめの言うことならきくこともあるから。だれかやつをせっとくできる人げんがいるとしたら、あのむすめだ」と言った。

とゆうわけでだれかが走っていった。おれは通りをすこしあるいて、また立ちどまった。五分か十分

して、ボッグズがもどってきた――でもこんどは馬にのってない。通りをよろよろ、ぼうしをかぶらずおれのほうにあるいてくる。左右からなかまがウデをつかんで、そそくさとあるかせている。おとなしくなって、不安そうな顔してるけど、しりごみしてるわけでもなく、じぶんでもそれなりにいそごうとしている。だれかが

「ボッグズ！」とさけんだ。

だれが言ったのかと見てみると、シャーバーン大佐だった。ぴくりともせず通りに立って、右手でピストルをもちあげている。ねらいはさだめていなくて、銃しんを空にむけている。とどうじに、わかい女の子が走ってきた。ふたりの男もいっしょだ。ボッグズとなかまの男たちは、だれが呼んだのかと向きなおり、ピストルを見たとたん男たちはあわててヨコへとびのき、銃しんがゆっくりとおりてきて水平にむけられた――どっちのげきてつも起こされている。ボッグズは両手をパッと上げて、「わぁ、撃たないでくれ！」と言った。バン！　一ぱつめが撃たれ、ボッグズはグラッとうしろによろめき、ツメを立てて空気をひっかいた。バン！　二はつめが撃たれ、ボッグズはどさっとうしろむきに、両うでをひろげて地めんにたおれた。わかい女の子はひめいをあげてとんできて、泣きながら父おやの上に身を投げだし、「ああ、ころされた、ころされてしまった！」と言った。みんなまわりに寄っていって、押しあいへしあいしながらひと目見ようとクビをのばして近づき、なかのほうにいる連中は寄ってきた連中を押しもどして、「下がれ！　下がれ！　イキをさせろ、イキをさせてやれ！」とさけんだ。

シャーバーン大佐はピストルを地めんにほうりなげ、くるっとまわれ右して立ちさった。

みんなはボッグズをちいさなドラッグストアにつれていった。あいかわらずみんなぐいぐい押してきて、町じゅうが見にきている。おれはいちはやくとんでいってマドぎわにいい場しょをとったんで、近くからなかがよく見えた。ボッグズはゆかにねかされていて、マクラがわりにおおきな聖しょがアタマの下においてあり、もう一さつ、べつの聖しょがひらかれてムネの上においてあったけど、そのまえにシャツをやぶいてひらいてあって、弾がはいったところが一か所、おれのいるところからも見えた。長くのびたあえぎ声を、ボッグズは十回ばかり出して、イキをすうたびに聖しょが上がって、はくたびに下がって――そのあとはもううごかなかった。死んだのだ。泣きわめくむすめを、みんなは父おやから引きはなしてつれさった。十六さいくらいで、とてもかんじがよくてやさしそうだったけど、顔はまっさおでおびえきっていた。

じきに町じゅう全いんがあつまって、なんとかマドまで来てひと目見ようとか

ボッグズの死

らだをのたくらせ、押しこみ、つめこみ、つきのけたけど、いい場しょにいる連中はうごこうとせず、うしろにいるやつらはひっきりなしに「おい、おまえらもうじゅうぶん見たろう、ずるいぞ、不こうへいだぞ、おまえらばっかりずっとそこにいてみんなぜんぜん見れないなんて。ほかの人げんにもおまえらとおなじにけんりがあるんだぞ」と言っていた。

まえにいる連中もけっこう言いかえしたので、ひょっとすると厄介《トラブル》になるかとおもって、おれはそっとぬけだした。通りは人でいっぱいで、みんなコーフンしていた。銃げきを見た人げんはだれもがそのようすを話していて、そういうやつのまわりにはおおきな人だかりができていて、みんなクビをのばしてききいっていた。ノッポでかみの長い、おおきな毛がわのシルクハットをアミダにかぶった男が、折れまがったつえで地めんをさして、ボッグズが立っていたところ、シャーバーンの立っていたところをしめし、みんなそいつにくっついていっしょにうごき、そいつのしぐさ一つひとつに見いって、わかったとゆうあいずにクビをタテにふり、すこしかがんで両手をふとモモにあてて、男がつえで地めんにしるしをつけるのを見まもった。それから男はぴんと背をのばしてシャーバーンが立ったところに立ち、マユをひそめ、ぼうしのふちを下げてまぶかにかぶって、「ボッグズ！」とさけんでからつえをゆっくりと水平におろし、「バン！」と言ってグラッとうしろによろめき、もう一ど「バン！」と言ってからうしろへあおむけにたおれた。じぶんも見ていた連中が、カンペキだ、なにもかも起こったとおりだと言った。それから十人ばかりが酒ビンを出して、男にふるまった。

そのうちにだれかが、シャーバーンをリンチにするんだと言いだした。一分もするとだれもがそう言っていた。それでみんなすっかりコーフンして、口々にわめきながら、ものほしロープが目につくたび、クビつりにつかおうともぎとっていった。

22

Chapter XXII.

They swarmed up the street towards Sherburn's house, a-whooping and yelling and raging like Injuns, and everything had to clear the way or get run over and tromped to mush, and it was awful to see. Children was heeling it ahead of the mob, screaming and trying to get out of the way; and every window along the road was full of women's heads, and there was nigger boys in every tree, and bucks and wenches looking over every fence; and as soon as the mob would get nearly to them they would break and skaddle back out of reach. Lots of the women and girls was crying and taking on, scared most to death.

出てきたシャーバーン

連中は通りにむらがって、ワーワーギャーギャー、インジャンみたいにわめきながらシャーバーンの家に向かい、道をあけないとなにもかもふみつぶされてグシャグシャにされちまいそうで、見ちゃいられないありさまだった。どうもうな人のむれのまえを、子どもたちがひめいをあげながら逃げまわっていた。道ぞいのどのマドからも、女の人のアタマがつき出ていて、どの木にもニガーの子どもがいたし、どのさくにもニガーの男や女がはりついていたけど、人のむれが近くに来たとたん、みんなあわてて逃げていった。おとなも子どもも女はわあわあ泣いてさわぎたて、死ぬほどおびえていた。

シャーバーンの家のまえのさくにぎっしり人があつまって、あまりにうるさくておれはじぶんのかんがえもきこえなかった。さくのむこうはちいさな、六メートルばかりのにわだった。だれかが「さくをこわせ！　さくをこわせ！」とさけんだ。たたきわったり、折ったり、すごい音がしたあげくにさくはたおれて、むれのせんとうにいた連中がなだれこんでいった。

ちょうどそのときシャーバーンが、二連のテッポーをもってのきさきのやねに出てきて、どうどうとなにも言わずにおちつきはらって立った。さわぎがやんで、波がすうっとひいた。

シャーバーンはひとこともしゃべらなかった。ただそこに立って、見おろしている。あたりはゾッとするほどしずかで、すごく気まずかった。シャーバーンは目をゆっくりうごかして人なみをながめた。目があうとみんな、じぶんから先に目をそらすまいとすこしはがんばったけど、できたのはひとりもいなくて、だれもがうつむいて、バツのわるそうな顔をした。じきにシャーバーンが、わらったみたいな声を出した。気もちのいいわらい声じゃなくて、パンを食べたらなかに砂がはいってたときのかんじににてるわらい声だった。

やがてシャーバーンが、ゆっくり、さげすんだ声で言った――

「おまえらがリンチするだって！　とんだおわらいぐさだ。一人まえの男をリンチするこんじょうがおまえらにあるつもりか！　まよいこんできた、ともだちもいない、村八分にされた女たちにタールぬって鳥のハネでおおうどきょうがあるからって、一人まえの男に手が出せるとおもってるのか？　ふん、まともな男だったら、おまえらが一万人いようと平気さ――夜じゃなくて、うしろからおそってこないかぎりはな。

おれにおまえらがわかるか？　おまえらのことはすっかりお見とおしさ。おれは南部で生まれそだって、北部でもくらした。だから並の人げんはどこでも見てきた。並の人げんはおくびょうものなんだよ。北部の並の人げんは、人にいたぶられたってやりかえしもしないで、スゴスゴうちへかえって、どうかこのしれんにたえる心をおあたえくださいっていのるんだ。南部ではたったひとりの男が、まっ昼まにどうどう、まんいんの馬車をとめてカネやモノをうばった。おまえら、新聞で年じゅうゆうかんな人びとなんて言われるもんだから、ほんとにほかの人げんよりゆうかんだとおもいこんでるけど、そうじゃない、おまえらはほかのやつらとおなじくらいゆうかんなだけさ。なんでおまえらのばいしん員たちは、人ごろしをしばりクビにしない？　人ごろしのともだちに、暗がりで背中を撃たれるのがこわいからさ――じっさい、ほんとに撃たれるだろうしな。

だからいつだって悪とうはむざいになる。でもそのうちに、一人まえの男が夜に出かけて、ふくめんをしたおくびょうもの百人をしたがえて悪とうをリンチする。きょうのおまえらのまちがいは、一人まえの男をつれてこなかったこと。それがひとつと、もうひとつは、暗くなってからふくめんをかぶってこなかったことだ。ま、半人まえのはひとりつれてきたな――そこにいる、バック・ハークネスだ――そもそもそいつがいなかったら、おまえらただ、そのへんでエラそうなことわめいただけですんじまったろうよ。

おまえらほんとは、来たくなんかなかったんだ。並の男は厄介《トラブル》やキケンをのぞみやしない。おまえらは厄介もキケンものぞまない。だけどだれか半人まえの男が――そこにいるバック・ハークネスとかが――『リンチだ！　リンチだ！』ってさけんだら、おまえらはひきさがるのがこわいんだ――じぶんの正たいを、おくびょうものだってことを知られるのがこわいもんだから、ギャアギャアわめきたてて、半人まえの男のすそにつかまって、ああするぞこうするぞってデカい口たたきながら、すごいけんまくでやってくる。ぼうとってのはほんとに見さげたやつらだよ。軍たいだってそうだ。あれもただのぼうとさ、みんな生まれつきのゆうきでたたかうんじゃない、人ずうと、上かんからかりたゆうきでたたかってるだけだ。だけど一人まえの男が先とうにいないぼうとなんて、見さげるねうちさえありゃしない。いいか、おまえらはさっさと、シッポまいてうちかえって穴にもぐりこむのがそうおうなんだよ。もしほんとにリンチやるんだったら、暗くなってからやることだ、それが南部のやりかたなんだ。そうして南部のやつらは、来るときにはふくめんをつけて、一人まえの男をつれてくる。さあ、かえれ——半人まえもいっしょにつれてかえれ」——そう言いながらシャーバーンは、テッポーをさっともちあげ左ウデに交ささせて撃てつを起こした。

　人のむれは一気にすーっとうしろに下がって、それからみんなてんでバラバラに逃げていった。バック・ハークネスもえらくぶざまなかっこうであとを追った。おれはその場にのころうとおもえばのこれたけど、そんな気はなかった。

　おれはサーカスに行って、ウラがわでぶらぶらして見はりの男がいなくなるのを待って、いなくなったところでテントの下からなかへもぐりこんだ。二十ドルの金《きん》かがあったし、ほかにもカネはあったけど、とっといたほうがいいとおもったのだ。よその土地で、よそものにかこまれてるんだから、いつ必ようになるかわからない。用心するにこしたことはない。サーカスにカネをつかうことにはんたいはし

無賃入場

ないけど、ほかにやりようがあるんだったら、わざわざムダにつかったたってイミない。

すごくいいサーカスだった。サイコーにはなばなしいながめだった。しんしとごふじんふたりずつならんで馬でとうじょうして、男は上下の下着を着てるだけで（クツもあぶみもなし）、両手をふとモモにのせて、さもくつろいだかんじで馬にのっていて——そういうのが二十人くらいいたとおもう——ごふじんは全いん、はだの色はキレイだしカンペキにうつくしくて、まるっきりホンモノの女王さまがあつまったみたいで、何百万ドルもしそうな服で着かざって、そこらじゅうにダイモンドをつけてた。ホントにみごとなものだった。あんなにすばらしいながめは見たことない。やがてひとりずつ立ちあがってリングをねりあるくんだけど、それがまたひんがよくて、ゆらゆらとゆうがで、男たちはすうっと背が高くて、かろやかにゆれるアタマがテントのてんじょうにかすりそうだ。ごふじんがたの着てるバラの葉っぱみたいなドレスはこしのあたりでひらひらゆれて、からだぜんたい、サイコーにキレイなパラソルみたいだった。

じきにみんなどんどんうごきがはやくなって、しかもひとりのこらずおどっていて、片っぽの足を宙につき出したかとおもうとつぎはもういっぽうの足をつき出し、馬たちのからだもどんどんかたむいていって、団ちょうはまんなかのはしらのまわりをぐるぐるまわってムチをぴしっと鳴らし「ハイ！——ハイ！」とさけんで、そのうしろでピエロがジョークをとばし、そのうちにみんな手《た》づなをはなして、ごふじんは手の甲をこしにあて、しんしはウデをくむと馬たちが一気に身をのりだして走りだす！　そうしてひとりまたひとりリングにとびおりて、ものすごくかんじのいいおじぎをしながら出ていって、客はみんなねっきょうしてはくしゅかっさいした。

そんなぐあいに、さいしょからさいごまでビックリさせられっぱなしだったけど、そのあいだもピエロはずっとふざけまくってメチャクチャうけていた。団ちょうがなんか言っても、またすぐサイコーにおもしろいジョークを言いかえす。どうやったらあんなにつぎつぎ、ぴったりのギャグをとっさにくりだせるのか。おれなんか一年かけたっておもいつかない。そのうちに、ヨッパラいの男がひとり、リングに上がってこようとした。馬にのるんだ、こう見えても馬ならだれにもまけねえぞと男は言った。みんなであれこれなだめてひきさがらせようとしたけどぜんぜんききめがなくて、おかげでショーぜんたいがすっかりとまってしまった。そのうちに客がみんな、男にむかってどなったりからかったりしはじめて、それで男はアタマにきて、ばたばたあばれだした。それでみんなもコーフンしてきて、何人も客せきからおりて、「ぶったおせ！　追いだせ！」と言いながらリングのほうにむらがってきて、かなき

十七の上着を投げた

り声をあげた女もひとりふたりいた。それで団ちょうがちょっとしたえんぜつをやって、どうかみなさんおちついてください、そこのお客さんがこれ以上厄介《トラブル》を起こさないとやくそくしてくださるんなら、いいでしょう、のっていただきましょう、この馬をのりこなせたらおなぐさみ、と言った。それでみんなアハハ、それでいいと言ったので男は馬にのった。のったとたん馬はすごいいきおいであばれだしてピョンピョンとんでは右に左にはねまわり、サーカスの男がふたり馬《ば》ぐをつかんでなんとかおさえようとして、ヨッパラった男は馬のクビにしがみついて馬がとびあがるたびにかかとが宙に上がって、客はそうだちになってナミダが出るまでゲラゲラわらった。サーカスの男たちはひっしにがんばったものの、とうとう馬にふりはらわれて、馬はすさまじいいきおいでリングをグルグルグルグルまわり、ヨッパラいは馬にべったりはりついてクビにしがみつき、いっぽうの足がいまにも地めんにつきそうになったとおもったら、つぎはもういっぽうの足がはんたいがわの地めんにつきそうになって、客はもうサイコーにもりあがっていた。でもおれはぜんぜんわらえなかった。男のキケンを見て、おれはすっかりおびえていた。でも男はじきになんとか馬の背中にまたがって、あっちへよろけこっちへよろけながらもどうにか手づなをつかみ、次のしゅんかんパッと起きあがって手づなをはなし、火じになった家みたいにグルグルまわってる馬の背に立った！　すくっと立って、人生いままでヨッパラったことなんか一どもないみたいにゆったりくつろいでる。そのうちに、男は服をぬいで投げはじめた。なにしろつぎつぎぬいでは投げるものだから、空気の流れがつまっちまったみたいだった。ぜんぶで十七の上着を男は投げた。なかからあらわれた男はほっそりしてハンサムで、これ以上はないってくらいはなやかでオシャレな服を着ていて、ムチでめいっぱい馬をたたくもんだから馬はもうヒュウヒュウ鳴るはやさになって、そのうちやっと男は馬からおりて、おじぎをしてさっそうと、足どりもかるくたいじょうしていき、客はみんなおもしろいやらビックリしたやらでかっさいしまくった。

いっぱいくわされたと知った団ちょうは、見るからにくやしそうだった。なにしろ、ヨッパラいだとおもったらじぶんのぶかだったんだから！　そいつがこのジョークを一からかんがえて、だれにも言わずにやってのけたのだ。おれだってすっかりだまされたわけで、エラそうなこと言う気分じゃなかったけど、あの団ちょうの身になるのはいくらもらったってゴメンだとおもった。ひょっとしたらこれよりすごいサーカスが世にはあるのかもしれないけど、おれはまだお目にかかってない。とにかくおれとしては大まんぞくだった。あのサーカスに行きあたったら、ぜひまたひいきにしようとおもう。

で、その夜はおれたちのショーをやったわけだけど、客は十二人くらいしか来なかった。これじゃけいひを出すのがせいいっぱいだ。しかもみんなずっとゲラゲラわらいっぱなしだったから、公しゃくはすっかりアタマにきていた。そもそもみんなおわるまえにかえっちまって、のこったのはねむってる子どもひとりだけだった。それで公しゃくは、このアーカンソーのからっぽアタマどもにはシェークスピアなんてムリなんだ、こいつらにはドタバタきげきがそうおうなんだ、いやドタバタきげきよりもっとアホなのがいいかな、こういう連中のことはわかってるんだ、とまくしたてた。というわけでつぎの日の朝、おおきなつつみ紙と黒のペンキを公しゃくはちょうたつしてきて、チラシを何まいか書いて、町じゅうにはってまわった。

郡庁舎にて公演！

三夜のみ！

世界的悲劇俳優

デイヴィッド・ギャリック二世！

および

エドマンド・キーン一世！

ロンドン、欧州各地の劇場で上演

戦慄の悲劇

『王の麒麟《きりん》』
またの名を
『不朽の名演』!!!
入場料50セント。

いちばん下に、いちばんおおきい字で、こう書いてあった――

ご婦人、子どもはお断り。

「これでよし」と公しゃくは言った。「このひとことで来なかったら、おれはアーカンソーをまるっきりわかってないね!」

Chapter XXIII

Well, all day him and the king was hard at it, rigging up a stage, and a curtain, and a row of candles for footlights; and that night the house was jam full of men in no time. When the place couldn't hold no more, the duke he quit tending door and went around the back way and come onto the stage and stood up before the curtain, and made a little speech, and praised up this tragedy, and said it was the most thrillingest one that ever was; and so he went on a-bragging about the tragedy and about Edmund Kean the Elder, which was to play the

悲劇

23

さて、王と公しゃくは一日じゅうじゅんびにはげんでいた。ぶたいをつくり、カーテンをつるして、フットライトのロウソクをならべた。その夜、会じょうはあっというまに男たちでぎっしりまんいんになった。もうこれ以上はいれなくなったところで、公しゃくが入り口をはなれてウラへまわり、ぶたいに出てきてカーテンのまえに立ち、ちょっとしたえんぜつをやって、これからえんじまするはせいきの名さくであります、これほどせんりつにみちたひげきはほかにござりません、とかなんとか、げきをじまんしげきの主やくをえんじるエドマンド・キーン一世をじまんした。そうやってきたいをもりあげるだけもりあげると、公しゃくはカーテンを上げた。じきに王が、よつんばいでぴょんぴょんはねながら出てきた——ハダカで、からだじゅうにいろんないろのペンキがヨコしまにぬってあって、にじみたいにはなやかだった。そして

——でもまあかっこうの話はそれくらいにしておこう。とにかくもうメチャクチャだったけど、ものすごくおかしかった。客は死ぬほどわらった。王がドタバタを切りあげてまたぴょんぴょんはねながらぶたいウラにひっこむと、みんなかんせいをあげて手をたたいてわめいてアハハとわらって、王がもどってきてもういっぺんやるまでそうしていた。それがすむと、またもう一回やらせた。あのおかしさだったら牛だってわらっただろう。

じきに公しゃくがカーテンをおろして、客にむかっておじぎし、このいだいなひげきはロンドン公えんがせまっておりますためあとふた晩しか上えんいたしません、すでにドゥルーリー・レーンもすべてまんせきとなっておりますと言ってからもう一どおじぎし、もしこのげきをみなさまがたのしまれ、まなぶところもございましたら、ぜひご友人、お知りあいにもおすすめいただきますればありがたくぞんじますと言った。

二十人ばかりがいっせいに

「なんだって、もうおわりなのか？　これだけなのか？」とさけんだ。

さようです、と公しゃくはこたえた。いや、そこからのすごかったこと——だれもが「だまされた！」と声をはりあげ、カッとなって立ちあがり、いまにもぶたいにかけあがってひげきはいゆうふたりにとびかかろうってゆういきおいだった。ところが、りっぱな見かけの大男がひとり客せきの上にとびあがって

「待った！　しょくん、ひとこと言わせてくれ」とさけんだ。みんな話をきこうと、とまった。「われ

ふくらんだポケット

われはだまされた。とことん、てっていてきにだまされた。だが、町じゅうのわらいものになって、死ぬまでずっとからかわれるわけにはいかん。そうだろう？　ここはひとつ、しずかに出ていって、この見せものをさんざんほめそやして、町のみんなをだますんだ！　そうすればおたがいさまだ。それがけんめいってものじゃないか？」（「そうだとも！――判じさんの言うとおりだ！」とみんながさけんだ）。「よし、それじゃ、だまされたなんて話はひとこともナシだぞ。うちへかえって、ぜひともこのひげきを見るよう、みんなにすすめるんだ」

つぎの日は町じゅう、こうえんがどんなにすばらしかったかの話でもちきりだった。またも会じょうはまんいんで、客はその夜もおなじようにだまされた。おれと王と公しゃくとでいかだにかえって夕メシを食って、やがて午前れい時ごろ、ジムとおれは王と公しゃくに言われていかだを川に出し、川のまんなかをしばらく下ってからまた土手にいかだを寄せて、町から三キロくらい川下にいかだをかくした。

三日目の夜ももう一どまんいんだった。そして今回はあたらしい客じゃなくて、これまでのふた晩に来た連中だった。おれは入り口で公しゃくのヨコに立って見てたけど、来るやつ来るやつ、みんなポケットがふくらんでたり、上着がもりあがってたりして、しかもなかにはいってるのはいいかおりのこうすいなんかじゃなかった。いたみかけたタマゴとか、くさったキャベツとかのニオいがプンプンしたし、ネコの死がいのけはいならおれもけっこうわかるつもりなので、きっと六十四ひきぐらいいたとおもう。ちょっとのあいだなかにはいってみたけど、あまりにもひどいニオいでたえられなかった。で、もうこれ以上はいれないってところまで来ると、公しゃくはそのへんにいたやつに二十五セントやって、ちょっと入り口を見ててくれとたのみ、ぶたいトビラのほうにまわっていって、おれもあとからついていった。ところが、かどをまがって、暗いところに出たとたん、公しゃくがおれに

「はや足であるけ、家なみからはなれたら一気にいかだまで走れ、アクマに追っかけられてるみたいに！」と言った。

おれは言われたとおりにして、公しゃくもいっしょに走った。おれたちはどうじにいかだに着いて、二びょうとたたないうちにしずかでまっくらな川をするすると下って、川のまんなかのほうにすこしずつ出ていき、だれもひとこともしゃべらなかった。王が気のどくだなあ、いまごろ客あいてにさぞタイヘンな目にあってるだろうなあ、とおれはおもったけど、ぜんぜんそんなことはなかった——じきに王はウィグワムからはい出てきて

「どうだ公しゃく、うまくいったか?」と言った。

なんのことはない、王は町へ行きもしなかったのだ。

町から十五キロくらい下るまであかりはつけなかった。それからランタンをつけて、夕メシを食って、王と公しゃくは、あいつらすっかりだましてやったぞ、とホネがゆるむくらい大わらいして、それから公しゃくが言った——

「いなかものの、どアホウどもが! ちゃんとわかってたんだ、ひと晩めの連中はだまってて、ほかのやつらをおびきよせるだろうって。三晩めはみんな待ちぶせして、こんどこそこっちのばんだぞとおもうこともわかってた。まあじっさい、やつらのばんだったさ——もういっぺんだまされるばんだけどな。あいつらのマヌケづら、見てみたいもんだぜ。いまごろどうしてるかな——あれだけいろいろもってきたんだ、たいしたピクニックできるぜ」

三晩で悪とうどもは四六五ドルかせいだ。こんなにどっさりもうかったのを見るのはおれもはじめてだった。

そのうちに、ふたりがグウグウいびきをかいてねてしまうと、ジムが
「ハック、あんたおどろいてないかい、この王さまたちのムチャクチャなやりかた?」ときいた。

「いいや、おどろかないね」

「なんでだい、ハック?」

「だってさ、そういう血スジなんだよ。こいつらみんなおんなじなんだよ」

「けどさ、ハック、このおれたちの王と公しゃくはさ、まるっきりの悪とうじゃねえか。正しい正めいのゴロツキだよ、ゴロツキの悪とうだよ」

「だからさ、そういうことだよ。王さまなんてだいたいみんな悪とうなんだよ、おれに言わせれば」

「そうなのかい？」

「いっぺん本でよんでみろよ、わかるから。ヘンリー八世とくらべりゃ、この王さまなんか日よう学校の校ちょう先生さ。それにチャールズ二世、ルイ十四世、ルイ十五世、ジェームズ二世、エドワード二世、リチャード三世、まだまだいる。そのむかしの、サクソン七王国の国王だって、そりゃひでえもんだった。ヘンリー八世のさかりのときとか、見せてやりたいぜ。ほんとにさかりだったのさ——毎日《まいんち》あたらしい女とけっこんして、つぎの朝にクビを切るんだ。それをまた、タマゴでもちゅうもんするみたいにへいきな顔でやるんだよ。「ネル・グウィンをつれてこい」って言って、ネル・グウィンがつれてこられる。つぎの朝、「クビを切れ！」って言って、クビが切られる。「ジェーン・ショアをつれてこい」って言って、ジェーン・ショアが来る。つぎの朝、「クビを切れ！」——で、切られる。「呼びりん鳴らしてフェア・ロザマンを呼べ」。フェア・ロザマンが呼びりんにこたえてやってくる。つぎの朝、「クビを切れ！」[1]。それでだ、ヘンリー八世はこの女たちひとりひとりに、毎晩お話をさせた。そうやって千と一のお話をためこむまでつづけて、たまったところで一さつの本にまとめて、それをドゥーム

1 これら三人の女性はみなイギリス王の愛人ではあったがヘンリー八世とは無関係。

ズデイ・ブックと名づけた。まさにぴったりの名まえだろ。[2] ジム、おまえは王とかのこと知らないけどさ、おれは知ってるんだよ。このおれたちの王はさ、おれがれきしで出あったなかじゃいちばんマシなほうだよ。ヘンリーなんてさ、この国で厄介《トラブル》を起こそうとおもうだろ、そうするとなにをするか？ つうたつ出して、国にかんがえるゆうよをあたえるか？ いいや。いきなりお茶ぜんぶボストン湾にすてさ、どくりつせんげんバシッとたたきつけて、もんくあったら言ってみろってすごんだんだよ。[3] それがヘンリーのやりかたさ。だれにもうむを言わせない。父おやのさ、ウェリントン公しゃくをうたがってさ、どうしたとおもう？ べんめいのチャンス、あたえるか？ いいや——マムジーのたるでおぼれ死にさせたんだよ、ネコみたいに。[4] だれかがそこらへんにカネをわすれてったとするだろ。やつはどうするか？ くすねるんだよ。おまえがやつに、なんかシゴトさせるけいやくしてカネはらって、だけどちゃんとシゴトするか見はらないとするだろ、やつはどうするか？ ぜったいシゴトやらないで、べつのことするんだよ。やつが口をあけるだろ、どうなるか？ 大いそぎでとじないと、そのたびにウソがポロッて落ちてくるんだ。そういう人げんだったんだよ、ヘンリーってのは。おれたちの王と公しゃくのかわりにヘンリーがいたらさ、あの町の連中、もっとずっとあくどくだまされたにちがいないよ。そりゃあおれたちの王と公しゃくが子ヒツジだとは言わねえよ、そりゃちがうよもちろん、だけどそれでもごくどうヘンリーにくらべりゃカワイイもんさ。とにかくね、王は王、そこはわりびいてかんがえねえといけない。まとめて見てみりゃ、ずいぶんひでえもんだよ。そういうふうにそだてられたんだよ」

「だけどこの王さま、地ごくみたいにニオうぜ、ハック」

ボストン湾のヘンリー八世

「みんなニオうんだよ、ジム。王のニオいってのはおれたちにはどうしようもないのさ。れきしの本にもそう書いてある」

「まあ公しゃくのほうはさ、けっこうマトモなとこもあるよな」

「ああ、公しゃくってのは王とはちがう。でもまあそんなにはちがわない。この公しゃくはかなりひどいほうだな。ヨッパラったら、近がんの人げんには王とくべつできないよ」

「とにかく、おれもう、王こうきぞくはゴメンだよ、ハック。こいつらだけでたくさんだ」

「おれもそうだよ、ジム。だけどまあ、こいつらは

2　六人の妻を持ったヘンリー八世（一四九一―一五四七）と『千夜一夜物語』のなかの王をハックは混同している。また『ドゥームズデイ・ブック』(*The Domesday Book*)は十一世紀にイギリスで作られた土地台帳で、最後の審判の日(doomsday, 古くはdomesday)に比する厳格さをもって作られたということでこの名があるが、ハックはこれを誤解してまさに「最後の審判の本」だと思っている。いずれにせよヘンリー八世とは無関係。
3　十六世紀のイギリス王と、十八世紀アメリカのボストン茶会事件、独立宣言をごっちゃにしている。
4　ウェリントンはヘンリー八世のおよそ三百年後の人物。マルムジー（マデイラワインの一種）の樽で溺死させられたと言われるのはクラレンス公ジョージ・プランタジネットで、これまたヘンリー八世とは無関係。

もうかかえこんじまったわけで、こいつらが王と公しゃくだってことはおぼえとかなくちゃいけなくて、わりびいて見てやらねえといけない。ときどきさ、王とかいない国ってないかな、っておもっちまうけどな」

こいつらがほんもののの王こうきぞくじゃないってこと、ジムに言ったってしかたない。なんのたしにもならない。だいいち、こないだおれが言ったとおりなのだ——こいつらとホンモノと、くべつなんかつきやしない。

おれはねむりに行って、見はりのこうたいの時かんになってもジムはおれを呼びにこなかった。ジムはよくそうしてくれたのだ。ちょうど明けがたにおれが目をさますと、ジムはすわって両ヒザのあいだにアタマつっこんでひとりウンウンうなってかなしんでいた。おれは気がつかないふり、知らんぷりしていた。どういうことだかおれにはわかった。きっとジムのやつ、ずっと上流にいる女《にょう》ぼうや子どもたちのことをかんがえて暗い気もちになって、こきょうを恋しくおもっていたんだろう。ジムがこきょうをはなれたのは、これがはじめてなのだ。白人がじぶんの家ぞくをたいせつにおもうのとまったくおなじに、ジムもじぶんの家ぞくをたいせつにおもっていた。おれは本気でそうおもう。それって不しぜんにおもえるけど、でもやっぱりそうだとおもう。ジムはよく夜なかに、おれがねていると見ると、そうやってウンウンうなってかなしんで言っていた——「ああ、リザベス！　ああ、ジョニー！　とうちゃんはつらいよ。もう二どとおまえらの顔を見れないだろうなあ——もう二どと！」。ジムはほんとにいいニガーだったのだ。

でも今回は、どういうわけかおれは、ジムの女ぼうとちいさい子どもたちの話にもっていくことができた。ジムは言った――

「今夜とくにつらいのはさ、さっきむこうの土手から、バシッてなんかたたくみたいな、ひっぱたくみたいな音がしてさ、それでおれ、リザベスをすごくじゃけんにあつかったときのこと、おもいだしちまったんだよ。あの子はまだ四つくらいで、しょうこうねつにかかって、しばらくのあいだえらくわるかったんだけど、そのうちによくなって、ある日、そこらへんに立ってたんで、おれは

『ドアしめろ』って言ったんだ。

ところがあの子はなにもしねえ。ただつっ立って、なんとなくニコニコしておれのほうを見あげてる。で、おれはアタマにきちまって、もういっぺん大声で

『きこえねえのか？　ドアしめろ！』って言ったんだ。

あの子はやっぱりただつっ立って、なんとなくニコニコしてる。おれはもうすっかりカッカしちまって

『言うこときかねえなら、きかせてやる！』って言ったよ。

そうしてあの子の耳の上をピシャッとたたくと、あの子はバッタリたおれた。それからおれはなんかの用でとなりのへやに行って、十分くらいしてまたもどってくると、ドアはまだあけっぱなしで、あの子はすぐそばに立って、うつむいて、かなしそうにナミダを流してる。おれはもうほんとにアタマにきちまって、いまにもブッたたいてやろうとおもったところで――これってうちがわにひらくドアだった

んだけど——ちょうどそこで風がふいてドアがあの子のすぐうしろでバタンとしまった！　ところがあの子は、ぴくりともうごかねえ！　おれはハッとイキがぬけちまって、すごく、すごく——ああ、あの気もちはとても口じゃ言えねえ。おれはそうっとまわっていってドアをゆっくりあけて、あの子のうしろにしずかにクビをつきだして、いきなりせいいっぱいの大声でパウ！ってどなってみた。あの子はぴくりともうごかなかった！　なあハック、おれはワッと泣きだしてあの子を両ウデでだきしめて言ったんだよ、『ああ、かわいそうに！　ぜんのうの神さまがジムをゆるしてくださいますように、ジムはもう生きてるかぎりぜったいじぶんをゆるしませんから！』って。ああハック、あの子はまるっきり耳もきこえねえし声も出なくなっちまったんだよ、耳も声も——なのにおれときたら、あの子にあんなしうちしたんだ！」

Chapter XXIV.

NEXT day, towards night, we laid up under a little willow tow-head out in the middle, where there was a village on each side of the river, and the duke and the king begun to lay out a plan for working them towns. Jim he spoke to the duke, and said he hoped it wouldn't take but a few hours, because it got mighty heavy and tiresome to him when he had to lay all day in the wigwam tied with the rope. You see, when we left him all alone we had to tie him, because if anybody happened on him all by himself and not tied, it wouldn't

無害

24

つぎの日の夕がた、おれたちは川のまんなかの、ヤナギの木の生えたちいさな砂すにかくれた。両岸にそれぞれ村があって、この村ふたつどうやってだますか、公しゃくと王がけいかくをたてはじめた。するとジムが公しゃくに、あんまり時かんがかからねえとありがたいです、ナワでしばられてウィグワムのなかで一日《いちんち》じゅうヨコになってるのってけっこうきついんで、と言った。そう、ジムをおいてくときはナワでしばらないといけなかったのだ。じゃないとだれかがやってきて、ジムがひとりでいてしばられてないのを見たら、あんまり逃亡ニガーには見えないだろうから。すると公しゃくは、まあたしかに一日じゅうしばられてころがってるのはちょっとしんどいわな、なんかそうせずにすむやりかたかんがえるよと言った。

この公しゃく、ホントにすごくアタマがよくて、じきに名案をおもいついた。ジムにリア王のかっこうをさせたのだ。すその長い、キャラコのカーテンきじでつくったガウンと、馬の毛の白いカツラとつけヒゲ。それから公しゃくが、しばい用のペンキをもちだしてジムの顔、手、耳、クビをくすんだ青いろにぬると、ジムはおぼれ死んで九日たった人げんみたいに見えた。あんなにゾッとする見かけの人げん、見たことない。それから公しゃくは板きれを出してきて、そこにこう書いた――

病気のアラブ人　発作時以外は無害。

そうして板きれを木のぼうにクギでうちつけて、ウィグワムの一メートル半ばかりまえに立てた。ジムもまんぞくして、毎日何年もしばられてころがってて音がするたびにブルブルふるえるよりずっといいと言った。のんびりしてろよ、と公しゃくも言った。もしだれか来てちょっかい出しそうだったら、ウィグワムからとび出してちょっとあばれるといい、ケダモノみたいに一、二どほえるんだ、そしたらみんなシッポまいて逃げてくさと公しゃくは言った。まあたしかにそのとおりだろう。でもまあ並の人げんだったら、きっとほえるところまで待ちやしないだろう。なにしろジムは、死んだみたいに見えるってだけじゃなかった――それよりもっとずっとすごかったのだ。

悪とうどもは、ほんとはすごくもうかるからもう一ど「不朽の名演」をやりたいんだけどまあさすがにそれはまずかろう、もうこのへんまでウワサがひろがってるかもしれんから、と言った。だけどどうしてもいい代案がおもいつかなくて、おれちょっとそのへんでねころがって一、二時かんチエをしぼってみる、アーカンソーがわの村でなんかできないかかんがえてみる、と公しゃくが言った。じゃあわしははんたいがわの村に行ってみる、なにもさくせんナシだって、天のみちびきで——アクマの、ってことだとおもうけど——カネもうけに行きつけるさ、と王は言った。おれたちはみんな、こないだ行った町の店でちゃんとした服を買っていた。王はじぶんの服を着て、おまえも着ろ、と言うんでおれももちろんそうした。王の衣しょうはぜんぶ黒で、それを着るといかにもパリッと見えて、じつにりっぱなものだった。着てるもので人げん、こんなにかわるなんて知らなかった。なにしろまえはサイコーにむさくるしいジイさんだったのに、それがいまは、新品の白いビーバー帽もちあげておじぎしてニッコリわらうと、なんかすごくどうどうとしていて、いかにもいい人そうでしんじんぶかそうで、まるっきりノアのハコぶねから出てきたみたいで、レビティカスその人ってかんじなのだ〔「レビティカス」は旧約聖書『レビ記』英語名 The Book of Leviticusからで「レビびと」(Levites)に由来し、人名ではない〕。ジムがカヌーをそうじして、おれはパドルのしたくをした。すこし先の、みさきの手前、村の五キロくらい上流の岸におおきなじょう気船が二時かんばかりまえからとまっていて、にもつをつんでるさいちゅうだった。王が言った——

「この服そうなんだから、ここはひとつ、セントルイスとかシンシナティとか、どこかおおきな町から来たことにしたほうがいいな。じょう気船のところに行ってくれ、ハックルベリー。そいつから村へおりることにしよう」

じょう気船にのれるって話なら、むろんおれだって大かんげいだ。おれは村の一キロ近く川上で岸べ

アドルファス

に行って、きりたった土手ぎわのラクな流れをゆるゆるすすんでいった。じきにおれたちは、いいかんじの、むじゃきそうな、わかいいなかの男が丸太にこしかけて顔からアセをぬぐってるところに——なにしろエラくあつい日だったから——出くわした。男のわきにはデカいぬの地の旅行カバンがふたつあった。

「岸べにつけろ」と王が言った。おれは言われたとおりにした。「おわかいの、どこへ行きなさるのかね？」

「じょう気船にのるんですよ。オーリンズに行くんです」

「のんなさい」と王は言った。「ちょっと待て、わしのめしつかいがそのカバン、手つだうから。さあアドルファス」——っておれのことらしい——「おりてこのかたのお手つだいをしなさい」

おれは言われたとおりにして、三人でまたカヌーでのぼっていった。わかい男はえらくかんしゃして、いやーこういう天きでにもつはこぶのってシンドいですからねえと言った。どちらへいらっしゃるんですか、と男にきかれると王は、川を下ってきてけさあっちの村に着いたんだが、こんどは何キロか上がってそこの農じょうにいるむかしのともだちをたずねていくつもりだとこたえた。するとわかい男は言った――

「ひとめお見かけしたとき、『あれはミスタ・ウィルクスだ、まちがいない。おしかったなあ、あとももうすこしでまにあったのに』っておもったんですよ。でももうひとめ見て、『いや、ちがう、ミスタ・ウィルクスだったら川をカヌーでのぼってくるはずがねえ』っておもったんです。おたく、ミスタ・ウィルクスじゃないですよね?」

「ああ、わしの名はブロジェットだ。エレグザンダー・ブロジェット――レヴァレンド〔聖職者の尊称〕・エレグザンダー・ブロジェットと言うべきだろうな、わしは神のいやしきしもべだから。だがとにかく、ミスタ・ウィルクスがまにあわなかったことはざんねんだよ、そのかたがなにかなくしたりしていないといいが」

「ええ、ざいさんとかはなくしちゃいません、それはちゃんともらえるはずです、ただお兄さんのピーターの死にめにはまにあいませんでした。まあそういうこと、ご本人が気にするかどうかわかりませんけど、お兄さんのほうはね、死ぬまえになんとしてでもおとうとに会いたいって言って、この三週かん、そのことばっかり話してたんですよ。子どものころわかれわかれになって以来、いっぺんも会ってないそうで、それにもうひとりのおとうと、ウィリアムっていう耳がきこえなくて口もきけないのがいて、年もまだ三十か三十五くらいらしいですけど、こっちには一ども会ったことがないそうです。きょうだいのうちでアメリカへわたってきたのはピーターとジョージだけで、ジョージはけっこんもしてたんですが、きょねんおくさんともども亡くなっちまいまして。もういまのこってるのはハーヴィーとウィリアムだけで、で、言ったとおり、ふたりとも死にぎわにはまにあわなかったんです」

「だれかがふたりに知らせたのかね？」

「ええ、ひと月かふた月まえ、ピーターのぐあいがわるくなってすぐ、れんらくしたんです。今回はもうよくならない気がするって本人が言いましてね。もうずいぶん年ですからねえ、ジョージんとこのむすめたちじゃわかすぎてあんまりあいてもしてあげられませんし、まあ赤毛のメアリ・ジェーンはべつですけど、でもやっぱりジョージとおくさんが死んじまってからはねえ、なにかとさみしがってまして、なんだか生きる気りょくもなくしちまったみたいで。とにかく、なにがなんでもハーヴィーに会いたいって言ってましてねえ――それとウィリアムにも――わたしはいしょを書くってことにたえられないんだって言って。けっきょくハーヴィーにあてた手がみは書きましたがね。カネをどこにかくしたかも、ジョージのむすめたちがだいじょぶなようにざいさんののこりをどうわけるかも、そこに書いてあるそうです。ジョージは死んだとき一セントものこしませんでしたからね。とにかくみんな、ピーターにその手がみ書かせるだけでせいいっぱいだったんです」

「ハーヴィーはなぜ来ないんだろう？　どこにすんでるんだね？」

「イギリスですよ――シェフィールドです――そこで牧しさんをしてましてて――アメリカには来たことがありません。いそがしくてなかなか来れないって言って。今回だって、ひょっとしたら手がみがとどいてないかもしれませんしねえ」

「きのどくになあ、きょうだいにも会えずに死んでいったとは。で、あんたはオーリンズに行くのかね？」

「ええ、でもそれでおわりじゃありませんよ。こんどの水ようにね、船でリョー・ジャニーロ〔リオ・デ・ジャネイロがなまっている〕に行くんです。おじがそこにいるんで」

「ずいぶん長旅だねえ。でもいい旅だろうよ。わしも行きたいくらいだ。メアリ・ジェーンってのはいちばん上の子かね？　ほかの子たちはいくつかね？」

「メアリ・ジェーンが十九、スーザンが十五、ジョアンナが十四あたりですね。じぜんのシゴトやってる、みつくちの子がジョアンナです」

「かわいそうに！　つめたい世けんにとりのこされて」

「いやぁ、もっとひどいことになってたかもしれんですよ。ピーターにはともだちもたくさんいましたから、めいっ子たちにわるいことが起きないようみんな気をつけてくれるはずです。バプテストせっきょうしのホブスンがいるし、きょう会しつじのロット・ホーヴィーも、ベン・ラッカー、アブナー・シャックルフォードもいる。あと弁ご士のリーヴァイ・ベル、それにドクター・ロビンスン、あとその人たちのおくさん連、バートリー未ぼう人、それに――まあとにかくいっぱいいるんですけど、いま言ったのがいちばんピーターとなかよしだった人たちで、イギリスに手がみ書くときもその人たちのこと書いてましたから、ハーヴィーがここに来たら、たすけてくれる人をさがすには苦労しないでしょうよ」

ほとんど全部しぼり出した

ジイさんはなおもあれこれたずねて、わかい男が知ってることはほとんどぜんぶしぼり出したかんじだった。その村のなにからなにまで根ほり葉ほりきいて、ウィルクス一族のことも、ピーターのシゴトのこともきいて——しょうばいは皮なめし——ジョージのシゴトのこともきいて——こっちは大工——ハーヴィーのもきいて——プロテスタントの牧し——うんぬんかんぬん。やがて王は

「あんたなんだって、じょう気船までわざわざあるいていこうとしたのかね？」ときいた。

「おっきいオーリンズの船ですからね、あすこじゃとまらないんじゃないかとおもいまして。いっぱいのせてるとね、呼んでもとまってくれねえんですよ。シンシナティの船ならとまってくれるけど、これはセントルイスのですからね」

「ピーター・ウィルクスはゆうふくだったのかね？」

「ええそりゃもう、そうとうゆうふくでしたよ。家がい

くつもあって、土地もあって、どこかにげん金を三千ドルか四千ドルかくしてたってウワサです」

「いつ亡くなったって言ったかな？」

「言ってませんよ。きのうの晩ですけど」

「じゃあそう式はあしたかな？」

「ええ、お昼ごろですね」

「なんともかなしい話だねえ。だがだれでもいつかは世を去らねばならん。人げん、心がまえがかんじんだ。心がまえさえしておけば、万《ばん》じだいじょうぶだ」

「ええ、それがいちばんですよね。かあちゃんもいつもそう言ってました」

　船に着くと、つみこみはもうほとんどすんでいて、じきに船は出ていった。船にのるって話だったのに王はなにも言わなくて、けっきょくおれものれずじまいだった。船がいなくなると、王はおれにもう一キロちょっと、さみしい場所に着くまでこがせて、カヌーからおりて言った――

「いいか、いそいでいかだにもどっていって、公しゃくをここへつれてこい、あと、あたらしい旅行カバンももってくるんだ。もし公しゃくがむこう岸の村に行っちまってたら、村まで行ってつれてこい。とにかくちゃんとした服着てこいって言え。さ、さっさと行くんだ」

　おれには王のたくらみがわかった。でももちろん、おれはなにも言わなかった。それで公しゃくをつれてもどっていって、カヌーをかくすと、王と公しゃくは丸太にすわりこんで、王が公しゃくになにからなにまで、わかい男からきいたとおりにひとこともらさずつたえた。で、そうやってるさいちゅう、王はずっとイギリス人みたいにしゃべろうとがんばっていて、がさつな人げんにしてはそれがけっこううまいのだ。おれにはマネできないから、やってみる気もないけど、ホントにけっこううまかった。それから王は

「おまえ、ろうあはできるか、ビルジウォーター？」ときいた。

まかしてくれ、ろうあの人げんだったらぶたいでえんじたこともある、と公しゃくは言った。こうしてやつらは、じょう気船が来るのを待った。

午ごのまんなかあたりにちいさな船が二そうばかり来たけど、どっちもすぐ近じょから来た船だった。そのうちやっとおおきなのが来て、やつらは呼びかけて船をとめた。船からボートがおろされて、おれたちはのりこんだ。シンシナティからの船だった。おれたちが十キロも行かないとわかると船の連中はカンカンにおこっておれたちをバトーして、おろすわけにはいかないと言いだした。けれど王はおちついたもので

「ひとりアタマ一キロにつき一ドル出させてもらったら、ボートを上げ下げしてもらってもわりがあうんじゃないかね？」と言った。

それでむこうもたいどがかわって、ならけっこう、と言って、村に着くと岸までボートを出してくれた。ボートがやってくるのを見ると、二十人ばかり男がかけよってきて、王が

「どなたか、ミスタ・ピーター・ウィルクスがどこにおすまいか、おしえてくださいませんかね？」ときくと、そこにいた連中は顔を見あわせて「な、言っただろ？」って言うみたいにうなずきあって、じ

きにひとりが、ものやわらかな、やさしい声で

「だんな、もうしわけありませんが、おしえてさしあげられるのは、あのかたがきのうの夜までどこにおすまいだったかでして」と言った。

するととつぜん、悪とうのジイさんはわなわなとくずおれて、あいての男のほうにたおれこみ、あごを男の肩にのせて、男の背中で泣きながら

「ああ、ああ、あわれな兄——行ってしまった、会えずにおわってしまった、なんたること、なんてつらいこと！」

と言った。

そうして王がオイオイ泣いたまま向きなおり、公しゃくにむかってバカみたいなあいずをたてつづけにやると、こんどは公しゃくが旅行カバンをほうりだしてワッと泣きだした。このときの悪とうふたりのすがたほどケッタイなながめはちょっと見たことない。

「ああ、あわれな兄！」

男たちがふたりのまわりにあつまってきて、まことにおきのどくですとかいろんなこと言ってなぐさめ、旅行カバンを丘の上まではこんでやり、ふたりが寄りかかってきて泣いても好きなだけ泣かせてやって、兄のいまわのきわのようすを王にきかせて、それをこんどは王が両手をつかって公しゃくにつたえて、ふたりともその皮なめししょく人の死を、まるでキリストが十二人のでしをうしなったみたいになげきまくった。まったく、あんなもの見たことない。あんなの見たら、だれだって人るいがはずかしくなるとおもう。

25

知らせはたちまち町じゅうにひろがり、みんなぞくぞくあっちからこっちから、上着をはおりながらかけ出してきた。じきにおれたちは人のむれにかこまれて、みんなが足で地めんをふむ音のすごいこと、まるっきり兵たいの行しんみたいだった。マドにも家のまえのにわにも人が出てる。しじゅうだれかがへいのむこうから

「来たのか？」ときいて、

すると人波といっしょに走ってるだれかがそれにこたえて

「そうともさ」とこたえるのだった。

おれたちがたどり着くと、家のまえはすごい人だかりで、玄かん先にわかい女の人が三人立っていた。

メアリ・ジェーンはほんとに赤毛だったけど、そんなのカンケイなくてものすごくキレイで〔赤毛は一般に魅力がないと当時は考えられていた〕、顔も目もこうごうしくかがやいて、おじさんたちが来たことをほ

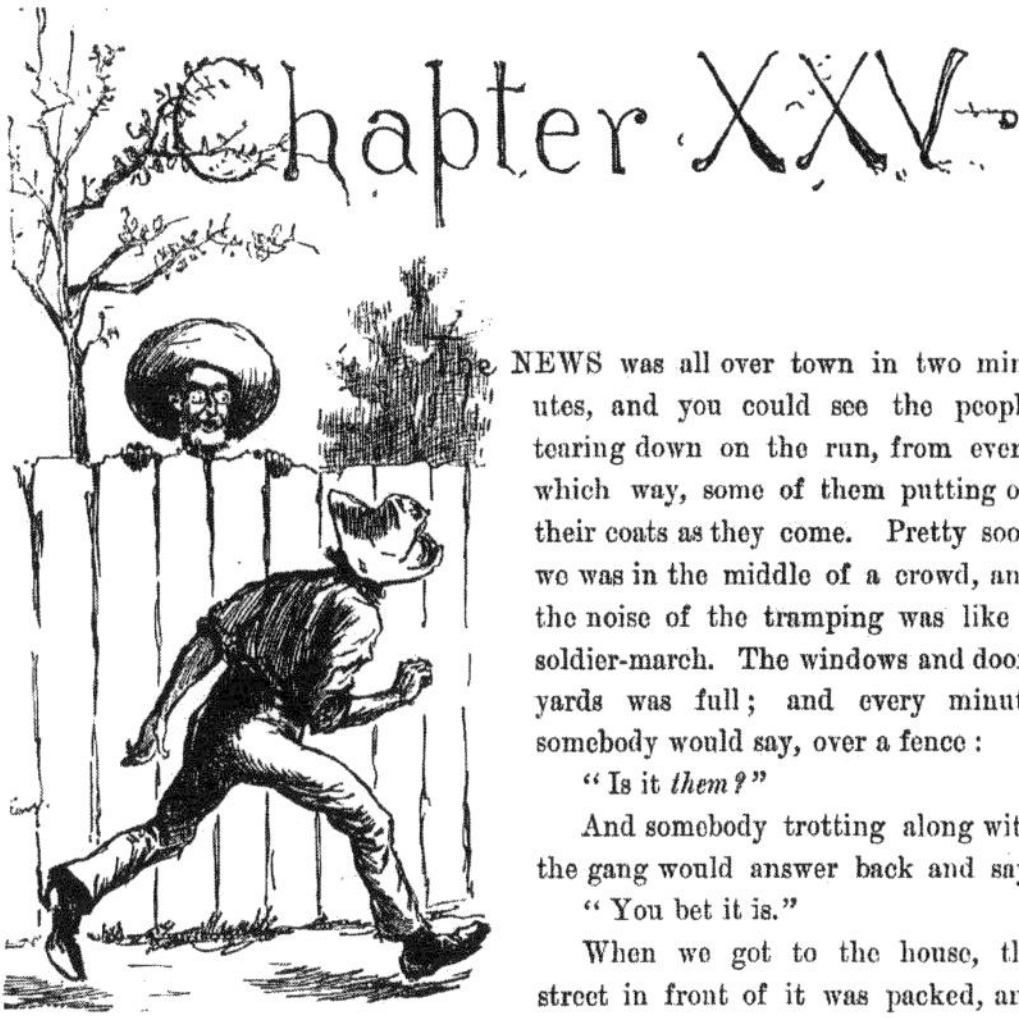

THE NEWS was all over town in two minutes, and you could see the people tearing down on the run, from every which way, some of them putting on their coats as they come. Pretty soon we was in the middle of a crowd, and the noise of the tramping was like a soldier-march. The windows and door-yards was full; and every minute somebody would say, over a fence :

"Is it *them?*"

And somebody trotting along with the gang would answer back and say,

"You bet it is."

When we got to the house, the street in front of it was packed, and

「そうともさ」

んとうによろこんでいた。王は両ウデをひろげて、メアリ・ジェーンはそのなかにとびこんでいき、みつくちの女の子は公しゃくのムネにとびこんでいき、みんなよろこんだのなんの！　この人たちがやっとめぐりあってよろこんでるのを見て、だれもがすくなくとも女の人はほとんど全いんうれし泣きしていた。

やがて王が公しゃくをそっとつついて――おれは見のがさなかった――それからあたりを見まわした。かんおけがすみっこにあって、イスふたつの上にのっていた。それで王と公しゃくは、たがいの肩に手をかけて、もういっぽうの手を目にもっていって、ゆっくりおごそかにそっちへあるいていき、だれもがうしろへ下がって道をあけ、話し声もざわめきもやんで、みんな「しーっ！」と言いあって男はのこらずぼうしをぬいでうなだれたんで、ハリが落ちてもきこえそうだった。ふたりはかんおけのまえに着くと、うつむいてなかをのぞき、ひと目見て、それからワアッと、オーリンズまできこえそうな大声で泣きだした。ふたりともあいてのクビにウデをまわして、アゴをあいての肩にのせた。それから三分くらい、四分くらい、とにかく男がふたりあんなにすごいいきおいで泣いたのは見たことない。しかも、ほかのみんなもおなじことをやってる。あんなにそこらじゅうナミダでぐしょぐしょな場しょは見たことない。そのうちにいっぽうがかんおけのむこうがわにまわって、もういっぽうがこっちがわにまわって、ふたりともヒザをついてオデコをかんおけにのせて、ひっそりおいのりするふりをした。ここまでくると、もうみんな見たこともないくらいコーフンして、ひとりのこらずよよと泣きくずれてワアワアやっていた――ピーターのめい三人も泣いていたし、女の人たちはほぼみんな、なにも言わずに三人のところに寄っていってオデコにおごそかにキスして、片手を女の子たちのアタマにのせて、だらだらナミダを流しながら空を見あげて、それからワアッと大泣きして、シクシクワアワアやりながらうしろに下がってつぎの女にばんをゆずった。あんなにむなくそわるいながめは見たことない。

で、じきに王が立ちあがってすこしまえに出てきて、かんきわまったようすでナミダをドーッと流してからちょっとしたえんぜつをやりだし、こじんをうしなったことはわたくしとわたくしのあわれなおとうとにとってつらいしれんでありますとかなんとかデタラメをならべた。六千キロを旅してきたあげく、いまわのきわに立ちあえなかったのはつうこんのきわみ、ですがそのつらさも、こうしてみなさんがおもいやりをしめしてくださり、とうといナミダを流してくださることによってやわらげられ、きよめられております、みなさんに心からかんしゃいたします、おとうとのぶんまでお礼もうしあげます、口ではとうていこの気もちはおつたえできま

すごい勢いで泣く

せん、コトバではよわすぎます、つめたすぎます、うんぬんかんぬんクズみたいなたわごとがつぎつぎ出てきておれはもうはきけがしてきて、じきに王はさもしんじんぶかげにアーメンと言って、もうたえきれないとばかりにドワワワ、ムネもさけよと泣きだした。

そして王の口からコトバが出きったとたん、だれかがドクソロジャー〔「ドクソロジー」＝神をたたえる歌〕をやりだして、みんなせいいっぱいの声でなかま入りして、きいてるとにかく気もちがあったまって、きょう会がおわったときみたいないい気分になった。音《おん》がくってやっぱりいいものだ。あれだけ歯がうくようなコトバやデタラメなたわごときかされたのが、音がくでいっぺんにさわやかになった。あんなにせいじつであかるくきこえる音がくははじめてだった。

それから王がまたペチャクチャやりだして、おもだった友人のかたがたにおのこりいただいてこんばん夕食をごいっしょしていただければ、わたくしもわたくしのめいたちもこんなにうれしいことはございません、こじんのなきがらとともに夜をすごしていただければ、[1]と言い、そこでよこたわっているあわれな兄が口をきけたらどなたを名ざすかわたくしにはわかります、どのお名まえも兄にとって心そこいとしい名まえです、よく手がみでも書いておりました、なのでわたくしがかわってもうしあげます、すなわちこれ、以下のごとくであります——ホブスン牧し、ロット・ホーヴィしつじ、ミスタ・ベン・ラッカー、アブナー・シャックルフォード、リーヴァイ・ベル、ドクター・ロビンスン、そしてそのおくさまがたと、バートリー未ぼう人。

ホブスン牧しとドクター・ロビンスンは町はずれでいっしょに狩りをしていた——つまりドクターが

びょう気の男をあの世におくり出していて牧しはその行き先をただしいほうに向けてやっていた。ベル弁ご士も用じでルイヴィルに出かけていた。けれどあとの人たちはその場にいたので、みんな寄ってきて王とあく手し、王に礼を言ってあれこれ話をした。そうしてつぎに公しゃくとあく手し、なにも言わずただニコニコしてアホウのむれみたいにアタマをひょこひょこゆらし、いっぽう公しゃくは両手をつかっていろんなあいずをやってみせながらずっと「グーグー——グーグーグー」としゃべれないあかんぼみたいに声を出していた。

　王はあいかわらずべらべらしゃべって、町の人げんほぼ全いん、犬ほぼぜんぶの名をあげて、だれそれさんはお元気ですかといちいちたずね、町でこれまでにあったいろんなできごとや、ジョージの家ぞくに起きたこと、ピーターの身に起きたことをあげてみせ、これもみんなピーターが手がみで書いてきたのだとなんべんもほのめかしたけど、もちろんそれはウソで、ひとことのこらず、さっきカヌーでじょう気船までつれてってやったあのわかいトンマからききだしたのだ。

　やがてメアリ・ジェーンが、おじがのこした手がみを出してきて、王がそれをよみあげ、また泣いた。手がみによると、すんでいた家と金か三千ドルをめい三人にのこす。皮なめし場（しょうばいはんじょうしていた）とほかの家なんけんかと土地（ねうち七千ドルくらい）と金か三千ドルをハーヴィーと

1　このあたり、王は「故人」（the deceased）を一貫して言いちがえて「病人」（the diseased）と言っているが、おそらく居合わせた人々のほとんど誰もこれを間違いとは認識していないであろう。

ウィリアムにのこす。そのげん金六千ドルが地下しつのどこにかくしてあるかも手がみに書いてあった。それでペテンしふたりは、いまからとりにいきます、すべてきちんとこうめいせいだいにやりますからと言い、ロウソクをもってついてこい、とおれにめいれいした。三人で地下しつにはいってドアをしめ、金かのふくろを見つけるとふたりはなかみをゆかにザザーッとあけた。きいろいのが山とあって、たしかにいいながめだった。王の目がかがやいたこと！　公しゃくの肩を王はパシッとたたいて
「サイコーだぜ！　これよりすごいのってあるか？　なあビルジー、『不朽』なんかメじゃなかろう？」と言った。
　そうだな、と公しゃくも言った。ふたりとも金かにベタベタさわって、ユビのあいだからゆかにジャラジャラ落とす。王が言った――
「セリフならべたってダメなんだ。死んだカネもちのきょうだいで、外国からやってきたそうぞく人、これにかぎるよ。これもみな神のみ心にゆだねたおかげだよ。長い目で見れば、それがいちばんなんだ。わしもみんなやってみたけど、やっぱりこれがいちばんさ」
　たいていの人げんだったら、この金かの山を見ればまんぞくして、そのままありがたくちょうだいしただろう。だがこいつらは、かぞえないと気がすまない。で、かぞえたら、四一五ドルたりなかった。王が
「どうなってんだ、四一五ドル、どうしたのかな？」と言った。
　ふたりはしばらくクビをひねって、あたりをひっかきまわしていた。じきに公しゃくが

「まあずいぶんびょう気もおもかったし、かぞえちがえたんじゃねえのかな――きっとそうだよ。このままだまってるのがいい。そのくらいナシですむさ」と言った。

「そりゃわしらはナシですむさ。それはどうでもいいんだ。わしが言ってるのはかんじょうのことさ。わしらここは、とことんキチンと、こうせいに、こうめいせいだいにやらなくちゃいかん。このカネぜんぶもって上がって、みんなのまえでかぞえなくちゃいけない――そうすりゃあやしまれるよちはない。だけど死人は六千ドルって言ったわけで、そしたらやっぱり――」

「さがく」を埋める

「待てまて」と公しゃくが言った。「さがくをうめようぜ」。そう言ってじぶんのポケットから金かを出しはじめた。

「そいつぁいいかんがえだ――公しゃく、あんたじつにいいアタマしてるな。『不朽』のチエがここでも生きたな」と王は言って、じぶんも金かを出して山につみはじめた。

ふたりともほとんどオケラになったけど、六千ドルはきっちりそろった。

「なあ、もうひとつおもいついたぞ」と公しゃくが言った。「上にあがってこのカネかぞえて、ぜんぶ女の子三人にやるんだ」

「こりゃまいった公しゃく、でかしたぞ！　こんなすごいおもいつき、きいたことない。あんたほんとにサイコーのアタマしてるな。まちがいない、これ以上の手はないぞ。うたがいたいやつらはうたがうがいい——これでグゥのねも出ないさ」

おれたちが上にあがると、みんなテーブルのまわりにあつまってきて、王がカネをかぞえて三百ドルずつ山につんでいった。小ギレイな山が、二十。みんなものほしそうに舌なめずりしながら見ていた。おわるとふたりはもう一どぜんぶふくろに入れて、王がまたムネをはったんで、こりゃまたえんぜつがはじまるなとおれはおもった——

「友じんのみなさん、あそこによこたわっているわが兄は、かなしみの谷たるこの世にのこされたものたちへ、おしみなく多くをのこしてくれました。かれが愛し、まもった、いまや父も母もなくのこされた三人の子ヒツジたちに、おしみなく多くをのこしてくれました。しかし、兄を知るわれわれにはわかります、ほんとうはもっとおしみなく、もっと多くをのこしたかったはずなのです。それができなかったのは、ひとえに、いとしいウィリアムとこのわたくしの心をキズつけるのをおそれたからにほかなりません。ちがうでしょうか？　わたくしから見るかぎり、ギモンのよちはありません。ならば、それならば、かくなるときに、兄のおもいをさまたげたりしたら、それできょうだいと呼べるでしょうか？

兄がかくもかわいがった、愛らしい子ヒツジたちにあたえられるべきものをうばったら――そうです、うばうのです――かくなるときにあって、それでおじと呼べるでしょうか？　わたくしにウィリアムの心がわかっているなら――わたくしとしてはわかっているつもりです――かれはきっと――いや、ここは本人にきいてみましょう」。そう言って公しゃくのほうを向いて、両手であれこれあいずをおくると、公しゃくはしばらくぽかんとマヌケづらで王を見てたけど、やがてとつぜん、わかったぞってゆうかんじにパッとうれしそうな顔になってグーグー言いながら王のほうにとんでいき、王を十五回くらいだきしめてやっとやめた。それから王が「わたくしにはわかっておりました。これでみなさんにもウィリアムの気もちはおわかりでしょう。さあ、メアリ・ジェーン、スーザン、ジョアンナ、このカネを――ぜんぶ。あそこでよこたわる人のおくりものだよ、身はつめたくとも心はよろこんでいる人の」と言った。

メアリ・ジェーンが王のところにとんでいって、スーザンとみつくちが公しゃくのところにとんでいって、みんなでだきあって、キスしあって、あんなすごいのは見たことない。ほかの連中も目にナミダをうかべて寄ってきて、手がもげるくらいはげしくペテンしどもとあくしゅして、そのあいだずっと「なんていい人なんでしょう！――なんとうつくしい！――ほんとうに、なんと！」とかなんとか言っていた。

じきにまたこじんの話にもどって、あんないい人はいなかった、亡くなってほんとうにざんねんだ、うんぬんかんぬん。と、まもなく、がっしりしたアゴの大男が人波をかきわけてまえに出てきて、なにも言わずにじっくり耳をすまし、見まもっていた。ほかの連中もその男とはしゃべらなかった。王がし

飛んでいく

ゃべってるのをみんなむちゅうできいていたからだ。さっきはじまった話のまんなかだ——

「——こじんととくにしたしかったかたがたですから。だからこうして今晩ここにおまねきしたわけですが、あしたは全いんに来ていただきたい——ひとりのこらず、みんなに。兄はみなをうやまい、みなが好きだったのですから、そう式のオージーズ《バカさわぎ》も万人にひらかれてしかるべきなのです」

　とかなんとかベトベトあまったるいコトバを王はくりだして、じぶんでもそのコトバによいしれて、なにかにつけて「そう式のオージーズ」をもりこむものだから公しゃくがさすがにガマンできなくなって『オブシクイーズ《そうぎ》』だ、バカ」と紙きれに書いてたたんでグーグー言いながらみんなのアタマごしに王にわたした。王はそれをよんで、ポケットに入れて、言った——

「わがおとうとウィリアム、しょうがいはかかえておりますが、心はいつもまっすぐです。みなさんをそう式におまねきしてほしい、とわたくしにたのんだのです――ひとりのこらずかんげいしてほしい、と。でも心ぱいはむようでした。わたくしまさに、いまそうもうしあげておったわけですから」

　そうして王はまたみんなのあいだをねりあるき、すっかりおちつきはらって、ときおりまた「そう式のオージーズ」をもりこんでいた。三回めのときに、王はこう言った――

「わたくしが『オージーズ』ともうしあげますのは、これがいっぱんてきなコトバだからではありません。これはいっぱんてきなコトバではありません。いっぱんには『オブシクイーズ』です。『オージーズ』と言うのは、それがただしいコトバだからです。『オブシクイーズ』はイギリスではもはやつかわれておりません。もうすたれてしまいました。こんにちイギリスでは『オージーズ』と言うのです。『オージーズ』のほうがいいのです。ここで言いたいことをより正かくにあらわしておりますから。これはギリシャごで外、ひらかれた、ひろく、をイミするオルゴと、ヘブライごで植える、おおう、をイミし、てんじてまいそうをイミするジースムからできているコトバであります。ですからそう式のオージーズとは、ひらかれた、だれでも来られるそう式のことなのであります」〔正しくはorgiesは「秘密の儀式」を意味するギリシャ語から来ている〕

　こんなにひどいやつ、ほんとに見たことない。と、がっしりしたアゴの男がめんとむかってアハハとわらった。みんなギョッとした。「あ、ドクター！」とみんな口々に言い、アブナー・シャックルフォードが

「おいロビンスン、あんたきいてないのか？　この人、ハーヴィー・ウィルクスなんだぞ」と言った。

ドクター

王はひたむきなえがおを見せて、片手をつきだし
「わが兄のよき友にしてお医しゃさまのかたですかな？　わたくし——」と言ったがドクターはそれをさえぎって
「さわらんでくれ！」と言った。「あんた、それでイギリス人のしゃべりかたマネしてるつもりか？　そんなへたくそなマネ、きいたことないぞ。あんたがピーター・ウィルクスのきょうだいだと？　ふざけるな、あんたはペテンしだよ！」
いやあ、みんなあわてたこと！　ドクターのまわりにむらがって、まあまあおちついて、この人ほんとにハーヴィーなんですよ、そのしょうこ、もう四十こくらい見せてくれましたから、なにしろわたしらみんなの名まえ知ってるし、犬たちの名まえまで知ってるし、とせつめいして、おねがいですからハーヴィーの気もちをキズつけないでください、女の子の気もちをキズつけないでください、とひたすらたのみこんだ。でもムダだった。ドクターはあいかわらずまくしたて、そのていどしかイギリスのコトバをマネできないくせにイギリス人だなんて言うやつはペテンしのウソつきにきまってると言ってゆずらなかった。気のどくに女の子たちは、王にしがみついて泣いていた。と、とつぜんドクターが女の子たちのほうに向きなおった。そうしてドクターは言った——

「わたしはきみたちの父さんのともだちだったし、いまもきみたちのともだちだ。だから友として、きみたちをまもってがいからとおざけてあげたいとねがう正じきな友としてきみたちにけいこくする、この悪とうに背を向けたまえ、こいつとかかわるのはやめたまえ、なんにも知らないくせにギリシャごだのヘブライごだのをふりまわすこんなむちもうまいなゴロツキはあいてにするな。こんなに見えすいたサギし、見たことないぞ。どこでしいれてきたか知らんが、名まえやらできごとやらをズラズラならべただけで、きみたちはそれをしょうことしてうけとり、ここにいるおろかな友人たちみんなもいっしょになってだまされて、ますますことをわるくしてるんだ。メアリ・ジェーン・ウィルクス、わたしがきみのみかたであること、じぶんのよくとはカンケイないみかたであることはきみにもわかってるはずだ。よくきいてくれ。この見さげたヤクザものを追いはらうんだ——おねがいだから。やってくれるかい？」

メアリ・ジェーンはすくっと背をのばした。ほんとうにうるわしいすがただった！　そしてかのじょは

「これがわたしのこたえです」と言った。そうしてカネのふくろをもちあげて、王の両手に押しこみ、「この六千ドル、うけとってください、そしてわたしといもうとたちのために、あなたのお好きなようにとうしなさってください。うけとりしょうはいりません」と言った。

金の袋

そうしてかのじょはウデを王のからだのいっぽうのがわにまわし、スーザンとみつくちの子もはんたいがわでおなじことをやった。だれもが手をたたいて、まるっきりあらしみたいにゆかをふみならし、王はまっすぐアタマを上げてほこらしげにわらっていた。ドクターは言った――

「わかった。わたしはもう手をひく。だがきみたちみんなにけいこくするぞ、いずれきみたちが、この日のことをかんがえるたびにムネがわるくなるときが来るからな」――そうしてドクターは出ていった。

「わかりましたよ、ドクター」と王はからかうような声で言った。「ムネがわるくなったらドクターにみてもらいます」。これをきいてみんなあははとわらい、うまいこと言うねえとほめた。

Chapter XXVI

Well when they was all gone, the king he asks Mary Jane how they was off for spare rooms, and she said she had one spare room, which would do for Uncle William, and she'd give her own room to Uncle Harvey, which was a little bigger, and she would turn into the room with her sisters and sleep on a cot; and up garret was a little cubby, with a pallet in it. The king said the cubby would do for his valley—meaning me.

So Mary Jane took us up, and she showed them their rooms, which was plain but nice. She said she'd have her frocks and a lot of other traps took out of her room if

小部屋

26

で、みんながかえって、王がメアリ・ジェーンに、あいてるへやはあるだろうかとたずねると、ええ、ひとつあきべやがありますからそこをウィリアムおじさんにつかっていただいて、わたしのへやのほうがすこしひろいですからハーヴィーおじさんにつかっていただきます、わたしはいもうとたちのへやのよびのベッドでねますから、それとやねウラに小べやがあってワラぶとんがありますとメアリ・ジェーンは言った。うん、わしのこしょう——おれのことらしい——はその小べやでねればいいと王は言った。

というわけでメアリ・ジェーンはおれたちをそれぞれのへやにあんないしてくれた。どこもかざりはないけどいごこちはよかった。わたしのへや、服とかいっぱいあるんでジャマだったらどけますすけど、とメアリ・ジェーンは言ったけど、いやいやかまわんよと王は言った。メアリ・ジェーンのガウンがカベにならんでいて、そのまえにゆかまでとどくキャラコ地のカーテンがつるしてある。すみっこにボロのトランクがひとつ、べつのすみにギターばこ、そのほか女の子がいかにもへやにかざりそうないろんな小モノがそこらじゅうにあった。かまわんでいいよ、こういうのがあるほうが家ていらしくて気もちがいいからと王は言った。公しゃくのへやはだいぶちいさかったけど、まあじゅうぶんだったし、おれの小べやもおなじだった。

その夜はごうかな夕食会で、客も大ぜい来て、おれは王と公しゃくのイスのうしろに立ってふたりにきゅうじし、ほかの人はニガーたちがきゅうじした。メアリ・ジェーンはテーブルのいちばんはじにスーザンとならんですわって、丸パンがうまくやけてなくてごめんなさい、ジャムがちゃんとできなくて、フライドチキンもかたくてすいません、とかなんとか、ほめコトバをひきだすために女の人がいつも言うたぐいのことをぜんぶ言って、いやいやなにからなにまでおいしいですよとみんなりちぎに言って、「どうやってこの丸パン、こんなにキレイな茶いろにやけるんです？」とか「こんなにおいしいピクルス、どこで手に入れたの？」とかなんとか、晩ごはんで人がいつも言うたぐいのおべんちゃらを言いまくった。

それもすむと、ニガーが片づけるのをみんな手つだいにかかって、おれとみつくちは台どこでのこりものをもらって夕メシにした。みつくちがイギリスのことをさんざんきくんで、おれはなんどもヒヤヒヤさせられた。たとえば

「あんた、王さま見たことある？」とみつくちはきいた。

「え、だれ？　ウィリアム四世か？　あるともさ——うちとおんなじきょう会に行くからさ」。ウィリ

アムが何年もまえに死んだことは知ってたけど、そのことはだまっていた。で、王さまがおんなじきょう会に行くときくと、こんどは

「え――いつも?」ときいてきた。

「ああ、いつもだよ。うちのせきとちょうどはんたいがわが、王さまのせきなんだ――せっきょうだんをはさんで、むこうっかわ」

みつくちと夕食

「王さまってロンドンにすんでるんじゃなかったの?」

「ああ、そうだよ、どこにすんでるとおもったんだよ?」

「だってあんたたちシェフィールドにすんでるんでしょ?」

これはこまった。どう言いのがれるか、かんがえる時かんかせぎに、トリのホネがつっかえたふりしないといけなかった。で、

「だからさ、王さまがシェフィールドに来てるときはいつもうちのきょう会に行

くのさ。それって夏の海水よくに来るときだけなんだけど」とこたえた。

「まあ、あんたなに言ってんのよ——シェフィールドって海にめんしてないでしょ」

「だれがめんしてるって言った？」

「え、あんた言ったじゃない」

「おれ言ってないよ」

「言ったわよ！」

「言ってない」

「言ったわよ」

「そんなことぜんぜん言ってない」

「じゃあなんて言ったのよ？」

「海水よくに来るって言ったのさ——そう言ったんだよ」

「ほら、やっぱり！　海にめんしてないのに、どうやって海水よくできるのよ？」

「なあ、いいか」とおれは言った。「あんた、コングレス水、見たことある？」

「あるわよ」

「でさ、コングレス水、手に入れるのに、コングレスに行かないといけなかった？」

「いいえ、ぜんぜん」〔コングレス水はニューヨーク州サラトガのコングレス泉で採れるミネラルウォーター〕

「それとおんなじさ、ウィリアム四世だって、海水よくするのに海に行かなくてもいいんだよ」

「じゃあどうやるのよ？」

「ここの人がコングレス水を手に入れるのとおんなじさ。たるに入れてくるんだよ。シェフィールドの宮でんにかまどがあるんだ、王さまはあついおゆがこのみだから。海じゃそんなにたくさんのおゆ、わかせないだろ。そうゆうせつびないからさ」

「ああ、それでわかったわ。だったらさいしょっからそう言やいいのに」

これでおれも、やれやれいちなん去ったとムネをなでおろした。ところがこんどは

「あんたもきょう会に行くの?」ときいてきた。

「ああ、いつも行くよ」

「どこにすわるの?」

「そりゃあ、うちのせきにだよ」

「だれのせきよ?」

「だれのって――うちのだよ。あんたのハーヴィーおじさんのだよ」

「おじさんの? なんでおじさんにせきがいるのよ?」

「そりゃすわりたいからさ。せき、どうするっておもったんだよ?」

「だっておじさん、せっきょうだんにいるんじゃないの」

しまった、せっきょうしだってこと、わすれてた。またもピンチ、そこでまたトリのホネをつかって、もう一どかんがえた。そうして

「なに言ってんだよ、きょう会にせっきょうし、ひとりしかいないっておもうのかよ？」と言った。

「え、何人もいてどうすんのよ？」

「なんだって！　王さまのまえでせっきょうするんだぜ！　あんたみたいな人、見たことないぞ。十七人いるんだぜ、せっきょうし」

「十七人！　まあ！　あたしそんなにたくさん、きく気しないわよ、たとえ天ごく行けなくなったって。そんなにきくの、一週かんかかるでしょ」

「なに言ってんだよ、べつにみんないっぺんにおなじ日にやるわけじゃないよ――一日《いちんち》にひとりだけだよ」

「え、それじゃ、あとの十六人はなにすんのよ？」

「うん、大したことしないよ。のんびりすわったり、けん金のおさらまわしたり。まあべつになにもしないんだよ」

「え、それじゃ、なんのためにいるのよ？」

「そりゃもちろん、いるとかっこいいからさ。あんた、なんにも知らねえのかい？」

「そんなバカみたいな話、知りたくもないわよ。で、イギリスってめしつかいのたいぐうはどうなの？　この国のニガーよりいい？」

「いいや！　イギリスじゃめしつかいは、まるっきりなんでもないんだ。犬よりひどいたいぐうだよ」

「じゃ、やすみとかないの、この国みたいにクリスマス、新年、七月四日〔独立記念日〕とか？」

「あのさ、いいかい！　そのひとことで、あんたがイギリスに行ったことないってわかるぜ。いいか、みつ――いいかジョアンナ、イギリスのめしつかいには一年じゅうやすみなんてないんだよ、サーカスにも行かねえ、しばいにも行かねえ、ニガーショー〔白人が黒人に扮する「ミンストレル・ショー」のこと〕にも、どこにも行かねえんだよ」

「きょう会にも？」

「だってあんた、いつもきょう会行くんでしょ」

やれやれ、またピンチだ。じぶんがジイさんのめしつかいだってこと、わすれてた。でもおれはすぐに、こしょうってのは並のめしつかいとはちがうんだってゆうせつめいをおもいついた。こしょうはきょう会に行かなくちゃいけないんだ、行きたくねえって言ったってダメなんだよ、家の人たちといっしょにすわらなくちゃいけない、それが法りつなんだとおれは言った。だけどこいつはあんまりうまくいかなくて、言いおわっても、あいてがなっとくしてないのがわかった。

「あのさあんた、さっきからずっとウソばっかし言ってない？　ホントのこと言ってるって、ちかえる？」

「ち、ちかうともさ」

「ひとこともウソ言ってない？」

「ひとことも言ってない。ひとつもウソついてない」とおれは言った。

「この本に手あてて、ちかいなさいよ」

「ち、ちかうともさ」

見ればそれはただのじしょで、聖しょじゃなかったので、ならいいやとおもって、おれは手をあててちかった。そしたらあいてはすこしなっとくした顔になって

「ま、ちょっとは信じるわ。けど、ぜんぶ信じるなんてムリだわよ」と言った。

「なにを信じないの、ジョー？」とメアリが、スーザンをうしろにしたがえてはいってきながら言った。「この子にそういう言い方するの、よくないし、やさしさにもかけてるわよ。この子はよそから来て、家ぞくともとおくはなれてるんだから。じぶんがそんなふうにあつかわれたら、あんたどんな気がするとおもう？」

「ねえさんいつもそう言うのよ――だれかがいたい目にあうまえに、いつもたすけぶね出して。あたし、この子になにもしてないよ。この子、さっきからいくつかこちょうしたこと言ってるみたいだから、そんなのうのみにしないわよってあたし言ったの。それだけよ、あたしが言ったの。そのくらいはこの子だって、言われてもへいきでしょ？」

「どのくらいまでならいいとか、そういうことじゃないのよ、この子はよそから来ていて、あたしたちのお客さまなのよ、そういうこと言うのはよくないのよ。あなたがこの子の立ちばで、そんなこと言われたらじぶんをはじるでしょう。人がじぶんをはじるようなこと言うべきじゃないのよ」

「だってねえさん、この子——」

「この子がなに言ったかはカンケイないの——そういうことじゃないの。かんじんなのは、あんたがこの子にしんせつにせっするってこと。じぶんはよその国にいて、じぶんの家ぞくとはなればなれなんだっておもいださせるようなこと言わないってことなのよ」

おれはおもった——こんなにいい人から、あのヘビじじいがカネをだましとるのを、おれは見すごそうとしてる！

そこへスーザンもわってはいった。いやあこの人も、みつくちをとっちめたのなんのって！

おれはおもった、この人からも、あいつがカネをだましとるのをおれは見すごそうとしてる！

それからまたメアリ・ジェーンがひきついで、やさしい、りっぱなコトバでみつくちをさとした。それがこの人の言い方なのだ。それがおわると、みつくちはもうボロボロだった。かのじょはわあわあ泣きだした。

「さ、もういいわ」とねえさんふたりが言った。「あとはこの子にあやまるのよ」

かのじょはあやまってくれた。それも、さいこうにいいかんじに。あまりにいいかんじで、きいていてすごく気もちよかった。これがきけるんだったら、もう千回くらいウソつきたいとおもった。

おれはおもった、この人からもあいつがカネをだましとるのをおれは見すごそうとしてる！　かのじょが言いおえると、三人ともホントにしんせつに、おれをくつろがせよう、おれがともだちといっしょにいるんだっておもわせようと気をつかってくれた。おれはもうじぶんが、とことん見さげた、ゲスな、サイテーの人げんにおもえてきて、よしきめたぞ、とムネのうちで言った――この三人のために、おれはあのカネをとりかえす。ぜったいに。

ではしつれいします、もうねますから、とおれは言って立ちさった。まあいずれはねるつもりだったけど、まだそのまえにかんがえなくちゃいけない。へやでひとりになって、かんがえた。こっそりドクターのところに行って、やつらのペテンをうちあけるか？　いや、それはムリだ。だれからきいたか、ドクターが言ってしまったら、王と公しゃくがおれのことどうするか、わかったもんじゃない。こっそりメアリ・ジェーンに話すか？　いいや、それもできない。あの人はぜったい顔に出てしまって、やつらはすぐかんづいて、カネもってさっさと逃げてしまうだろう。それにメアリ・ジェーンがたすけをもとめようとしたら、片がつくまえにどうしたっておれもまきこまれちまう。ここはやっぱり、手はひとつしかない。どうにかして、おれがカネをぬすまないといけない。それも、おれがぬすんだってうたがわれないようなやりかたで。いいカモを見つけたとやつらはおもってる。この家ぞく、この町から、とことんしぼりきるまでここにねばるだろう。だからおれにもチャンスはじゅうぶんある。ぬすんで、かくす。で、そのうちに、川を下ってから、メアリ・ジェーンに手がみを書いて、かくし場しょを知らせる。だけどなるべくなら、ぬすむのは今夜やったほうがいい。もう手をひくとかドクターは言ってたけど、ホントにそうだか。またなにか言いだしたら、やつらはさっと逃げちまうかもしれない。

よし、まずはやつらのへやをさがそう。階だんを上がると、ろうかは暗かったが、公しゃくのへやが見つかったんで、両手であちこちさぐってみたけど、かんがえてみたら、王がじぶん以外の人げんにあのカネあずけるとはおもえない。それで王のへやに行って、あちこちさぐりはじめた。でもやっぱりロウソクがないとなんにもできなくて、もちろんそんなものつかえるわけない。それでここは、もうひとつの手で行くしかないとおもった――かくれて、話をぬすみぎきするのだ。と、ふたりの足おとがきこえてきたんで、ベッドの下にもぐりこもうとして手をのばしてみたけど、おもったところにベッドはなくて、かわりにメアリ・ジェーンの服がかくしてあるカーテンに手がふれたんでそのうしろにとびこみ、ガウンのあいだにまぎれこんで、ぴくりともうごかずに立った。

ふたりがはいってきて、ドアをしめた。まず公しゃくがやったのが、ベッドの下をのぞくことだった。さっきベッドが見つからなくてよかった！　でもなにかコソコソやろうとしてるときって、ベッドの下にかくれるのがなんとなくしぜんなんだよな。で、ふたりはこしかけて、王が

「で、なんなんだ？　手みじかにしろよ、わしら下でワアワア泣いてかなしんでないといけないんだ、こんなとこでグズグズしてたらあやしまれちまうぞ」と言った。

「うん、おれ、どうもおちつかないんだよ。あのドクターが気になってしかたない。それで、あんたのもくろみ、ききたかったんだ。おれ、ひとつかんがえがあってさ、これってまっとうだとおもうんだ」

ベッドの下を覗く公爵

「なんなんだ？」
「午ぜん三時まえにこっそりここを出て、いままで手に入れたモノかかえて川を下るのさ。なにしろ、すげえラクして手にはいったカネだろ――はいどうぞってわたされたんだ、ほとんど押しつけられたもどうぜんさ、なんせこっちは、ぬすみかえさなきゃいけねえっておもってたんだからな。ここはさっさとおさらばするのが、おれはいいとおもう」
　そうきいておれは気もちが暗くなった。一、二時かんまえだったらちょっとちがっただろうけど、いまはガッカリ、暗い気もちだった。けど王はすごいけんまくで
「なんだって！　やつらのざいさん、まだどっさりのこってるのにか？　八千ドルだか九千ドルだかのしさんが、もってってくださいって言わんばかりにそこらへんにあるってのに、手ぶらでおさ

らばするってのか？　どれもいいねで売れそうなのばかしなんだぞ」と言った。

公しゃくはブツブツ言いかえした。金かだけでじゅうぶんさ、これ以上ふかいりしたくないね——みんなみなしごなんだ、あの子たちからなにもかもうばう気はしないよ。

「おまえ、なに言ってんだ！」と王は言った。「あの子たちからうばうのはこのカネだけさ。いたい目にあうのは、ここのざいさんを買う連中だよ。だって、わしらがいなくなってじきに、これみんなわしらのものじゃないってことがわかるはずだろ。そうしたら売り買いはむこうになるわけで、みんなこの家のしょゆうにもどるのさ。この家も、みなしごたちにもどってくる。あの子たちにはそれでじゅうぶんさ。まだわかくて、元気で、はたらいて食ってくのはワケない。あの子たちはいたい目にあわない。かんがえてもみろよ、もっとひどいきょうぐうにいる人げん、何千何万といるんだぞ。あの子たちがもんく言うスジあいなんかねえさ」

とかなんとか王がしゃべりまくって、けっきょく公しゃくも折れた。わかった、じゃあいい、おれはさっさと逃げないのはおろかだとおもうけどね、あのドクターがウロチョロしてるんだし、と公しゃくは言ったけど、王は言いかえした——

「あんなドクター、知ったことか！　あんなやつがこわいもんか。こっちは町のアホウどもがみかたについてるじゃねえか。こんなちいさな町だ、あれだけ大ぜいこっちについてりゃ、じゅうぶんだろ？」

というわけで、また下におりていこうってところで、公しゃくが

「あのカネのおき場しょ、あそこじゃまずいんじゃないかな」と言った。

そのひとことでおれは元気になった。なにも手がかりが出てこないんじゃないかっておもいかけてたところだったのだ。王が
「どうして？」ときいた。

「だってメアリ・ジェーンはこれからもにふくすわけだろ。で、まずは、へやをそうじするかかりのニガーに、この服みんなはここに入れなさいって言いつけるだろうよ。ニガーがカネ見て、なんにもはいしゃくせずにすむとおもうか？」

「おまえまたアタマさえてるな、公しゃく」と王は言って、カーテンのほうに寄ってきて、おれのいるところから一メートルもないあたりでカーテンをいじくりだした。おれはカベにぴったりはりついて、からだはふるえてたけどじっとうごかないようにこらえた。こいつらにつかまったら、なんて言われるだろう。まんいちつかまったらどうしたらいいか。でもおれがそういうことをロクにかんがえるまもなく、王がふくろを出した。おれがそこにいることにはぜんぜん気づかなかった。やつらはふくろをハネのしきぶとんの下の、ワラのマットレスのさけめにつっこんで、五十センチ、六十センチ下までおしこみ、これでだいじょぶだ、ニガーはしきぶとんしかしつらえない、ワラまでひっくりかえすのは年に二どくらいだからぬすまれるキケンはないと言った。

でもそうはとんやがおろさない。やつらが階だんを半ぶんもおりないうちに、おれはもうふくろを出していた。そいつをおれの小べやまでひきずっていって、もっといい手をうつまでとりあえずそこにかくした。ほんとはどこか家の外にかくしたほうがいい。カネがない、とわかったらあいつら家のなかを

金を取るハック

シラミつぶしにさがすだろうから。それはまちがいない。それからおれはねどこに、服をぜんぶ着たままはいったけど、ねむりたくたってねむりようはなかった。とにかくこの一けんをはやくかたづけてしまいたかったのだ。そのうちに、王と公しゃくが上がってくるのがきこえた。それでおれはワラのねどこからころがり出て、ハシゴのてっぺんにアゴをのせて、なにか起きるかと待った。でもなにも起きなかった。

それでおれは、夜のいろんな音がやんで朝の音はまだはじまってない時かんまでそのままでいてから、こっそりハシゴをおりていった。

Chapter XXVII

I crept to their doors and listened; they was snoring, so I tip-toed along, and got down stairs all right. There warn't a sound anywheres. I peeped through a crack of the dining-room door, and see the men that was watching the corpse all sound asleep on their chairs. The door was open into the parlor, where the corpse was laying, and there was a candle in both rooms. I passed along, and the parlor door was open; but I see there warn't nobody in there but the remainders of Peter; so I shoved on by; but the front door was locked,

食堂のドアのすきま

27

おれはふたりそれぞれのへやのまえまではっていって耳をすました。ふたりともグウグウいびきをかいていたので、ツマさき立ちであるいて、階だんの下までぶじにおりた。どこからも、なんの音もしない。食どうのまえに行って、ドアのすきまからのぞくと、おつやでひとばん死たいとすごす男たちが、みんなイスにすわってぐっすりねてるのが見えた。死たいがおいてある客まにむかってドアがひらかれていて、どっちのへやにもロウソクが一本ついている。先へ行くと、客まのドアはあいてたけど、へやにはピーターのなきがら以外だれもいなかったんで、そのままますすんでいったけど、玄かんのドアはカギがかかっていて、カギ穴にカギはさしてなかった。と、うしろから、だれかが階だんをおりてくる音がきこえた。おれは客まにとびこんで、さっとあたりを見わたした。ふくろをかくせる場しょは見たところただひとつ、かんおけのなかだけだった。フタが三十センチくらいずらしてあって、水でしめらせたぬのをかぶせた死人の顔が見えるようになってる。からだには死人の服が着せてある。おれはフタの下、両手がくませてあるすぐ下あたりにカネのふくろをすべりこませて、うっかりその手にさわってしまってものすごくつめたかったのでおもわずゾッとした。大いそぎでドアのほうにもどって、かげにかくれた。

おりてきたのはメアリ・ジェーンだった。メアリ・ジェーンはそっとしずかにかんおけのところへ行って、ひざまずいて、なかを見た。それからハンカチを出して泣きだすのが見えたけど、泣く声はきこえなかったし、おれに背を向けていたので顔も見えなかった。おれはこっそりへやを出て、食どうの前をとおるとき、おつやの人たちに見られてないことをたしかめようと、すきまからのぞいてみたけどだいじょぶだった。みんなさっきからぜんぜんうごいてない。

おれはユウウツな気もちでねどこにはいった。こんなに苦労して、あれだけキケンをおかしたのに、けっきょくこんなことになってしまった。あのふくろがあのままずっとあそこにあれば、モンダイはない——川を二百キロ、三百キロ下ってからメアリ・ジェーンに手がみを書けばいい。そうしてかのじょがいたいをほりだして、カネをとりもどすのだ。でもきっとそういうふうにはならない。じゃあどうなるか。フタをネジどめするときに、カネは見つかってしまうだろう。そしたら王がまたそれを手もとにおく。こんどはむこうもけいかいして、ちょっとやそっとじゃぬすめないだろう。もちろんおれとしてはいますぐとりに行きたいけど、それはちょっとムリだ。朝はもうどんどんせまってきて、じきにおつやの人たちがうごきだすだろう。そうしたらおれはつかまってしまいかねない——このカネおまえもっ

葬儀屋

てろなんてだれにも言われてないのに、六千ドルもってるところを。そんなのまっぴらゴメンだ。

朝になって下へおりていくと、客まはしまっていて、おつやの人たちはいなくなっていた。あたりには家ぞくとバートリー未ぼう人と、王と公しゃくしかいない。なにかあったかとみんなの顔を見てみたけど、なにもわからなかった。

昼近くにぶかをひとりつれてそうぎ屋がやってきて、へやのまんなかにイスをふたつおいてその上にかんおけをのせてからみんなのイスをならべて、近じょからもイスをかりてきて、玄かん広ま、客ま、食どうにひととおりならべた。かんおけのフタはきのうの夜のままだったけど、まわりに人がいたんでなかはのぞけなかった。

そのうちに人がぞくぞくあつまりだして、女の子三人と王と公しゃくとがいちばんまえの列、かんおけのアタマのがわにすわった。三十分くらいずっと、みんな一列にならんでのろのろすすみ、死人の顔をしばし見おろしていった。なかにはナミダをポロッとこぼす人もいて、なにもかもがすごくしずかでおごそかで、女の子三人と王と公しゃくだけは目にハンカチをあててうなだれて、すこし泣いていた。みんなの足がゆかをこするのとはなをかむ音以外、なにもきこえなかった。そう式のときって、みんないつもよりはなをかむんだよな、まあきょう会でもけっこうかむけど。

家のなかがぎっしりまんいんになると、そうぎ屋が黒い手ぶくろをはめてものしずかにおだやかにうごき、あちこちこまかくしあげてまわって、人をおちつかせモノをととのえて、それをぜんぶ、ネコほども音をたてずにやっていた。ひとこともしゃべらず、人をそっとうごかして、おくれて来た人を入れてやり、つうろをあけて、それをみんな、うなずくのと手であいずするのとだけでやってのける。それがすむと、そうぎ屋はカベぎわのいちについた。こんなにしずかに、すべるようにコッソリうごく人げんは見たことない。そして顔には、ハムほどのえみもうかんでなかった。

どこかから足ぶみオルガンをかりてきてたけど、このオルガン、びょう気だった。万じ用いがととのって、わかい女の人がすわってひきはじめると、キーキーカーカーふしぶしがいたむみたいに鳴って、やがてみんないっしょになってうたったけど、おれの見たところたのしんでるのはピーターだけだった。やがてホブスン牧しがゆっくりものものしくまえに出て、しゃべりだした。そのとたん、地下しつでおそろしくそうぞうしいさわぎがはじまった。犬が一ぴきいるだけなんだけど、ものすごくほえたてて、あばれて、それがえんえんつづく。牧しさんはかんおけを見おろすようにつっ立って待ったけど、とにかくあまりにうるさくて、みんなじぶんがかんがえてることもきこえなかった。えらく気まずいし、どうしたらいいかだれもわからないみたいだった。でもじきに、足の長いそうぎ屋がここでも、牧しさんに

「ネズミがいたんですよ！」

「ご心ぱいなく、ここはおまかせください」と言うみたいにあいずするのが見えた。そうして背をまるめてカベぞいにすべるようにつたっていって、みんなのアタマのむこうに肩だけが見えていた。するするとすすんでいくけど、下のワンワンガタガタはますますやかましくなってる。やっとカベを二めんつたったところで、そうぎ屋は地下にきえていった。で、二びょうくらいしたところでバシンとたたく音がして、犬はなんともすさまじいほえ声を一ど二どあげてそれっきりだまりこみ、あたりはシーンとしずかになって、牧しさんはおごそかな話をさっきちゅうだんしたところからさいかいした。一、二分するとそうぎ屋の背中と肩がまたカベぎわをつたってきた。するする、するする、すべるようにカベ三めんをつたってから背をのばし、両手で口をかくして、クビを牧しさんのほうにのばして、みんなのアタマごしにしゃがれ声で「ネズミがいたんですよ！」とささやいた。そうしてまた背をまるめてカベぞいにつたっていちにもどった。これでみんなすごくまんぞくしたのがわかった。そりゃあ知りたいよな。そういうのってカネとかぜんぜんかからないけど、そんなちょっとしたことで、人は好かれたり、そんけいされたりする。この町でこのそうぎ屋ほど人気のある人げんはいなかった。

で、そう式のせっきょうはすごくよかったけど、ものすごく長くてくたびれもした。つぎは王がまたしゃしゃり出ていつものたわごとをならべて、やっとそれもおわって、そうぎ屋がネジまわしをもってこっそりかんおけに寄っていった。おれはすごくアセって、ドキドキして見まもった。でもそうぎ屋はすこしもあわてず、フタをさっとなめらかにうごかして、しっかりキツくネジどめした。ああ、こまった！　カネがあのなかにあるのかないのか、わからなくなってしまった。だれかがもうぬすんじまったとしたら？　メアリ・ジェーンに手がみを書くべきか、書かざるべきか？　ほりおこして、なにも見つからなかったら？　そしたらおれは、メアリ・ジェーンにどうおもわれるか？　ひょっとしたらつかまって牢やに入れられるかもしれない。ここはおとなしくだまって、手がみも書かないほうがいい。とにかくエラくややこしいことになった。おれとしてはよかれとおもってやったわけだけど、けっきょく百ばいわるくしてしまった。ああ、よけいなことするんじゃなかった、もうメチャクチャだ！

ピーターは土に入れられて、おれたちは家にもどり、おれはまたみんなの顔いろをうかがった。とにかくおちつかなくて、そうせずにいられなかったのだ。けどせいかはなかった。だれの顔を見ても、なにもわからない。

王は晩に町の人たちの家をまわって、みんなにあいそふりまいて、だれともかれともすごくなかよくしながら、イギリスでしんじゃの人たちが心ぱいしてるとおもうからしさんをすぐにしょぶんしてかえらないといけないと言った。あわただしくてざんねんですと王は言い、みんなも、そうですよね、もっとゆっくりしていけるといいのにね、でもわかります、と言った。もちろん三人のめいはわたくしとウィリアムとでイギリスにつれていきます、と王が言うとみんなはまたよろこんで、三人ともこれでしっかりせわしてもらえるねえ、しんぞくの人たちともいっしょだし、と言い、本人たちもものすごくよろこんで、この世になやみなんてあったこともすっかりわすれたようすで、なにもかもさっさと売ってしまってください、あたしたちはすぐにでも行けますからと王に言った。三人ともあまりにもうれしそうで、しあわせそうで、王にだまされてるんだ、たぶらかされてるんだとおもうとおれはもうムネがいたくなったけど、かといってここでおれが口をはさんで流れをかえようにも手だてはおもいつかなかった。

で、王は家からニガーからなにから、ざいさんすべてきょうばいにかけるとせんげんした――そう式の二日ごに、すべて売りはらう。そのまえにこべつに買いたい人がいたら、それもうけつけると王は言った。

とゆうわけで、そう式のつぎの日の正ごごろ、女の子たちのあかるい心にはじめて暗いかげがさした。ニガー商にんがふたりやってきて、王はニガーたちをふつうのねだんで、三日ばらいとかいうやりかたで売りとばして、みんなつれていかれたのだ――むすこふたりは上流のメンフィスに、母おやは下流のオーリンズに。かわいそうに、女の子たちもニガーたちもムネがはりさけるんじゃないかっていうくらいかなしんでいた。だきあってわあわあ泣いて、いつまでも泣きやまないので、おれは見ていてムネがわるくなってきた。まさか家ぞくがはなればなれになるとはおもわなかった、よその町へ売られていくなんておもわなかった、と女の子たちは言った。あのすがたはぜったいわすれられない。かなしみにくれた女の子とニガーたちが、おたがいのクビにしがみついて、おいおい泣いている。あれでもし、この売り買いはむこうであってニガーたちは一、二週かんしたらもどってくるんだってわかってなかったら、おれはもうたえきれなくなってしんそうをバラしていたとおもう。

町でもおおきなさわぎになって、そんなふうに母おやと子どもたちを引きはなすなんてごんごどうだんだ、と大っぴらに言う人も大ぜい出てきた。これで王たちのひょうばんにもちょっとケチがついたし、公しゃくもずいぶん言ったけど、王はかまわず話をすすめた。公しゃくは見るからに不安そうだった。

つぎの日はきょうばいの日だった。お日さまもだいぶのぼってから、やねウラに上がってきた王と公しゃくにおれは起こされた。ふたりの顔を見て、厄介《トラブル》がもちあがったんだとわかった。王が「おまえ、おとといの夜、わしのへやに来たか？」ときいた。

「いいえ、へいか《ユア・マジェスティ》」――まわりにほかにだれもいないとき、おれは王のことをいつもそう呼んでいたのだ。

「きのうの昼か夜は来たか？」

「いいえ、ユア・マジェスティ」

「ちかって言えるか？　ウソはゆるさんぞ」

「ちかって言います、ユア・マジェスティ、ミス・メアリ・ジェーンがおふたりをおへやにあんないな

「おまえ、わしのへやに来たか？」

さって以来、おれ、近よってません」
　公しゃくが
「だれかほかの人げんがはいっていくの、見たか？」ときいた。
「いいえ、かっか《ユア・グレース》、見たおぼえありません」
「ホントか、よくかんがえてみろ」
　おれはしばらくかんがえて、これってチャンスかも、とおもって
「そう言えば、ニガーたちがはいっていくとこ、何どか見ました」と言った。
　ふたりともこれをきいてビクッとして、いっしゅんまさかってゆう顔したけど、すぐにやっぱりっていう顔になった。そして公しゃくが
「それって、全いいんか？」ときいた。
「いいえ。すくなくとも一どに全いいんじゃないです。ていうか、みんないっぺんに出てくるのを見たのは一どだけだったとおもいます」

「えっ、それっていつだ？」

「そう式やった日です。午ぜんちゅうです。そんなにはやい時かんじゃなかったです――おれ、ねすごしましたから。おれがハシゴをおりようとしたところで、やつらが見えたんです」

「それで、それで？　やつら、なにした？　どんなそぶりだった？」

「なんにもしませんでしたよ。見たところそぶりもフツウでしたね。ツマさき立ちで、そうっとあるいていなくなりました。で、おれおもったんです、ああなるほど、ユア・マジェスティがもう起きてらっしゃるだろうとおもっておへやそうじしようとはいってみたけど、まだねてらしたんで、起こさないでそっと出ていこう、もしかしてもう起こしちゃってないといいけど、とかおもったんだなって」

「なんてこった、こいつはまいった！」と王は言って、ふたりともゲッソリした顔で、けっこうマヌケづらだった。ふたりでそこにつっ立ってアタマかいてかんがえてたけど、じきに公しゃくが、なんか耳ざわりにクックックッとわらいだして、こう言った――

「こりゃいっぱいくわされたぜ、あのニガーどもにしてやられた。この町から出てくのがかなしい、みたいな顔しやがって！　おれもおもったさ、そりゃあかなしかろうって。あんたもおもったし、みんなおもった。ニガーにはしばいのさいのうなんてないって言うやつがいるけど、ジョーダンじゃねえ。だれだってだまされるぜ、あれだけみごとにしばいすりゃ。大したげいだよ。あいつら金《きん》のタマゴだぜ。おれにしほんとしばい小屋があったら、あれだけの出しものありゃじゅうぶんやってけるね――それをおれたち、二そく三もんで売りとばしてさ。しかもその二そく三もんだって、まだもらっちゃいねえ。

おい、あのしょうしょはどこだ？」
「かんきんしに銀こうへもっていったさ。きまってるだろ」
「うん、じゃあいい、じゃあだいじょぶだ」
おれはおずおずと、てゆうかんじで
「なにかまずいことでも？」ときいた。
王がさっとおれのほうを向いて
「おまえの知ったこっちゃない！」とどなりつけた。「おまえはだまって、じぶんのやることだけやってりゃいいんだ。やることなけりゃなんにもするな。この町にいるかぎり、そのことわすれるなよ、わかったか？」。それからこんどは公しゃくに「こいつはもうのみこむしかねえ。なにも言わずにすますんだ、いいな」と言った。
ふたりでハシゴをおりていきながら、公しゃくがまたクックッとわらって
「さっさと売って、もうけはすこし！　いいビジネスだぜ、まったく」と言った。
王がさっと公しゃくのほうを向いて
「さっさと売るのがいちばんだとおもったからそうしたんじゃねえか。もうけがだいぶすくねえとしたってわしだけのせいじゃない、おまえだっておんなじだぞ」と言った。
「ちがうね、おれの言ったとおりにしてりゃ、やつらはまだこの家にいて、おれたちはもういなくなってるはずさ」

ギャアギャア言いあい

王もけっこうきつく言いかえして、それからまたおれのほうに向きなおってガミガミやりだした。ニガーどもがそんなふうにへやから出てくのを見たのに、だまってたなんていったいどういうりょうけんだ、と王はえらいけんまくでおれをどやしつけた。どんなアホだってなにかヘンだぞってわかるだろうが、と。それからこんどはしばらくじぶんをバトーして、これもみんなあの日いつもどおり夜ふかしして朝ねぼうしなかったせいだ、もう二どとやらんぞ、とイキまいた。というわけでふたりでギャアギャア言いながら立ちさったんで、おれはすごくうれしかった。なにからなにまでニガーにつみをおしつけたのに、ニガーにはなんのがいもあたえずにすんだのだから。

28

Chapter XXVIII

By-and-by it was getting-up time; so I come down the ladder and started for down stairs, but as I come to the girls' room, the door was open, and I see Mary Jane setting by her old hair trunk, which was open and she'd been packing things in it—getting ready to go to England. But she had stopped now, with a folded gown in her lap, and had her face in her hands, crying. I felt awful bad to see it; of course anybody would. I went in there, and says:

"Miss Mary Jane, you can't abear to see people in trouble, and *I* can't—most always. Tell me about it."

困ったことに

そのうちに起きる時かんになった。おれはハシゴをおりて階だんのほうへ行ったけど、女の子たちのへやのまえをとおったらドアがあいていて、メアリ・ジェーンがふるいトランクのそばにすわっていた。トランクはあいている。きっとイギリスに行くにづくりをしていたんだろう。でもいまは手をやすめて、たたんだガウンをヒザにのせ、顔を両手にうずめて泣いていた。それを見ておれはすごくつらい気もちになった。だれだってそうなる。おれはなかにはいっていって

「ミス・メアリ・ジェーン、あなたはこまってる人を見るのがガマンできないんですよね。おれもそうなんです。よかったらお話、きかせてください」と言った。

それでかのじょはきかせてくれた。おもったとおり、ニガーのことだった。イギリスに行けるのはす

ばらしいけれど、それもだいなしだとかのじょは言った。イギリスでしあわせにすごすなんてぜったいムリだとおもう、おや子がはなればなれになってももう二どと会えないとわかってるのに――そう言ってさっきよりもっとはげしく泣きだして、両手を上にあげて

「ああ、あのおや子がもう二どと会えないなんて！」とさけんだ。

「いいえ、会えます――二週かんのうちに――おれ知ってるんです！」とおれは言った。

やれやれ、かんがえるまえにコトバが出ていた！　そうして、おれがうごくまもなく、メアリ・ジェーンはおれのクビに両ウデをまきつけて言った――もう一ど言ってちょうだい、もう一ど、もう一ど！

いきなりしゃべりすぎた、言いすぎた、おれはそうさとった。こいつはややこしいことになっちまった。すいません、ちょっとかんがえさせてください、とおれが言うと、かのじょはそこにすわって、ひどくじれったそうなようす、ワクワクしたようすで、すごくりりしくて、でも歯をぬいてもらった人みたいになんとなくうれしそうでホッとしてるみたいでもあった。それでおれは、じっくりかんがえた。人げん、ピンチのときにホントのことを話すのはけっこうキケンだ。おれにはけいけんもないから、たしかなことは言えないけど、どうもそういうふうにおもえる。とはいえ今回は、どうもホントのことのほうがウソよりいいって言うか、そっちのほうがあんぜんじゃないかって気がする。これについてはアタマのなかに入れといて、いずれじっくりかんがえないといけない。なんかフシギで、フツウじゃない。こんなのって見たことない。で、ここではとにかく、よし、かけてみよう、とハラをきめた。ここはホントのことを話そう。それってまるっきり火やくのたるにすわって火ぃつけるみたいだけど、とにかく

やってみよう。そこでおれは「ミス・メアリ・ジェーン、どこか町のちょっとはずれで、あなたが三日か四日、かくれてられるとこってありませんか?」ときいた。

「ええ、あるわ——ミスタ・ロスロップのおうち。なぜ?」

「なぜはひとまず気にしないでください。いいですか、もしおれが、ニガーたちが二週かんのうちにこの家でまた会えると知ってるって言って、どうして知ってるかしょうめいしてみせたら、そしたらミスタ・ロスロップのおうちに行って、四日のあいだそこにいてくれますか?」

「四日!」とかのじょは言った。「一年だっているわ!」

「わかりました」とおれは言った。「あなたならそのコトバだけでじゅうぶんです。ほかの人げんが聖しょにキスするより、よっぽどしんようできます」。かのじょはニッコリわらって、すごくかんじよく顔が赤くなって、おれは「よかったら、ドアしめます——かんぬきもかけます」と言った。

そうしておれはもどってきて、こしかけて、言った——

「大声ださないでくださいね。じっとすわって、しっかりうけとめてくださいね。おれ、ホントのこと話さなくちゃいけないから、気をはってくださいねミス・メアリ、てゆうのはこれってわるい話で、きくのはつらいとおもうんです、でもさけようはないんです。いいですか、あなたのあの『おじさん』たち、あいつら、ぜんぜんおじさんなんかじゃないんです——ペテンしのふたりぐみなんです。さいていのサギしなんです。さ、これでさいあくのことは話しました——あとはもうわりとラクです」

もちろんかのじょは、すごいショックをうけていた。でもおれとしては、もう一せんをこえちまったからそのまますすむしかないわけで、かのじょの目がますますギラギラひかっていくのを見ながら、なにからなにまで話した。じょう気船にのろうとしてた、あのわかいトンマに出あったところから、かのじょが玄かんで王のムネにとびこんで王に十六回か十七回キスされたところまで。するとかのじょはパッと立ちあがって、夕日みたいに赤くもえる顔で

「なんてやつら！　さあ——一分もムダにできないわ——一びょうだって——あいつらにタールかけて鳥のハネでおおって、川に投げこむのよ！」と言った。

憤り

「ええもちろん。でもそれって、ミスタ・ロスロップのおうちに行くまえってことですか、それとも——」

「あ、そうだったわ」とかのじょは言った。「わたしったら、なにかんがえてるのかしら！」そう言ってまたすわった。「いまわたしが言ったこと、気にしないでね——わすれてちょうだいね——ね、そうしてくれるわよね？」そう言いながらきぬのような手をおれの手の上にやさしくのせるので、

ええ気にしません、気にするくらいなら死にますとおれはこたえた。「わたしなんにもかんがえていなかったの、あんまりこうふんしたものだから」とかのじょは言った。「さあ、つづきをきかせて。もうあんなこと言わないから。どうしたらいいかおしえてちょうだい、あなたの言うこと、なんでもするわ」

「あいてはすごい悪とうです」とおれは言った。「で、おれはですね、イヤでもおうでも、まだしばらくあいつらといっしょに旅しないといけないんです、そのわけはちょっと言えないんですけど。で、あなたがやつらのことバラしてしまうと、町の人たち、おれのこともふくろだたきにします。それでおれはかまわないんですけど、じつはもうひとり、あなたが知らない人げんで、そうなるとすごくこまったことになるのがいるんです。でね、この人げんはすくわなくちゃいけない。なので、あいつらのこと、バラすわけにいかないんです」

そうやってコトバにしてみたおかげで、おれはいいかんがえをおもいついた。ひょっとしたらこれで、おれとジムも、ペテンしどもを厄介ばらいできるかもしれない。うまくいけば、やつらをこの町の刑む所に入れて、おれたちふたりはおさらばできる。でも昼まはいかだを走らせたくない。だれかになにかきかれても、こたえるのはおれしかいないのだ。だから、これをじっこうするにしても今夜おそくなってからでないといけない。おれは言った――

「ミス・メアリ・ジェーン、どうしたらいいか言います。これなら、ミスタ・ロスロップのおうちにそんなに長くいる必ようもありません。そのおうち、どれくらいとおいんですか?」

「六キロにちょっとたりないくらい――あっちがわの、山のなかよ」

「うん、それでいい。じゃあ、いまからそこへ行って、今夜九時か九時半くらいまでかくれててください。それから、なにかちょっと用じをおもいだした、とか言って、そこのうちの人におくってもらって、またかえってきてください。十一時まえにここに着いたら、ロウソクをつけてこのマドのまえにおいてください。で、もしおれが来なかったら、十一時まで待って、それでもまだ来なかったら、それはおれがいなくなった、ぶじ逃げたってことです。そうしたら町に出て知らせてまわって、あいつらを牢やに入れてください」

「わかったわ、そうする」

「で、もしおれが逃げそこなって、あいつらといっしょにつかまったら、おれがあなたにまえもってぜんぶ話したってこと、町のみなさんに言ってくれなくちゃいけません。せいいっぱい、おれのみかたしてくれなくちゃいけません」

「もちろんみかたするわ。あなたのかみの毛一本、さわらせないわ！」そうかのじょが言いながら、鼻のあながひろがって目がギラッとひかるのが見えた。

「逃げられたら、おれはここにいないわけだから、あの悪とうどもがあなたのおじさんじゃないってことしょうめいはできません」とおれは言った。「でもここにいたらいたで、やっぱりしょうめいできないんです。あいつらがゴロツキのろくでなしだってちかうことはできますけど、それだけです。でも、おれよりもっとちゃんと、ちかえる人たちがほかにいるんです。みなさんもおれなんかよりこの人たち

どうやって見つかるか

の言うこと、ずっとしんようするはずです。どうやってその人たちが見つかるか、おしえます。えんぴつと紙、かしてください。これです――「不朽の名演、ブリックスヴィル」。これ、しまっといてください、なくしちゃいけません。さいばんとかになって、こいつらがどういう人げんか、しらべることになったら、だれかブリックスヴィルに行ってもらって、不朽の名演やったやつらをつかまえました、どなたかしょうげんに来てくださいってたのむんです。きっとあっというまに、町じゅうの人げんが来てくれます。それもみんな、ものすごくカッカして」

これで手はずはととのった、とおもって、つぎにこう言った――

「きょうばいは、そのまますすめてください、心ぱいはいりません。きょうばいからまる一日たつまではカネはらわなくていいんです、なにしろ今回は、よこく時かんがみじかかったから。そうして、やつらはカネうけとるまではここにいます。で、こうして手はうったから、売り買いはむこうになるはずで、やつらには一セントのカネもはいりません。あのニガーたちもおなじです、売り買いはむこうですから、みんなじきにかえってきます。あいつらそもそも、ニガー売ったカネだってうけとれやしません――あいつらもう八方ふさがりですよ、ミス・メアリ」

「じゃ、わたしいそいで朝ごはん食べて、すぐミスタ・ロスロップのうちに出かけるわ」

「いやいや、それじゃダメですミス・メアリ。朝ごはんのまえに行かないと」

「どうして？」

「そもそもなんでおれが、行ってくださいってたのんだとおもいます？」

「あ、そう言われると――かんがえてみたら、わからないわ。なんでなの？」

「それはですね、あなたはおもってることを、顔からかくすってことができない人だからです。あなたの顔ほどよみやすい本も、そうザラにありません。おおきなかつじみたいに、するするよめちまいます。あなた、おじさんたちがおはようのキスしにきたら、まともにうけこたえできます？　かんがえてること、おくびにも――」

「わかった、わかったわ！　朝ごはんのまえに行くわ、よろこんで。で、いもうとたちはあいつらといっしょにここへおいていくの？」

「ええ、あの人たちのことは気にしないで。もうしばらくガマンしてもらわないといけません。三人いっぺんにいなくなったら、なんかヘンだぞって、あいつらうたがうかもしれないし。とにかくあなたには、だれとも顔をあわせないでほしいんです、やつらにも、いもうとさんたちにも、町のだれにも――おじさんたちけさはどうだい、って近じょの人にきかれたら、あなたぜったい顔に出ちゃいますから。

ですからすぐ行ってくださいミス・メアリ・ジェーン、あとのことはおれがうまくやりますから。ミス・スーザンにたのんで、あいつらに言ってもらいます——ねえさんはちょっとイキぬきに何時かんか出かけましたから、でもいいし、ともだちに会いにいって今夜かあした朝はやくにはかえってきますから、でもいいし、とにかくおじさんたちによろしくって言ってましたって」

「ともだちに会いにいったって言うのはいいわ、でも、あの人たちによろしくなんて言う気はないわ」

「じゃまあ、それはよしましょう」。ここはそう言っておけばいい——べつにがいはない。ささいなことだし、メンドウでもない。世のなか、日々の道をなめらかにするのはこういうちいさなことなのだ。メアリ・ジェーンはそれで気がすむし、一セントもかからない。それからおれは「あとひとつだけ——あのカネのふくろです」と言った。

「ああ、あれはあいつらがもってるのね。わたし、ほんとにはずかしいわ、あいつらがあれ、どうやって手に入れたかをかんがえると」

「いいえ、ちがいます。あいつら、もってません」

「え、じゃ、だれがもってるの？」

「おれにわかってるといいんですけど、わかんないんです。まえはわかってたんですけど——おれ、じぶんであいつらからぬすんだから。あなたにかえすために、ぬすんだんです。じぶんがどこにかくしたかまではわかるんだけど、もうそこにないかもしれないんです。ほんとにごめんなさいミス・メアリ・ジェーン、心そこもうしわけなくおもってます。でもおれとしてはせいいっぱいやったんです。ホントです。見つかりそうになったんで、とっさに目についたところにかくして逃げるっきゃなかったんですけど、それがあんまりいい場しょじゃなくて」

「ダメよ、そんなふうにじぶんをせめちゃ――そういうのはよくないわ、わたしがゆるさないわ。あなたにはどうしようもなかったのよ、あなたのせいじゃないのよ。で、どこにかくしたの？」

かのじょがまた厄介《トラブル》のことをかんがえはじめるのは、おれとしてはさけたかった。あの死たいがかんおけのなかによこたわっていて、ハラの上にあのカネのふくろがのってる――そういう場めんが見えてくるようなことをかのじょに言おうにも、口がうごかせそうになかった。それで、すこしのあいだ、おれはなにも言わなかった。それから、こう言った――

「わるいけどミス・メアリ・ジェーン、どこへおいたか言うのは、ちょっとカンベンしてほしいんです。でもよかったら、紙に書きますから、ミスタ・ロスロップのおうちに行くとちゅうでよんでもらえば。それでいいですか？」

「ええ、いいわ」

とゆうわけでおれはこう書いた。「カネのふくろはかんおけのなかに入れました。あなたが夜なかにあそこで泣いていたときには、まだはいってました。おれはドアのかげにかくれていて、あなたのことホントに気のどくだとおもってたんです、ミス・メアリ・ジェーン」

夜なかにかのじょがひとりで泣いてたことをおもいだし、あのアクマどもがかのじょの家のやねの下でねていて、かのじょをおとしめて、かのじょからすべてをうばおうとしていたことをおもいだすと、

紙に書く

おれの目がすこしうるんできた。書いた紙をたたんでわたすと、かのじょの目もうるんでるのが見えた。そしてかのじょは、おれの手をぎゅっときつくにぎって

「さようなら。すべてあなたに言われたとおりにやるわ。もしもう二どと会えなくても、あなたのことはわすれないわ。あなたのこと何ども何どもかんがえて、あなたのためにおいのりするわ！」――そう言ってメアリ・ジェーンは出ていった。

　おれのためにおいのりする！　おれがどういう人げんかわかったら、もっとじぶんの身のたけにあったシゴトをこの人はさがすだろう。でもきっと、かのじょはおれのこと、いのってくれたとおもう。そういう人なのだ。やろうときめたら、ユダのためにだっていのるどきょうがあるとおもう。一どきめたら、あとへはひかない。人がどう言おうとかってだけど、おれに言わせれば、かのじょはとにかくゆうきのある人だった。なんかそう言うとおべんちゃらみたいだけど、そうじゃない。それに、うつくしさでも――そうしてぜんりょうさでも――だれより上だった。かのじょがあのへやから出ていったあと、おれは一どもかのじょに会っていない。そう、あれがさ

いごだったのだ。でもおれはかのじょのこと、おれのためにおいのりするってかのじょが言ってくれたってゆうことを、何百万、何千万回かんがえたとおもう。これでもし、おれなんかがかのじょのためにいのってたしになるっておもえたら、ぜったいおれも、めいっぱいいのったはずだ。

だれにも見られなかったみたいだから、メアリ・ジェーンはたぶんウラから出ていったんだとおもう。

おれはスーザンとみつくちと顔をあわせると
「川むこうのさ、あんたらがよく会いにいく人たち、なんて言うの?」ときいた。

ふたりは
「何人もいるわよ。でもたいていは、プロクターさんとこね」と言った。

「そうそう、その人たち」とおれは言った。「きいたんだけどわすれちゃって。ミス・メアリ・ジェーンがね、大いそぎでそこに行ったって、みんなにつたえてくれって——なんでも、だれかがびょう気なんだって」

「どの人が?」

「わかんない。ちょっとどわすれしちゃって。でもたしか——」

「ねえ、ひょっとして、ハナーじゃないでしょうね?」

「ざんねんながら、そう、そのハナーだった」

「なんてこと——一週かんまえはあんなに元気だったのに! すごくわるいの?」

「びょう気の名まえもわからないらしいよ。ミス・メアリ・ジェーンが言うには、みなさんひと晩じゅ

おたふくハナー

うかんびょうしてたんだけど、もう何時かんももちそうにないって」

「まあ、そんな！　いったいどこがわるいの？」

おれはマトモなこたえがすぐにおもいつかなかったので
「おたふくかぜ」と言った。

「なんでおたふくかぜなのよ！　おたふくかぜにかかった人げん、ひと晩じゅうかんびょうしたりしないわよ」

「いやいや、この手のおたふくかぜでは、するんだよ。このおたふくかぜはちがうんだ。あたらしいしゅるいなんだって、ミス・メアリ・ジェーンが言ってたよ」

「どこがあたらしいのよ？」

「ほかのいろんなびょう気がまざってるんだ」

「どんなびょう気よ？」

「ええと、はしかと、百日ぜきと、たんどくと、けっかくと、おうだんと、のうえんと、ほかにもいろいろ」

「まあ！　それをおたふくかぜって言うわけ？」

「ミス・メアリ・ジェーンはそう言ってたよ」

「なんだってそんなの、おたふくかぜって言うのよ？」

「そりゃあ、おたふくかぜだからだよ。そこからはじまるんだ」

「そんなのスジとおらないわよ。だれかが足のユビをなんかにぶつけて、どくのんで、井戸に落ちて、クビのホネ折って、のうミソがとびちって、だれかがそこへ来てこの人なんで死んだんだいってきいて、どっかのアホウが『いやそれが、足のユビぶつけまして』って言ったら、そんなのスジとおらないでしょ？　とうぜんよ。で、これだってやっぱりスジとおんないわよ。で、それってうつるの？」

「うつるかって？　そりゃもう、ハロー〔砕土機〕に暗やみで行きあたるみたいなもんさ。ハローの一コの歯にひっかからなくても、べつの歯につかまっちまうだろ？　その歯ひっかかったままうごこうとおもったら、ハローまるごと、もってくしかないだろ？　でさ、この手のはしかも、言ってみりゃハローみたいなもんなんだよ。それも、そんじょそこらのハローとはちがう——一どひっかかったら、もうそれっきり逃げらんない」

「なんかとにかく、ずいぶんひどそうね」とみつくちが言った。「あたしハーヴィーおじさんのとこ行って——」

「あああ、そうだともさ」とおれは言った。「おれならそうするね。ぜぇったいそうする。いますぐすっとんでくともさ」

「じゃああんた、そうすりゃいいじゃない」

「まあちょっとかんがえてくれよ、かんがえりゃわかるから。あんたらのおじさんたち、いっこくもはやくイギリスにかえらなくちゃいけないわけだろ？　でさ、おじさんたち、あんたらをおきざりにして、おまえたちだけであとからかってに来なさいなんて言うか？　そんなにつめたい人たちか？　いいや、とうぜんあんたらのこと、待ってくれるさ。そこまでは万じけっこう。で、あんたらのハーヴィーおじさん、せっきょうしだろ？　それでさ、せっきょうしがじょう気船のかかりいんをだますとおもうかい――メアリ・ジェーンを船にのせるために？　そりゃあないだろ。じゃあおじさん、どうするか？　そりゃこう言うさ、『ざんねんだが、わたしのきょう会はわたしぬきでがんばってもらうしかない。なにしろわたしのめいはおそろしいプルリブス・ウヌムはしかにせっしてしまったから、わたしもここにとどまって三か月待つのがつとめだ、かのじょがかんせんしたかどうかわかるまでにそれだけかかるのだから』[1]――きっとそう言うさ。でもいいよいいよ、ハーヴィーおじさんに知らせるほうがいいってあんたらがおもうんだったら――」

「ジョーダンじゃないわよ、あたしたちみんなイギリスでたのしくやれるってのに、ここでウロウロして、メアリ・ジェーンがかんせんしたかどうかわかるまで待つってーの？　バッカバカしい」

「まあとにかく、近じょの人には言ったほうがいいかもね」

「なに言ってんのよ？　あんたってほんと、もうサイコーのバカだわね。近じょのだれかに言ったら、みんなに言いふらすにきまってるでしょ、それくらいわかんないの？　ここはもう、だれにも知らさずにだまってるっきゃないのよ」

「うん、ま、そうかもな――うん、そのとおりだとおもう」

「でもとにかく、メアリ・ジェーンが出かけたってことは、ハーヴィーおじさんに言ったほうがいいわよね、じゃないと心ぱいするでしょ？」

「うん、ミス・メアリ・ジェーンもね、そうしてくれって言ってた。『いもうとたちに言ってくださいな、ハーヴィーおじさんとウィリアムによろしくつたえてちょうだい、わたしは川むこうのミスタ――ミスタ――えっと、ピーターがすごくたいせつにおもってたおカネもちの家、なんて言ったっけ？　だから、ほらあの――」

「あ、アプソープさんね？」

「それそれ、ったくおぼえにくい名まえだよな、すぐわすれちまうんだ。だから言ってたんだよミス・メアリが、川むこうのアプソープさんのところへ行きます、きょうばいにかならず来てもらってこの家を買ってくださいねってたのみにって。ピーターおじさんはきっと、だれよりもアプソープさんにこの家のもちぬしになってほしかったはずだ、そうミス・メアリ・ジェーンはおもったんだよ。来るって言

1　「エ・プルリブス・ウヌム」といえばアメリカの硬貨に書かれている「多から成る一」の意のラテン語で、いかなるはしかとも関係はない。「いろんなびょう気がまざってる」はしか、という意味をハックがとっさにこめたという可能性もなくはないが……。

競売

ってもらえるまで、ねばるつもりなんだ。で、そんなにつかれてなかったら、夜のうちにここへかえってくる。もしつかれてたら、ひと晩とまって、あしたの朝にはかえってくる。プロクターさんちのことは言わないで、アプソープさんちのことだけつたえてちょうだいって言ってたよ。で、それはぜんぜんウソじゃない――だってほんとにアプソープさんのとこへ行くんだからね、家を買ってくださいってたのみに。これはたしかだよ、なにしろミス・メアリ・ジェーンがじぶんでおれに言ったんだから」

「わかったわ」とふたりは言って、メアリ・ジェーンがよろしくと言っていました、かくかくしかじかの伝ごんをことづかりましたと知らせようと、おじさんたちがあらわれるのを待とうと出ていった。

これでだいじょうぶ。いもうとたちはなにも言わないはずだ。なにしろふたりともイギリスへ行きたくてしかたないんだし、王と公しゃくだって、メアリ・ジェーンがドクター・ロビンスンのまわりをウロチョロするより、きょうばいの用じでよそへ出かけてるほうがうれしいにきまってる。おれはすごくいい気ぶんだった。けっこううまくやった、とわれながらおもった。トム・ソーヤーだってこれ以上うまくはやれないはずだ。もちろんトムだったら、もっとあれこれかっこうをつけるだろうけど。おれはそういうのあんまりとくいじゃない——そういうふうにそだてられてないから。

で、きょうばいは町の広ばで、夕がた近くまでつづいた。ズルズルズルズル、おそろしく長びいて、王もさもしんじんぶかそうな顔して、きょうばい人とならんでだんに上がって、ときどき聖しょのコトバとか、なんかいかにもきよいこと言ったりして、公しゃくもそのへんにいてグーグー言ってせいいっぱいどうじょうあつめて、とにかくとことんがんばってた。

けどそのうちにやっとすんで、すべて売りはらわれた。ただし、はかばのふるいちいさな区かくだけは売れなかった。そうしたらやつらは、それもだれかに売りつけようとした。まったくあの王みたいなごうつくばり見たことない。で、連中がそうやってふんとうしてるさいちゅう、じょう気船が着いて、二分もしないうちに人のむれがやってきて、みんなワーワーさけんでギャアギャアわめいてゲラゲラわらってさわぎまくってる。そいつらはこう高らかに言った——

「さあさあ、どっちにかける？　ピーター・ウィルクスじいさんのそうぞく人が二くみあらわれたぞ——カネはらって、好きなほうにかけな！」

Chapter XXIX

The* was fetching a very nice looking old gentleman along, and a nice looking younger one, with his right arm in a sling. And my souls, how the people yelled, and laughed, and kept it up. But I didn't see no joke about it, and I judged it would strain the duke and the king some to see any. I reckoned they'd turn pale. But no, nary a pale did *they* turn. The duke he never let on he suspicioned what was up, but just went a goo-gooing around, happy and satisfied, like a jug that's googling out buttermilk; and as for the king, he just gazed and gazed down sorrowful on them new-

本物の兄弟

29

連中はすごくりっぱな見かけの年よりのしんしと、やっぱりりっぱな見かけのもうすこしわかいしんしをつれてきていて、わかいほうは右ウデをホウタイでつっていた。いやそれにしてもみんなギャアギャアわめいたこと、ゲラゲラわらったこと、それがまたいつまでもやまない。でもおれにはジョーダンにはおもえなかったし、きっと公しゃくと王だっておなじだろう。ふたりとも青くなるにちがいない。ところがどっこい、どっちもぜんぜんへいきな顔してる。公しゃくなんか、なにがどうなってるのかまるっきりわからないふりして、あいかわらずうれしそうな顔で、バタミルクの出てくるツボみたいにグーグー言いながらあるきまわってるし、王は王でただただかなしげにあたらしく来た連中を見ていて、この世のなかにこんなペテンしや悪とうがいるかとおもうとムネがハラいたになると言わんばかりの顔してる。いやあ、大したもんだった。町のおもだった人たちが王のまわりにあつまってきて、わたしらはあんたのみかただよ、って顔でつたえていた。で、来たばかりの年とったしんしは、もう死ぬほどめんくらってるようすだった。じきにこの人が話しはじめて、ひとこときいただけで、こりゃあイギリス人みたいだっておれにもわかった。王とはぜんぜんちがう——まあ王も、マネにしてはけっこううまいけど。このご老たいが言ったコトバはおれにはくりかえせないし、しゃべりかたもマネできないけど、とにかくこの人はみんなのほうを向いて、だいたいこんなようなことを言った——

「かようなじたいは予そうしていなかったのでおどろいております。そっちょくにもうしあげて、わたくし、これにたいしょするにふさわしいじょうたいではございません。ともうしますのも、わたくしもおとうとも、道中さいなんにあいまして。おとうとはウデを折りましたし、わたくしどものにもつも、さくや夜なかにあやまってこの上流の町でおろされてしまいました。わたくしはピーター・ウィルクスのおとうとのハーヴィー、こちらが下のおとうとのウィリアムです。おとうとは耳がきこえず口もきけませんし、いまは片手しかつかえませんので手《しゅ》わもままなりません。わたくしどもは名のったとおりの人げんです。一日か二日してにもつがとどきましたらしょうこもお見せできます。ですがそれまでは、もうなにももうさず、ホテルに行って待つことにいたします」

　というわけでこの人とあたらしいだんまりとで立ちさろうとすると、王がクックッとわらって、こうまくしたてた——

「ふん、ウデを折っただと——そうだろうともさ！　なんてつごうのいいこった、手わをまだおぼえてないペテンしにはぜっこうの言いわけさ。にもつをなくした！　これもうまいもんだ――じつに気がきいてる――大したもんだ！」

そう言って王はまたわらった。それにあわせてほかのみんなもわらった。けど三、四人は、いや六人くらいは、わらわなかった。そのうちのひとりがれいのドクターで、もうひとりはアタマの切れそうなかんじのしんしで、ジュウタンきじのふるくさい旅行カバンをもってる。この人もさっきじょう気船からおりてきたばかりで、いまはドクターと小ごえで話していて、王のほうをチラチラ見ながらうなずきあっている。リーヴァイ・ベルって名まえの、ルイヴィルに行ってた弁ご士だ。そしてもうひとり、大男であらっぽそうな人がまえに出てきて、年ぱいのしんしが言うことをじっときいて、いまは王の言うことをきいていた。そして王が話しおえると、この大男が口をひらいて
「ようあんた、あんたがハーヴィー・ウィルクスなんだったら、いつこの町に来た？」ときいた。

「そう式のまえの日ですよ」と王は言った。

「で、何時ごろ？」

「夕がたです。日がしずむ一時かんか二時かんまえ」

「どうやって来たのかね？」

「スーザン・パウエル号にのってですよ、シンシナティから」

「じゃあなんで朝にあすこのみさきにいたんだ――それもカヌーで？」

「朝にみさきなんかにいやしません」

「ウソだ」

何人かがとびあがって、おいおいそんな口のききかたよせよ、あいてはお年よりで牧しさんなんだぞと言った。

「なぁにが牧しだ、こいつはペテンしのウソつきだよ。こいつはあの日の朝にみさきにいたんだ。おれはあそこにすんでるんだ、みんな知ってるだろ？　あの朝おれはあそこにいて、こいつもあそこにいたんだ。おれは見たんだ。こいつはカヌーにのってきたんだよ、ティム・コリンズと、もうひとり、男の子と」

するとドクターが
「もう一どその子を見たらわかるかね、ハインズ？」ときいた。

「わかるとおもうけど、どうかなあ。あっ、なんだ、そこにいるじゃねえか。すぐわかったよ」

そいつはおれをユビさしたのだ。するとドクターが言った——

「町のみなさん、あたらしいふたり組がペテンしかどうか、わたしにはわからん。だけどこいつらがペテンしでないとしたら、わたしはまるっきりのノータリンだよ。ここはひとつ、きっちりしらべあげるまで、こいつらを逃がさずにおくのがわたしらのぎむじゃないかね。来たまえ、ハインズ。みなさんも来なさい。こいつらをはたごにつれていって、あたらしいふたりとたいめんさせるんだ、きっとなにかわかるさ」

みんなものぞむところだった——まあ王にみかたした連中はそうでもなかったけど。とにかくゾロゾ

ハックを引っぱっていくドクター

ロ出かけた。日がしずむのもうじきだった。ドクターはおれの手をつかんで引っぱっていった。すごくやさしかったけど、手はぜったいはなさなかった。

みんなでやどやのおおきなへやにはいって、ロウソクを何本かつけて、あたらしいふたり組をつれてきた。

まずドクターが、王と公しゃくのほうを見て言った――

「このふたりにあんまりつらくあたりたくはないが、こいつらはペテンしだとわたしはおもうし、わたしらがぜんぜん知らないなかまもいるかもしれない。もしいたら、そのなかまが、ピーター・ウィルクスののこした金かのふくろをもって逃げてしまうおそれはないか？　ないとは言えないぞ。もしこいつらがペテンしじゃないんだったら、じぶんたちのけっぱくがしょうめいされるまで、あのカネをわたしらが家までとりに行ってここにおいておくと言ってももんくはないはずだ――そうじゃないか？」

そうだそうだ、とみんなが言った。しょっぱなから王と公しゃくが追いこまれたぞ、とおれもおもった。ところが王は、かなしそうな顔をしただけで、こう言った——

「みなさん、わたくしとしてもあのカネが家にあったらとおもいます。みなさんがこのあさましい一けんをどうどうと、フェアに、てっていてきにちょうさなさるのをジャマするようなことは、わたくしとしてもしたくありませんから。ですが、ああ、カネは家にはないのです。ウソだとおもったら見てくるといい」

「じゃあどこにあるんだ？」

「こういうことなんです。あたしたちのかわりにもっていてください、とめいからうけとったカネを、わたくしはベッドのワラのなかにかくしました。ここには何日もいないので銀こうにはあずけたくなかったし、ベッドならあんぜんだろうとおもったのです。わたくしどもはニガーになれておりませんもので、イギリスのめしつかいとおなじに、やつらも正じきだろうとおもったのです。ところがすぐつぎの朝、わたくしが下におりておったあいだに、たちまちニガーたちにカネをぬすまれてしまいました。やつらを売ったときには、なくなっていることにまだ気づいておらなかったものですから、あっさりもち逃げされてしまったのです。こまかいことは、みなさん、わたくしのめしつかいにきいていただければごせつめいいたします」

ドクターと、それ以外にも何人かが「ふん！」と言って、だれもすっかり信じてはいないのがおれにもわかった。ひとりがおれに、おまえ、ニガーどもがカネをぬすむの見たのかときいた。おれはそれにこたえて、見てません、でもあいつらがコソコソへやから出てきてそうっといなくなるのは見ました、べつになんともおもわなかったんです、きっとおれのご主人を起こしてしまったんでしかられるまえにさっさといなくなろうとしてるんだっておもったんで、と言った。それ以上はきかれなかった。と、ドクターがおれのほうにくるっと向きなおって
「おまえもイギリス人か？」ときいた。

そうです、とこたえるとドクターもほかの何人かもわらって、「バカバカしい！」と言った。

で、ちょうさがはじまって、これがもう、とことんなにからなにまでしらべて、一時かん、二時かん、えんえんつづいて夕メシのゆの字も出てこなくて、だれもそんなことかんがえてもいないみたいで、とにかくズルズルズルズルズル、あんなにこんがらがった話はきいたことない。連中は王に話をさせて、年ぱいのしんしに話をさせて、それをきけば、よっぽどへんけんにこりかたまったアホウでもないかぎり、しんしがホントのこと言っていて王が言ってないことはわかったはずだ。そのうちにおれもあれこれきかれて、なにを知ってるかしゃべらされた。王が目のはじからいんけんな目つきでこっちを見てたんで、おれも王に話をあわせるだけのチエははたらいた。まずシェフィールドのことからはじめて、そこでどんなふうにくらしていて、イギリスのウィルクス一ぞくがどんな人たちで、うんぬんかんぬん。でもそんなにすすまないうちにドクターがわらいだした。そうして弁ご士のリーヴァイ・ベルが言った――

「ぼうや、すわんなさい。わたしがきみだったらムリはしないね。どうやらきみはウソをつくのになれていない。どうにもぎこちない。れんしゅうがたりないんだよ。まるっきりみじゅくだ」

そんなふうにホメられてもうれしくなかったけど、もうしゃべらなくていいのはありがたかった。ドクターがなにか言おうとしたけど、それから向きなおって「なあリーヴァイ・ベル、もしきみがはじめから町にいたら――」

と言いかけたところへ王がわってはいって、片手をさしだし

「なんと、あなたが、いまは亡き兄がいつも手がみで書いていた長年のおともだちなのですか？」と言った。

弁ご士と王はあく手して、弁ご士がにっこりわらい、ゆかいそうな顔して、ふたりでしばらくしゃべってたけど、そのうちふたりでわきへ行って小ごえで話しはじめた。やがてやっと弁ご士が声をあげて

「それできまる。わたしがちゅうもんをおあずかりして、おとうとさんのといっしょにおくります。それでせんぽうもなっとくするでしょう」と言った。

というわけで紙とペンを出してきて、王はすわって、クビをヨコにかしげて、舌をかんで、サラサラッとなにか書いた。そうしてペンを公しゃくにわたすと、ここではじめて公しゃくは、本気でげんなりした顔になった。それでもペンを手にとって、書いた。つぎに弁ご士があたらしい年ぱいのしんしのほうを向いて

「すみませんがごきょうだいおふたりとも、なにか一行、二行字を書いて、その下にしょめいしていただけますか」と言った。

しんしはなにか書いたけど、だれもよめなかった。弁ご士はすごくビックリした顔をして

書く公爵

「うーん、こりゃまいった」と言って、ポケットからふるい手がみをどっさり出して、年ぱいのしんしの書いた字をしげしげとながめて、また手がみを見て、それから「このふるい手がみはハーヴィー・ウィルクスから来たものです。そしてこれがこっちのふたりのひっせきです。こいつらが手がみを書いたんじゃないことはだれだってわかるはずです」(いやあ、さすがの王と公しゃくも、こいつはやられた、いっぱいくわされたって顔したね)。「そうしてこっちがこのご老たいのひっせきで、だれだってわかるはずです、このかたが書いたんじゃないってことも――それどころかこのかたの書いたもの、そもそも字とは言えません。いいですか、ここに手がみが――」

あたらしい年ぱいのしんしが言った――

「ごせつめいします。わたくしは字がきたなくて、書いたものはおとうとしかよめないのです。ですからわたくしが書いて、おとうとがせいしょしてくれるのです。そこの手がみにあるのは、わたくしのではなくおとうとのひっせきです」

「こりゃまいった！」と弁ご士は言った。「なんてややこしい話だ。ですがウィリアムの手がみもいくつかあります。だからウィリアムにも一、二行書いてもらえば、これとくら――」

「おとうとは左手じゃ書けません」と年ぱいのしんしが言った。「右手がつかえさえしたら、じぶんの手がみもわたくしの手がみもすべておとうとが書いたこと、おわかりいただけるんですが。手がみをごらんになってください――ほら、どっちもおなじひっせきでしょう」

弁ご士はりょうほうを見くらべて、言った――

「どうやらそのとおりです。まあかりにそうじゃないとしても、たしかにいままでおもっていたよりずっとにています。いやいや、こまった！　いいおもいつきだとおもったんだが、あんしょうにのりあげてしまいました。ですがとにかく、ひとつのことはしょうめいされました。こいつらふたりはどっちもウィルクスじゃない」――そう言って弁ご士はアゴで王と公しゃくをさした。

で、どうおもう？　あのごうじょっぱりのジイさん、これでもまだねをあげない！　そうなのだ。こんなやりかたじゃわかりませんよ、と王は言った。なにしろウィリアムはですね、もうサイコーにジョーダン好きの男でして、いまさっきもふざけて書いたんです、いやわたしにはわかりましたよ、こいつがペンを紙にあてたとたん、こりゃまたふざけるぞって。とかなんとか王はえんえんしゃべくって、そのうちにじぶんでもじぶんの言っていることを信じはじめたとおもうけど、そのうちにあたらしい年ぱいのしんしがわりこんで

「ひとつおもいつきました。どなたかこのなかで、わがきょうだ――亡きピーター・ウィルクスのまいそうのしたくを手つだってくださったかたはいらっしゃいますか？」ときいた。

「いますよ」とだれかが言った。「おれとアブ・ターナーが手つだいました。ふたりともここにいます」

　するとご老たいは王のほうを向いて
「よろしかったら、兄のムネにどんなイレズミがあったか、言ってくださいますかね？」と言った。

　さあたいへん、とつぜんそんなことときかれて、ここは王としてもものすごくはやくかんがえないといけない。じゃなきゃきりたった土手が下から川にくいこまれたみたいに、なにもかもくずれ落ちちまう。こんなのいきなり言われたら、ほとんどだれだってくずれちまう――どんなイレズミがあったかなんて、どうして王にわかる？　王の顔からさすがにすこし血の気がひいた。そりゃそうだろう。そうしてあたりはしんとしずまりかえって、みんないくぶん身をのりだしてじいっと王を見ている。これでさすがに王もこうさんするだろう、もうムリだ、とおれもおもった。で、王はこうさんしたか？　信じられないけど、しなかった――きっととにかくなんかしゃべりつづければ、みんなそのうちくたびれて、だんだん人もへってくるだろうから、そしたら公しゃくとふたりでスキを見て逃げればいいとでもおもったんだろう。とにかく王はそこにすわったまま、じきにえがおまでうかべて、こう言った――

「ふむ！　これはなかなかなんもんですな！　はい、もちろん言えますとも、兄のムネになにがイレズミされていたか。それはですね、ちいさな、ほそい、青い矢です――そうなんです。じっくり見ないと見えません。さあ、どうです？」
いやほんとに、あんなにずうずうしいはじ知らず、見たことない。あたらしい年ぱいのしんしはさっとアブ・ターナーとあいぼうのほうを向いて、こんどこそこいつのシッポをつかまえたぞってゆう顔で目をギラギラひからせ
「さあ――きこえましたね！　ピーター・ウィルクスのムネに、そんなしるしはありましたか？」ときいた。
ふたりともどうじに
「そんなしるし、見ませんでした」と言った。
「けっこう！」と年ぱいのしんしは言った。「ではあなたがたがじっさいなにを見たか、言ってみせましょう。ぼんやりちいさいPの字と、Bの字と（これはピーターがわかいころにつかわなくなったイニシャルです）、Wの字で、あいだにダッシュがはいっています。P―B―W」――そう言いながら、紙に書いてみせた。「どうです、見たのはこれじゃないですか？」
ふたりともまたどうじに
「いえ、ちがいます。なんのしるしも見ませんでした」とこたえた。
いやあ、もうひとりのこらずコーフンしきって、口々に
「こいつらみんなペテンしだ！　川にぶちこめ！　おぼれ死にさせろ！　町じゅう引きまわすんだ！」
とさけんで、みんないっぺんにワーワーどなってギャアギャアしゃべりまくった。でもそこで弁ご士が

「みなさん——みなさん！」

テーブルの上にとびのって、声をはりあげた——

「みなさん——みなさん！　ひとことだけきいてください——**どうか**きいてください！　まだひとつやりかたがあります。死たいをほりだして、見てみるのです」

これにはみんなとびついた。

「いいぞ！」とだれもがさけんで、すぐにも行こうとしたけど、弁ご士とドクターがまた声をはりあげて

「待って、待って！　こいつら四人と男の子をしばりあげて、いっしょにつれてくんです！」と言った。

「いいとも！」とみんなさけんだ。「しるしが見つからなかったら、全いんリンチだ！」

これをきいておれはすっかりビビってしまった。でも逃げようはない。おれたち五人ともがっちりつかまえられて、川を二キロ下ったあたりにあるはかばまでまっすぐあるかされた。なにしろすごいさわぎだし、まだ夜の九時なんで、町じゅうの人げんがついてきた。

家のまえをとおったとき、ああメアリ・ジェーンを町の外に行かせるんじゃなかった、とおれはおもった。いまあの人がいてくれたら、目くばせしただけでさっと出てきておれをたすけてくれて、こいつらの悪とうぶりをあばいてくれるのに。

で、川ぞいの道を、みんなヤマネコみたいにさわぎながら下っていったんだけど、空が暗くなってきてイナズマはピカピカひかるし風がざわざわ木の葉をゆらすしで、なんだかますますおっかなかった。おれにとっては人生さいだいの、さいこうにキケンな厄介《トラブル》だった。なにもかも、おもってたのとはぜんぜんちがうほうにすすんでいて、なんだかもうアタマがぼうっとしてしまった。しっかりしくんで、好きなだけゆっくりりやれて、万じはたからのんびりながめて、なにかあったらメアリ・ジェーンがうしろについていてたすけてくれる、なんてとんでもない。もういまじゃおれのいのちは、そのイレズミとやらで、かろうじてつながってるだけなのだ。もしそのしるしがなかったら――

かんがえるのもたえられなかった。けどじゃあ、なにかほかのことかんがえられるかっていうと、それもできない。あたりはどんどん暗くなっていって、こっそり逃げるにはぜっこうの時かんなんだけど、例の大男――ハインズ――に手クビをがっちりつかまれて、逃げだそうにもゴリアーから逃げだそうとするみたいなものだ〔旧約聖書でサムエルに殺される巨人ゴリアテの言い違い〕。なにしろハインズときたら、えらくコーフンしていてぐいぐい引っぱるもんだから、こっちは走らないと追いつかなかった。

たどり着くとみんなはかばになだれこんで、波が寄せるみたいにさーっとひろがっていった。さがしてるはかが見つかると、必ようなかずの百ばいくらいシャベルがあるのに、ランタンをもってくることはだれもおもいつかなかったことがわかった。それでもめげずにイナズマの光をたよりにほりはじめて、一キロばかりはなれたもよりの家にだれかがランタンをかりに行った。

ひっしでほりにほってるうちに、ひどく暗くなってきて、雨もふりだして、風がヒューヒューふいてきて、イナズマはますますひんぱんにひかってカミナリも鳴った。でもみんなそんなのおかまいなしで、むちゅうになってほってる。パッとひかって、なにもかもが見えて、大ぜいいるひとりひとりの顔が見えるしシャベルですくった土がはか穴からまい上がるのも見えたけど、つぎのしゅんかんにはもう、やみがすべてをおおって、まるっきりなにも見えない。

やっとのことでかんおけを穴から出して、フタのねじをゆるめはじめると、みんなひと目見ようとわれもわれもと寄ってきて肩で押しあいヒジでつつきあい、いやもうすさまじいったらない。これをまっくらななかでやってるんで、よけいにブキミだった。おれはハインズにぐいぐい引っぱられて手クビがいたくてたまらなかったけど、むこうはすっかりコーフンしてハアハアとイキもあらく、こりゃおれのことなんてすっかりわすれてるなとおもえた。

と、とつぜんイナズマがかんぺきにまっ白い光を落として、だれかが

「こりゃたまげた、金かのふくろがピーターのムネの上にあるぞ！」とさけんだ。

ハインズもほかの連中とおなじにワーッと声をあげておれの手をはなして、ひと目見ようと人波のなかに押しいっていった——いやそのときのおれの逃げっぷり、ありゃぁわれながらすごかった。

道にはほかにだれもいなくて、おれはとぶように走った。まわりはいちめんのやみ、ときおりピカッ

とくる光、ザアザアふる雨、ふきあれる風、耳をつんざくカミナリ、おれはひっしで走った！

町に着くと、なにしろ嵐でひとりも外に出てないから、ウラ道とかをさがす必ようもぜんぜんなくて、おもて通りをまっしぐらに走って、家が近づいてくると、おれはそっちにしっかり目を向けた。ひとつのあかりもついてなくて、家じゅうまっくらだ――それを見るとなぜかおれはガッカリした気もちになった。でもそのうち、ちょうど家のまえをかけぬけてるさいちゅう、メアリ・ジェーンのへやのマドがキラッとひかった！　おれはもうムネがいっぱいになって、はりさけそうになって、それとどうじに、家からなにからおれのうしろでやみにつつまれた。もう二どと、この家がおれの目のまえにあらわれることはない。メアリ・ジェーン、あの人はおれがいままでに出あっただれよりもすばらしい、だれよりもゆうきある女の人だった。

町からじゅうぶん川上に出て、ここからならもうあの砂すに行けるとわかると、はいしゃくできるボートはないかとおれはあたりを見まわした。イナズマがピカッとひかって、クサリにつながれてないのが一そう見えたとたん、そいつをひっつかんで押しだした。それはカヌーで、ナワでつないであるだけだった。砂すのある川のまんなかまで、まだずっととおいけどグズグズしちゃいられない。ようやっといかだにたどり着くと、もうヘトヘトで、できることならその場で大の字になってひとイキつきたかったけどそんなわけにはいかない。おれはいかだにとびのったとたん

「出てこいジム、いかだを出せ。よろこべ、やっとあいつらとおさらばできるぞ！」とさけんだ。

ジムはとびだしてきて両ウデをひろげておれのほうにとんできて、ものすごくよろこんでたけど、イ

「ジムはとびだしてきて……」

ナズマがひかってパッとジムのすがたが目にはいって、おれはもう心ぞうが口からとびだしそうになって、ザブンとうしろむけに水のなかに落ちてしまった——ジムがリア王とエイラブ人のでき死たいとを足して二でわったみたいになってることをおれはすっかりわすれていたのだ。ギャッ、とあやうくその場でショック死しちまうところだった。でもジムはおれを水からすくいあげて、おれをハグしよう、おれをほめたたえようとした——とにかくおれがもどってきたこと、王と公しゃくからおさらばできることを、おもいっきりよろこんでいたのだ。でもおれは

「あとにしろ、ジム——いまはそれどころじゃねえって！　ナワをほどけ、川に出るんだ！」と言った。

とゆうわけで二びょうあとにはもうおれたちは川に出て、するすると流れを下っていた。おおきな川の上でまた自由になって、ふたりきり、だれにもジャマされないってのはほんとに気もちがよかった。

おれもおもわずぴょんぴょんはねて、かかとを鳴らさずにいられなかった。けど三回鳴らしたあたりで、すごくききおぼえのある音が耳にはいった——おれはイキをひそめて、耳をすまして、待った——あんのじょう、次にピカッときて川一面がてらされると、やつらが来た！——ひっしにオールをこいで、ぐんぐんせまってくる！　王と公しゃくだった。

　おれはヘナヘナといかだにすわりこんで、かんねんした。泣きださずにいるだけでせいいっぱいだった。

Chapter XXX

they got aboard, the king went for me, and shook me by the collar, and says:

"Tryin' to give us the slip, was ye, you pup! Tired of our company—hey?"

I says:

"No, your majesty, we warn't—*please* don't, your majesty!"

"Quick, then, and tell us what *was* your idea, or I'll shake the insides out o' you!"

"Honest, I'll tell you everything, just as it happened, your majesty. The man that had aholt of me was very good to me, and kept saying he had a boy about as big as me that died last year, and he was sorry to see

ハックを揺する王

30

ふたりはいかだにのりこんできて、王がおれにつかみかかって、えりクビをゆすって

「この小ぞう、逃げようとしやがって！　わしらといるのはつかれたってのか、え？」と言った。

おれは

「いいえユア・マジェスティ、ちがいます——どうかかんべんしてください、ユア・マジェスティ！」と言った。

「じゃあさっさとこたえろ、どういうつもりだったんだ、こたえねえと、内ぞうがとび出るまでゆすぶってやるぞ！」

「ぜんぶありのままにお話しします、ユア・マジェスティ。おれをつかまえてたあの男の人、あの人がすごくしんせつで、わたしにもきみくらいのむすこがいたんだが、きょねん死んでしまったんだ、きみがこんなあぶない目にあってるのを見るのはしのびないって言って、金かが出てきてみんなぎょうてん

してかんおけにとんでったときに、おれをつかんでた手をはなしてヒソヒソ声で『さあ、逃げろ、さもないときみはしばりクビだぞ！』って言ってくれたんでおれはいちもくさんに逃げたんです。おれ、なんにもできないからあすこにいてもいいことなさそうだったし、しばりクビはできればねがいさげでしたし。で、カヌーが見つかるまでずーっと走りつづけて、カヌーでここに着いて、いそげ、つかまったらおれはしばりクビだ、王さまと公しゃくはざんねんだけどもう生きてないとおもうってジムに言ったんです、ホントにお気のどくだっておれおもいました、ジムもそうおもいました、だからおふたりが来るのが見えておれすごくよろこんだんです、ウソだとおもったらジムにきいてください」

　そのとおりです、ってジムが言うとおまえはだまってろ、と王が言い、「ふん、そうだろうともさ！」と王は言ってまたおれのからだをゆすぶって、川にほうりこんでおぼれ死にさせてやる、と言った。けれどそこで公しゃくが

「バカ、はなしてやれ！　あんたならそうしなかったとでも言うのか？　あんた、じぶんが逃げたとき、こいつがぶじか、きいてまわったか？　そんなの見たおぼえねえぞ」と言った。

　それで王も手をはなして、こんどは町の連中みんなをバトーしはじめた。ところが公しゃくがまた言った――

「バトーするならじぶんをしたらどうだ、あんたがいちばんバトーされるにふさわしいぜ。そもそものはじめっから、あんたときたらずっと、たわけたことばかりやりやがって――ま、あのときすずしい顔で青い矢のしるしがどうこうってデッチあげたのだけはべつだけどな。ありゃあみごとだった、大した

もんだった。あれでおれたち、たすかったんだよな。あれがなかったらおれたち、あのイギリス人どものにもつが着くまで牢やに入れられて、着いたら——きっと刑む所行きだったさ！　あれのおかげでみんなはかばに行って、こんどは金かが出てきてもっとたすかった——バカどもすっかりコーフンして、つかんでた手みんなはなして、すっとんでったんだ。じゃなかったらおれたち今夜、ネクタイしめてねむってたさ——おそろしく長もちするネクタイしめて」

ふたりはしばらくだまってかんがえてたけど、やがて王がぼんやりしたくちょうで

「ふん！　なのにわしら、ニガーどもがぬすんだとおもってたんだからな！」と言った。

このひとことに、おれはちぢこまった！

「そうだよな」と公しゃくも、なんとなくゆっくり、じっくり、イヤミったらしく「おれたち、そうおもったよな」と言った。

三十びょうばかりして、王がまのびしたかんじで

「とにかく——わしはそうおもった」と言った。

公しゃくもおんなじちょうしで

「いやいや——おれはおもったのさ」と言った。

王はちょっとムッとしたようすで

「おいビルジウォーター、あんたなにが言いたいんだ？」と言った。

公しゃくはけっこうぶっきらぼうに

「それを言うならこっちがききたいね、あんたはなにが言いたいんだ?」と言いかえした。

「ほほう!」と王はえらくイヤミったらしく言った。「どうなんだろうなあ――ひょっとしてあんた、ねむってたんじゃないのかね、ねむってじぶんがなにやってるか、わからなかったんじゃないのかね」

公しゃくは見るからにムカッときて
「おい、もうこんなバカな話はよせ。あんた、おれのことアホだとおもってんのか? だれがあのかんおけにカネかくしたか、おれが知らねえとでもおもってんのか?」と言った。

「とんでもねえ! そりゃあんた知ってるだろうよ――じぶんでやったんだから!」

「ふざけんな!」――公しゃくが王につかみかかると王は声をはり上げて
「はなせ!――ノドがくるしい!――わかった、とりけす!」と言った。

公しゃくは
「じゃあまずみとめろ、おまえがあそこにカネかくしたってこと――いずれおれにないしょで、こっそりもどってきてほりだして、ひとりじめしようとおもったんだろ!」と言った。

「おいちょっと待て、公しゃく。ひとつだけきくから、正じきにこたえてくれ。あんたがあすこにカネいれたんじゃないんだったら、そう言ってくれ。言ってくれればわしは信じるし、いま言ったこともぜんぶとりけす」

「なに言ってんだこの悪とう、いれたのはおれじゃねえぞ、おまえもわかってるはずだ。さあ、どうだ!」

王に摑みかかる公爵

「わかった、あんたの言うこと、信じよう。だけどじゃあ、あとひとつだけこたえてくれ——たのむからおこらないできいてくれよ。あんた、あのカネ、こっそりもちだしてかくそうって、かんがえもしなかったか？」

公しゃくはすこしのあいだなにも言わなかったけど、じきに

「それは——どっちだっていいだろ、やらなかったんだから。だけどおまえは、かんがえただけじゃなくて、じっさいにやったんだ」とこたえた。

「なあ公しゃく、もしわしがやったんだったら、永きゅうに死ねなくなってもかまわん。ほんとうさ。やるつもりがなかったとは言わん——つもりはあったさ。だけどあんたに——いやつまり、だれかに先をこされちまったわけで」

「ウソつけ！　おまえがやったんだ、すなおにみとめろ、さもねえと——」

王が口からアワをふきはじめて、それから、ゼイゼイあえいで

「わかった！──みとめるよ！」と言った。

王がそう言うのをきいて、おれはほんとうにうれしかった。いっぺんに気がラクになった。公しゃくも手をはなして、言った──

「もう一ど、やりませんでしたなんて言ってみろ、おぼれ死にさせてやるからな。せいぜいそうやって、あかんぼみたいにワアワア泣いてるがいい──さんざんあこぎなマネしやがって、おまえにはそれがにあいさ。まったく、おまえみたいになにからなにまでガツガツむさぼり食いたがる人げん、見たことねえぞ──それをおれときたら、ずうっとおまえのこと父おやみたいにしんようして。おまえときたら、なにもかもあわれなニガーどものせいにされるのきいても、まるっきりへいきな顔して。おまえには、はじってものがねえのか？　あんなねごと、じぶんが信じたかとおもうと、つくづくバカバカしくなるぜ。いまになってわかったぞ、なんでおまえが、カネがたりないぶんうめあわせようってあんなにやっきになったのか──おまえ、おれが『不朽』とかでもうけたカネからなにから、ぜんぶひとりじめする気だったんだ！」

王はおずおずと、まだメソメソしながら

「おいおい公しゃく、たりないぶんうめあわせようって言ったのはあんただぞ、わしじゃない」と言った。

「だまれ！　もうおまえの言うことなんか、ききたくねえ！」と公しゃくは言った。「で、けっきょくどうなったか。やつらにカネぜんぶとりもどされて、おれたちのカネまで、あらかたとられちまった。

もうさっさとねろ――これ以上、うめあわせがどうこうなんて言ったらしょうちしねえからな！」
　というわけで王はこそこそウィグワムにもぐりこんでヤケ酒をのみだし、公しゃくもじきにのみはじめて、三十分もすると、ふたりともまたすっかりいきとうごうして、よえばようほどますますなかよくなって、おたがいだきあってねてしまいグウグウいびきをかきはじめた。ふたりともずいぶんいい気ぶんになってたけど、いくらいい気ぶんとはいえ、王のほうは、カネのふくろをかくしたのはじぶんじゃないなんてむしかえすのはまずいってこと、わすれるところまではいかなかった。おかげでおれとしても安心だった。これならだいじょうぶ。もちろん、ふたりがグウグウいびきをかきだすと、おれはジムと長いこと話して、いちぶしじゅうをきかせた。

Chapter XXXI

We dasn't stop again at any town, for days and days; kept right along down the river. We was down south in the warm weather, now, and a mighty long ways from home. We begun to come to trees with Spanish moss on them, hanging down from the limbs like long gray beards. It was the first I ever see it growing, and it made the woods look solemn and dismal. So now the frauds reckoned they was out of danger, and they begun to work the villages again.

First they done a lecture on temperance; but they didn't make

スパニッシュモス

31

おれたちは何日もずっと、どこの町にもとまらずひたすら川を下っていった。もうここは南部のあたたかい土地で、こきょうからとおくはなれている。スパニッシュモス〔南部に多い植物〕がかかった木が目につくようになって、ふとい枝からモスが、長いしらがのアゴヒゲみたいにたれていた。おれはこんなの見るのはじめてで、これがあると森はおごそかに、いん気に見えた。で、もうキケンはすぎたとペテンしどもはふんで、また行くさきざきの町でインチキをやりだした。

まずはきん酒のこうえんをやったけど、ふたりでヨッパラうカネにもならなかった。べつの町でダンスきょうしつをはじめたら、ふたりともダンスなんてカンガルーほども知らなくて、やつらがピョンとはねたとたん町の連中がとびこんできて、ぴょんぴょん町から逃げだすハメになった。それからゆうべんじゅつもやってみたけど、ろくろくゆうべんしないうちにきいてた人たちが立ちあがってしっかりアクタイあびせてきたんでふたりともスゴスゴひっこむしかなかった。せんきょうしもやったし、さいみんじゅつもやったし、医しゃもやって、うらないもやってとにかくなんにでも手を出したけど、どうにもツキがまわってこないみたいだった。それでとうとうほぼ文なしになって、プカプカ流れるいかだの上でねころがってさんざんさんざんかんがえて、半日くらいずっとなにもしゃべらないこともしょっちゅうで、ふたりともすごく暗い、追いつめられた顔をしていた。

そのうちようすがかわって、ふたりでウィグワムのなかにはいって二時かんも三時かんもヒソヒソそうだんしてるんで、ジムもおれもおちつかなくなってきた。なんだか気にいらない。きっとなにか、いつにもましてロクでもないことかんがえてるにちがいない。なんだろうとおれたちもさんざんかんがえて、きっとどこかの家か店にドロボーにはいろうとしてるんだ、じゃなきゃニセ金づくりはじめるつもりなんだ、とおもった。それでけっこうこわくなって、ぜったいそういうマネにはかかわらないようにしようってふたりできめた。ちょっとでもスキがあったら、やつらをおいて逃げて、キレイさっぱりおさらばする。で、ある朝はやくに、パイクスヴィルってゆうちいさなサエない町の三キロばかり川下のあんぜんな場しょにいかだをかくすと、王は陸《おか》にあがって、町へ行って「不朽の名演」のウワサがつたわってないかさぐりを入れてくるから、みんなかくれてろと言った（「ドロボーにはいる家さがすってことだよな」っておれはおもった。「で、ふたりでドロボーやってここにもどってきたら、おれとジムといかだはどこ行っちまったのか、クビをひねるってわけさ——まあせいぜいひねってもらうっきゃないね」)。王が正ごまでにもどってこなかったら、だいじょうぶってことだから公しゃくとおれも町へ行くということになった。
　というわけで王以外は、いかだにのこった。公しゃくはソワソワおちつかなくて、エラくきげんがわるかった。なにかにつけておれとジムをしかって、おれたちがなにやってもいちいち気に入らないみたいだった。とにかくなんでもなんくせをつける。こいつはきっとなにかある。昼になって王がかえってこないので、おれはすごくうれしかった。まあこれでなにかはかわる。ひょっとしたらすべてがかわるチャンスだって来るかも。そこでおれと公しゃくとで町に行って、王はどこかとさがして、そのうちにうすぎたない安さかばのおくのへやにいるのが見つかった。すっかりヨッパラってて、そのへんのヒマな連中におもしろ半ぶんにからかわれてる。王もまけずにせいいっぱいアクタイついたりスゴんだりするんだけど、とにかくべろんべろんなもんだから、ロクにあるけもしなくて、やつらをとっちめようにもなんにもできやしない。なにやってんだジジい、と公しゃくは王をバトーして、王も王で言いかえして、ふたりのケンカがけっこう本気になってきたところでおれはダーッと逃げだし、いちもくさんに走って町をぬけ、川ぞいの道をだっとのごとくすっとばしていった。いまこそチャンス、こんどこそ王と公しゃくのまえからすがたを消す。すっかりイキがきれてたけど、もううれしくてしかたなくて
「いかだを出せジム、もうだいじょぶだぞ!」とさけんだ。
　ところがこたえはなかったし、ウィグワムからはだれも出てこなかった。ジムがいない! おれは大声で呼んで——もう一ど呼んで——そしてもう一ど呼んで、森のなかをあちこちかけまわりながらおー

い、ジムぅ、とさけんだけどかいはなかった。ジムはいなくなってしまったのだ。そうしておれはすわりこんで、泣いた。泣かずにはいられなかった。けどボヤボヤすわっちゃいられない。じきに道へ出て、どうしたらいいか、かんがえながらあるいてると、男の子がひとりこっちへやってくるところに出くわした。見なれないニガーを見なかったか、これこれこういうかっこうしてるんだけど、ときいてみたら「見たよ」とその子は言った。

「どのへんで?」とおれはきいた。

「ここから三キロ下った、サイラス・フェルプスさんの農じょうで。そいつとうぼうニガーでさ、つかまったんだよ。あんた、さがしてたの?」

「ジョーダンじゃねえ! 一、二時かんばかりまえに、森でそいつに出くわしてさ、大声を出したらおまえのかんぞうカッ切るぞってスゴまれてさ——で、そこにふせてろ、うごくんじゃねえぞって言われたから、そのとおりにしたんだ。いままでずっとそこにいたんだよ。出てくるのこわくて」

「もうこわがることないよ、つかまったんだから」とその子は言った。「そいつさ、どっか南から逃げてきたんだよ」

「つかまってよかったな」

「そりゃそうさ! けんしょう金、二百ドルなんだよ。道でカネひろうみたいなもんだよな」

「そうだよな。おれだってもうすこしおおきかったら、そのカネ、おれのものになったのになあ。なんてったって、さいしょに見たのはおれなんだから。だれがつかまえたんだ?」

「どっかのジイさんだよ——よそもの。で、そのジイさん、けんしょう金もらえるけんり、四十ドルで売ったんだ、いそいで川をのぼらなくちゃいけなくて、待ってらんないからって。よくやるよなあ！　おれだったらぜったい待つね、七年だって」

「おれもそうだよ」とおれは言った。「でもそんなに安く売るって、なんかおかしいことあったんじゃないのかな。なにかウラがあったんじゃないか」

「だれがつかまえたんだ？」

「ウラなんかないさ、まっすぐな話だよ。おれ、チラシ見たもん。そいつの人《にん》そうとか書いてあってさ。なにもかもピッタリだったよ、絵にかいたみたいにせつめいしてあって、どこのプランテーションから来たとか——ニューオーリーンズの下流からだったよ。うん、あれはぜんぜんモンダイなかったよ。なあ、かみタバコくれねえか？」

おれはかみタバコもってなかったので、そいつはいなくなった。おれはいかだにもどって、ウィグワムのなかにすわりこんで、しんけんにかんがえた。けれどなんにもおもいつかなかった。アタマがズキズキするまでかんがえたけど、どうやったらこの厄介《トラブル》からぬけだせるか、ぜんぜん見えてこない。これだけ長く旅してきて、あのゴロツキどもにさんざんつくしてやったのに、すべてムダになって、なにもかもメチャクチャに、ダメになってしまった。それもみんな、あのふたりが、あんなにむごいマネをジムにして、ジムをまた一生ドレイに、しかも知らない人たちのなかでくらすドレイにしてしまう人でなしだったからだ——たったの四十ドルとひきかえに。

そこでおれはおもった。どのみちドレイでいなくちゃならないんだったら、家ぞくがいるところでドレイでいたほうがジムにとってもずっといい。そうきめると、トム・ソーヤーに手がみを書いてジムのいばしょをミス・ワトソンに知らせてくれってたのもうとおもった。でもすぐに、やっぱりよそう、ときめた。ワケはふたつ。まず、ミス・ワトソンは、ジムのことをカンカンにおこって、おんをわすれて逃げるなんてけしからん、とまたさっさと川下に売りとばそうとするだろう。まんいち売らないとしても、おん知らずのニガーはとうぜんみんなからきらわれる。ジムは年じゅうそのことをおもい知らされて、ああおれはクズだ、だれからも見はなされた、とおもうだろう。それにおれはどうなる？　ハック・フィンはニガーが自由になるのに手をかしたってこと、みんなに知れわたるだろう。あの町のだれかに出くわしたら、おれはすっかりじぶんをはじて、ひざまずいてそいつのクツをなめてもいいって気になるだろう。人げん、そうなってるんだ——ロクでもないことをする、でもそこからつぎに起きることにはせきにんとりたくないんだ。かくしておけるかぎり、べつにはじじゃないさ、っておもっちまう。

おれのいまのありさまが、まさにそれだった。かんがえればかんがえるほど、良心はおれをギリギリいじめにかかって、ああおれはわるいやつだ、ロクでもない悪とうだって気にさせる。で、とうとう、おれはハッとおもいあたった。これはようするに、神さまがおれの顔ひっぱたいて、おまえのわるさは天からずうっと見てるんだぞって知らせてるんだ。おれになにもヒドいしうちなんかしたことない、つみのないおばさんのニガーをぬすんだおれに、いつだってすべてお見とおしなんだぞ、もうこれ以上そういうあさましいマネはゆるさないぞ、そう言ってるんだとおもって、おれはものすごくこわくなってピッとこおりついた。で、なんとかすこしはつみをかるくしようと、おれってもともとワルにそだてられたんだし、まるっきりおれのせいってわけでもないんです、と言ってみた。でもやっぱり、おれのなかの、なにかが言っていた——「日よう学校だって、おまえ、行こうとおもえば行けたんだぞ。行ってたら、あのニガーのことでおまえみたいなマネするやつは、永えんのホノオのせめくにあうって、おそわったはずなんだぞ」

おれはブルッとみぶるいした。いのろう、そうしたらもうこんな悪とうじゃなくなって、もっといい人げんになれるかも、とおもった。だからおれはひざまずいた。でもコトバが出てこなかった。どうしてだろう。きっと、神さまからかくそうったってムリなんだ。それに、おれじしんからだって、かくせやしない。どうしてコトバが出てこないか、おれにはよくわかった。おれの心がまがってるからだ。おれがまっとうじゃないからだ。オモテとウラとでちがったマネしてるからだ。オモテではつみをやめますとか言っとといて、おくのほうでは、さいこうにおおきなつみにしがみついてる。ただしいおこない、きよらかなおこないをします、ニガーのもちぬしに手がみ書いていばしょを知らせますって口では言おうとしてるけど、心のそこでは、そんなのウソだっておれにはわかってる。神さまだってわかってる。ウソをいのることなんかできない。おれはそのことをおもいしった。

そんなわけで、おれはもうこまりきってしまった。どうしたらいいのかわからなかった。やっとのことで、ひとつおもいついた。まず手がみを書くんだ。それからいのれるかどうかやってみよう。いやあ、ビックリしたね。そうおもっただけでいっぺんに、ハネみたいに心がかるくなって、クヨクヨした気ぶんがあっさり消えた。で、すごくうれしい、ワクワクした気もちで紙とえんぴつを出して、書きにかかった。

ミス・ワトソンあなたの逃げたニガーのジムはパイクスヴィルの三キロ川下にいてミスタ・フェルプスがつかまえています。けんしょう金をおくればかえしてくれます。ハック・フィン。

こんなにすっきりした、つみがぜんぶあらいながされたみたいな気ぶんになったのは、うまれてはじめてだった。これでいのれる、とおもった。でもすぐにはいのらずに、紙をおいて、かんがえた。こうなってほんとによかった、あやうく地ごくにおちるところだったなあ、とかんがえた。そしてもっとかんがえた。そのうちに、ジムとふたりで川を下った日々のことをかんがえた。いつもいつもジムが目のまえにいるのが見えた。昼、夜、月が出てるとき、あらしのとき、ゆらゆら流れてふたりでしゃべってうたってわらってるとき。でもなぜか、ジムのことを切りすてるとっかかりみたいなものがどこにも見つからなくて、そのはんたいばかり見つかるのだった。ジムがじぶんの見はりだけじゃなくて、おれがねてられるようおれのぶんまで見はってくれてるすがたが見えた。キリのなかからもどってきたおれを見て、ものすごくよろこんでるジムが見えた。おれがしゅくえんから逃げてきて沼地にもどってきたときだって、やっぱりすごくよろこんでくれた。おれのことをいつもハニーって呼んで、かわいがってくれて、おれのためにおもいついたことはなんでもしてくれて、いつもすごくやさしかった。そしてしめくくりに、いかだで天ねんとうが出たとあの男たちにおもわせてジムをたすけて、ジムがものすごくかんしゃしてくれて、あんたはおれのサイコーのともだちだ、いまのおれのたったひとりのともだちだ、って言ってくれたときのことをおれはおもいだした。そうしてふっとあたりを見ると、紙がころがっていた。

考える

　きわどいところだった。おれはその紙をひろって、にぎりしめた。からだがふるえていた。ふたつにひとつ、どっちかにキッパリきめなくちゃいけない。おれはイキを半ぶんとめて、しばしかんがえた。それから、ムネのうちで言った——

「よしわかった、ならおれは地ごくに行こう」。そして紙をビリビリにやぶいた。

さいこうにわるいかんがえ、さいこうにわるいコトバだったけど、とにかく言ってしまった。そして言ってしまったままとりけさなかったし、それっきりおれは、心を入れかえるなんてこともかんがえなかった。まるごとぜんぶ、アタマの外にほうりだした。おれはまたわるいことやるんだ、それがおれのりょうぶんなんだ。そういうふうにそだったんだから、いいことするのはおれのりょうぶんじゃない、そうおもった。手はじめにまず、ジムをもういっぺんドレイの身からぬすみだすシゴトにかかる。もっとひどいことおもいついたら、それもやる。どうせやるんだったら、どうせずっとやるんだったら、とことんやっちまったほうがいい。

で、どうやったらいいかかんがえて、けっこうたくさんの案をアタマのなかでころがしてみて、やっとこれで行こうっていうのがかたまった。それで、すこし川下にある、木のしげった島の場しょをたしかめて、いちおう暗くなるとすぐ、こっそりいかだを出して島に行って、いかだをかくして、ねどこにはいった。ひと晩ぐっすりねむって、夜があけるまえに起きて、朝メシ食って、よそ行きの服着て、にもつをつつみにまとめて、カヌーを出して岸に向かった。ここがフェルプス農じょうだとふんだところの川下にカヌーをつけて、森のなかにつつみをかくして、カヌーに水をいっぱい入れて石ころをつめて、あとでまた必ようになったら出せる場しょにしずめた。川べりのちいさなじょう気式せいざいじょから四百メートルくらい川下だ。
道に出て、せいざいじょのまえをとおると「フェルプス製材所」とかんばんがかかっていた。そこからまた二、三百メートル先へ行って、農じょうのたてものがならんでるところに来るとしっかり目をひからせたけど、日は高くのぼってるのに人っ子ひとり見あたらなかった。まあでもかまわない。おれとしてはまだだれにも会わずに、まずはあたりがどんなかんじか、つかんでおきたかったのだ。おれのけいかくでは、ここより川下からじゃなくて、町のほうからおれはここにあらわれるのだ。というわけで、まずはざっと見るだけにして、まっすぐ町をめざした。で、町に着いてさいしょに出くわしたのが、なんと公しゃくだった。「不朽の名演」のチラシをはってまわってるさいちゅうで、このあいだとおなじ、三夜こうえん。いやまったく、どこまでずうずうしいのか！　おれは逃げるまもなく、気がついたら公しゃくのすぐまえに来てしまっていた。やつはビックリした顔をして
「あれっ、おまえどこにいたんだ？」ときいた。それから、すこしうれしそうに、よくふかそうに「いかだはどこだ？　ちゃんとかくしてあるか？」と言った。
おれは
「え、おれもそのこと、かっかにおたずねしようとおもってたとこなんです」とこたえた。
そうしたら、むこうはあんまりうれしくなさそうな顔になって
「どういうりょうけんだ、おれにきくって？」と言った。
「いえ、ですから、きのう王さまがあすこのさかばにいて、こいつはあと何時かんか、しらふになるま

でつれてかえれないなっておもったんで、時かんつぶしに町なかぶらぶらして待つことにしたんです。そしたらどっかの男の人が寄ってきて、ボートで川むこうに行ってヒツジつれてかえるの手つだったら十セントくれるって言うんで、ついてったんですけど、ヒツジをボートにひっぱろうとして男の人がおれにナワもたせて、じぶんはうしろにまわってうしろからヒツジのこと押したんですけど、おれの力じゃかなわなくてヒツジがナワぐいってひっぱって逃げちゃったんで、おれとその人で追いかけてったんです。犬とかいないんで、山んなかそこらじゅう追っかけまわしてやっとヒツジも力つきて。ようようつかまえたころには日もくれてて、ボートまでつれてって、おれはそれできりあげていかだにもどってったんです。そうしたらいかだ、なくなってるんで、おれおもったんです、『王さまたちきっと、なにか厄介《トラブル》があって逃げたんだ。おれのニガーもつれてっちまった。おれのこの世でたったひとりのニガーだったのに。おれは知りあいもいないところにいて、もうなんのざいさんもない、なんにもない、生きていくすべもない』って。その場にすわりこんでわあわあ泣いたんです。ひと晩じゅう森でねむりました。でも、ほんとに、いかだ、どうなったんですか？　それにジム、ああ、あわれなジム！」

「おれが知るもんか――いや、だから、いかだのことはさ。あのジジい、とりひきやって、四十ドルせしめたんだが、あのさかばでおれたちが見つけたときにはもう、町のやつらあいてにコイン投げとばくやって、ウイスキーのんでのこったカネぜんぶふんだくられたあとで、で、夜おそくやつをつれてかえったら、いかだがなくなってたんで、『あの小ぞう、いかだかってにもちだして、川を下って逃げやがって』っておれたちおもったのさ」

「おれ、じぶんのニガーおいて逃げたりしませんよ――おれのこの世でたったひとりのニガー、おれのただひとつのざいさんなんですから」

「うん、そのことはかんがえなかったよ。てゆうか、おれたちあいつのこと、おれたちのニガーっておもうようになってたんだよ。うん。そうおもってたよ、なんせあいつにはさんざん厄介《トラブル》こうむったからな。それでだ、いかだはなくなってるし、おれたちスカンピンだし、ここはもう、もういっぺん『不朽の名演』で行くしかねえっておもったわけさ。以来ずっとコツコツやってるんだよ。サイフはすっからかんさ――さっき言った十セント、どこだ？　よこせ」

おれ、カネはけっこうあったから十セントはわたしたけど、おねがいですからそれ食いものにつかってくださいよ、そうしておれにもわけてください、おれのありガネそれでぜんぶで、きのうっからなにも食べてないんです、ってたのんだ。公しゃくはなんともこたえなかった。つぎのしゅんかん、サッとおれのほうを向いて

「あのニガー、おれたちのことバラすとおもうか？　バラしたらからだの皮ひんむいてやるぞ！」と言った。

「どうやってバラせるんです？　逃げたんじゃないんですか？」

「ちがう！　ジジいが売りとばしたんだよ、おれには一セントもわけまえよこさずに、しかもそのカネももうのこってない」

「売りとばした？」とおれは言って、泣きだした。「だってあいつおれのニガーですよ、それっておれ

10セントを渡す

のカネじゃないですか。いま、どこにいるんです——かえしてくださいよ、おれのニガー」
「いいや、もう手おくれだよ——なに言ってもムダさ、だまりな。おいおまえ——おまえ、おれたちのことバラしたりするか？　おまえのこと、しんようするとおもったら大まちがいだぞ。いいか、もしバラしたら——」
　公しゃくはそこでだまったけど、こいつの目がここまでいんけんに見えたのははじめてだった。おれはまだメソメソしながら
「おれ、だれのこともバラしたりしたかないですよ。だいいちそんなヒマないです。おれのニガーさがしにいかないと」と言った。
　公しゃくはなんとなくやましそうな顔になって、手にもったチラシをパタパタさせて、かんがえて、ひたいにシワをよせていた。そしてしばらくしてから
「じゃあこうしよう。おれたちはここに三日いなくちゃならん。おまえがおれたちのことバラさないし、ニガーにもバラさせないってやくそくしたら、ニガーのいばしょをおしえてやろう」と言った。

それでおれがやくそくすると、公しゃくは
「農じょうにいるんだ。名まえはサイラス・フ――」そこまで言って、だまった。ようするに、ホントのこと言いかけて、そうやってだまって、もう一どかんがえはじめたところで、ああこりゃ気がかわったんだなっておれはおもった。で、やっぱりそうだった。こいつはおれのことしんようしてない。三日かん、ジャマにならないように、どっかへ行かせたいのだ。で、じきに口をひらいて
「ジムを買ったやつは、エイブラム・フォスターって名まえだ。エイブラム・G・フォスター。ここから山のほうに六十キロ行った、ラファイエットにつうじる道ぞいにすんでる」と言った。
「わかりました。だったら三日であるいていけます。きょうの午ごにでも出かけますよ」
「いやいや、いますぐ行くんだ。ぐずぐずしちゃいかん、とちゅうでよけいなことしゃべったりするんじゃねえぞ。口しっかりつぐんで、もくもくとあるくんだ、そうしたらおれたちあいてに厄介《トラブル》になったりしない――わかったか？」
　まさにそういうめいれいをおれは待っていた――さっきからこれをさそっていたのだ。とにかくこいつらがほっといてくれて、好きにやれるのがいちばんんだ。
「だからさっさと行け」と公しゃくは言った。「ミスタ・フォスターにはなんでも好きなこと言うがいい。ひょっとしてジムがおまえのニガーだってこと、なっとくしてもらえるかもしれんぞ。なにしろこのへんじゃ、しょるい見せろとさえ言わないアホもいるってゆうから。チラシもけんしょう金もウソなんです、これこれしかじかのつくりばなしなんです、ってせつめいしたら、信じてもらえるかもしれん

山の方をめざす

ぞ。さあさっさと行け、行ってなんでも好きなこと言うがいい、だけどいいか、ここと そこのあいだでよけいなこと言ったらしょうちしねえぞ」

というわけでおれはあるきだして、山のほうをめざした。キョロキョロ見たりはしなかったけど、なんとなく公しゃくがおれのこと見てるのが、かんじでわかった。でもこんくらべならまけない。山道を一キロとちょっとまっすぐあるいて、そこでやっととまった。それから、森をとおってフェルプス農じょうのほうへひきかえす。ぐずぐずしちゃいられない、すぐにけいかくをじっこうしないといけない——王と公しゃくが逃げるまで、ジムの口をふうじないといけない。ああいうやつらあいての厄介《トラブル》はゴメンだ。ああいうのはもうさんざん見た。もうキレイさっぱりえんを切るのだ。

32

Chapter XXXII

When I got there it was all still and Sunday-like, and hot and sunshiny—the hands was gone to the fields; and there was them kind of faint dronings of bugs and flies in the air that makes it seem so lonesome and like everybody's dead and gone; and if a breeze fans along and quivers the leaves, it makes you feel mournful, because you feel like it's spirits whispering—spirits that's been dead ever so many years—and you always think they're talking about *you*. As a general thing it makes a body wish *he* was dead, too, and done with it all.

日曜のように静まりかえって

着いてみると、そこはシーンとしずまりかえって日よう日みたいだった。あつくて、日がてって、人手はみんな畑に出ていて、カブトムシやハエのブーンてゆう音がかすかにきこえて、なんだかすごくさみしいかんじで、みんな死んでいなくなってしまったみたいだった。これで風がそよいできて、葉っぱをゆすったりすると、どうにもものがなしい気ぶんになってしまう。亡れいが、もう何年もまえに死んだ亡れいがささやいてるみたいな気がして、いつだってそれが、おれのこと話してるんじゃないかっておもえてしまう。もうとにかく、ああもう死んじまいたい、さっさとおわってほしいっていう気になってくるのだ。

フェルプス農じょうは綿花をつくってるちいさなプランテーションで、こういうところってみんなおなじに見える。二エーカーの土地にさくがめぐらしてあって、切った丸太をいくつか、高さのちがうたるみたいに立ててつくったふみこしだんが、さくをこえるのにも、女の人が馬にとびのるのにもつかえるようになってる。しき地じゅう、元気のない草がちらほら生えてるけど、だいたいはべったりなにもなくて、けばがあらかた落ちてしまったふるいぼうしみたいだった。白人のすむ、二けんつながったおおきな丸太づくりのおもやがあって、オノでたたき切った丸太をくんで、すきまはドロかモルタルでうめてあって、そういうドロのスジには、いつぬったかわからないけど水しっくいがぬってある。やっぱり丸太づくりのちゅうぼうにはおおきな、やねはあるけどカベはないつうろがあっておもやにつながってる。ちゅうぼうのウラてにこれまた丸太のくんせい小屋があって、そのむこうにニガーたちのすむちいさな小屋が三つならんでる。ずっと下って、おくのさくにめんしてべつの小屋がぽつんとひとつたっていて、さくのむこうがわをすこし行ったところにモノおきなんかがいくつかある。小屋のそばにはあく〔灰を水に浸けてできる上澄み液で、洗濯に使う〕をつくるための灰入れと、石ケンをにるおおきなかま。ちゅうぼうの戸ぐちのそばにベンチがあって、水のはいったバケツと、ヒョウタンが一コおいてあって、りょう犬が一ぴき日なたぼっこしてる。まわりでもりょう犬が何びきかねている。すみっこのほうに日よけの木が三本ばかり、さくのそばにカランツのしげみとスグリのしげみが少々。さくの外には、さいえんと、スイカ畑。それから綿畑がはじまって、畑の先は森。

　おれはウラてにまわっていって、灰入れのそばでふみこしだんをこえて、ちゅうぼうに向かった。すこし行くと、糸ぐるまのぶーんといううなりが、泣くみたいにのぼってはまたしずむのがきこえてきた。それでおれはもう、ほんとうに死にたくなった——せかいじゅう、これほどさみしい音もほかにない。

おれはそのまますすんでいった。とくになんのけいかくもなしに、そのときになったら神さまがただしいコトバをおれの口に入れてくれるものとあてにしていた。これまでのけいけんからして、どうやら神さまは、こっちがよけいなことしたりしないかぎり、いつだってただしいコトバを口に入れてくれるみたいなのだ。

半ぶんくらいすすんだところで、りょう犬が一ぴき、また一ぴきと起きあがって寄ってきたんで、もちろんおれはとまって、やつらと向きあって、じっとうごかなかった。いや、犬たちのやかましいこと！　十五びょうとたたないうちに、おれはもう、言ってみりゃ車りんのハブみたいになっていた——おれがハブで、犬どもがスポーク。十五ひきがわになって、まわりをびっしりかこんで、クビや鼻をおれのほうにつきだして、ワンワンキャンキャンほえまくって。そうしてまだまだ出てくる。いたるところから、犬たちがさくをとびこえ、かどをまがってやってくる。

ニガーの女がちゅうぼうからめんぼうをもってとびだしてきて、「あっち行きな、タイジ！　スポット！　さっさと消えな！」とどなって、まずこっちの一ぴき、つぎにそっちの一ぴきとブッたたくと、ぶたれた犬はキャンキャンほえて逃げていき、のこりの連中もついていった。ところがまたたくまに半ぶんはもどってきて、おれのまわりでシッポをふって、おれとなかよくしようとした。まありょう犬ってのはぜんたい、がいのないやつらなのだ。

で、女のうしろにニガーの女の子ひとりと、ニガーの男の子ふたりがいて、みんな麻クズのシャツし

ぎゅっと抱きしめる

か着てなくて、母おやのスカートにしがみついて、うしろからこっそり、はずかしそうにおれのほうを見ていた。こういう子どもって、みんなそうだ。で、こんどはおもやから、白人の、四十五か五十くらいの女の人がかけだしてきた。アタマにはなにもかぶってなくて、手に糸つむぎぼうをもっていて、そのうしろに白人の子どもたちがいて、ニガーの子どもたちとおんなじようにしてる。女の人はもうたまんないってゆうふうに顔じゅうニコニコわらって

「あんた、やっと来たんだね？」と言った。

かんがえるまえにおれの口から「はい、来ました」のひとことが出ていた。

女の人はおれをぎゅっとつかんでだきしめた。それからおれの両手をにぎって、さんざんゆさぶって、目からナミダが出てきて、たらたら流れおちて、まだだきしめたりない、ゆさぶりたりないかんじで、ずっとこう言ってた――「おもったほど母さんににてないねえ、でもそんなこたぁどうだっていい、会えてほんとにうれしいよ！　ああ、ああ、あんたのこと食べちゃいたいくらいだよ！　子どもたち、こ

の子はあんたたちのいとこのトムだよ！――あいさつなさい」

けれど子どもたちはクビをひっこめて、ユビを口に入れて、母おやのうしろにかくれるばかりだった。それで女の人は
「リズ、大いそぎでこの子にあったかい朝ごはんつくってあげとくれ――それともあんた、船で朝ごはん食べたかい？」と言った。

船で食べました、とおれはこたえた。それで女の人はおれの手をひっぱって家のほうにあるきだして、子どもたちもあとからついてきた。家にはいると、うす板あみのイスにおれをすわらせて、じぶんはそのまえにあるちいさなひくい丸イスにこしかけて、おれの両手をにぎって
「さあ、これであんたの顔がよっく見れる。ほんとにねえ、これまで何年、なんべん見たいとおもったことか！　それがやっと見れる。何日もまえから待ってたんだよ。どうしたんだい、船がざしょうでもしたのかい？」と言った。

「はい、おっしゃるとおり《イエスム》で――船が――」

「そんなたにんぎょうぎはおよし――サリーおばさんって呼んどくれ。どこでざしょうしたんだい？」

どう言ったらいいのかわかりゃしない。こっちは船が川上から来たのか、川下から来たのかも知らないんだから。でもまあこういうときは、カンで行くにかぎる。で、おれのカンだと、川下から来る――オーリンズのほうから上がってくる。でもこれだけじゃあんまり役にたたない。こっちはそこらへんの砂すの名まえも知らないんだから。名まえデッチあげるか、わすれたって言うか――それとも――そこ

でふっとおもいついて、おもいきって

「いえあの、ざしょうは大したことなかったんです。そうじゃなくて、シリンダヘッドがバクハツして」と言ってみた。

「まあたいへん！　だれかケガしたのかい？」

「いいえ。ニガーがひとり死んだだけで」

「ああ、よかったねえ、そういうときって人がケガしたりするからねえ。二年半まえのクリスマスにね、あんたのおじさんのサイラスが、年だいもののラリー・ルック号にのってニューリンズから上がってきたんだけど、そのときもシリンダヘッドがバクハツして、ひとりかたわになっちまったんだよ。たしかあとで死んだんじゃなかったかね。バブテストの人だったよ。あんたのおじさんのサイラスの知りあいの家がバトンルージュにあってね、そこの人たちがその人の家ぞくをよく知ってたよ。うん、おもいだした、やっぱり死んだんだ。えそがはじまっちまって、足を切るしかなかったんだ。それでもけっきょくたすからなかった。そうそう、えそだった――それだよ。全しん青くなって、かがやかしいよみがえりをユメ見て死んでいったんだ。見るもおそろしいすがただってみんな言ってたよ。サイラスおじさんがあんたのこと、何日もまえから毎日《まいんち》町へむかえに行ってたんだよ。きょうもついさっき、行ってからまだ一時かんもたってない。じきもどってくるはずさ。とちゅう、道ですれちがったはずだよ――ちょっと年くった男の人でね、背は――」

「いいえサリーおばさん、だれにも会いませんでした。おれ、船が夜あけに着いたんで、はとばにも、つおいて、ここにあんまりはやく来てもいけないとおもって、町とかまわりの山とかすこし見てまわって、ウラからこっちに来たんです」

「にもつ、だれにあずけたんだい？」

「だれにも」

「あらまあ、それじゃぬすまれちまうよ！」

「だいじょぶです、ちゃんとかくしたから」

「そんな朝はやく、どうやって船でごはん食べたんだい？」

これはちょっとまずい。でもおれは
「おれがウロついてるの船ちょうさんが見て、陸に上がるんだったらなにか食べたほうがいいって言って、船ちょうさんたちが食じするへやに入れてくれて、好きなだけ食べていいぞって言ってくれたんで」と言いのがれた。

おれはすごくおちつかなくなってきて、ロクにあいての言うこともきいてられなかった。なんとかして子どもたちと話さないと。こいつらをどっかにつれてって、いろいろききだして、おれがだれなのかさぐりだすのだ。でもこのおばさんがとにかくしゃべりっぱなしなので、なかなかキッカケがつかめない。じきに、おばさんのひとことで、おれは背中がゾッとつめたくなった——

「あらやだ、こんなことばっかしゃべって、あんたまだあたしのねえさん《シス》のことも、みんなのこともぜんぜんきかせてくれてないよ。ここいらであたしはすこしやすむからね、こんどはあんたがしゃべっておくれ。なにからなにまで話しとくれよ——みんなのこと、ひとりのこらず、どうしてるか、なにやってるか、どんなことづけあんたにたのんだか、おもいつくこと、さいごのひとつまで話しておくれ」

うーん、これは逃げようがない。ぜったいぜつめいだ。いままでは神さまがちゃんとみかたしてくれたけど、ここでしっかりざしょうしちまった。このまま押しとおそうったってムリだ——こいつはもうお手あげだ。それでおれはおもったのだ、ここもまたおもいきってホントのこと言うのがいちばんいいかも、と。そうしようと、口をひらきかけたらミセス・フェルプスがおれのことガバッとつかんで、ベッドのうしろに押しこんで
「おじさんがかえってきたよ！　アタマひくくしな——そう、それでいい、それで見えないよ。ここにいること、知られちゃダメだよ。あの人にいっぱいくわせてやるから。子どもたち、なにも言うんじゃないよ」と言った。

まずいことになった。でも心ぱいしてもはじまらない。ここはじっとおとなしくかくれて、イナズマが落ちたら立ちあがれるようにしておくしかない。

年ぱいのだんなさんがはいってくるすがたがいっしゅんチラッと見えたけど、あとはベッドでかくれてしまった。ミセス・フェルプスがその人のほうにとんでって
「来たかい？」ときいた。

「いいや」とだんなさんは言った。

「あらまあ！　いったいどうしちまったのかねえ、あの子？」

「けんとうもつかんよ」とだんなさんは言った。「正じき言って、不安になってくるよ」

「不安！」とミセス・フェルプスは言った。「あたしなんか、気がヘンになっちまいそうだよ！　きっと来たにちがいないよ、あんたきっと、とちゅうで行きちがいになったんだよ。あたしにはわかるんだ──なにかがそう言ってるんだよ」

「だってサリー、行きちがいなんてありえないよ──わかるだろう、おまえだって」

「だけど、ああ、ああ、ねえさんになんて言われるだろう？　ぜったい来たはずだよ。あんた、行きちがったにちがいないよ。きっと──」

「おいおい、こっちだって心ぱいでたまらないんだ、これ以上気をもませないでくれ。どういうことなのか、けんとうもつかないよ。どうしたらいいのかわからん、じつを言うとわしも心ぱいでたまらないんだよ。だけどもう来てるってゆうのぞみはないよ──来たのに行きちがったなんて、ありえない。なあサリー、たいへんだよ──たいへんだ──船がどうかしちまったにちがいないよ！」

「あら、サイラス！　あっち見てごらん！　道の先のほう！　だれか来ないかい？」

ミスタ・フェルプスはベッドのアタマがわのマドにとんでって、それでミセス・フェルプスに必ようなスキができた。ベッドの足がわにさっとかがみこんで、おれをぐいっとひっぱりだして、だんなさんがマドから向きなおると、もうきしょくまんめん、ニコニコニコニコわらって、おれはそのとなりでおずおず、ひやアセかいて立っていた。だんなさんは目をまるくして
「おい、だれだ、これ？」ときいた。

「だれだとおもう？」

「だれだとおもう？」

「けんとうもつかないよ。だれなんだ？」

「トム・ソーヤーだよ！」

　いやあ、ビックリしたのなんの、おれはあやうくゆかをぬけて落ちちまうところだった。だけどこっちはなにをするヒマもありゃしない——だんなさんがおれの手をぎゅうっとにぎってゆさぶって、そのままずっとゆさぶりつづけて、そのあいだずっとおくさんはキャッキャッとわらって泣いてはねまわって、それからふたりともシドのこと、メアリのこと、一ぞくみんなのことをききまくった。

　ふたりもずいぶんよろこんでたけど、おれはもうよろこぶなんてもんじゃなかった。なにしろ一からまた生まれたみたいなものなのだ——じぶんがだれだかわかって、ほんとうにうれしかった。で、二時かんずっとしゃべくらされて、もうアゴがくたびれはててこれ以上ひとこともしゃべれなくなったころには、じぶんの——つまりトムの——家ぞくについて、ソーヤー家六くみぶんくらいの話をやりおえていた。ホワイト川の河口でシリンダヘッドがバクハツして、しゅうりに三日かかった話もした。これもバッチリうまくいった。シリンダヘッドをなおすのに三日ですむかどうか、ふたりだって知りやしない。ボルトヘッドがバクハツしたと言ったたっておなじことだっただろう。

　おれとしてはこれでずいぶん気がラクになったいっぽう、もういっぽうではずいぶんおちつかなかった。トム・ソーヤーでいることはカンタンでラクちんだったし、それはそのままかわらなかったけど、そのうちにじょう気船がコホコホと川を下ってくるのがきこえてきて、おれはおもったのだ――トム・ソーヤーがあの船でやってきたら？　そしたらいつここにいきなりはいってくるか、わかったもんじゃない。おれが目であいずするまもなく、ようハック、なんて呼びかけられちまうかもしれない。いいや、そいつはまずい。そりゃぜったいこまる。川のほうに行って、トムを待ちぶせしないと。で、おれはおくさんだんなさんに、じゃあ町へ行ってにもつとってきますと言った。わしもいっしょに行くよとだんなさんは言ってくれたけど、いいえだいじょぶです、じぶんで荷馬車あやつれますから、どうぞおかまいなく、とことわった。

33

Chapter XXXIII.

So I started for town, in the wagon, and when I was half-way I see a wagon coming, and sure enough it was Tom Sawyer, and I stopped and waited till he come along. I says "Hold on!" and it stopped alongside, and his mouth opened up like a trunk, and staid so; and he swallowed two or three times like a person that's got a dry throat, and then says:

"I hain't ever done you no harm. You know that. So then, what you want to come back and ha'nt *me* for?"

I says:

"I hain't come back—I hain't been *gone*."

「ホントにトム・ソーヤーで」

とゆうわけでおれは荷馬車にのって町をめざし、とちゅうまできたところでむこうからも荷馬車が来るのが見えて、はたせるかなそれはホントにトム・ソーヤーで、おれはじぶんの荷馬車をとめてトムが来るのを待った。「おーい、とまれ！」と言うとトムの荷馬車はおれのとならんでとまり、トムの口があんぐりトランクみたいにあいて、そのままあきっぱなしだった。ノドがカラカラの人げんみたいにゴクン、ゴクンと二ど三どツバをのみこんでからトムは

「おれ、おまえになにもわるいことしてないよ。わかってるだろ。なのになんだってもどってきて、おれにとりつくんだ？」と言った。

おれは

「もどってきたんじゃないよ——おれ、行ってないんだよ」と言った。

おれの声をきいてトムもいちおうおちついたけど、まだすっかりなっとくしちゃいなかった。

「おれのこと、だますのよせよな。おれ、おまえのことだましたりしないよ。ホントにさ、おまえ、ユウレイじゃないの?」

「ホントだよ、ユウレイじゃないよ」とおれは言った。

「そうか——なら——それなら——そうか、それでいいはずなんだけど、どうもわかんないんだよな。なああのさ、おまえ、ぜんぜんころされたりしなかったわけ?」

「うん、ぜんぜんころされてない。あれ、おれがしくんだんだよ。こっち来てみろよ、信じられないんだったらさわってみな」

で、トムは来てさわって、それでなっとくした。おれにまた会えたのがあんまりうれしくて、どうしたらいいかわかんないみたいだった。そうして、いったいぜんたいどういうことなのか、いますぐきかせろと言った。なにしろこれって大冒けんだし、ナゾだし、トムのこのみにピッタリなのだ。でもおれは、いやまあそのうちゆっくり話すからさ、と言って、トムのほうのぎょしゃにちょっと待っててくださいとたのんで、ふたりでおれの荷馬車にのってすこし先まで行って、いまどういうめんどうがもちあがってるかをトムにつたえて、どうしたらいいとおもう?とそうだんした。するとトムは、一分かんがえさせてくれ、ジャマするなよ、と言ってかんがえてかんがえて、言った——

「よし、これで行こう。あっちの荷馬車にのってるおれのトランク、あれ、おまえがもってって、じぶんのですって言うんだ。で、おまえはここからひっかえして、ゆるゆる行って、それらしい時かんにかえる。おれはちょっと町のほうへ行って、そこからひっかえして、おまえより十五分か三十分くらいおくれて着く。で、おまえ、はじめのうちはおれのこと、だれだか知らないふりしてればいいから」

「わかった、でもちょっと待ってくれ。あとひとつだけあるんだ、で、これは、おれ以外だれも知らない。ここに逃亡ニガーがひとりいて、おれ、そいつをぬすもうとおもってるんだ——名まえはジムっていって——ミス・ワトソンのジムだよ」

トムは

「え！　だってジムは――」

と言ったけど、そこでだまって、じっとかんがえはじめた。おれは言った——

「わかってるよ、おまえがなんて言うか。見さげた、キタナいマネだって言うんだろ。でもそれがなんだってんだ？——おれは見さげた人げんなんだよ。ぜったいぬすんでやるんだ、だからおまえにもだまっててほしいんだ。だまっててくれるか？」

トムの目がかがやいて

「手つだうよ、ぬすむの！」と言った。

おれのからだじゅうから、いっぺんに力がぬけた。テッポーで撃たれたみたいだった。こんなビックリぎょうてんのコトバ、はじめてだ。ハッキリ言って、おれの目から見たトム・ソーヤーのひょうかが、一気にさがってしまった。信じられない。トム・ソーヤーがニガーどろぼうだなんて！

「ちぇっ、なに言ってんだよ、ジョーダンだろ」とおれは言った。

「ジョーダンじゃねえって」

「じゃあまあ、ジョーダンだとしてもジョーダンじゃねえとしても、おまえが逃亡ニガーの話なにかきいたら、わすれるなよ、おまえはそいつのことなにも知らない、おれもそいつのことなにも知らないんだからな」

それでおれたちはトランクを出して、おれのほうの荷馬車にのせて、トムはむこうへ行って、おれはこっちへ行った。でもおれはもちろん、ゆっくり走るってことをすっかりわすれちまった――とにかくすごくうれしかったし、かんがえることがいっぱいあったのだ。なので、それなりの道のりなのに、ぜんぜんはやくかえってしまった。玄かんにだんなさんが出てきて
「おやおや、こいつぁおどろいた。まさかこのめ馬がこんなにはやく走れるとは。時かん、はかっておくんだったなあ。しかも毛一本、アセかいてないぞ――一本も。こりゃおどろいた。こうなったらこの馬、百ドル出されても手ばなさんぞ。まえなら十五ドルで売っただろうよ――そのていどのねうちだとおもったんだ」

それしか言われなかった。あんなにむじゃきで気のいいお年より、ほかにいない。でもそれもフシギはない。この人は農じょうだけじゃなくて、せっきょうもやる人で、プランテーションのウラに丸太づくりのちいさなきょう会をもっていて、しかもこれはじぶんでおカネを出してたてて、きょう会と学校につかっていて、せっきょうをしてもおカネはぜんぜんとらなくて、それもしっかりおカネをとるねうちのあるせっきょうだったのだ。南部にはおんなじように、農じょうやりながらせっきょうやってる人

がおおぜいいた。

三十分ばかりすると、トムの荷馬車がおもてのふみこしだんのところまでやってきて、サリーおばさんがマドのなかからそれを見つけて——五十メートルくらいしかはなれてないのだ——言った——

「あら、だれか来たよ！　だれだろうねえ？　うーん、知らない子みたいだねえ。ちょっとジミー（子どものひとりだ）、リズに言いに行きな、もうひとりぶんおさら出せって」

だれもが玄かんにとんでいった。そりゃそうだ。知らない人げんなんて、毎年来るもんじゃない。だから、いざ来たら、もうみんな、おうねつびょうが来たよりもっともりあがるのだ。トムはもうふみこしだんをこえて、家のほうにあるいてくる。荷馬車はさっさと町のほうへコトコトかえりはじめてる。おれたちは全いん玄かんのところにかたまった。トムはよそ行きの服を着ていて、かんきゃくもそろってる——こうなりゃいつだって、トム・ソーヤーのひとりぶたいだ。こういうおぜんだてとなればトムは、カッコいいえんしゅつをたっぷり、くもなくもりこんでみせる。このにわをよこぎるにしたって、子ヒツジみたいにおずおずあるいたりしない。いいや、おちつきはらって、どうどうと、おヒツジみたいにあるくのだ。みんなのまえまで来ると、トムはぼうしを、まるでなかでチョウチョがねむってるハコのフタをあけようとしていてこのチョウチョたちを起こしたくないんですと言わんばかりにものすごくゆうがに、せんさいにもちあげて
「ミスタ・アーチボルド・ニコルズでいらっしゃいますね？」と言った。

「いいや、ざんねんだが」とだんなさんは言った。「きみ、あいにくぎょしゃにだまされたようだね。

ニコルズの農じょうは、まだ五キロ川下だよ。まあおはいり、おはいり」
トムは肩ごしにうしろを見て
「手おくれだな——荷馬車、もう見えなくなってしまいました」と言った。
「ああ、行っちまったよ、だからまずは家にはいって、わしらといっしょに食じしなさい。そうしたら馬を出して、ニコルズのところへつれてってあげよう」

「ミスタ・アーチボルド・ニコルズでいらっしゃいますね？」

「いえいえ、そんなごめいわくおかけできません、めっそうもない。あるきます。そのくらいのきょり、なんでもありませんから」

「いやいや、あるかせるわけにはいかん。そんなのは南部りゅうのもてなしにはんする。さあ、おはいり」

「そうしておくれよ」とサリーおばさんが言った。「あたしたち、ぜんぜんめいわくなんかじゃないからさ。ぜひ寄ってっておくれよ。五キロの道、長くてホコリっぽいんだよ、あんたをあるかせるわけにはいかないよ。だいいち、あんたが来るのが見えたときにね、おさらもう一まい用いしなって言っちまったんだよ。だからさ、寄ってくれなきゃあたしたちガッカリなんだよ。さあおはいり、くつろいでおくれ」
というわけでトムはすごくれいぎただしく、どうどうとみんなに礼を言って、それではまあおジャマいたします、と家にはいった。はいると、わたくし、オハイオはヒックスヴィルからまいりましたよそものでして、ウィリアム・トムソンともうします、と名のってもういっぺんおじぎをした。
そんなかんじに、ペラペラペラペラ、ヒックスヴィルの話をデッチあげ、そこにすんでるみんなの話をデッチあげるもんだから、おれはすこしおちつかなくなってきた。こんなことやって、どうしておれがこのなんぎからぬけ出るたすけになるんだろう。と、そのうちに、まだしゃべくりながら、トムは身をのりだしてサリーおばさんの口にもろにキスして、また身をひいてゆうゆうイスにもどってまたしゃべりつづけたけど、おばさんのほうはパッととびあがって手のこうで口をふいて
「このあつかましい子イヌが！」と言った。
トムはちょっとキズついたみたいな顔をして
「ビックリだなあ、おばさんがそんなこと言うなんて」と言った。
「ビックリだって？　あんた、あたしのことだれだとおもってるんだい？　そんなマネして、ただじゃ──いったいどういうつもりなんだい、人にいきなりキスしたりして？」
トムはちょっとしおらしい顔になって
「べつにどういうつもりもありません、おばさん。べつに悪ぎはなかったんです。おばさんが──その

——よろこんでくれるとおもって」と言った。

「なに言ってんだ、バッカだねえ！」。おばさんは糸つむぎぼうを手にとって、トムに一ぱつくわせるのをひっしにこらえてるみたいに見えた。「なんでおもったんだい、あたしがよろこぶって？」

「うーん、どうなのかなあ。でもみんなに——みんなに言われたんだよ、おばさんがよろこんでくれるって」

「みんなに言われたってのかい。みんなってだれだか知らないけど、そいつらもひとりのこらずこわれてるよ。そんなバカな話、きいたことないよ。だれだい、みんなって？」

「だから——みんなですよ。ひとりのこらずそう言ってましたよ」

おばさんはけんめいにこらえていた。目がギラッとひかって、ユビがギリギリ、この子をひっかいてやりたいって言ってるみたいにうごいた。そうしておばさんは

「『みんな』ってだれだい？　名まえを言いな——さもないと、この世からアホウがひとりへるよ」と言った。

トムは立ちあがって、うろたえたみたいな顔をして、ぼうしをぎこちなくいじって

「ごめんなさい、こうなるとはおもわなかったんで。そうしろって言われたんです。みんなに言われたんです。おばさんにキスするんだよって、みんなに。きっとよろこんでくれるからって。ひとりのこらず、そう言ったんです。でもごめんなさい、もうやりません——もう、ホントに」と言った。

「やらないんだね、もう？　そりゃそうだろうともさ！」

「はい、ホントにやりません、二どと。おばさんにたのまれるまで」

「あたしにたのまれる！　生まれてこのかたきいたことないよ、そんなくるった話！　あんたがメトセラの年になったって、あたしがあんたに――あんたみたいなアホどもに――そんなことたのむもんかね
〔メトセラは『創世記』に出てくる、九六九歳まで生きた人物〕」

「うーん、おどろいたなあ。どうもよくわかんないなあ。よろこんでくれるってみんな言ったし、ぼくもそうおもったんだけどなあ。だけど――」トムはそこでだまって、どこかにみかたはいないかっていう目でゆっくりまわりを見て、だんなさんに目をとめて、「おじさん、ぼくがキスしたらおばさんよろこぶっておもいませんでした？」ときいた。

「いや、それは――いや、おもわなかったよ」

するとトムは、またおんなじようにまわりを見て、こんどはおれに目をとめて言った――

「トム、おもわなかったかい、サリーおばさんがさ、両ウデひろげて『シド・ソーヤー』って言って――」

「あらまあ！」とおばさんはわってはいって、トムのほうにとんでいって「このはじ知らずの悪とう、人をこんなにだまして――」と言ってトムをハグしようとしたけど、トムはさっとよけて
「だめだよ、まずおばさんからたのむんじゃないと」と言った。

するとおばさんはいっしゅんもまよわずトムにたのんで、ぎゅっとハグして、キスして、なんどもなんどもやってから、やっとおこぼれをわけてやるみたいに、だんなさんにトムをひきわたした。ようよ

うすこしおさまってきたところで、おばさんは
「いやあホントにねえ、こんなにビックリするもの見たことないよ。まさかあんたも来るなんておもってもいなかったんだよ、トムのことしかきいてなかったからねえ。手がみにはトムが行くとしか書いてなかったから」と言った。

「うん、ずっとそういう話になってたんだよ、トムだけが行くっていう」とトムは言った。「でもぼく、さんざんたのんでたのんで、さいごのさいごでポリーおばさんもこんまけして、じゃあ行きなさいって言ってくれて、トムといっしょに川を下ってきたんですけど、それでふたりでおもいついたんだよ、まずトムだけ先にここへ来て、ぼくがたらたらあとから行って、アカのたにんみたいな顔してひょっこりあらわれたらおもしろいぞって。でもどうやらまちがいだったみたいです、サリーおばさん。ここはアカのたにんが、のこのこ来るとこじゃないんだね」

「ああ、あつかましい犬コロが来るとこじゃないよ、シド。だれかがあんたのアゴ、しっかりひっぱたいてやらないといけないね。こんなにアタマにきたこと、いつ以来だかわかんないよ。でもかまいやしない、これくらいなんでもないさ、それであんたがここに来るんだったら、千回かつがれたっていい。まったく、大したしばいだったねえ！　ホントだよ、あんたにいきなりチュッてやられて、あたしゃあやうく石になっちまうところだったよ」

　おもやとちゅうぼうのあいだは、カベのないひろいつうろになっていて、みんなでそこで昼ごはんを食べた。食たくの上には七家ぞくぶんくらい食べものがあって、それがどれもアツアツだった。しめっ

相当長いお祈り

た地下しつの戸だなにひと晩おいとかれて、朝には年よりの人食い人しゅのかたまりみたいなあじしかしないブヨブヨでかみきれない肉なんかじゃない。サイラスおじさんが食べものをしゅくふくするおいのりをやって、これがえらく長かったけど、待ったかいはあったし、そうやってるうちに食べものがさめちまうこともよくあるけど、このときはぜんぜんだいじょぶだった。

午ごのあいだ、ずいぶんいろんな話が出て、おれとトムとでずっと耳をそばだててたけど、逃亡ニガーの話はいっこうに出てこなかったし、こっちからきりだすのもまずい。でも日がくれて、夕メシのときに、ちいさい子どもたちのひとりが

「とうちゃん、トムとシドとぼくとで、ショーに行っちゃだめ？」ときいた。

「いいや」とおじさんは言った。「たぶんなんのショーもやってないし、やってたとしてもいまはダメだ。わしもバートンも逃亡ニガーからきいたんだが、ありゃあと

んでもないインチキショーらしい。みんなに知らせてまわる、とバートンは言っておった。もういまごろは、あつかましいゴロツキどもが町から追いだされたあとだろうよ」

そうなのか！――でもおれにはどうしようもなかった。トムとおれはおなじへや、おなじベッドでねることになって、今夜はもうつかれたからと、夕メシがすむとすぐにみんなにおやすみなさいを言ってへやに上がり、マドからはい出てひらいしんをつたって下におりて、町へ出かけた。王と公しゃくにけいこくしてくれる人がいるとはおもえない。おれがさっさと言ってやらないと、ふたりともエラいことになる。

道すがら、トムからなにもかもきいた。おれがころされたとみんながおもって、おやじがそのあとまもなくいなくなって、それっきりもどってこなかったこと。ジムが逃げて大さわぎになったこと。おれもトムに、「不朽の名演」の悪とうふたりぐみのことをひととおりつたえて、時かんがゆるすかぎりいかだの旅のことも話した。町にはいって、このへんがまんなかかなってところをぬけていると――もう八時半くらいだった――すごいけんまくの人たちがどっと、たいまつもってワーワーギャーギャーわめきながらやってきて、ブリキのナベたたいてラッパふいて、おれたちがわきへとびのくと、そいつらがとおりすぎていくときに、王と公しゃくがぼうにまたがらされてるのが見えた――てゆうか、王と公しゃくだとおれにはわかったけど、からだじゅうタールと鳥のハネがびっしりで、とても人げんには見えなかった。兵たいのぼうしについてるハネかざり、あれのバカでかいのが、ふたつあるみたいにしか見えない。おれはそれを見て気もちがわるくなった。どうしようもない悪とうふたりだけど、おれはやつ

棒にまたがって進む

らが気のどくにおもえてしまった。このふたりをわるくおもう気もちが、ムネのうちからなくなってしまったみたいだった。見ていてゾッとするながめだった。人げんっていうのは、人げんどうしずいぶんざんこくになれるものだ。

もう手おくれだってことはあきらかだった。おれたちにはなにもしてやれない。そのへんをウロウロしてるやつらにきいてみたら、みんなぜんぜんフツウの顔してショーに行って、ずっとおとなしくしていて、王がぶたいの上でとびはねてるさいちゅうにだれかがあいずを出して、全いんいっぺんに立ちあがって、おそいかかったんだそうだ。

それでおれとトムはとぼとぼ家にかえった。おれはもうさっきみたいにいせいのいい気ぶんじゃなかった。おれはダメなやつだ、そうおもってしゅんとして、なぜかなにもかもおれのせいみたいな気がした。べつにおれはなにもやってないんだけど、いつだってこうなのだ――いいことしようがわるいことしようがカンケイない、人げんの良心ってやつにはふんべつもなにもありゃしない。どっちみち人をせめるようにできてるのだ。もしおれにきいろい犬がいて、そいつが人げんの良心なみにどうりのわからねえやつだったら、おれはそいつにどくをもるだろう。人げんのうちがわで、良心ってのはなによりゴソッと場しょを食うのに、なにもいいことなんかない。トム・ソーヤーもおなじいけんだ。

Chapter XXXIV.

We stopped talking, and got to thinking. By-and-by Tom says:

"Looky here, Huck, what fools we are, to not think of it before! I bet I know where Jim is."

"No! Where?"

"In that hut down by the ash-hopper. Why, looky here. When we was at dinner, didn't you see a nigger man go in there with some vittles?"

"Yes."

"What did you think the vittles was for?"

"For a dog."

"So'd I. Well, it wasn't for a dog."

食い物

34

おれたちはしゃべるのをやめて、かんがえはじめた。そのうちにトムが
「なあおいハック、おれたちすげぇバカだったぜ、もっとはやくおもいつかないなんて！　おれ、ジムの居場しょわかるぞ！」と言った。

「ウソだろ！　どこだよ？」

「あすこの灰入れのそばの小屋だよ。なあ、いいか。おれたちメシ食ってるとき、ニガーの男があそこにさ、食いものもって、はいるの見なかったか？」

「見た」

「あの食いもの、なんのためだとおもった？」

「犬にやるのかなって」

「おれもそうおもったよ。いや、あれ、犬じゃないよ」

「どうして？」

「だって、スイカがあっただろ」

「そうだった――見えてたよ。いやあ、まいったなあ、犬がスイカ食わねえってことすっかりわすれてたよ。人げん、なにか見てるのに、ぜんぜん見てなかったりするもんだなあ」

「でさ、あのニガー、ナンキンじょうあけてなかにはいってさ、出てきたらまたカギかけたんだよ。で、あいつ、おれたちがしょくたくから立ったころに、おじさんにカギひとつとどけにきたんだ――きっとおなじカギだよ。スイカってことは人げん、カギってことはとらわれの人げん。で、とらわれの人げんがふたりいるとはおもえない。こんなちっちゃいプランテーションなんだし、ここの人たちみんなすごくやさしくてしんせつだし。ジムだよ、きっと。よしよし、たんていのやりかたでかいめいできてよかったよ。ほかのやりかたじゃあ、ちっともおもしろくないもんな。さ、おまえもかんがえろよ、どうやってジムをぬすむか、けいかくたてるんだ。おれもかんがえるから、ふたつくらべて、いいほうをとろうぜ」

子どもだってのに、まったくなんてアタマだ！　もしおれにトム・ソーヤーのアタマがあったら、公しゃくになれるって言われたってとりかえる気はしない。じょう気船のこうかい士になれる、サーカスのピエロになれる、とにかくおもいつくかぎりなになれるって言われてもおことわりだ。おれはけいかくをかんがえはじめたけど、でもまあかっこうだけだった。どのみち、だれがいいけいかくをおもいつくかはわかりきってるのだ。じきにトムが

「できたか？」と言った。

「うん」とおれはこたえた。

「よし――言ってみな」

「おれのけいかくはこうだ」とおれは言った。「ジムがあすこにいるかどうかは、カンタンにさぐりだせる。さぐったら、あしたの夜おれのカヌーを出して、島からいかだをもってくる。そうして、月の出ない晩になったらすぐ、だんなさんがねたあとにズボンからカギをぬすんで、ジムをいかだにのせて川を下って、昼はかくれて夜にうごく――おれとジム、いままでもそうしてたんだよ。これならうまくいかないか？」

「うまくいく？　そりゃもちろんいくともさ、ネズミのケンカみたいにな。だけどぜんぜんたんじゅんすぎる。なんにもおもしろくないぜ。そんな、なんの手まもかからないけいかくなんて、なにがいい？そんなの、ガチョウのミルクみたいにものたりないぜ。なあハック、そんなんじゃ、石ケン工じょうに押しいるみたいなものさ、だれもかんしんしてくれないぞ」

おれはなにも言わなかった。きっとそう言われるってカクゴしていたのだ。トムのけいかくは、ぜったいそんなのじゃないはずだ。

そしてそのとおりだった。トムからきかされると、それがカッコよさで言うとおれのけいかく十五コぶんのねうちがあることがすぐわかった。しかもおれのとおんなじように、ジムはしっかり自由になるし、おまけにおれたちみんな死んじまうかもしれない。おれはすっかりなっとくして、それでいこうぜ、バッチリだよと言った。どういうけいかくだったか、いまここで言ってもしかたない。どうせそのままってことにはならないと、おれにはわかっていた。どのみちトムは、やっていくうちにあっちをかえ、こっちをかえて、ことあるごとにあたらしいおもいつきをもりこむにきまってる。で、やってみたらやっぱりそうだった。

とにかく、ぜったいたしかなことがひとつあった。つまり、トム・ソーヤーが本気だってこと、ホントにあのニガーをドレイの身の上からぬすみだす手だすけをしようとしてるってこと。これがおれにはぜんぜんりかいできなかった。だってトムはちゃんとした家の子で、きちんとしたそだちで、せけんていってものをかんがえなくちゃいけない。家の人たちのせけんていだってかんがえなくちゃいけない。アタマもよくて、そこらへんののうミソからっぽの子どもとはちがう。ものも知っていて、ムチじゃない。ゲスなんかでもないし、心やさしい。なのにこんなあさましいマネに走るなんて、プライドも正ぎもおもいやりも、なにひとつあったもんじゃない。みんなのまえでじぶんをハジさらしにして、家ぞくをハジさらしにして。サッパリわからない。どういうことなんだ。ムチャクチャな話じゃないか。ここはしっかり、おれから言ってやらないといけない。それがほんとうのともだちっていうものだろう。ここできっぱりやめれば、トムもじぶんの顔にドロをぬらずにすむ。そしておれはホントに言いかけたのだ――だけどトムにだまらされた。そうしてトムは

「じぶんがなにやってるか、おれがわかってるとおもわないか？　おれっていつも、じぶんがやってることちゃんとわかってないか？」と言った。

「うん、わかってる」

「で、おれ、言わなかったか、あのニガーぬすむの手つだうって？」

「言った」

「だろ、そういうことさ」

トムはそれしか言わなかったし、おれもそれしか言わなかった。それ以上言ったってしかたない。いままでトムがなにかやると言ったら、いつもかならずやったのだ。だけどどうしてこんなことやる気になるのか、おれにはどうしてもわからない。おれはもうそういうことにして、それ以上はかんがえなかった。トムのハラがきまってるんだったら、おれにはどうしようもない。

家にかえると、まっくらでしずかだった。それでおれたちは、灰入れのそばの小屋を見にいった。りょう犬どもがどう出るかと、にわをとおっていった。みんなおれたちのこと知ってて、なんの音もたてない。いなかの犬って、夜になにか来てもあんまりさわがないものなのだ。おれたちは小屋に行きつくと、正めんを見て、左と右を見た。おれがまだ知らなかったがわ――北がわだ――に四角いマド穴がひとつ、けっこう高いところにあって、そこにがんじょうそうな板が一まい、クギでとめてあるだけだった。おれは
「あれでいい。あの穴なら、板さえはがせばジムがとおりぬけられる」と言った。

トムは
「それってマルバツゲームでマル三つならべるみたいにたんじゅんで、学校サボるくらいカンタンだよな。さすがにもうちょっとフクザツなやりかたかんがえたいぜ、ハック・フィン」

「それじゃさ」とおれは言った。「ノコギリで穴あけてジムを出すってのはどうかな、おれがころされたときみたいにさ」

「まあそのほうがいい」とトムは言った。「しっかりナゾめいてるし、手まもかかるし、いい。だけどきっとさ、それより二ばい長くかかるやりかたが見つかるとおもうんだ。いそぐこたぁない。もうすこしかんがえようぜ」

ウラにまわると、さくの手まえに、小屋のひさしとつながった、小屋に寄りかかったつくりの、板ばりのさしかけがあった。おくゆきは小屋とかわらないけど、はばはせまくて二メートルもない。トビラは南のはじにあって、ナンキンじょうがかかっていた。トムは石ケンがまのほうに行ってあたりをいろいろさぐって、かまのフタをもちあげるてつのどうぐをもってきた。で、それをつかって、U字クギを一本引きぬいた。クサリがはずれて、ふたりでトビラあけてなかにはいって、トビラしめてマッチに火をつけると、ここはとなりとせっしてるだけで、なかはつながってないことがわ

簡単な仕事

かった。こっちにはゆかもなくて、つかいふるしのサビたクワ、シャベル、ツルハシとかばっかしで、こわれたスキもひとつころがってた。マッチが消えるとおれたちは外に出て、U字クギをまた押しこむと、トビラにまたしっかりカギがかかった。トムは上きげんで

「よし、これでいい。ジムをほりだすんだ。一週かんくらいかかるぞ!」と言った。

それから家にもどって、おれはウラ口からはいった──シカがわのかけヒモを引っぱるだけでいい、ここじゃドアにカンヌキなんかかけないのだ──けどトム・ソーヤーはそれじゃものたりない。なにがなんでもひらいしんをのぼらないと気がすまない。けれども、三回ばかりやってみて、まんなかあたりまで行ったところでいつも落ちてしまい、さいごなんかあやうくアタマがわれてのうミソがとびだしちまうところで、さすがのトムもあきらめようかなって言ったけど、すこしやすんだら、ためしにもういっぺんやってみると言いだして、こんどはみごとにやってのけた。

つぎの日の朝、ふたりとも明けがたにはもう起きていて、ニガーたちの小屋がならんでるところに行った。犬たちを手なづけて、ジムに食いものをもってくかかりの──食いものをもらってるのがホントにジムだとして──ニガーとなかよくなろうとおもったのだ。ニガーたちはちょうど朝メシをおえて畑に出るところで、ジムのニガーはブリキなべにパンや肉を入れてるさいちゅうだった。ほかの連中が出かけるってゆうところで、おもやからカギがとどいた。

このニガーは人のよさそうな、アタマはあんまりよくなさそうな顔で、かみの毛は糸をつかっていくつものちいさいたばにしばっていた。これはま女を近づけないおまじないだ。まい晩さんざんま女につ

きまとわれてまして、いろいろヘンなもの見せられたりヘンなコトバや音きかされてるんです、ま女にこんなに長いことつきまとわれたのははじめてです、とそいつは言った。しゃべってるうちにむちゅうになって、自分の厄介《トラブル》についてえんえんまくしたてるもんだから、じぶんがなにをするつもりだったかもこいつはわすれてしまった。それでトムが

「その食いもの、どうすんの？　犬どもにやるのかい？」ときいた。

ニガーの顔がなんとなくほころんで、ドロ水にレンガ投げこんだみたいにえみがだんだんひろがっていって

「そうですよ、シドぼっちゃん。一ぴきの犬にやるんです。それが、ちょいとかわった犬でして。よかったら見にらっしゃいますかい？」と言った。

「うん」

おれはトムをつっついて、ヒソヒソ声で

「おいおい、朝っぱらから行こうってのか？　そういうけいかくじゃなかったぞ」と言った。

「ああ、そうじゃなかった――でもいまそうなったんだよ」

やれやれ。というわけでおれたちニガーについてったけど、おれはなんだか気に入らなかった。はいってみると、まっくらなんでほとんどなんにも見えなかったけど、ジムはちゃんとそこにいて、やつにはおれたちが見えた。それでジムは

「あれっ、ハック！　それに、なんと！　トムぼっちゃんでは？」と声をはりあげた。

こうなるのがおれにはわかってた。よそうどおりだ。でも、どうしたらいいかおれにはわからない。わかってたって、できやしなかっただろう。なにしろニガーがとびこんできて「ありゃりゃ、こりゃたまげた！　そいつ、おふたりのことぞんじあげてるんですかい？」ときいたのだ。

　もうだいぶ見えるようになっていた。トムがニガーを見た。おちついていて、どうしようかちょっとかんがえてるかんじ。

「だれがぞんじあげてるって、おれたちのこと？」とトムは言った。

「そりゃあ、そこにいるとうぼうニガーですよ」

「いや、知らないとおもうよ。なんでまた、そんなことおもったんだい？」

「なんでおもったかですって？　こいつたったいま、わめかなかったですかい、ぼっちゃんたちのこと知ってるみたいに？」

　トムはすっかりとまどった顔をして

「いやあ、えらくみょうな話だなあ。だれがわめいたって？　そいつ、いつわめいた？　なんてわめいたんだ？」と言ってから、おちつきはらった顔でおれのほうを向いて「おまえきいたか、だれかがわめくの？」とたずねた。

　もちろんこたえはひとつしかない。おれは

「いいや、おれはきいてないね、だれがなに言うのも」とこたえた。

つぎにトムはジムのほうを向いて、こんなやつはじめて見るって顔で上から下まで見て「おまえ、なんかわめいたかい?」ときいた。

「いいえ、ぼっちゃん」とジムは言った。「おれ、なにも言ってません」

「ひとこともか?」

「ええぼっちゃん、ひとことも言ってません」

「おまえ、おれたちのこと、見たことあるか?」

「いいえ、ぼっちゃん。おれの知るかぎり、ねえです」

それでトムは、めんくらってうろたえた顔してるニガーのほうを向いて、ちょっときびしい声で「おまえ、どうかしてるって、じぶんでおもわないか? だれかが声はりあげただなんて?」と言った。

「ああ、ぼっちゃん、これもま女どものしわざですよ、おれもう死んじまいたいです。いっつもおれにつきまとうんですぼっちゃん、ホントにおそろしいんです、こわくて死んじまいそうです。どうかぼっちゃん、おねがいですからだれにも言わないでください、サイラスのだんなにしかられちまいますから、ま女なんているもんか、ってだんなはおっしゃるんです。ああ、だんながいまここにいらしたらいいのに――そしたらなんておっしゃるか! こんどばかりは、だんなだっているもんかとは言えねえはず。けどいつだってこうなんだ――ガンコな人はいつまでもガンコ。じぶんの目つかってホントのこと見ようとしねえで、こっちがホントのこと見ておしえてやっても、信じねえんだ」

トムはそいつに十セントやって、だれにも言わないとやくそくした。アタマをしばる糸もっと買うと

いい、とそいつに言ってからジムのほうを見て
「サイラスおじさん、このニガーのことしばりクビにするのかなあ。おれがもし、逃亡するようなおん知らずのニガーつかまえたら、おれなら引きわたしたりしないね、しばりクビにするね」と言った。そうして、ニガーがトビラのそばに行って十セント玉を見てホンモノかどうかたしかめようと歯でかんでるすきに、ジムに耳うちして
「いいか、おれたちのこと、知らないふりしてるんだぞ。夜なかに穴ほってる音きこえたら、おれたちだからな。おまえのこと自由にしてやるからな」とささやいた。
　ジムがおれたちの手をギュッとにぎったところで、もうもどってきたニガーに、よかったらおれたちまた来るぜと言うと、ええそうしてください、とくに暗くなってからいらしてください、なにせま女どもはたいてい暗いときに来るんです、暗いところでどなたかいてくださるとありがたいです、とニガーは言った。

魔女たち

Chapter XXXV.

It would be most an hour, yet, till breakfast, so we left, and struck down into the woods; because Tom said we got to have *some* light to see how to dig by, and a lantern makes too much, and might get us into trouble; what we must have was a lot of them rotten chunks that's called fox-fire and just makes a soft kind of a glow when you lay them in a dark place. We fetched an armful and hid it in the weeds, and set down to rest, and Tom says, kind of dissatisfied:

"Blame it, this whole thing is just as easy and awkard as it can be. And so it makes it so rotten difficult to get up a difficult plan.

木を集める

35

朝メシまではまだ一時かん近くあるので、おれたちは小屋を出て森へはいっていった。トムが言うには、穴をほるのにあかりがいる、ランタンじゃあかるすぎて厄介《トラブル》になりかねない、くさった木ぎれをたくさんあつめないといけない。これはキツネ火といって、暗い場しょにおくとほんのりやわらかにひかるんだそうだ。ふたりで両ウデいっぱいあつめて、ざっそうの下にかくしてからすわってやすんだけど、どうもなっとくできないってゆう声で、トムが言った——

「うーん、これってなんか、カンタンすぎてぶさいくなんだよなあ。これじゃあ、むずかしいけいかくつくるのがえらくむずかしい。どくをもらなきゃいけない見はりもいないしなあ——そうだよ、ぜったいいるべきなんだよ、見はりが。なのに、ねむりグスリのませる犬一ぴきいやしない。しかもジムは、片っぽの足を三メートルのクサリでベッドにつながれてるだけ——そんなのさ、ベッドもちあげて、クサリはずすだけじゃん。それにサイラスおじさんときたら、だれのことも信じきって、あのバカっぽいニガーにカギわたすのも人まかせで、ニガーを見はらせにだれかを行かせもしない。ジムはその気になりゃ、もうとっくにあのマド穴から逃げてるはずなんだ——まあ三メートルのクサリ足につけてあるきまわったってはじまらないけどな。ホントにさ、ハック、こんなまのぬけたやりかた見たことないぜ。いろんなこんなん、ぜんぶこっちがつくらなきゃなんないんだから。ま、しかたない、ありあわせのモノをせいいっぱいかつようするしかない。とにかく、これだけは言える——いろんなこんなんやらキケンやらからジムをすくいだすにしてもだ、そういうのをキチンとそろえとくべき連中のたいまんで、こっちがぜんぶじぶんでアタマつかってつくりださなきゃいけなかったってことになりゃ、そのぶんめいよもおおきいのさ。ランタンのけんひとつとったってそうだ。ここはだな、おもいきりわりきって、ランタンはキケンだってゆうふりするっきゃない。なんならたいまつぎょうれつやったっていいんだ。でさ、かんがえてみたら、まずはさっさと、なにかつかってノコギリつくらないと」

「ノコギリなんて、なんでいるんだ？」

「なんでいるかって？　ジムのベッドの足、切るのにいるだろうが——クサリはずさなきゃいけないだろ？」

「え、だってさっき言ったじゃん、ベッドもちあげてクサリはずせばいいって」

「やれやれ、まったくおまえらしいぜハック・フィン。まるっきり幼ちえんっぽいやりかた、本気で出してくるんだからな。おまえさ、本とかよんだことないのか？　トレンク男しゃくとか、カサノバ、べンベヌート・チェリーニ、アンリ四世とか、そういうえいゆうだれも知らないの〈いずれも脱獄で知られる人物〉？　とらわれ人《びと》をそんなセコいやりかたで逃がすなんて、だれがきいたことある？　いいや。さいこうのけんいがみんなやるやりかたはだな、ベッドの足をノコギリでふたつに切って、そのままおいといて、バレないように切りクズは口からのみこんで、切れめにはドロとかアブラとかぬって、どんなにスルドいしつじにも切ったとは見ぬかれないようにする――このベッドの足はどこもわるいところはないっておもわせるんだ。で、いよいよ逃亡けっこうっていう夜に、ベッドの足をけとばすと、ポロッと折れるから、クサリをはずせばいい。あとはもう、ナワばしごをきょうへきにひっかけて、つたっておりて、ほりで足のホネ折って――なぜってナワばしごは五メートル半みじかすぎるんだよ――そして馬たちがいてたよりになるけらいがいて、さっとだきあげてくらの上に投げあげてくれて、ただちに出ぱつするのさ、こきょうのラングドックだかナバールだかにむけて。すごくハデなんだよ、ハックこの小屋のまわりにもほりがあったらなあ。もし時かんがあったらさ、だっそうの夜にほろうぜ」

おれは

「ほりなんて、なんでいるんだよ、小屋の下に穴ほって、こっそりつれだすんじゃないの？」ときいた。

でもトムには、おれのコトバがぜんぜんきこえてなかった。もうおれのこともわすれて、ほかのすべてのこともわすれていたのだ。アゴに片手をあてて、かんがえていた。じきにためイキをついて、クビをヨコにふって、またためイキをついて、それから

「いや、ダメだ――ひつぜんせいがたりない」と言った。

最高権威の一人

「なんのこと？」とおれはきいた。

「だから、ジムの足をノコギリで切ることさ」

「なに言ってんだよ！」とおれは言った。「そんなひつぜんせい、ぜんぜんないじゃねえかよ。だいたいなんで、ジムの足切るかなんてかんがえたわけ？」

「さいこうけんいの人たちが何人かやってるんだよ。クサリがはずせなかったんで、手をスッパリ切りおとして、逃げたんだ。で、足ならもっといいだろ。でもまあこれは、あきらめるっきゃない。この場合、ひつぜんせいがたりないし、それにジムはニガーだから、りゆうせつめいして、ヨーロッパではそれがしゅうかんなんだって言ってもわかんないだろうからさ、今回はあきらめよう。でもひとつできることはある。ナワばしごをつかわせるんだ。おれたちのベッドのシーツをやぶけば、ナワばしご、カンタンにつくってやれる。そうして、パイのなかに入れてとどけるんだ。たいていそういうふうにやるんだよ。おれ、もっとひどいパイ食ったことだってあるぜ」

「おいおいトム・ソーヤー、なに言ってんだよ」とおれは言った。「ジムはナワばしごなんていらねえだろ」

「ナワばしご、いるんだよ。おまえこそなに言ってんだ。ホントになんにも知らねえんだな。ナワばしご、つかわなくちゃいけないんだよ。みんなつかうんだ」

「そんなもの、どうすんだよ？」

「どうするかって？　ベッドの下にかくせばいい、そうだろ？　みんなそうするんだから、ジムもそうしなきゃいけないんだよ。ハック、おまえってなにひとつマトモにやる気ないみたいだな。いつだって、なにかぜんれいのないことやろうとしてる。もしさ、ジムがナワばしご、どうもしなかったら？　そしたらさ、いなくなったあとにもベッドの下にのこるわけだろ、手がかりとしてさ。でさ、あちらだって手がかり、ほしがるとおもわないか？　もちろんほしがるさ。で、おまえはなにかい、なんの手がかりものこしてやらないってのか？　それってけっこう気まずいんじゃないかね！　そんなのきいたことないぜ」

「うん、まあそれがきまりなんだったら」とおれは言った。「ならナワばしご、ジムにもつくってやるしかねえ、わかったよ、おれもわざわざきそくやぶる気はないからさ。だけどひとつ言えるのはさトム・ソーヤー、ジムにナワばしごつくってやるのに、おれたちのシーツやぶいたりしたらさ、サリーおばさんあいてに厄介《トラブル》になるぞ、ぜったいまちがいない。でさ、おれの見るところ、ヒッコリーの皮のはしごだったら一セントもかかんねえしさ、なんにもムダにならない。パイに入れるのにも、ワラぶとんにかくすのにも、きれでつくったはしごとおなじくらいラクにできる。それにジムだって、けいけんとかぜんぜんないわけだから、どんなしゅるいのナワばしごだろうと――」

「よせよハック・フィン、もしおれがおまえぐらいムチだったら、なにも言わずにだまってるね――おれならそうするよ。じゅうざいはんがヒッコリーの皮のはしごで逃げるなんて、だれがきいたことある？　そんなの、カンペキにバカげてるぜ」

「わかったよトム、じゃあおまえの好きなようにやれよ、だけどあとひとことだけ言わしてもらえばさ、シーツはおれが、ものほしロープからかりてやってもいいぜ」

それでいいとトムは言った。そうしてそこからべつの案もおもいついて
「シャツも一まいかりてくれ」と言った。

「シャツなんか、なんでほしいわけ？」

「ジムが日きつけるのさ」

「なぁにが日きだよ、ジムは字が書けねえんだぜ」

「書けないからどうだってんだよ――しるしならつけられるだろ、ふるいしろめ〔スズに鉛を加えた、十九世紀までよく使われた合金〕のスプーンか、ふるいたるのてつのたがでつくったペンわたせば」

「だってトム、ペンだったらガチョウのハネぬけばすぐじゃねえかよ、そのほうが上とうだし、手っとりばやいし」

「とらわれ人の地下ろうにガチョウがかけまわってて、いくらでもペンが引っこぬける、なんてあるわけないだろが。いつだってみんな、手にはいるかぎりサイコーにかたくてがんじょうで手まがかかる、

ふるいシンチュウのロウソクたてとか、そういうのでつくるんだよ、けずってペンにするのに何週かんも何か月もかかるんだよ、カベにごしごしこするっきゃないんだからさ。だれもガチョウのハネなんか、もしあったってつかいやしないよ。そんなのひょうじゅんじゃないんだよ」

「じゃさ、インクはなにでつくるわけ？」

「てつサビとナミダでつくる人も多いけど、そういうのやるのは身ぶんのひくい人げんや女だな。サイコーのけんいはじぶんの血をつかう。ジムもそうしたっていいし、なにかナゾめいたメッセージをおくってわたしはここにとらわれていますって世に知らせたけりゃ、ブリキざらのウラにフォークで書いてマドから外に投げてもいい。てっかめんはいつもそうやってた。すごくいいやりかただよ」

「ジムはブリキのさらなんてもってないよ。食いもの、ナベに入れてわたされるんだから」

「そんなのへいきさ。おれたちがわたしてやればいい」

「だれもよめないじゃねえかよ、ジムがなに書いたって」

「そういうことはカンケイないんだよ、ハック・フィン。ジムはとにかく、さらになんか書いてマドから投げりゃいいんだよ。べつによめる必ようはないんだよ。だいたいさ、とらわれ人が書いたものってさ、半ぶんはよめないんだぜ、ブリキのさらに書こうとなにに書こうと」

「それじゃなんのイミがあるんだよ、さらをムダにして？」

「なに言ってんだ、とらわれ人のさらじゃないだろ、どっちみち」

「だけどだれかのさらではあるだろ？」

朝食の角笛

「ああ、だからどうだってんだ？　とらわれの人げんが気にするかよ、だれのさら――」

トムはそこでだまった。朝メシのツノぶえがきこえたからだ。おれたちは家にもどっていった。

　朝のうちにおれはものほしロープからシーツと白いシャツを一まいずつかりて、ふるいふくろがあったんでそれに入れて、トムと森へ行ってキツネ火になるくさった木をあつめてそれもふくろに入れた。かりるっておれが言ったのはおやじがいつもそう言ってたからだけど、これってかりるんじゃなくてぬすんでるんだよとトムは言う。おれたちはとらわれ人のだいりなんだってトムは言った。で、とらわれ人はモノをどうやって手に入れようがかまやしないし、だれもせめたりしない。逃げるのに必ようなモノをとらわれ人がぬすむのははんざいじゃない、けんりなんだってトムは言った。だから、おれたちがとらわれ人のだいりであるかぎり、牢ごくからじぶんを出すってことであって、そのためにちょっとでも必ようなモノを、この農じょうからぬすむカンペキなけんりがおれたちにはある。もしとらわれ人じゃないんだったら、話はぜんぜんちがってきて、とらわれてもいないのにひとのモノをぬすむなんて、げれつでいやしい人げんのすることだとトムは言った。というわけで、おれたちはつかえるものはなんでもぬすんでいいんだってことになった。なのにこのあとある日、おれがニガーの畑からスイカを一コぬすんで食ったらトムは大さわぎして、あんまり言うんでおれはしかたなく、ニガーたちに十セントはらった——なんでそんなカネやるのか、ワケも話さずに。必ようなものはなんだってぬすんでいいっておれは言ったんだぞ、とトムは言った。だっておれにはスイカが必ようだったんだよ、とおれは言った。でもトムは、だってそれ、牢ごくから出るのに必ようなわけじゃねえだろ、そこがちがうんだよと言った。もしおまえがそのスイカ、なかにナイフをかくすのにつかいたくて、ジムにとどけてやってジムがしつじをころせるようにするってゆうんならいいんだよとトムは言った。おれはもうそれっきりにした。スイカぬすむチャンスにありつくたびに、いちいちそんなこまかいくべつかんがえなくちゃいけないんじゃ、とらわれ人のだいりになったってなにもトクなことねえっておもったけど。

　で、とにかくさっき言ったとおり、おれたちはその朝、みんながシゴトにかかってにわにだれもいなくなるまで待ってから、トムが牢やのとなりのさしかけにふくろをもっていって、おれはそのあいだすこしはなれて立って見はってた。そのうちにトムが出てきて、おれたちはマキの山にすわって話した。トムが

「これでバッチリだ。あとはどうぐだけだし、これはカンタンにできる」と言った。

「どうぐ?」とおれは言った。

「そう」

「なんのどうぐだよ？」

「そりゃあ、ほるどうぐさ。歯つかってジムを出すわけじゃねえだろ？」

「ニガー逃がす穴ほるのに、そこにあるふるいこわれたツルハシとかじゃダメなの？」

するとトムは、こっちが泣きたくなるみたいな、あぁなんてあわれなやつだって言ってる目でおれを見て言った——

「なあハック・フィン、おまえ、とらわれ人のタンスに、ツルハシとかシャベルとかさいしんのどうぐぜんぶそろっててさ、それつかって穴ほって逃げましたなんて話、きいたことあるか？　おまえにききたいんだけどさ——おまえにちょっとでもどうりってものがわかるなら——そんなことやって、その人えいゆうになれるとおもうか？　そんなことするくらいならさ、いっそそいつにカギかしてやって、さっさとかたつけるほうがまだマシだぜ。ツルハシとシャベル——そんなもの王さまにだって出しやしないさ」

「ツルハシとシャベルじゃないんだったら、なにがいるんだよ？」

「メシ食うのにつかうナイフ二本」

「あの小屋のどだいほるのにか？」

「そう」

「ジョウダンよせよトム、そんなのバカげてるぜ」

「バカげてたってカンケイないんだよ、それがただしいやりかたなんだよ――みんなそうやるんだってば。ほかのやりかたなんて、ひとつもきいたことないね。で、おれはそういうじょうほうがのってる本、ぜんぶよんだんだからさ。ほるのにはかならずナイフなんだ――それもたいていは土なんかじゃない、かたい岩なんだよ。何週かんも何週かんも、永えんにかかるんだよ。マルセイユのはとばのディーフ城の地下ろうにいたとらわれ人もさ〔『モンテ・クリスト伯』のシャトー・ディフへの言及〕、そうやって穴ほって逃げたんだけど、その人どのくらいかかったとおもう？」

「わかんねえよ」

「あててみろよ」

「わかんねえって。ひと月半とか？」

「三十七年だよ――出たら中国だったんだ。そういう穴だったんだよ。あーあ、このようさいの下もかたい岩だったらなあ」

「ジムは中国に知りあいなんかいねえよ」

「そんなのなんのカンケイあるんだよ？　その人だっていなかったさ。おまえっていつも、どうでもいいことに話そらすんだな。どうしてかんじんなことにしゅうちゅうできねえんだ？」

「わかったよ。どこに出ようとおれはどうでもいい、とにかく出られるんならな。ジムだってそうだとおもう。だけど、ひとつある――ジムはナイフで穴ほるにはトシくいすぎてるよ。おわるまでもたねえって」

ナイフをくすねる

「いやいや、もつって。こっちは土のどだいだ、ほるのに三十七年かかるとはおもわねえだろ？」

「どれくらいかかるんだ？」

「うん、ほんらいの時かんかけるのはちょっとリスクがある。じきにサイラスおじさんはニューオーリンズとれんらくがとれて、ジムがオーリンズの出じゃないってことがわかっちまうはずだ。そうしたらつぎはおじさん、ジムのこうこくを出すとかするだろうよ。だからほんらいの時かんかけて逃がすのはリスクがおおきい。ホントなら二年くらいかけるべきなんだけど、そうもいかない。ちょっとよめないようそも多いから、ここはこうしよう——なるたけはやく、すぐにでも外からほっていって、三十七年やったことにするんだ。そうしてジムをひっつかんで、あぶないとなったとたんさっさと出す。うん、これがいちばんいいな」

「うん、それならわかる」とおれは言った。「ふりするだけなら一セントもかからねえもんな。ふりするだけならカンタンさ。なんだったら一五〇年やったふりしたっていいぜ。コツつかんだらあとはラクなもんだ。じゃ行ってくるぜ、ナイフ二本はいいしゃくしてくるよ」

「三本にしろ」とトムは言った。「ノコギリつくるのに一本いるから」

「トム、これってひょうじゅんじゃないかもしれねえし、ふしんじんかもしれねえけどさ」とおれは言った。「あっちのさ、くんせい小屋のウラのカベ板の下から、ふるいサビたノコギリの刃がつき出てるんだけど」

トムはちょっとくたびれたような、ガッカリしたみたいな顔して
「おまえになにおしえてもムダだよ、ハック。さっさと行ってナイフはいいしゃくしてこい——三本だぞ」と言った。おれは言われたとおりにした。

Chapter XXXVI

As soon as we reckoned everybody was asleep, that night, we went down the lightning-rod, and shut ourselves up in the lean-to, and got out our pile of fox-fire, and went to work. We cleared everything out of the way, about four or five foot along the middle of the bottom log. Tom said he was right behind Jim's bed now, and we'd dig in under it, and when we got through there couldn't nobody in the cabin ever know there was any hole there, because Jim's counterpin hung down most to the ground, and you'd have to raise it up and look under to see the hole. So we dug and dug, with the case-knives, till most midnight; and then we was dog-tired, and our hands was blistered, and yet you

避雷針を伝って降りる

36

その夜、みんながねたとおもったところですぐ、おれたちはひらいしんをつたっておりていき、さしかけにとじこもって、キツネ火の山を出してシゴトにかかった。どだいの丸太のまんなかにそって一メートル半くらい、よけいなものをみんなどかした。このあたりがジムのベッドのまうしろだとトムは言い、ここからほって上がるんだ、そこに穴があるってことだれにもわかりっこない、ジムのかけぶとんがゆか近くまでたれてて、そいつをもちあげて下のぞかないかぎり穴は見えないから、と言った。というわけでふたりで、メシ食うのにつかうナイフで夜なか近くまでほってほってほりまくり、へとへとにくたびれて手もマメだらけになったけど、見たところすこしもすすんじゃいなかった。とうとうおれは「これ三十七年のシゴトじゃないぜトム・ソーヤー、三十八年のシゴトだよ」と言った。

トムはなにも言わなかったけど、ふうっとためイキをついて、じきにほるのをやめた。トムがしばらくのあいだかんがえてるのがおれにはわかった。やがてトムは言った――

「だめだハック、これじゃムリだ。おれたちがとらわれ人《びと》だったらいいんだよ、時かんなんて何年でもあって、いそぐ必ようなんかないからさ。それにどのみち一日に何分かしかほれやしない、見はりがこうたいするあいまだけだから、手にマメができたりもしない。来る日も来る日も、きちんとただしいやりかたでできるんだよ。だけどいまのおれたちはグズグズしちゃいられない、いそがなきゃいけない。のんびりやってる時かんはないんだ。こんなかんじでもうひと晩やったら、手がなおるまで一週かんやすまないといけないよな。そのくらいやすまないとナイフもにぎれない」

「じゃあどうすんだい、トム?」

「こうするんだ。これってただしくないし、どうぎてきにもまちがってるから、人には知られたくないけど、これしか手はない――ツルハシつかって穴ほってジムを出して、ナイフでやったふりするんだ」

「そう来なくっちゃ!」とおれは言った。「おまえのアタマどんどんさえてきてるぜ、トム・ソーヤー」とおれは言った。「なんてったってツルハシだよ、どうぎてきだかそうじゃないか知らねえけど。おれはどうぎとかそういうこと、ぜんぜん気にしないからさ。ニガーだろうがスイカだろうが日よう学校の教かしょだろうが、ぬすもうとおもったら、とにかくぬすめればどうやろうとかまいやしない。ほしいのはニガー、ほしいのはスイカ、ほしいのは日よう学校の教かしょ、で、ツルハシがいいんだったらツルハシつかってニガーでもスイカでも日よう学校の教かしょでもぬすむさ、えらいひとたちがどうおもうかとか知ったこっちゃないね」

「ま、こういう場合、ツルハシつかうのにもふりするのにも、口《こう》じつはある」とトムは言った。「なかったらおれとしてもゆるさない。ルールがやぶられるのをだまって見すごすわけにはいかない。なんてったってただしいことはただしいこと、まちがってることはまちがってることなんだから、ムチでもムフンベツでもないのにまちがったことなんてやれやしない。そりゃあおまえなら、ツルハシで穴ほってジム出してやっても、ふりなんかしなくていいかもしれないさ、こういうことよくわかってないんだから。だけどおれはそうはいかない、おれはちゃんとわかってるんだから。ナイフ、よこせよ」

トムはじぶんのナイフをもってたけど、言われておれはじぶんのをトムにわたした。トムはそいつを投げすてて

「ナイフ、よこせよ」と言った。

おれはどうしたらいいかわからなかった——でもじきにおもいついた。ふるいどうぐの山をひっかきまわして、ツルハシを出してわたすと、トムはそいつをうけとってシゴトにかかり、ひとこともしゃべらなかった。

トムはいつもそんなふうに、やることがげんみつだった。主ぎってものがトムにはあった。

なのでおれもシャベルを出して、ふたりでツルハシふるってシャベルふるって、しゃかりきになってほりまくった。三十分くらいずうっとがんばった——さすがにそれがげんかいだった。でももうけっこう穴はほれていた。おれが階だんのぼってマドから外を見ると、トムがひっしにひらいしんよじのぼろうとしてたけど、ムリだった。手がすっかりはれちまってるのだ。とうとうトムは

「ダメだ、できない。なあ、どうしたらいいとおもう？　おまえなにか、おもいつかないか？」と言った。

「おもいつくよ」とおれは言った。「まっとうなやりかたじゃないけど。階だんのぼって、ひらいしんだってふりするんだ」

で、トムはそうした。

スプーンを盗む

つぎの日トムは、ジムがペンをつくれるよう、しろめのスプーン一コとしんちゅうのロウソクたて一本を家からくすねて、ついでにじゅうしロウソクも六本ぬすんできた。おれはニガーたちの小屋のまわりをウロウロして、スキをねらってブリキのさらを三枚かっぱらった。それじゃたりないってトムは言ったけど、ジムが投げすてたさらなんてだれも見ないさ、どうせマド穴の下のざっそうにうもれちまうんだから、すてたやつひろってきてまたつかえばいいとおれは言った。

それでトムもなっとくした。そうして
「で、つぎにかんがえなきゃいけないのは、いろんなものをどうやってジムにとどけるかだ」と言った。

「穴からとどければいいじゃん」とおれが言った。「穴ができあがってからさ」

トムはさげすむみたいな顔しただけで、そんなアホなかんがえだれもきいたことないぞとかなんとか言って、じっくりかんがえはじめた。で、そのうちに、二つ三つおもいついたけどまあいまきめる必よ うはない、まずはジムに知らせないと、と言った。

その夜、十時すこしすぎにおれたちはひらいしんをつたっておりて、ロウソクも一本もっていって、マド穴の下で耳をすまし、ジムがイビキかいてるのをきいた。ロウソクを投げいれたけどジムはぜんぜん目をさまさなかった。それからふたりでツルハシとシャベルでしごとにかかって、二時かん半くらいでできあがった。ジムのベッドの下から小屋のなかにはい上がって、手さぐりでロウソク見つけて火をつけて、すこしのあいだジムを見おろして立っていた。いかにも元気そうに見えるジムを、おれたちはそうっと、すこしずつ起こしていった。おれたちを見てジムはホントにものすごくよろこんだみたいで、いまにも泣きだしそうだった。おれたちのことハニーとか、おもいつくかぎりいろんなあいしょうで呼んだ。たがね見つけてきてくれろ、いますぐこの足のクサリ切っていっこくも早く逃げたいから、とジムは言った。けどトムは、そういうのはまっとうなやりかたじゃないってことを言いきかせてから、けいかくをいちぶしじゅうジムにせつめいして、あぶなくなったらいつでもすぐかえられるから心ぱいしなくていい、ぜったい出してやるから、とうけあった。じゃあまあいいですとジムも言って、三人でしばらくそこにすわってむかしのことしゃべったりしてから、トムが根ほり葉ほりジムにきいて、サイラスおじさんが毎日か一日おきにやってきてジムといっしょにおいのりするとか、サリーおばさんも来ていごこちはいいか、食いものはたっぷりあるかとかたしかめていって、ふたりともとにかくすごくしんせつだってゆう話をききだすと、トムは

「それできまりだ。ふたりをつかっておまえにモノをとどけるんだ」とジムに言った。

おれは「よせよ、そんなの。そんなムチャクチャな話、きいたことないぜ」って言ったけどトムはぜんぜん耳をかさずに話をつづけた。いったんこうときめたら、いつだってそうなのだ。

とゆうわけで、トムはジムにあれこれ言いふくめた。ナワばしごパイとかおおきいモノは、食いものをはこんでくるニガーのナットをつかってこっそりもちこまないといけない。ジムはいつも目をひからせていて、なにを見てもおどろいたみたいな顔しちゃいけないし、とどいたものをあけるところをナットに見られてもいけない。ちいさいモノはおじさんの上着のポケットとかに入れるから、ジムはそれをぬすまないといけない。スキを見て、おばさんのエプロンのひもにもいろんなモノしばりつけたり、エプロンのポケットになんやかや入れたりする。なにを入れるのか、なんにつかうのかもちゃんとジムにつたえた。それから、血をつかってシャツに日きを書くやりかたとかもひととおりおしえた。トムはなにからなにまでジムにおしえた。なんのためにそんなことするのか、ジムにはほとんどわからなかったけど、おれたちは白人だからじぶんよりモノゴトがわかってるんだろうときめてなっとくして、ぜんぶトムに言われたとおりにやると言った。

ジムがトウモロコシじくのパイプとタバコの葉っぱはたっぷりもらってたんで、おれたちはしばらくのんびりかいてきにすごした。それからおれとトムは穴からはい出て、家にもどってねどこにはいった。両手はもう、犬にさんざんかまれたみたいになっていた。トムはえらく上きげんだった。こんなにゆいなのって生まれてはじめてだぜ、サイコーに知せいてきだし、やりかたさえおもいつけば一生つづけたっていいよな、ジムを外に出すのはおれたちの子どもにまかせるんだ、ジムだってきっとなればだんだんたのしくなるさとトムは言った。そうなったら八十年くらい引きのばしてもいいよな、そうすりゃせかいさいちょうきろくだぜ、かかわったおれたちみんなゆうめいになるぞとトムは言った。

朝になって、おれたちはマキの山に行ってしんちゅうのロウソクたてを手ごろなおおきさに切りきざんで、トムがそれとしろめのスプーンをじぶんのポケットに入れた。それからニガーたちのすみかに行って、おれがナットの気をそらしたスキに、トムがロウソクたてのかけらを一コ、ナットがジムにわたす平ナベにはいってるトウモロコシパンのなかにつっこんだ。おれたちはナットについていって、うまくいくかどうか見てみたけど、もうバッチリだった――ジムがパンにかぶりつくと、あやうく歯がぜんぶグシャグシャになりかけたのだ。これ以上うまいやりかたはない。トムもじぶんでそう言っていた。ジムはたんに石かなんか、パンによくはいってるたぐいのモノがまぎれこんでたふりしてたけど、そのあとはもうかぶりつくのはやめて、まずフォークで三、四か所つっつくようになった。

で、だんだん暗くなってくるなか、みんなでそこに立ってると、ジムのベッドの下からりょう犬が二ひきとびこんできて、そのあともどんどんやってきてしまいには十一ぴきになり、もうイキをする場しょもないくらいだった。なんとおれたちは、さしかけの戸をしめるのをわすれたのだ。ニガーのナットは「ま女だ！」といっぺんさけんだきりで、犬たちのまんなかにバッタリたおれて死にそうみたいなうめき声を出しはじめた。トムが戸をさっとあけて、ジムの肉をひときれ外にほうりなげると犬たちがむらがっていった。二びょうのうちにトムもじぶんで外に出て、またもどってきて戸をしめた――きっとさしかけのほうの戸をしめてきたんだろう。それからつぎはニガーのナットのせわにかかって、やつをなだめ、ぽんぽんなでて、またなにか見たとそうぞうしてたのかとたずねた。ナットは起きあがって、目をパチクリさせてあたりを見まわし、言った――

「シドぼっちゃん、おれのことバカだっておっしゃるでしょうけど、ホントなんです、おれ見たんです、犬百万びき、それかアクマだかなんだかを。ウソだったらおれ、ここでポックリ死んじまってもかまやしません。ホントに見たんです。ぼっちゃん、おれからだでわかったんです、やつらがいるのが、やつらがおれにむらがってくるのが。ああホントに、あのま女どものひとりだけでいい、いっぺんでいいからつかまえられたら――いっぺんでいいんです。でもまずは、とにかくおれのことほっといてほしいですよ、あのま女ども」

トムは言った――

「あのな、おれはこうおもうんだ。この逃亡ニガーの朝メシどきに、なんでやつらはここへ来るのか？それはな、ハラがへってるからさ。おまえ、ま女どもにま女パイをつくってやらないと――そうしないといけないんだよ」

魔女パイを勧めるトム

「だけどシドぼっちゃん、ま女パイなんてどうやっておれにつくれます？ そんなのおれ、つくりかたわかりません。だいたいそんなもの、はじめてきいたですよ」

「じゃあまあ、おれがつくってやるしかないかな」

「そうしてくれますかい、ハニー？ そうしてくれたらおれ、あんたの足の下の地めんあがめたてまつりますですよ！」

「よしよし、やってやる、なにせおまえはおれたちにずいぶんよくしてくれて、逃亡ニガーのこともおしえてくれたもんな。だけど、すごく気をつけなくちゃいけないぞ。まずだな、おれたちが来たら、おまえは背を向けるんだ。で、おれたちがナベになに入れようと、おまえはぜったい、それを見たようなそぶり見せちゃいけない。で、ジムがナベのなかみを出すときも、見ちゃダメだぞ、見たらなにが起きるかわからないぞ、おれにもわかんないんだよ。そしてなにより、ま女にわたすもの、さわっちゃダメだぞ」

「さわるですって、シドぼっちゃん？　なにをおっしゃいますやら。そんなもん、千ちょうドルもらったってユビ一本ふれやしません」

37

Chapter XXXVII

That was all fixed. So then we went away and went to the rubbage-pile in the back yard where they keep the old boots, and rags, and pieces of bottles, and wore-out tin things, and all such truck, and scratched around and found an old tin wash-pan and stopped up the holes as well as we could, to bake the pie in, and took it down cellar and stole it full of flour, and started for breakfast and found a couple of shingle-nails that Tom said would be handy for a prisoner to scrabble his name and sorrows on the dungeon walls with,

ゴミ置き場

とゆうわけでその一けんはかたづいた。おれたちは小屋を出て、ウラにわのゴミおき場に行った。ふるグツとか、ボロボロのブリキのどうぐとか、ボロきれ、ビンのかけらなんかがおいてある。あちこちひっかきまわして、ふるいブリキのせんめんきを見つけて、パイをやくために穴をできるだけふさいで、地下しつにもっていってぬすんだ小ムギ粉をいっぱいに入れてから、朝メシを食いにいった。とちゅうでふるクギも二本見つけて、こいつはとらわれ人《びと》が地下ロウのカベに名まえやかなしい気もちを書くのにうってつけだぞとトムが言い、一本はイスにかかっていたサリーおばさんのエプロンのポケットにほうりこみ、もう一本はタンスの上にあったサイラスおじさんのぼうしのバンドにつっこんだ。さっき子どもたちから、とうちゃんとかあちゃんけさ逃亡ニガーのとこに行くんだよときいていたからだ。そして朝メシに行き、トムがしろめのスプーンをサイラスおじさんの上着のポケットにほうりこんだけど、サリーおばさんはまだ来てなかったのでみんなすこし待たないといけなかった。

　やっと来たおばさんは、顔が赤くほてってって見るからに不きげんそうで、おいのりもさっさとやってくれっていうかんじだったし、片手でコーヒーをぞんざいについでまわって、もういっぽうの手にはめたシンブル〔日本の指ぬきに相当するキャップ型の裁縫道具。指先にかぶせて使う〕で手近な子どものアタマをポカッとたたいてから
「スミからスミまでさがしたんだけど、どうなってんのか、あんたのもうひとつのシャツ、どうしても見つからないんだよ」とサイラスおじさんに言った。

　それをきいておれの心ぞうが肺とかかんぞうとかのまんなかにドサッと落ちて、おつぎはひきわりトウモロコシのゴツゴツのかたまりがノドを下っていって道中でゴホゴホのせきと出あってテーブルのむこうにすっとばされて子どものひとりの目にめいちゅうして子どもは釣りのエサのミミズみたいにまるまってインジャンのときの声みたいにギャアギャアわめいて、トムも口のまわりがすうっと青くなって、十五びょうだかそれくらいかなりとんでもないことになって、おれとしてもここは買い手がつくものならなにもかも半ねで売りとばしちまいたいところだった。でもそのあとで、またフツウにもどった——とにかくいきなりガツンと来たもんだから、おれたちもうろたえてしまったのだ。やがてサイラスおじさんが言った——

「いやぁホントにきみょうだよ、サッパリわけがわからん。ぜったいたしかなんだ、わしはあのシャツをぬいだんだ、なぜって——」

「なぜっていまはこれしか着てないから、って言うんだろ」とおばさんが言った。「まったくあんたの言うことときたら！　あんたがぬいだってことあたしは知ってるよ、それもあんたのまるっきりあてにならないきおくなんかよりずっとたしかに知ってるんだ。なぜってきのうは、ものほしロープにかかってたからさ——あたしゃこの目で見たんだよ、あそこにあったのを。でもそれがなくなっちまった——ようするにそういうことだよ、だからあんた、あたしがあたらしいのつくってあげる時かんができるまで、赤いフランネルのやつ着ててもらうしかないね。これでこの二年で三つめだよ——あんたのシャツたやさずにしておくだけでひと苦労だよ。あんたがシャツみんなどうしちまうのか、あたしにゃかいもくわからない。すこしは気をつけるようになれそうなもんだけどね、いい年してさ」

「わかってるよサリー、わしだってがんばってるんだよ。だけどわしひとりのせいじゃないよ、わしだって着てないときまで年じゅう見はってるわけにはいかないさ。で、着てるあいだになくしたことはいっぺんもないとおもうよ」

「そりゃそうだけどね、べつにあんたのてがらじゃないよ——そんなのなくしようがないんだから。なくせるものだったらあんた、ぜったいなくしてるよ。それにね、なくなったのはシャツだけじゃないんだよ。スプーンだってなくなったし、それだけじゃない。十本あったスプーンが、いまは九本しかない。シャツはまあ子牛にとられたんだろうけど、スプーンはぜったい子牛じゃないよ」

「え、ほかになにがなくなったんだい？」

「ロウソクが六本だよ。まあロウソクはネズミがよくもってくし、今回もそうなんだろうよ。なにしろあんたがいつも穴をふさぐふさぐって言いながらぜんぜんふさがないもんだから、なにからなにまでもってかれちまわないのがフシギなくらいだよ。あいつらにチエってものがあるんなら、あいつらあんたのかみの毛のなかでだってねむるだろうよサイラス、それでもあんたはまるっきり気づきやしないだろうよ。だけどね、いくらなんでもスプーンはネズミのせいにできない――それはたしかだよ」

「なあサリー、わしがわるかった、それはみとめる、わしがだらしなかったよ、あしたはぜったい穴ふさぐよ」

「いいんだよいそがなくて、来年でいいよ。こらっ、マティルダ・アンジェリーナ・アラミンタ・フェルプス！」

シンブルがバシッととんで、子どもはさとうツボからさっと手をぬく。と、ニガーの女が戸ぐちに出てきて

「おくさま、シーツがひとつなくなりました」と言った。

「シーツがなくなった！　なんてこった！」

「きょう穴ふさぐよ」とサイラスおじさんがなさけない声で言った。

「うるさいね、だまんなさい！――ネズミがシーツもってったのかい？　シーツどこ行っちまったんだい、リズ？」

「まるっきりけんとうもつきません、ミセス・サリー。きのうはちゃんと、ものほしロープにかかってたのに、なくなっちまったんです。もういまはありませんです」

「おくさま、シーツがなくなりました」

「きっとせかいがもうじきおわっちまうんだね。こんなムチャクチャ、生まれてこのかた見たことないよ。シャツに、シーツに、スプーンに、ロウソクが六——」

「おくさま」わかい、わりと色のうすい女がやってきた。「しんちゅうのロウソクたてが見あたりませんです」

「さっさと出てけ、でないとフライパンでブッたたくよ!」

おばさんはもうカンカンだった。おれは逃げるタイミングをうかがいはじめた。こっそり出ていって、ほとぼりがさめるまで森にいようとおもった。おばさんはひとりでいかりくるって、ほかはみんなしゅんとおとなしくしてる。そのうちにサイラスおじさんが、なんかまのぬけた顔でスプーンをポケットからひっぱり出した。おばさんがピタッととまった——口をあんぐりあけて、両手を上にあげて。おれはもう、エルサレムかどこかへ行っちまいたかった。でもじきにおばさんが

「おもったとおりだよ。あんたがずっとポケットに入れてたんだね。たぶんあんた、ほかのものもってる

んじゃないのかね――だいたいそのスプーン、どうやってそこにはいったんだい？」と言った。

「それがわからないんだよ、サリー」とおじさんはあやまるみたいに言った。「わかってたら話すさ、それは信じてくれるだろう。朝食のまえ、わしはしとぎょうでん十七章をよみなおしていてね、たぶん気づかずに入れたんだろうよ、聖しょを入れたつもりでね、きっとそうにちがいない、なぜって聖しょはここにはいってないからね、でも見てくるよ、で、もしわしの聖しょがさっきよんだところにあったら、それはつまりわしは聖しょをポケットに入れなかったってことであって、ということはすなわちわしは聖しょをおいてスプーンを手にとって――」

「ああ、もういいかげんにしとくれ！　バカもやすみやすみに言ってほしいね！　みんなあっち行っとくれ、ひとりのこらず、あたしの気もちがしずまるまでそばに来ないどくれ！」

おばさんがひとりごとでそう言ったとしたっておれにはきこえただろう。ましてやしっかり口に出したわけだし、もしおれが死んでたってさっさと起きあがって言われたとおりにしただろう。で、おれたちが居まをとおりぬけていくとき、おじさんがぼうしを手にとると、れいのクギがゆかに落ちて、おじさんはなんでもないみたいにそれをひろってだんろのたなにおいて、なにも言わずに出ていった。おじさんがそうするのをトムは見て、スプーンのこともおもいだして
「やれやれ、もうおじさんをつかってモノをとどけるのはムリだな。あてになりやしない」と言った。それから「でもまあスプーンのことでは役にたってくれたよ、そうとは知らずにさ、だからこっちもおじさんの知らないところで役にたってやろうぜ――ネズミの穴をふさぐんだ」と言った。

地下しつには穴がおそろしくたくさんあって、ふさぐのにまる一時かんかかったけど、おれたちはきちんとシゴトして、水ももれないくらいしっかりふさいだ。と、階だんから足おとがきこえたんで、ロウソクをふきけしてかくれた。やってきたのはおじさんで、片手にロウソク、片手にいろんなモノをもって、あいもかわらずぼんやりしたようすだ。ユメでも見てるみたいにウロウロ、こっちのネズミ穴からあっちのネズミ穴へと、ぜんぶ見てまわった。それから五分くらい、ロウソクのヨコにたれたロウをはがしながらぼさっと立ってかんがえていた。それからのろのろまわれ右して、ユメ見ごこちで階だんにむかってあるきだして言った――

「うーん、いくらかんがえてもおもいだせん、わしはいったいいつやったのか。これでサリーにも見せてやれる、ネズミのことでわしがせめられるいわれはないってことを。でもまあいい――やめておこう。言ったってなにもいいことはないさ」

そんなかんじにおじさんはブツブツ言いながら階だんをのぼっていったんで、おれたちも地下しつを出た。サイラスおじさんはホントにいいひとだった。いまもずっとそうだ。

スプーンをどうしたらいいか、トムはすごくなやんでたけど、やっぱりスプーンがなくちゃダメだと言ってまたじっくりかんがえはじめた。かんがえがまとまると、どうするかをおれにつたえて、おれたちはスプーンかごのあたりでサリーおばさんが来るのを待って、おばさんが来るとトムがスプーンをかぞえはじめて一本ずつヨコにおいて、おれが一本をソデのなかにかくして、トムが

「ねえサリーおばさん、スプーン、まだ九本しかないよ」と言った。

おばさんは

「あっち行ってあそんどいで、あたしのジャマするんじゃないよ。ちゃんと十本あるとも、あたしがさっきじぶんでかぞえたんだから」と言った。

「でもおばさん、ぼく二回かぞえたんだよ、九本しかなかったよ」

おばさんはもうつきあってられないって顔したけど、もちろんかぞえにきた。だれだってそうするだろう。

「こりゃブッたまげた、ホントに九本しかない！」とおばさんは言った。「こいつはいったい――ああいまいましい、もういっぺんかぞえるよ」

そこでおれがもってた一本をこっそり入れると、おばさんはかぞえおえて

「ワケわかんないよ、こんどは十本ある！」と言って、プリプリおこった、とどうじに心ぱいそうな顔になった。ところがそこでトムが

「ねえおばさん、やっぱり十本ないみたいだよ」と言った。

「なに言ってんだい、あたしがかぞえてたの、見なかったのかい？」

「うん、わかってる、でも――」

「ふん、もういっぺんかぞえるよ」

で、おれが一本かくして、さっきとおなじにまた九本。いやあ、もう、おばさんのうろたえようときたら――からだじゅうブルブルふるえてアタマはカッカして、またかぞえて、かぞえて、すっかりこん

おばさんのうろたえようときたら……

がらがってじきにかごまでかんじょうに入れたりして、三回は合ってたけど三回はまちがって、それからかごをガバッとつかんでむこうのカベに投げつけて、ついでにネコもはりたおして「あっちへ行きな、あたしのことほっといとくれ、お昼ごはんまえにあんたたちまたジャマしにきたら皮ひんむいてやるからね」と言った。というわけでスプーン一本はおれたちがもっていて、あんたたちさっさとどっか行っちまいなとおばさんがわめいてるスキにおばさんのエプロンのポケットに入れたんで、ジムは昼まえにしっかりスプーンを、やっぱりおばさんのポケットに入れといたクギといっしょに手に入れた。おれたちはすっかりまんぞくして、かけた手まのばいのねうちがあるよなとトムも言った。これでもうおばさん、いくらスプーンをかぞえたって二どつづけておなじにかぞえられやしないさ、かぞえられたらかぞえられたで信じやしないだろうし、こんご三日、アタマがもげるくらいかぞえつづけたあたりできっと、かぞえてくれなんて言う人げんはブッころすとかなんとか言いだすぞとトムは言った。

で、その夜おれたちがシーツをものほしロープにかえして、かわりにおばさんのクローゼットにはいってたやつをひとつぬすんで、と、かえしてぬすんでを二日ばかりくりかえすと、そのうちにもうおばさんは、いったいいくつシーツがあるのかサッパリわからなくなって、ああもうどうでもいい、こんなことでしんけいすりへらしてたまるか、いのちがかかってたって二どとかぞえるもんか、かぞえるくらいなら死んだほうがマシだよと言った。

そんなわけで、シャツ、シーツ、スプーンについては子牛、ネズミ、かんじょうのこんがらがりのおかげでうまくいったし、ロウソクはそんなにさわぐものじゃないからそのうちおさまるにちがいなかった。

だけどパイはやっかいだった。このパイにはほんとうに苦労した。わざわざ森まで行ってしたくして、森でりょうりして、やっとできあがって、それもすごくうまくできたけど、一日《いちんち》ですむシゴトじゃなかったし、せんめんき三ばいぶん小ムギ粉つかうハメになったし、おれたちふたりともあちこちヤケドしてケムリで目も見えなくなった。なにしろこっちはパイ皮がふくらんでくれればいいだけなのに、どうしてもうまくふくらまずにバサッとくずれ落ちちまう。でももちろん、やっとうまいやりかたをおもいついた——パイのなかにハシゴも入れてしまうのだ。とゆうわけで二日めの夜、おれたちはジムといっしょにシゴトにかかって、シーツをビリビリにほそながく引きさいて、ねじってよりあわせ、夜があけるずっとまえに、ひとをしばりクビにできるくらいりっぱなナワができあがった。おれたちはこれをつくるのに九か月かかったふりをした。

　で、朝のうちにナワを森へもっていったけど、パイのなかにはいらなかった。なにしろシーツ一枚まるまるつかってつくったわけで、四十コのパイに入れてもまだスープだのソーセージだのに入れるぶんがたっぷりのこる。ナワだけで一回のしょくじまるごとつくれるのだ。

　でもそんなものはいらない。とにかくパイ一コにじゅうぶんなりょうあればいいわけで、のこりはすててしまった。はんだがとけるといけないので、パイをやくのにせんめんきはつかわなかった。サイラスおじさんがねどこ用あんかをもっていて、しんちゅうでできた、長い木のとってがついてるこのかくちょう高いあんかをおじさんはひどくじまんにしていた。なんでも、とおいせんぞのもちものだったあんかで、メイフラワー号だかなに号だか、ウィリアムせいふく王をのせて大むかしにイギリスから来た船〔十一世紀のウィリアム征服王と、十七世紀にメイフラワー号でアメリカに渡ったウィリアム・ブラッドフォードをおそらく混同している〕にのって来たそうで、ほかのふるいナベやらなにやらのねうちモノといっしょに——といっても役にたつからじゃなくてただひたすらこっとうだからねうちモノなんだけど——やねウラにしまいこんであって、おれたちはこいつをこっそりはいしゃくして森へもっていってパイをやき、はじめ何回かはやりかたもわからなくてうまくやけなかったけど、さいごにはバッチリうまくいった。小ムギ粉と水をねったたねをあんかのうちがわにぬって、やけた炭の上にのせて、ナワをどっさりなかにもって、たねをやねみたいにかぶせて、ふたをしめて、あついもえさしを上にのっける。で、おれたちは一メートル半ばかりはなれて、長いとっての先っぽをもって、あつくもなくかいてきに待って、十五分すると見た目にもごうせいなパイができあがった。だけどこのパイを食った人げんは、つまようじをたるいっぱいほしがるはずだ——あのナワばしご食ってへいきでいられる人げんがいたらお目にかかりたい。つぎにこのパイ食うまでずーっとハラいたがつづくだろう。

おれたちはま女のパイをジムのナベに入れたけど、ナットは見もしなかった。ナベのそこ、食いものの下にもブリキのさらを三枚入れた。こうして必ようなモノはぜんぶジムにとどいて、ジムはひとりになるとすぐパイをあけてナワばしごをワラのねどこにかくし、ブリキのさらにゴショゴショしるしをつけてマド穴の外にほうりなげた。

先祖の誰か

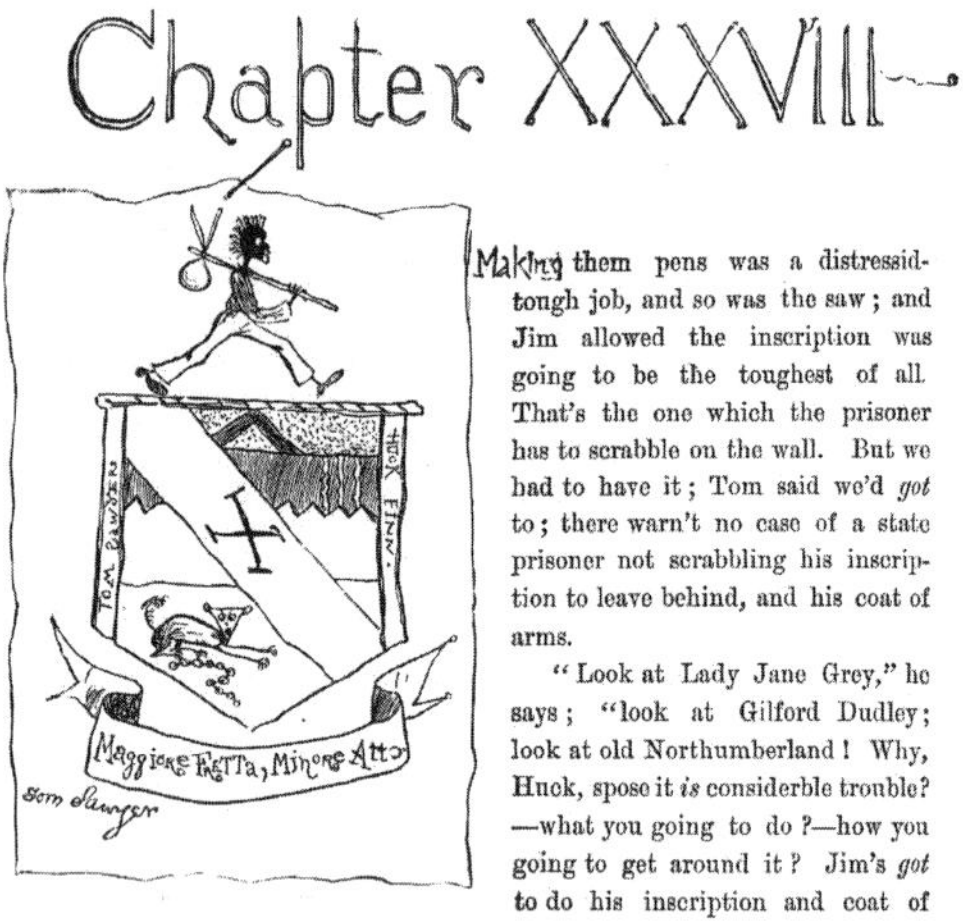
Chapter XXXVIII

Making them pens was a distressid-tough job, and so was the saw; and Jim allowed the inscription was going to be the toughest of all. That's the one which the prisoner has to scrabble on the wall. But we had to have it; Tom said we'd *got* to; there warn't no case of a state prisoner not scrabbling his inscription to leave behind, and his coat of arms.

"Look at Lady Jane Grey," he says; "look at Gilford Dudley; look at old Northumberland! Why, Huck, s'pose it *is* considerble trouble?—what you going to do?—how you going to get around it? Jim's *got* to do his inscription and coat of

ジムの紋章

38

ペンをつくるのはとてつもなくタイヘンだったし、ノコギリもおなじだった。こくじがいちばんキツそうですよとジムは言った。こくじってのは、とらわれ人《びと》がカベに字をきざむことだ。キツくたってやらなきゃダメなんだ、ぜったい必ようなんだとトムは言った。じゅうようなとらわれ人がこくじともんしょうをのこさないなんてありえないとトムは言った。

「レイディ・ジェーン・グレイを見ろ、ギルフォード・ダドリーを見ろ、かのノーサンバーランドを見ろ！[1] なあハック、それがかなりの手まだからどうだってんだ？——どうするってんだ？——どうやってのがれられる？ ジムにやらせなきゃいけないんだよ、こくじともんしょう。みんなそうするんだ」

「けどトムぼっちゃん、おれもんしょうなんてもってないですよ、もってるのはこのシャツだけだし、こいつには日き書かなきゃいけないんですから」〔紋章（coat of arms）というのをジムはどうやら一種の上着

(coat) と勘違いしている〕

「わかってないなあジム、もんしょうってのはそういうんじゃないんだよ」

「でもジムの言うとおりだぜ」とおれは言った。「こいつ、ホントにもんしょうなんてもってないんだから」

「そのくらいわかってる」とトムは言った。「ここを出るまでにちゃんとつくってやるさ。ジムはただしくだっそうしないといけない——きろくにおちどがあっちゃいけないんだよ」

　とゆうわけで、おれとジムがそれぞれレンガのかけらつかって——ジムはしんちゅうで、おれはスプーンで——せっせとペンつくってるあいだ、トムはもんしょうのデザインにかかった。そのうちに、あんまりたくさんいいのをおもいつくんでどれをつかったらいいかわからなくなったみたいだったけど、やがて、うん、これでいくぞ、とトムは言った。

「スカッチョンのデクスターベースに金いろのベンドいれて、フェスにクワの実いろのエックス形十字、はいつくばってアタマ上げた犬を下において、犬の足もとにドレイせいのしょうちょうとしてエンバトルドのクサリ足して、ナミガタの上オビにミドリのヤマガタオビすえて、コンペキの地《じ》にナミセン三本入れて、ジグザグしきりのダンセットにノンブリルはランパント。クレストはしっこくの逃亡ニガーで、バー・シニスターからつるしたつつみをしょってる。左右のささえとしておれとおまえが赤いろではい

1　三人ともウィリアム・ハリスン・エインズワースの小説『ロンドン塔』（一八四〇）に出てくる人物で、みなロンドン塔に投獄され、ノーサンバーランド公爵は牢屋の壁に自分の紋章を刻みつける。

る。モットーはマジョーレ・フレッタ、ミノーレ・アットー。本にのってたんだ。『あわてるコジキはもらいがすくない』ってイミだよ[2]」

「まいったなあ」とおれは言った。「で、ほかはどういうイミ？」

「そこまでいちいちかかずらってるヒマはない」とトムは言った。「気あい入れてかからなきゃいけないんだから」

「うん、でもすこしはおしえてくれよ。フェスってなんだい？」

「フェスって……フェスってのは……おまえは知らなくていいんだよ。そこまで来たらジムにおしえるから〔フェスは盾の中心点（フェス・ポイント）の意〕」

「ちぇっ、おしえてくれたっていいのに。バー・シニスターってのは？」

「知らないよ。とにかくなくちゃいけないんだよ。きぞくはみんなもってるんだ[3]」

これがトムのやりかたなのだ。せつめいするのがつごうわるいとおもったら、ぜったいしない。一週かんせがんでも、ぜんぜんききめなし。

もんしょうの話がかたづいたんで、トムはのこりのしあげにかかった。うれいにみちたこくじをかんがえるのだ。みんなやってるんだからジムもやらなくちゃいけないとトムは言って、いくつも案をかんがえて紙に書きだし、よみあげた――

1　ここにて　とらわれ人の心やぶれり。

２　ここにて　世に見すてられ友にも見すてられしあわれなる囚人、かなしみの日々をすごせり。
３　ここにて　さみしき心やぶれ、三十七年におよび　ひとりとらわれの日々を送りて、気もくじけて息たえり。
４　ここにて　家もなく友もなく、三十七年のうらめしきとらわれの日々のすえに、けだかき異国の人、ルイ十四世のしょしい、こときれり。

よんでるあいだトムの声はふるえて、目はナミダぐんでいた。よみおえると、どれにしたらいいかきめられない、どれもさいこうだからと言って、けっきょくぜんぶほらせることにした。こんなにたくさんクギで丸太にほったら一年かかりますよ、だいいちおれ字書けないんだし、とジムは言ったけど、だいじょうぶ、おれがてほんを見せてやる、せんをなぞればいいんだからとトムは言った。そうしてじきに

「かんがえてみたら、丸太はよくないな。地下ろうに丸太なんてないもんな。こくじは岩にやらなくちゃいけない。岩をもってこよう」と言った。

岩なんて丸太よりもっとひどいですよ、ほるのにおそろしく時かんかかって永きゅうに出られやしま

2　紋章学をめぐるトムの一連の知識はかなり怪しげだが、さりとてまったくのデタラメというわけでもないようである。「マジョーレ……」は字義どおりには「急げば急ぐほど行動は減る」の意。

3　bar sinister は向かって右上から左下に入る両端が切れた帯で、庶子（本妻の子でない子）であることを示し、貴族がみんな持っているわけではない。

せんとジムは言った。だけどトムはだいじょうぶ、ハックがてつだってくれるよと言っただけだった。それからトムは、おれとジムのペンづくりははかどってるかとこっちを見た。これがとにかくホネがおれて時かんのかかるきついシゴトで、手にできたマメはなおるヒマなんかないし、見た目にはぜんぜんすすんでなかった。で、トムが言った——

「こうすればいい。もんしょうと、うれいにみちたこくじに岩がいるんだから、その岩つかって一せき二ちょうでいこう。粉ひき場に上とうなおおきいと石があるだろ、あれくすねてきて、あの上にこくじして、ついでにペンやノコギリもといでつくればいい」

こいつはけっこうすごいおもいつきだ。と石もけっこうすごいおおきさだったけど、まあなんとかもってこれるだろうとおれたちはふんだ。まだ夜の十二時になってないし、ジムにはシゴトをつづけるように言っておれとトムとで粉ひき場にくり出した。で、と石をくすねてころがしてかえろうとおもったんだけど、これがもうとんでもなくキツい。なんべんか、いくらがんばっても、と石がたおれてくるのをとめられなくて、おれたちあやうくつぶされちまうところだった。これじゃたどりつくまえにおまえかどっちかがやられるな、とトムは言った。半ぶんまで来たところで、ふたりとももうヘトヘトになって、アセでおぼれちまいそうだった。これじゃあダメだっていうんでジムを呼びにいった。それでジムはベッドをもちあげてベッドの足からクサリをはずして、はずしたクサリをクビにグルグルまいて、みんなで穴をとおって外にはい出し、ジムとおれとでと石にとっくんで、やすやすところがし、トムがそれをカントクした。カントクやらせたらトムはどんな子どもより上だった。とにかくなんのやり

きつい仕事

かたでも知ってるのだ。

おれたちがつくった穴はけっこうおおきかったけど、このと石をとおせるほどおおきくはなかった。でもジムがツルハシをふるってあっというまにおおきくした。それからトムがクギでと石の上にあれこれきざんでいって、ジムにそれをなぞらせた——ノミのかわりにクギを、金ヅチのかわりにいいさしかけのゴミの山でひろったてつのボルトをつかわせて。ロウソクがおわるまでつづけろよ、おわったらもうねていい、と石はワラのねどこの下にかくしとけよ、とトムはジムに言った。それからクサリをベッドの足にもどすのをおれたちもてつだって、さあもうじぶんたちもねようというところまで来た。ところがそこでトムがふっとおもいついて

「ここにクモいるか、ジム？」と言った。

「いいえ、ありがたいことにいません、トムぼっちゃん」

「よし、じゃあもってくる」

「だっておれ、クモなんていらねえですよ。おれ、クモこわいんです。ガラガラヘビのほうがまだマシだね」

　トムはちょっとかんがえてから
「それ、いいな。ぜんれいもあるとおもうし。きっとあるさ、ぜんれい。スジにかなってるもの。うん、すごい名案だ。どこで飼える？」と言った。

「なにをです、トムぼっちゃん？」

「だから、ガラガラヘビ」

「ジョジョジョジョーダンじゃねえですよトムぼっちゃん！　ガラガラヘビなんかここにはいってきたら、おれそこの丸太のカベにずつきくらわして、ブチぬいて逃げだしますですよ」

「だいじょぶだよジム、じきにこわくなくなるって。手なづければいいんだよ」

「手なづける！」

「そう――カンタンだよ。どんなどうぶつだって、やさしくされてなでられたりしたらかんしゃするものさ、なでてくれる人にきがいをくわえようなんておもうどうぶつはいないよ。どんな本にだって書いてある。とにかくやってみてくれよ、二日か三日でいいからさ。そのうちにさ、むこうもおまえのことだい好きになってさ、いっしょにねたりするようになって、いっときもそばをはなれなくなって、おまえのクビにまきついて、おまえの口にアタマつっこむんだよ」

「やめてくださいよトムぼっちゃん——おねがいですから！　おれガマンできねえですよ！　ガラガラヘビがおれの口にアタマつっこむって？　好きになったから？　そんなことおれがたのむとおもったらおおまちがいですよ。だいいちね、おれ、ヘビなんかといっしょにねたくねえですよ」

「ジム、バカなこと言うなよ。とらわれ人っていうのはな、モノ言わぬペットがなんかいなくちゃいけないんだよ。もしまだだれもガラガラヘビをペットにしてないんなら、はじめてやった人げんってことで、おまえの名よもっと高まるんだよ。じぶんのいのちすくうためにどんな方ほうかんがえだしたとしても、それほどの名よになりやしないぜ」〔クモやネズミを手なづける「前例」はデュマ父の作品などに見られる〕

「あのねトムぼっちゃん、おれそんな名よ、いらねえですよ。ヘビにアゴかじりとられて、なにが名よです？　いいや、おれ、そんなのまっぴらです」

「なんだよ、やってみるくらいいいじゃないかよ。ためしてみてくれって言ってるだけだよ——うまくいかなかったらやめていいからさ」

「だっていっかんのおわりですよ、ためしてるあいだにヘビにかまれちまったら。トムぼっちゃん、おれ、いちおうスジのとおってることならなんだってやりますけど、あんたとハックがここにガラガラヘビもってきて、おれに手なづけろって言ったら、おれやめますよ、ぜったい」

尾っぽにボタン

「わかった、わかったよ、そこまで言いはるんならしかたない。じゃあガーターヘビつれてくるからさ、おまえそいつらの尾っぽにボタンつけて、ガラガラヘビだっていうふりするってことでどうだい」

「ガーターヘビならガマンできますよトムぼっちゃん、まあそんなもん、いないにこしたこたぁないけどね〔ガーターヘビはごく普通の無毒の蛇〕。ぜんぜん知りませんでしたよ、とらわれ人になるってのがこんなにめんどうで厄介《トラブル》だなんて」

「いつだってそうなんだよ、ただしくやれば。ここ、ネズミはいるか?」

「いいえ、一ぴきも見てませんね」

「じゃ、何びきかつれてくるから」

「あのねトムぼっちゃん、ネズミなんかいらねえですよ。あんなにジャマくさい生きモノはいませんよ、こっちがねようとしてるのにそこらじゅうガサゴソうごきまわって、ひとの足かんで。いいや、どうしてもって言うんならガーターヘビにしてください、だけどネズミはかんべんしとくんなさい、あんなやつらに用はねえです」

「だってジム、ネズミいなくちゃいけないんだよ――みんないるんだから。つべこべ言っちゃダメだって。ネズミのいないとらわれ人なんていないんだよ。そういうぜんれいはないんだ。で、みんなネズミをくんれんして、ペットにして、げいをしこんで、ネズミみんな、ハエみたいにしゃこうてきになるんだよ。だけどそのためには、音《おん》がくきかせてやらないといけない。おまえ、なにか音がくひけるモノもってるか?」

「あらいクシと紙きれ一まいと、ジューズハープだけですよ。ネズミども、ジューズハープなんてきょうみないでしょうよ[4]」

「いやいやそんなことはない。どういう音がくだって、やつら気にしないんだ。ジューズハープ、ネズミにゃ上とうだとも。どうぶつはみんな音がくが好きなんだ――牢ごくでみんな、ききほれるんだよ。とくに、いたましい音がくがいい。ジューズハープならイヤでもそうなるだろ。いつだってやつら、きょうみもつんだよ。いったいこの人どうしたんだとおもって出てくるんだ。うん、だいじょうぶ、まかせとけって。夜ねるまえにさ、おまえ、ベッドにこしかけるんだよ、あと明けがたにも、で、ジューズハープひくんだ、『さいごのきずなもたちきれて』がいいな。ネズミの心つかむにはあの曲がいちばん

4　ジューズハープ（Jew's harp）は口にくわえて指で弾く口琴。櫛と紙の組み合わせとともに、奴隷たちが好んで演奏した。

だ、あれならイチコロさ、あの曲二分もひいてりゃネズミからヘビからクモからなにから、みんなおまえのこと心ぱいして出てくるよ。みんなおまえにむらがってきてさ、たのしくすごすんだよ」

「そりゃやつらはたのしいでしょうよトムぼっちゃん、だけどおれはどうなります？　なんでそんなことするのか、おれにはサッパリわかりませんよ。だけどまあどうしてもってことならやります。やつらが気ぶんわるくしたりすると、小屋んなかでなにかと厄介《トラブル》だろうからね」

ほかにまだないかと、トムはまたちょっとかんがえて、じきに
「あ——ひとつわすれてた。おまえさ、ここで花そだてられる？」と言った。

「どうですかねえトムぼっちゃん、ここエラく暗いですからねえ。それにおれ、花なんて用ないし、おそろしくめんどうですよ」

「とにかくやってみてくれよ。ぜんれいもあるからさ」

「そこらへんに生えてる、あのガマみたいなざっそうならここでもそだつでしょうけど、あんなの手まばっかりかかってイミねえですよ」

「そんなことないって。ちいさいやつもってきてやるからさ、あそこのすみっこにうえてさ、そだててくれよ。それにガマなんて言うなって——牢ごくにはえたらピチオーラってのがただしい名まえなんだよ〈囚人が牢獄で丹精に花を育てるX・B・サンテーヌの小説『ピチョーラ』（一八三六）をトムは読んだ模様〉。で、水のかわりにおまえのナミダをやるんだよ」

「だってトムぼっちゃん、イズミの水、いくらでもありますですよ」

灌漑作業

「ダメだよイズミの水なんか。ナミダをやるんだってば。かならずそうやってるんだから」

「けどトムぼっちゃん、だれかがナミダでそだてはじめるよりはやく、おれイズミの水つかってガマ、ふたまわりそだてられますよ」

「そういうことじゃないんだよ。ナミダ、つかわなきゃいけないんだよ」

「だって、かれちまいますよトムぼっちゃん。おれ、めったに泣かねえですから」

　これにはトムもこまった。けどまたじっくりかんがえて、タマネギつかってせいいっぱいやってもらうしかないなとジムに言った。朝のうちにニガーたちのとこに行ってこっそりおまえのコーヒーポットにタマネギ入れるからさ、とトムはやくそくした。「タマネギよりタバコとか入れてもらうほうがありがたいんですけどねえ」とジムは言って、なんだかんだとなんくせつけて、ガマはそだてなきゃいけねえ、ネズミにはジュースハープひいてやんないといけねえ、ヘビだのクモだのペットにしてかわいがんないといけねえ、おまけにペンだ、こくじだ、日きだって、こんなに厄介《トラブル》で心ぱいでせきにんおもいシゴトはじめてだねとグチッたんで、トムもカンシャク起こして、おまえはれきしに名をのこすぜっこうのチャンスかかえてるんだぞ、なのにおまえときたらありがたみがぜんぜんわからないんだ、おまえにはタカラのもちぐされだよ、とどやしつけた。それでジムがすんません、もうグダグダ言ったりしませんから、とあやまったのでおれとトムはねどこへ行った。

Chapter XXXIX

In the morning we went up to the village and bought a wire rat trap and fetched it down, and unstopped the best rat hole, and in about an hour we had fifteen of the bulliest kind of ones ; and then we took it and put it in a safe place under Aunt Sally's bed. But while we was gone for spiders, little Thomas Franklin Benjamin Jefferson Elexander Phelps found it there, and opened the door of it to see if the rats would come out, and they did ; and Aunt Sally she come in, and when we got back she was a standing on top of the bed raising Cain, and the rats was doing what they could to keep off the dull times for her. So she took and dusted us both with the hickry, and we was as much as two hours catching another fifteen or six-

おばさんを退屈させまいと

39

朝になるとおれたちは町に行ってハリガネのネズミとりカゴを買ってきて、いちばんいいネズミ穴のつめモノをぬいて、一時かんぐらいでさいこうに上とうなのを十五ひきつかまえて、サリーおばさんのベッドの下にかくした。ところがおれたちがクモをとりにいってるさいちゅう、チビのトマス・フランクリン・ベンジャミン・ジェファスン・エレグザンダー・フェルプスがそいつを見つけて、ネズミが出てくるかしらんとトビラをあけてみたらもちろんみんな出てきて、そこへサリーおばさんがはいってきて、おれたちがもどっていくとおばさんはベッドの上に立ってギャアギャアギャアえらいけんまくでさわぎまくっていて、ネズミたちもおばさんをタイクツさせまいとめいっぱいがんばっていた。というわけでおれたちふたりともおばさんにヒッコリーのムチでブッたたかれて、また十五、六ぴきつかまえるのにこんどは二時かんくらいかかった。まったくあのチビ、よけいなことしてくれる。しかもこんどつかまえたのは、さっきのほど上とうじゃなかった——さいしょにつかまるのがやっぱりいちばんいいのだ。あのはじめの十五ひきはホントにさいこうだった。

おれたちはクモ、カブトムシ、カエル、毛虫なんかも各しゅとりそろえて、あとスズメバチの巣も手に入れたかったけどこれはダメだった。ハチの家ぞくがなかにいたのだ。おれたちもすぐにはあきらめず、しばらくそこでねばっていた。むこうが先にねを上げるか、こっちが先か、ガマンくらべだとおもったけど、けっきょくハチの勝ちだった。おれたちはオオグルマをとってきてさされたところにぬって、まあほぼだいじょぶになったけど、すわるのはまだちょっとムリだった。それでこんどはヘビをとりにいって、ガーターヘビとかイエヘビとか、二十ぴきばかりつかまえてふくろに入れておれたちのへやにおいといて、夕メシの時かんが来るころにはふたりとも一日しっかりはたらいたあとで、ハラはへってたか?——いや、へってたどころじゃなかった! で、へやにかえってみると、ヘビは一ぴきもいなくなってた——ふくろのクビをちゃんとしばっておかなかったので、みんなはい出てどこかへ行ってしまったのだ。でもまあたいしたことじゃない。まだみんな、家のなかのどこかにいるんだから、何びきかはまたつかまえられるだろうとおもった。いやあ、けっこう長いあいだ、家じゅうヘビにはふそくしなかったね。たる木とかはりとかから、しょっちゅうぽたぽた、だいたいいつもさらの上とかクビすじとか、ここはカンベンしてほしいってところに落ちてくる。なかなか見ばえはいいし、シマもようとかあって、がいなんてまるっきりないんだけども、サリーおばさんにはそんなことカンケイなくて、どんな種るいだろうととにかくおばさんヘビがだいっキライで、どうやったってガマンならなくて、ヘビがじぶんに落ちてくるたんび、なにをやっていようとほっぽり出して矢のようにへやをとび出していく。あんな女の人、見たことない。ジェリコまでとどく声でわめいてるのがきこえる。トングとかでつかめばいいじゃないですかとか言ってもきく耳もたないし、ねどこでねがえりうってヘビがいようものならベッドからあたふたはい出して、家が火事にでもなったかっていう声をはりあげた。それでおじさんはすっかりまいっちまって、ああこの世にヘビなどつくられなければよかったのになんて言いだした。さいごの一ぴきが家から出ていって一週かんたったあとも、おばさんはまだこりず、ぜんぜんわすれてなくて、すわってなんかかんがえてるときに鳥のハネとかでクビすじにでもさわろうものなら、長クツ下がぬげちまういきおいでガバッととび上がる。すごくヘンだった。でもトムは、女ってのはみんなああなんだよ、ワケはよく知らないけど、ああいうふうにできてるんだよと言った。

ヘビが出てくるたびにおれたちはおばさんにたたかれて、あんたたちもういっぺんヘビなんかうちに入れたらこんなもんじゃすまないからねとおどされた。おれはたたかれるのはべつに気にならなかった——ぜんぜんたいしたことなかったから。だけどまたヘビをあつめるのはひと苦労だった。でもとにかくまたあつめて、ほかもみんなそろえた。ジムのすみかは、もうこれ以上ないってゆうくらいにぎやかになった。なにしろみんな音がくがききたくてゾロゾロ出てきて、ジムのところにあつまってくる。ジムはクモがキライで、クモたちもジムがキライだったんでスキをねらっておそいかかってきた。ネズミがいてヘビがいて、と石もあるしで、ベッドにねるとこなんかありゃしませんよとジムは言った。かりにあったってにぎやかでどのみちねられやしねえです、いつだってにぎやかなんです、あいつらぜったた

おがクズ食

いどうじにねないでかわりばんこにねるから、ヘビがねてるときはネズミの出ばんだしネズミがねどこにはいるとこんどはヘビが出てきて、いつもどっちかの連中はおれの下にいてもういっぽうは上でどんちゃんさわぎやってるんです、起きてべつの場しょさがしたらさがしたでクモたちがかかってくるしとジムは言った。いつかどうにかここから出られたら、もう二どととらわれ人なんてやらねえです、きゅうりょうもらったっておことわりだねとジムは言った。

でもまあとにかく三週かんもすると、ほぼじゅんびはととのった。シャツははやいうちにパイに入れてとどけたし、ジムはネズミにかまれるたび、インクがまだあたらしいうちに起きてまたすこし日きを書いた。ペンも何本かできたし、こくじとかもしっかりと石にきざんだ。ベッドの足はノコギリでふたつに切って、おがクズはみんなで食って、こんなのアリかっていうくらいすごいハラいたにおそわれた。おれたち死ぬんじゃないかとおもったけど死ななかった。こんなにしょうかがタイヘンなおがクズ、おれははじめてだったしトムもおなじことを言った。でもさっき言ったとおり、やっとこさっとこ、やるべきシゴトはぜんぶすんで、おれたちみんなもうヘトヘトで、とくにジムはそうだった。サイラスおじさんはオーリンズの下流のプランテーションにあてて、逃亡ニガーをむかえにきてくださいってゆう手がみを二どばかり書いたけどへんじは来てなかった。そりゃそうだ、そんなプランテーションないんだから。それでおじさんは、セントルイスとニューオーリンズの新ぶんにジムのこうこくを出すと言いだした。セントルイスときいて、おれはゾッとした。こいつはすぐ手をうたないといけない。するとトムが、こんどはどくめいの手がみを書くんだと言った（トムはanonymous（匿名の）を間違ってnonnamousと覚えている）。

「なんだい、それ？」とおれは言った。

「なにか起きるぞってみんなにけいこくするんだよ。まあやりかたはいろいろある。でもとにかくいつもだれかがこっそり見ていて、お城のじょうしゅに知らせるんだ。ルイ十六世がトゥレリー宮でんから逃げようとしたときは、めしつかいのむすめがそれをやった。それもすごくいいやりかただし、どくめいの手がみもいい。ここはひとつ、両方やろう。それと、とらわれ人の母おやが服を交かんするってのもよくやる。母おやが牢にのこって、本人は母おやの服着てぬけだすんだ。それもやろう」

「だけどトム、なんだってわざわざ、なにかが起きるぞなんてけいこくする？　そんなのむこうがかってに見つけりゃいいじゃねえか――それってむこうのシゴトだろう」

「うん、わかってる、だけどここの連中あてにならないからさ。はじめっからずっとそうだろ、なにもかもおれたちにまかせっきりでさ。とことん信じやすくて、ぜぇんぜんなにもかんがえてなくて、なにも見ちゃいない。だからこっちから知らせてやらないと、おれたちのジャマするやつだれもいなくてさ、こっちはさんざん苦労したのに、この逃亡、まるっきりもりあがらずにおわっちまう——なんにも見るべきとこなし、なんのドラマもなしですんじまう」

「おれはそれでぜんぜんいいけどね」

「なに言ってんだ」とトムは言って、うんざりした顔をした。それでおれは

「いやまあ、べつにもんく言いやしないよ。おまえの好きなとおりでいいからさ。めしつかいのむすめってのはどうすんの？」と言った。

「おまえがなるんだ。夜中にしのびこんで、あの色のうすい子のワンピースかりてくるんだよ」

「だってトム、朝になったらめんどうなことになるぜ、あの子きっとワンピースひとつしかもってねえだろ」

「わかってる、だけどこっちは十五分あればいいんだよ、どくめいの手がみ、玄かんの下につっこむだけなんだから」

「わかったよ、やるよ、だけどおれ、じぶんの服着てやったっておんなじなんだけどなあ」

「でもそれじゃめしつかいのむすめに見えねえだろ？」

「うん、でもおれがどんなかっこうしてるか、どうせだれも見ないじゃんか」

「そういうことはカンケイないんだよ。おれたちがやるべきなのは、とにかくぎむをはたして、だれかに見られるか見られないかなんて気にしないことなんだよ。おまえ、しゅぎってものがないのか？」

「わかったよ、なにも言わねえよ。めしつかいのむすめ、やるよ。ジムの母おやはだれなんだ？」

「おれだ。サリーおばさんのガウン、はいしゃくする」

「え、でもそれじゃおまえ、おれとジムが逃げても、のこらなきゃいけないんじゃないの」

「そのへんはいいんだよ。ジムの服にワラいっぱいつめてベッドにおいて、へんそうした母おやがいるみたいに見せかけて、ジムはおれが着てたサリーおばさんのガウン着て、みんないっしょにぬけいずるんだ。身分のたかいとらわれ人が逃げるときはぬけいずるっていうんだよ。たとえば王さまが逃げるときはかならずそう言う。王のむすこでもおなじだ。しぜんじでもはんしぜんじでもいいんだよ」[1]

というわけでトムがどくめいの手がみを書いて、その夜おれが色のうすい女の子のワンピースをはいしゃくして、着て、トムに言われたとおり手がみを玄かんの下につっこんだ。その文めんは――

用心せよ。よからぬことが起きんとしている。ゆだんするなかれ。未知の友より。

つぎの夜、トムが血でかいたガイコツとホネ十字の絵を、おれたちは玄かんにはりつけた。そのつぎの夜は、ウラ口にかんおけの絵をはった。一家みんな、こんなにアセりまくってる人たちは見たことなかった。たとえ家じゅうにユウレイがいて、いろんなモノかげだのベッドの下だのにひそんでたり空中をフラフラしたりしてたって、ここまでおびえきったりはしないんじゃないか。もしドアがバタンとし

1 「脱出」を意味する普通の語 escape の代わりに、トムはフランス語的な evasion という語を使っている。またどうやらトムは、natural という語の否定的な意味（庶出の、私生児の）を知らない模様。

よからぬことが起きんとしている

まろうものならサリーおばさんがビクッととびあがって「ひっ！」と言ったし、なにかモノが落ちたらやっぱりとびあがって「ひっ！」と言い、だれかにふっとさわられてもおなじだった。そしておばさんは、どっちを向いてもおちつかなかった。どっかを向くたび、うしろになにかいると言いだすのだ。だからいつも、いきなりくるっとからだをまわしては「ひっ！」と言って、三分の二もまわらないうちにまたくるっと逆まわりして、また「ひっ！」。ベッドにはいるのもこわがったけど、おちついて起きてもいられなかった。そんなわけでトムは、万じゅうまくいってるよ、こんなにうまくいったのははじめてだぜ、やりかたがただしかったってことだよと言った。

サァあとはとどめだ！とトムは言って、すぐつぎの朝の明けがたにもう一通手がみを用いして、さてこいつをどうしたものかとしあんした。というのも、まえの晩の夕メシのとき、両方のドアをひと晩じゅうニガーに見はらせる、と家の人たちが言うのをきいていたからだ。トムがひらいしんをつたっておりてようすをさぐると、ウラ口のニガーはいねむりしてたんで、そいつのクビすじに手がみをはりつけてもどってきた。こんどの文めんは――

どうかわたしのことを人に言わないでください、わたしはあなたがたの味方になりたいのです。今夜、インジャン地帯からごくどうのならずものたちがあなたがたのところにいる逃亡ニガーをぬすみに来ます。やつらはいままでずっと、あなたがたがやつらのジャマにならぬよう家にこもらせようと、いろんな手をつかってあなたがたをこわがらせていたのです。わたしは一味のものですが、神にめぐりあい、こんなことから足をあらってまっとうなくらしにもどりたい、アクマのごときたくらみをそししたいとおもっております。やつらは夜の十二時きっかり、ニセのカギをもって北がわからこっそりやってきて、さくにそってすすみ、小屋にしのびこんでニガーをつれだす気でいます。わたしも見はりとして、キケンを目にしたらブリキのラッパを鳴らすことになっておりますが、そのかわりに、やつらが小屋にはいったらすぐバアアとヒツジみたいに鳴いて、ラッパはふかないことにいたします。そうして、やつらがクサリをはずしているあいだにあなたがたがこっそりはいっていってカギをかけてやつらをとじこめて、あとはゆっくりやつらをころせばいいのです。どうかわたしの言うとおりになさって、ほかのやりかたはさけてください。さもないとやつらは、ヘンだぞとうたがってさわぎたてるでしょうから。わたしはなんの見かえりももとめません、じぶんがただしいことをしたのだとわかればそれでまんぞくなのです。

未知の友より。

40

Chapter XL.

We was feeling pretty good, after breakfast, and took my canoe and went over the river a fishing, with a lunch, and had a good time, and took a look at the raft and found her all right, and got home late to supper, and found them in such a sweat and worry they didn't know which end they was standing on, and made us go right off to bed the minute we was done supper, and wouldn't tell us what the trouble was, and never let on a word about the new letter, but didn't need to, because we knowed as much about it as anybody did, and as soon as we was

釣り

朝メシがすむとおれたちはずいぶんいい気ぶんで、おれのカヌーを出してべんとうもって川へ釣りにいってゆかいにすごし、いかだのようすをたしかめてからギリギリ夕メシにかえってみると、家のひとたちみんなアセりきって、じぶんがちゃんと立ってるのかさか立ちしてるのかもわかんないみたいなありさまだった。おれたちは夕メシがすむとすぐベッドにはいらされて、なにがどうなってるのかぜんぜんおしえてもらえなかったし、あたらしい手がみの話もひとことも出なかった。まあべつに出る必ようもない——おれたちどのみち知ってるんだから。で、階だんを半ぶんのぼって、サリーおばさんが背中を向けたとたん、おれたちはこっそり地下しつの食りょうだなに行ってつぎのべんとうをしっかりたくわえ、じぶんたちのへやへもっていってベッドにはいり、十一時半くらいに起きて、トムはくすねてきたサリーおばさんの服を着て、ふたりでべんとうもって出かけようとしたけどそこでトムが

「バターはどこだ？」と言った。

「トウモロコシパンに、ひとかたまりのせといた」とおれは言った。

「おいてきただろ——パンごとないぞ」

「まあなくてもいいんじゃないの」とおれは言った。

「なくてもよくないんだよ」とトムは言った。「地下しつ行って、とってこいよ。で、ひらいしんつたっておりてこい。おれはジムの服にワラつめて母おやがへんそうしたみたいに見せかけて、おまえが来たらすぐバァァって鳴いて出られるようにしてるから」

とゆうわけでトムは出ていって、おれは地下しつにおりていった。にぎりこぶしくらいおおきなバターがさっきおいたところにそのままあったんで、おれはトウモロコシパンもろとも手にもって、ロウソクふきけしして、階だんをしのび足で上がっていってぶじ上の階に着いたけど、そこへロウソクをもったサリーおばさんがやってきたんでおれはとっさにパンをぼうしのなかにかくし、ぼうしをパッとアタマにかぶって、つぎのしゅんかんおばさんがおれを見て
「地下しつに行ってたのかい？」ときいた。

「はい」

「下でなにしてたんだい？」

「なんにも」

「なんにも！」

「はい」

「じゃあなんだって地下しつなんか行ったんだい、こんな夜なかに？」

「わかりません」

「わかりません？　そんな口のききかたよしなトム、言ってもらおうじゃないか、あんたが下でなにやってたのか」

「おれなにもしてませんサリーおばさん、ホントなんです」

これでかんべんしてもらえるだろうとおれはおもったし、ふだんならしてくれる。だけどまあなにしろヘンなことがたてつづけに起きてたから、ちょっとでもスッキリしないことがあるだけで心ぱいでしかたなかったんだろう。で、おばさん、おそろしくキッパリと
「そっちの居まに行って、あたしが来るまでそこにいな。どうもあんた、なんかロクでもないことたくらんでるにちがいないよ、ここはひとつじっくりさぐりだすからね」と言った。

そう言っておばさんは立ちさり、おれはドアをあけて居まにはいっていった。うわ、人がたくさん！農じょうやってる人たちが十五人いて、ひとりのこらずテッポーをもってる。おれはもうゲッソリして、ヘナヘナとイスにすわりこんだ。農じょうの人たちはバラバラにすわって、何人かはひくい声でちょっとしゃべっていて、みんなソワソワおちつかなかったけどへいきな顔をよそおってた。でもやたらぼうしをぬいだりかぶったりアタマをかいたりせきをかえたりボタンをいじったりしてるんでホントはおちついてないことがわかった。おれだっておちついちゃいなかったけど、それでもぼうしはぬがなかった。

一人残らず鉄砲を

さっさとサリーおばさんが来てかたをつけてくれるといいのに、なんならムチだってかまわない、とおれはおもった。いっこくもはやくトムのところへ行って、なにもかもやりすぎちまったこと、とんでもないスズメバチの巣にわざわざはいっちまったことを知らせなきゃいけない。よけいなマネはさっさとやめて、この連中がガマンできなくなっておそいかかってくるまえにジムをつれだして逃げなきゃいけないのだ。

やっとのことでおばさんが来て、あれこれきかれたけど、おれだってぜんぜんおちつかないからマトモにこたえられやしなかった。なにしろここの男たち、ものすごくピリピリしてて、さっさと出かけようぜ、ならずものどもを待ちぶせるんだ、あと何分かで十二時じゃねえか、なんて言いだしてるのもいて、まあおちつけよ、ヒツジのあいずを待とうぜ、とほかの連中がなだめて、おばさんはグダグダいろんなこときくし、おれはブルブルふるえて消えられるもんなら消えちまいたいとおびえきって、へやはムンムンあつくなるいっぽうだし、バターはダラダラとけてクビとか耳のうしろとかにたれてくるし、じきに連中のひとりが「いますぐ行って、先に小屋にはいって、やつらがはいってきたらとっつかまえようぜ」と言ったんで、おれはもうバッタリたおれてしまいそうになってバターがダラダラおでこをつたって流れてきて、サリーおばさんはそれを見たとたんまっさおになって

「タイヘンだ、この子どうしちまったんだい？――こりゃきっとのうまくえんだよ、のうミソがしみ出てきたよ！」と言った。

みんなワッととんできて、おばさんがおれのぼうしをガバッととると、パンがころげ落ちてバターののこりもいっしょに見えて、おばさんはおれをひしとだきしめて――

「ああよかった――ホントにゾッとしたよ！　よかった、うれしいよ、これだけのことで。なにしろわが家はここんとこサイアクだからね、あれこれわるいことつづきで、さっきそのスジ見たとき、もうあんたはおしまいだとおもったよ、あの色見てわかったんだよ、まるっきりのうミソがとけ――まあまあ、なんで正じきに言わなかったんだい、下へなにしに行ったか？　あたしはおこりやしないのに。さあ、さっさとねどこにはいりな、もう朝まで顔出すんじゃないよ！」

おれは一びょうだけ上のへやにいて、二びょうめにはひらいしんをつたっておりて、やみのなかをさしかけめざしてまっしぐらに走っていった。不安でしかたなくてコトバもなかなか出てこなかったけど、トムにせいいっぱいはやく、いますぐ逃げなくちゃいけない、一分だってムダにできない、家いっぱい

男たちがいてみんなテッポーもってるんだ!とつたえた。

するとトムは目をギラギラかがやかせて言った——

「ホントか!——そうなのか? そいつぁすごい。なあハック、これもういっぺんやったら、こんどは二百人あつめられるとおもうぜ! このままもうちょっとねばって——」

「いそげよ、いそげって!」とおれは言った。「ジムはどこだよ?」

「おまえのすぐヨコにいるよ。ウデをのばせばさわれるよ。しっかり服も着て、万じしたくはできてる。さ、そうっとぬけ出て、ヒツジのあいず出すぞ!」

ところがそこでドスドスと男たちがトビラにやってくる音がして、ナンキンじょうをごしょごしょいじくるのがきこえた。やがてひとりの男が——

「言っただろ、はやすぎるって。まだ来てねえじゃねえか——カギがかかってる。よし、あいた——おまえら何人かなかにはいれ、またカギかけるから、やみのなかで待ちぶせして、やつらが来たらころすんだ。のこりはまわりにちらばって、やつらが来るのに耳をすませてろ」

というわけで何人かがはいってきたけど、まっくらなんでおれたちのことは見えなくて、あやうくふみつぶされるところだったけどおれたちはかん一ぱつベッドの下にもぐりこんだ。そうして穴をとおってすばやく、そうっと、外に出た——まずジム、つぎがおれ、さいごにトム、トムのめいれいどおりのじゅんばんだ。さしかけに上がると、すぐ外からドスドス足おとがきこえたんでトビラのほうにこっそりはっていくと、トムがとまれとあいずして、板のすきまから外をのぞいたけどなんにも見えない——

ささくれに引っかかる

もうホントにまっくらだったのだ。それでトムはヒソヒソ声で、足おとがとおざかるのを待つ、ヒジであいずしたらまずジムが出てさいごにじぶんが出ると言った。そうしてすきまに耳をくっつけて、じーっと耳をすましてずっとそのまますましつづけて、外では足おとがずっとグズグズうごいてたけど、そのうちやっとトムがヒジであいずして、おれたちはすうっとぬけ出して、イキをころしてまるっきりなんの音もたてずにこしをかがめてすすみ、一列になってさくに向かい、ぶじたどりついて、おれとジムはさくをこえたけどトムのズボンがいちばん上のさくのささくれにしっかりひっかかっちまって、足おとがきこえてきたんでここはひっぱってはがすしかなく、それでささくれが折れてパチンと音がたった。トムがこっちがわにとびおりてかけだすとどうじに、だれかが声を上げた——

「だれだ、そこ？　こたえろ、こたえないと撃つぞ！」

でもおれたちはこたえやしない。ひたすらひっしに走って逃げた。するとどどどっと何人かかけてきてバン、バン、バン！と銃弾がおれたちのまわりをとびかった！　やつらがわめくのがきこえた——

「いたぞ！　川のほうへ逃げた！　追っかけろ、みんな！　犬をはなせ！」

やつらが全そく力でやってきた。みんなブーツはいてるしギャアギャアわめいてるんでよくきこえたけど、おれたちはブーツはいてないしわめきもしなかった。粉ひき場につうじる小道をおれたちはすすんでいて、やつらがすぐ近くまでせまってくるとそばのヤブにかくれて、やつらがとおりすぎてくのを見とどけてからこっそりあとについていった。さっきまではとうぞくどもに気づかれないよう犬をとじこめてたけど、もうだれかが出してやったんで、ワンワンワンワン、百万人とっつかまえるかっていきおいでとんできた。けどこいつらみんなおれたちの犬だったんで、追いついてくるまでおれたちはただとまって待っていて、来ると犬たちはなあんだあんたらかってゆう顔でちょっとあいさつしただけで、ギャアギャアガタガタ音がするほうへとっしんしていった。それでおれたちもまた気あい入れてかけだして、粉ひき場の近くまで来たところでヤブにとびこんでおれのカヌーがしばってあるところにぬけて、とびのって、死にものぐるいで川のまんなかのほうにこいでいったけど音はきょくりょくたてないよう気をつけた。やっとまんなかまで来たところで、もうだいじょうぶと、おれのいかだがある島めざして気ラクにこいでいく。土手ぞいにずっと、やつらがわめきあいどなりあいしてるのがきこえたけど、じきにすっかりとおざかって、音もおぼろになってやがて消えた。そうしていよいよいかだにのりこむと、おれは

「ようジム、これでおまえ、また自由になったんだよ。もう二どとドレイにならないんだよ」と言った。

「うまくやってくれたよ、ハック。けいかくもサイコー、じっこうもサイコーだったよ。こんなにこんがらがったすごいけいかく、だれもつくれやしないよ」

おれたちみんなうれしくてたまらなかったけど、いちばんよろこんでたのはトムだ。なにしろトムはふくらはぎに弾があたっていたのだ。

そのことをきくと、おれもジムも、うれしい気もちがあらかたしぼんでしまった。ずいぶんいたそうだったし、血も出ていた。それでおれたちはトムをウィグワムにねかせて、公しゃくのシャツをひとつやぶいてホウタイにしたけど、トムは言った——

「その布きれよこせよ、じぶんでできるから。こぐのやめるな、こんなとこでグズグズしてちゃダメだ、バッチリぬけいずるんだから、全いんオールにつけ、まいしんするんだ！　おれたち、かくちょう高くやってのけたぞ——そうとも！　ルイ十六世もおれたちにまかせてくれたらなあ、伝記にのってる『サンルイのむすこよ、天にのぼれ』〔ルイ十六世が処刑直前に言ったとされる言葉〕もなかったろうに——そうさ、おれたちだったらこっきょうのむこうまでつれていったさ——いともカンタン、あっさりやってのけたよ。全いんオールにつけ——オールにつけ！」

でもおれとジムはヒソヒソそうだんしていた。それからかんがえてた。一分ばかりかんがえてから、おれは

「言えよ、ジム」と言った。

それでジムが言った——

「うん、じゃあ、おれはこうおもうよ、ハック。もしも自由になるのがおれじゃなくてトムぼっちゃんで、だれかなかまが撃たれたとしたら、ぼっちゃんは『さっさと先へ行け、おれを自由にするんだ、こいつをすくうお医しゃのことなんかかんがえるな』って言うか？　トム・ソーヤーぼっちゃんが、そんなこと言うか？　まさか！　じゃ、ジムはそう言うか？　言うもんかね——お医しゃつれてくるまでおれここから一歩もうごかねえ、たとえ四十年かかったって！」

ジム、医者を勧める

ジムは心は白人なんだっておれにはわかってたから、きっとそう言うとおもってた。そう、これでいい。おれはトムに、お医しゃ呼んでくるぞと言った。トムはギャアギャアもんく言ったけど、おれとジムはあとにひかなかった。そうしてトムのやつ、じぶんではっていいっていかだを出すなんて言ったけど、おれたちがやらせなかった。おれたちはトムにせっきょうされたけど、あっさりききながした。

おれがカヌーのしたくをととのえてるのを見て、トムは言った――

「じゃどうしても行くって言うんなら、町に着いたらどうするか言うぞ。ドアをしめて、お医しゃをしっかり目かくしして、はかばにおとらぬちんもくをちかわせて、金かがぎっしりはいったふくろをわたして、ウラ道とかろじとか、やみのなかをさんざん引きまわしてから、いろんな島けいゆしてこのカヌーにつれてきて、服をさぐってチョークとりあげて、町にかえらすまであずかっとけ、さもないとこのいかだにしるしつけて、あとで見つけられちまうから。みんなそうやるんだよ」

そうするよとおれは言って、出かけていった。お医しゃが来るのが見えたらジムは森にはいって、かえるまでかくれてるっていうことにした。

Chapter XLI

The doctor was an old man; a very nice, kind-looking old man, when I got him up. I told him me and my brother was over on Spanish Island hunting, yesterday afternoon, and camped on a piece of a raft we found, and about midnight he must a kicked his gun in his dreams, for it went off and shot him in the leg, and we wanted him to go over there and fix it and not say nothing about it, nor let anybody know, because we wanted to come home this evening, and surprise the folks.

"Who is your folks?" he says.

お医者

41

お医しゃはおじいさんだった。夜なかに起こされたのにすごくやさしくてしんせつそうだった。おれ、きのうの午ごおとうととスパニッシュ・アイランドで狩りしてて、いかだを見つけたんでそこで夜をあかしてたんですけどま夜なかにおとうとがユメ見てねぼけてテッポーけとばしたみたいで、弾が足にあたっちまいまして、すみませんけど島までおいでいただけないでしょうか、できればだれにも言わないでほしいんです、今晩うちへかえって家の人たちをビックリさせたいから、とおれは言った。

「家の人たちってのはだれだね?」

「フェルプス家です、川下の」

「ふむ」とお医しゃは言った。そしてすこししてから「おとうとさん、どういうふうに撃たれたと言ったかな?」と言った。

「ユメ見たんです」とおれは言った。「それで弾があたって」

「ずいぶんかわったユメだな」とお医しゃは言った。

お医しゃはランタンの火をともして、しんりょう用のカバンを出してきて、おれをしたがえて出かけた。ところがカヌーを見ると、これじゃまずいと言いだした。ひとりならじゅうぶんだけど、ふたりのるのはそうとうあぶないと言うのだ。おれは
「だいじょうぶ、心ぱいいりません、おれたち三人のってましたから」と言った。

「三人とは？」

「えっと、ですから、おれと、シドと、それと——それとテッポーです」

「ふむ」とお医しゃは言った。

カヌーのふちにお医しゃは片足をのせて、ゆらしてみて、クビをヨコにふって、もっとおおきいのをさがしてみると言った。でもどれもカギがかかっていてクサリがまいてあったんで、けっきょくおれのカヌーをつかってひとりで行くことにして、わしがもどってくるまで待ってなさいとおれに言った。それともきみもべつのカヌーをさがすか、いっそ家にかえって家の人たちをビックリさせるじゅんびをしてもいいぞとお医しゃは言った。いえ、それはやめときます、とおれが言って、いかだのありかをつたえると、お医しゃはカヌーで出ていった。

じきにおれはいい案をおもいついた。お医しゃがトムの足を、チョイチョイのチョイでなおしてくれればいいけど、もしなおせなかったら？　三日も四日もかかったら？　おれたちはどうするのか？　グズ

グズ待っていて、そのうちにお医しゃがうっかりヒミツをもらしちまったら？　いいや、こうするんだ。お医しゃのかえりを待って、かえってきたお医しゃがまた行かなくちゃいけないって言ったら、おれもいっしょに、たとえおよいででもついていって、着いたらお医しゃをしばりあげて、かえらせないでいっしょに川を下って、トムの用がすんだところでお医しゃにそれなりのお礼をして――なんならおれたちの全ざいさんさしだして――陸《おか》におくりかえすのだ。

サイラスおじさん危ない

それでおれは、まずはひとねむりしようと材もくの山にもぐりこんだ。目がさめると、日はとっくにアタマの上まで来てる！　おれはとびだしてお医しゃの家まですっとんでったけど、先生は夜のあいだにお出かけになったみたいでまだおかえりになっていない、と言われた。うーんそれってトムはずいぶんわるいってことだなとおもって、ここはいますぐ島に行かなくちゃと決めた。かけだして、かどをまがったとたん、あやうくサイラスおじさんのハラにアタマから

げきとつするところだった！　おじさんは
「おやトム、いままでいったい、どこ行ってたんだ？」と言った。

「どこへも行ってません」とおれは言った。「逃亡ニガーをさがしてただけです——おれとシドで」

「それで、どこへ行ってた？」とおじさんは言った。「おばさんがものすごく心ぱいしてたんだぞ」

「心ぱいいりません。おれたち、だいじょぶでしたから。みなさんと犬たちについてったんですけど、むこうのほうが足がはやくて、おれたち道にまよっちゃって。でも水の上から音がしたんで、カヌー出して、音のほうに行って、むこう岸まで行ったんですけどぜんぜん見つかんなくて、しばらく川上にのぼってたら、そのうちにくたびれちゃって、カヌーしばってねて、ぐっすりねちゃって、目がさめたのがつい一時かんまえくらいで、どういうことになってるのかききにここまでカヌーこいできて、シドはなにか知らせはないか見にゆうびん局へ行ってます〔当時、田舎では郵便局が社交の中心のひとつだった〕。で、おれは食べものをちょうたつしにこっちへ出てきて、じきふたりでうちへかえるところなんです」

　というわけでおれたちは「シド」をむかえにゆうびん局へ行ったけど、もちろんいやしない。おじさんはちょうどいいぐあいに手がみを一つうけとって、もうすこし待ったけどシドはまだ来ない。それでおじさんは、もう行こう、シドはあるいてかえってくればいい、カヌー見つけるかもしれないし、まったくいつまでグズグズしてる気だ、さあかえるぞと言った。おれだけのこります、シド待ってますから、と言ったけど、よせよせムダだ、いっしょにかえるんだ、サリーおばさんを安心させてやらないと、とおじさんは言った。

かえりつくとサリーおばさんはおれを見てよろこんで、わらうのと泣くのといっぺんにやって、おれをぎゅっとだきしめて、いちおうれいによってムチでうったけどイタくもカユくもなかった。シドがかえってきたらおなじ目にあわせるからねとおばさんは言った。

家には農じょうやってる人たちやそのおかみさんがそこらじゅうウヨウヨいて、メシを食っていた。あんなそうぞうしいあつまり、きいたことない。ミセス・ホッチキスがサイアクだった。このおばさんの舌、いっしゅんもとまりやしない——

「それでねシスター・フェルプス、あたしあそこの小屋スミからスミまで見てみたんですよ、それであたしおもうんですけど、あのニガーぜったいくるってますよ。いまシスター・ダムレルにもそう言ったんですよ——あたし言ったでしょ、シスター・ダムレル?——言ったんですよ、あのニガーくるってるって、はっきりそう言ったんですあたし。みなさんおききになりましたよね、あのニガーくるってるってあたしが言うの。どこ見たってあきらかですよ、ってあたし言ったんです。あすこのと石見てごらんなさい、ってあたし言ったんです。まともなアタマのもちぬしがと石にあんなくるったことグダグダほりつけたりしますかってあたし言ったんです。かくかくのもの心やぶれりだの、これこれのもの三十七年にわたり苦なんのなんたらかんたら——ルイなんとかのしょしがどうだとか、もうえんえんタワけたことばっかしで。ありゃあ心《しん》そこくるってるってあたし言ったんです、まずいっぺんそう言ったし、もういっぺん言ったし、しめくくりにまたいっぺん言いましたよ、あのニガーくるってるって、ネボクードニーザーみたいにくるってるってあたし言ったんです（神によって七年間狂わされたバビロニア王ネブカドネザルのこと〉」

「それにあの、ぼろキレでつくったナワばしごごらんなさいなシスター・ホッチキス」とミセス・ダムレルが口をはさんだ。「いったいぜんたい、あんなモノつくってどうす――」

「たったいまあたしもシスター・アタバックにまさしくそう言ってたとこなんですよ、よかったらシスター・アタバックにきいてくださいな。でね、シスター・アタバックがおっしゃったんですよ、あのぼろキレでつくったナワばしごごらんなさいな、ってそうおっしゃったんです、それであたし言ったんです、そうですとも、ごらんなさいなって、そう言ったんです、いったいぜんたいあんなモノつくってどうすんだってあたし言ったんです。それでシスター・アタバックがおっしゃったんです、そうですともシスター・ホッチキス、そうおっしゃって――」

「だけどそもそも、どうやってあのと石、あすこにはいったんですかい？　あすこの穴、だれがほったんだね？　それにあの――」

「まさにあたしが言ったコトバですよ、ブラー〈Brer=Brotherのなまり〉・ペンロッド！　あたし言ってた

ミセス・ホッチキス

んですよ――すいませんけど、そこのとうみつのソーサーとってもらえます？――あたしシスター・ダンラップに言ってたんですよ、たったいま、あのと石いったい、どうやってあすこにはいったのかしらねえって言ってたんです。だれのたすけもなしにねえ――だれのたすけもなしに！　いや待て待て、そこですよ、そうじゃないんです、だれかがたすけたんですよってあたし言ったんです。おおぜいでたすけたんですよってあたし言ったんです。十人ばかりであのニガーたすけたにちがいありませんよ、あたしだったらここのニガー、ひとりのこらずムチうってでもさがしだしますよ、だれがやったか、ってあたしそう言ったんです。それにね、あたし言ったんです――」

「十人ばかりですって！――あれだけたくさんのシゴト、四十人いたってできませんぜ。あのナイフでつくったノコギリだのなんだの、見てごらんなさい、ものすごく手まひまかけてるじゃありませんかい。で、それつかって切ったあのベッドの足――六人がかりで一週かんのシゴトですぜ。それにベッドの上にあったあのワラのニガー、それにあの――」

「そうおっしゃるのもとうぜんですよ、ブラー・ハイタワー！　いままさにあたしもほかならぬブラー・フェルプスにそうもうしあげてたとこですから。ねえあなたどうおもわれますミセス・ホッチキス、ねえ、ってブラー・フェルプスがおっしゃるんで、おもうってなにをですブラー・フェルプス、ってあたしおたずねしたんです。あのベッドの足があんなふうになってたことどうおもわれます、ねえ、ってブラー・フェルプスがおっしゃったんです。どうおもうかですって？ってあたし言いましたよ、ひとりでに切れたんじゃないとおもいますよ、だれかが切ったんですってあたし言ったんです。あたしはそうおもうんです、ひとさまがどうおもわれるかは知りません、こんなかんがえなんの役にもたたないかもしれません、そうあたしもうしあげたんです、でもとにかくあたしはそうおもうわけなんです、どなたかもっといいことおっしゃれるんだったら、ご自由になさっていただいてけっこうです、それだけのことです、そうあたし言ったんです。でねあたし、シスター・ダンラップに言ったん――」

「いやもうまったく、ひと月ずっと家じゅうのニガーがあすこにいたにちがいありませんぜシスター・フェルプス、じゃなきゃあれだけのシゴトできやしません。あのシャツ見てごらんなさいな――一センチのこらず、ヒミツのアフリカ文字がびっしり、血で書いてあるんですから！　大きょして来てたにちがいありませんよ、はじめからずっと。いやあ、あれ、だれかかいどくしてくれたら二ドル出してもいいね。けどあれ書いたニガーどもですけどね、わっしだったらめいっぱいムチくらわして――」

「何人もたすけてたんですよ、ブラザー・マープルズ！　あなただってきっとそうおもいますとも、しばらくまえからこの家にいらしたら。だってね、やつら、ぬすめるものはとにかくなんだってぬすんだんです――しかもあたしらずっと見はってたんですよ。あのシャツなんか、もろにものほしロープからぬすんだんですよ！　それとあのナワばしごつくったシーツ、あのシーツ何回かえされたかわかりゃしません、それに小ムギ粉、ロウソク、ロウソクたて、スプーン、年代もののベッドあんか、もうわすれちまいましたけどほかにもいろいろ、そしてあたしのしんぴんのキャラコのガウン、そうしていま言ったとおりあたしとサイラスとうちのシドとトムとで昼も夜もやすまず見はってたのに、まるっきりなんにもつかまえられやしないし、やつらのカゲもカタチも見えやしないってのに、こうやってさいごのさいごになって、なんともはや、やつらこっちの鼻さきにすうっとしのびこんできて、あたしたちみんなケムにまかれちまったんです——あたしたちだけじゃない、インジャン地たいから来たドロボーどもだってしっかりケムにまかれましたとも、そうして十六人の男と二十二ひきの犬がぴったりくっついて追っかけたってのに、やつらあのニガーぬくぬくつれだして、そのままつれてっちまったんです！　ホントにねえ、こんなベラボーな話、きいたことありませんよ！　亡れいだってここまでうまくできやしないし、ここまでチエがまわりやしません。おもうんですけどあいつら、ホントに亡れいなんじゃないですかね——だっていいですか、うちの犬たちが、どこの犬にも負けないうちの犬たちがね、やつらのこと、ぜんぜん追いかけられなかったんですよ！　せつめいできるもんならしてほしいですよ！——どなたでもけっこうですから！」

「ホントにこんな話、じつに——」

「いやはやなんとも、生まれてこのかた——」

「まったくねえ、わっしなんかもう——」

「ただドロボーにはいられたってだけならともかく——」

「あたしなんぞこんなことになったら、ここでくらすのだってこわくて——」

「くらすのだってこわい！——そうですとも、あたしだってね、もうこわくてこわくて、ねるのも、おきるのも、ヨコになるのも、すわるのだってこわくてほとんどできませんでしたよシスター・リッジウェイ。なにしろやつら、こんなのまでぬすむかってモノまで——みなさんおわかりでしょう、きのうの夜、もうじき午前れい時ってなったときあたしがどれだけオロオロしたか。家ぞくまでひとりふたりぬすまれちまうんじゃないかっておもいましたよ！　あたしときたらもうそこまで行っちまって、ふんべつなんてまるっきりなくしてました。こうして昼まおもいかえすとバカみたいですけどねえ、あたしおもったんですよ、あのかわいそうな子ふたり、上のさみしいへやでねむってるんだって、そうおもうと、いてもたってもいられなくなりましてねえ、こっそり上がってってカギかけてふたりともとじこめちまったんです！　ウソじゃありません。だれだってそうしますとも。だってね、ああいうふうにこわくなってくるとね、ずうっとそれがつづいて、ますますひどくなってくるとね、もうアタマがこんがらがってきてね、ムチャクチャなことあれやこれやりだすんですよ、で、そのうちにこんなふうにかんがえるんです、もしあたしが男の子で、あの上のへやにいて、ドアにカギがかかってなかったらって、それで――」そこでおばさんはだまって、なにかよくわからないことがあるみたいな顔をして、それからクビをゆっくりまわして、目がおれにとまって――おれはせきを立ってへやから出ていった。

ちょっと外に出てじっくりかんがえたら、けさなんであのへやにいなかったのか、もっとうまいせつめいがおもいつくんじゃないか。で、外に出た。でもあんまりとおくへ行くと、おばさんがだれかさがしによこすだろうから、そんなにとおくへは行かなかった。夕がた近くになって、来てた人たちみんなかえってから、おれはもどっていっておばさんにせつめいした。ものおとがして銃せいがしたんで、おれも「シド」も目がさめちゃって、ドアにカギがかかってたけどなんのさわぎか見たかったんで、ひらいしんをつたっておりて、ふたりともちょっとケガしたんです、もう二どとあんなことやりたくありません、とおれは言った。そのあと、さっきサイラスおじさんに言ったことをもういっぺんおばさんあいてにくりかえすと、わかったよ、ゆるしてやるよとおばさんは言ってくれて、まあこれでよしとおもわなきゃいけないんだろうねえ、男の子ってのはきっとこんなもんなんだろうよ、どうやら男の子ってのはそうとうムチャクチャにできてるからねえ、とにかくがいはなかったわけで、あんたたちが元気で生きてそろってること、ありがたくおもわなきゃいけないんだろうよ、すぎたことクヨクヨかんがえたってしかたないよねと言った。それからおれにキスして、おれのアタマなでて、なんだかぼんやりユメ見てるみたいな顔になったけど、じきにハッととびあがって

「タイヘンだ、もうじき夜なのに、シドがまだかえってこない！　あの子いったいどうなったんだい？」と言った。

いまがチャンスとおれはパッと立って

「おれ、町に行ってつれてきます」と言った。

「ダメだよ」とおばさんは言った。「あんたはここにいるんだよ。いなくなるのは一どにひとりでじゅうぶんだよ。もし晩ごはんになってもかえってこなかったら、おじさんに行ってもらうよ」

で、晩ごはんになっても「シド」はかえってこない。なのでごはんのあとすぐ、おじさんが行った。

おじさんは十時ごろ、ちょっと心ぱいそうな顔でかえってきた。シドがいたけいせきがどこにも見つからなかったとゆうのだ。サリーおばさんはちょっとどころじゃなく心ぱいしたけど、だいじょうぶだよ、男の子は男の子、朝になれば元気でもどってくるさ、とサイラスおじさんは言った。それでおばさ

ハックと話すサリーおばさん

んもなっとくしたけど、でもまあしばらく起きて待つことにするよ、あかりをつけておくよ、あの子がかえってきたら見えるようにねとおばさんは言った。

それからおれがねどこにはいるだんになると、おばさんはおれといっしょにじぶんのロウソクをもって上がってきて、すごくやさしくねかしつけてくれて、おれはやましい気もちになって、おばさんの顔をマトモに見れない気がして、おばさんはベッドにこしかけて長いことおれと話をして、「シド」はホントにすばらしい子だと言って、いつまでも「シド」のことしゃべっていたいみたいで、ときおりおれにむかって、あの子いまごろどこかでまい子になってるとおもうかい、ケガしたとおもうかい、ひょっとしておぼれたりしてないかねえ、いまごろどこかでたおれてくるしいおもいしてないかねえ、もしかしたら死んじまってるとか、なのにあたしはそばにいなくてなにもしてやれないなんて、とかなんとか言って、じきにナミダが音もなく流れてきたんで、シドだったらだいじょぶですよ、朝になったらきっとかえってきます、とおれが言うと、おばさんはおれの手をぎゅっとにぎったり、おれにキスしたりして、もういっぺん言っとくれ、なんべんでも言っとくれ、きくと心がやすまるよ、とにかくなにからなにまで厄介《トラブル》ばっかしだからねえと言った。そうしてやっと出ていきかけて、おれの目を見おろして、じっとゆるぎない、やさしい目つきで
「ドアにカギはかけないよ、トム。マドもあるしひらいしんもある。でもあんた、いい子でいてくれるよね？　行かないよね？　あたしのために」と言った。
　おれはもちろん行きたくてたまらなかった。トムのようすが見たかったし、すぐに行くつもりでいた。でもそう言われて、行く気もうせた。なにがあったって行かない、そうおもった。
　だけどおばさんのことがアタマにあって、トムのこともアタマにあって、ぜんぜんよくねむれなかった。夜なかに二どひらいしんからおりて、こっそり玄かんにまわってみたけど、おばさんはそこにすわって、マドにロウソクをおいて、目を道のほうに向けてナミダをうかべていた。なにかしてあげられたら、とおもったけど、できることなんてない。せいぜい、もうこれ以上おばさんをかなしませるようなことはしないって心にちかうことくらいだ。三どめ、明けがたに目をさまして、こっそりおりていくと、おばさんはまだいて、ロウソクはもうほとんど消えて、しらがアタマを片手でささえておばさんはねむっていた。

Chapter XLII

The old man was up town again, before breakfast, but couldn't get no track of Tom; and both of them set at the table, thinking, and not saying nothing, and looking mournful, and their coffee getting cold, and not eating anything. And by-and-by the old man says:

"Did I give you the letter?"

"What letter?"

"The one I got yesterday out of the post-office."

"No, you didn't give me no letter."

"Well, I must a forgot it."

So he rummaged his pockets, and

傷を負ったトム・ソーヤー

42

おじさんは朝メシまえにまた町へ行ったけど、トムのゆくえはわからなかった。おじさんもおばさんも食たくにすわって、かんがえて、なにも言わず、暗い顔で、コーヒーはさめていくし、なにも食べなかった。

そのうちにおじさんが

「おまえに手がみ、わたしたっけな？」と言った。

「手がみって？」

「きのう、ゆうびん局でうけとったやつさ」

「いいや、あんた手がみなんてくれなかったよ」

「きっとわすれたんだな」

それでおじさんはポケットをひっかきまわしてから、どこかへとりに行って、もってきて、おばさんにわたした。おばさんは

「まあ、セントピータースバーグからだよ――ねえさんからだ」と言った。

ここも消えちまったほうがいいとおれはおもったけど、うごくヒマもなかった。けれどふうを切るま

もなく、おばさんは手がみをほうりだしてかけだした――なにかが見えたのだ。おれにも見えた。トム・ソーヤーがマットレスにのせられてはこばれてくる。あの年よりのお医しゃもいて、おばさんのキャラコのガウンを着たジムが両手をうしろでしばられていて、ほかにもおおぜい人がいた。おれはとっさに手がみをかくしてから、とんでいった。おばさんはトムのからだにわっと身を投げだして、泣きながら

「ああ、死んだんだ、死んだんだ、この子は死んだんだ！」と言った。

するとトムはクビをすこしまわして、なにかモゴモゴ言って、それでアタマがマトモじゃないってことがわかったけど、おばさんは両手を上げて

「生きてる、よかった！　それでじゅうぶんだよ！」。そう言ってさっとすばやくトムにキスしてからベッドをととのえようと家にとんでかえり、舌を上下左右《うえしたひだりみぎ》めいっぱいはやくうごかしてそこらじゅうのニガーに、そして白人にも、つぎつぎめいれいをとばした。

ジムをどうするつもりか見ようとおれは男たちについていき、お医しゃとサイラスおじさんはトムについて家のなかにはいっていった。男たちはすごいけんまくで、こいつをしばりクビにしろ、ここいらのニガーどもの見せしめにするんだ、これ以上だれか逃げたりしないように、このニガーさんざん厄介《トラブル》かけやがって、何日も昼といい夜といい家ぞくみんなおびえさせやがって、などと言っていた。でもほかの連中が、よせ、そんなことしちゃダメだ、こいつはおれたちのニガーじゃないんだぞ、いずれもちぬしがやってきたらべんしょうさせられるぞと言った。そう言われてみんなすこしはアタマがひえた。

なんかわるいことやったニガーをまっさきにしばりクビにしたがる連中ってのは、いつだって、いざしばりクビにして気がすんだら、ぜったいまっさきにべんしょうしたがる連中じゃないのだ。

　みんなさんざんジムにアクタイあびせて、ときどきアタマをこづいたりしてたけど、ジムはなにも言わなかったし、おれのこと知ってるそぶりも見せなかった。まえとおなじ小屋につれてかれて、じぶんの服を着せられて、クサリにつながれて、今回はベッドの足にじゃなくてゆかの丸太にうちこんだぶっといU字クギにつながれて、両足はもちろん両手にもクサリをつけられて、もちぬしが来るまでパンと水しかやらない、もしあるていど待って来なかったらきょうばいで売りとばす、と男たちに言われた。男たちはおれたちがほった穴もうめてしまい、毎晩ふたりばかりテッポーをもって小屋のまわりを見はる、昼まはトビラにブルドッグをしばりつけておくとか言っていた。いろんなことがひととおりすんで、わかれのアクタイってゆうかんじにひとこと言いながら三々五々かえっていきはじめたところにお医しゃが出てきて、小屋のようすをざっと見て、言った——

「あんまりつらくあたりなさんなよ、こいつはわるいニガーじゃない。あの子のいるところにわしがたどりつくと、だれか手つだいがいないと弾をぬけないことがわかったんだが、あの子をおきざりにしてたすけを呼びにいくわけにもいかない。そうこうするうちにあの子はじわじわますますわるくなって、だいぶするとアタマもおかしくなってきて、もうわしを近づけんようになって、おれのいかだにチョークでしるしつけたらころすとかなんとか、さんざんワケのわからんこと言いだして、もうどうしようもなくなって、わしはおもわず声に出して、ああ、だれかたすけてくれないか、と言ったんだ、そしたら言ったしゅんかん、このニガーがどこからかはい出てきて、おれが手つだいますと言って、手つだってくれたのさ、それもすごくよくやってくれた。もちろんこいつは逃亡ニガーだろうとわしはおもった。こまったことになった！　昼も夜も、ここから一歩もはなれられやしない。いや、まいりましたぞ！　おかんの出てるかんじゃが町にふたりばかりいたんで、もちろんわしとしてはまいもどってみてやりたいが、そうはいかない。ニガーが逃げてしまったら、わしのせきにんだからね。なのに小舟一そう、とおりがかりやしない。しかたない、それでずっとけさ日が出るまでそこにいたというわけだ。で、そのあいだ、こんなにかんびょうのじょうずな、こんなによくつくすニガーは見たことなかったね。しかもこいつはじぶんの自由をキケンにさらしてるわけで、おまけにつかれはててもいる。ここんところずっと朝から晩まではたらいてたことは、見ればすぐわかった。わしはますますこのニガーが気に入った。しょくん、これほどのニガーは千ドルにあたいしますぞ——そうして、しんせつなあつかいにもあたいします。さいわいちりょうに必ようなものはぜ

ジムを弁護するお医者

んぶそろってましたから、子どもは家にいるのとおなじようにグングンよくなっていった——ひょっとしたら家よりよかったかもしれない、なにしろあすこはしずかだったからね。だがとにかく、わしはこのふたりをかかえこんじまって、けさがたまで、うごくこともできんかったわけだ。で、夜があけたころ、やっと何人かが小舟でとおりかかって、さいわいニガーはちょうど子どものマクラもとにすわって、アタマをヒザにのせてぐっすりねむっておった。で、わしは、こっそりその何人かをまねきよせて、その人たちがそうっと寄っていって、ニガーにはなにがなんだかわからないうちにつかまえてしばりあげたんだが、これがぜんぜんてこずらなかった。子どものねむりもまだおちつかなかったから、オールに布まいて、いかだをカヌーにつないで、すごくそうっと引いていったんだが、ニガーはずっと、すこしもあばれないしひとこともしゃべらなかった。しょくん、こいつはわるいニガーじゃない。わしはそうおもうよ」

だれかが

「たしかになかなかいいやつのようですね、ドクター」と言った。

それでほかの連中のたいどもすこしやわらいだんで、おれはこの年よりのお医しゃにものすごくかんしゃしたし、おれの見る目もまちがってなかったことがうれしかった。はじめて見たときから、この人はきっと心のやさしいいい人だろうとおれはおもったのだ。というわけで、ジムのおこないはりっぱだった、まあそれはしんしゃくしてやらないといけない、なにかむくいてやらないと、ということでみんなのいけんはいっちした。それで全いんその場で、こころよく、もうジムにアクタイはつかないとやくそくしたのだ。

そして男たちはジムを小屋につれていき、カギをかけてとじこめた。おれとしては連中が、まあクサリのひとつふたつははずしてやろうか、なにしろエラくおもいからな、とか、パンと水に肉とやさいもたしてやろうか、とか言ってくれるんじゃないかときたいしたけど、やつらはそんなことおもいつきもせず、おれもここはかかわらないほうがいいとおもった。とはいえ、いまのお医しゃの話、サリーおばさんにはどうにかしてつたえたい。でもそのまえにまず、目のまえにかかえてるしょうがいをなんとかしないといけない。つまり、夜のあいだ逃亡ニガーをさがしてまわってましたって言ったのに、なぜ「シド」が撃たれたことはだまってたのか、おばさんにせつめいしないといけないのだ。

でもまあ時かんはたっぷりある。サリーおばさんは昼も夜もびょうしつにこもって、つきっきりでかんびょうしてる。サイラスおじさんのほうは、ウロウロしてるおじさんに出くわすたびにおれはこっそり逃げた。

つぎの朝、トムがだいぶよくなったんで、サリーおばさんもひとねむりすることにしたときかされた。それでおれはびょうしつにしのびこんで、もしトムが起きてたら、家の人たちをまるめこめる話をいっしょにデッチあげようとおもった。けどトムはねむっていて、それもすごくスヤスヤねていて、血の気がうすれて、かえってきたときの火みたいな赤さとはぜんぜんちがってた。それでおれはマクラもとにすわって、トムが目をさますのを待った。三十分ばかりして、サリーおばさんがしずかにはいってきて、サァおれはまたこまったことになった！　うごくな、とおばさんはおれにあいずして、となりにこしかけて、ヒソヒソ声でしゃべりだして、もうよろこんでだいじょぶだよ、けいかはりょうこうだし、ずいぶん長いことこうやってぐっすりねむってて、ねがおもどんどん元気そうにやすらいできてるからね、目をさましたらまずまちがいなく、アタマもマトモにもどってるはずだよとおばさんは言った。

とゆうわけで、おれたちがマクラもとで見まもっていると、そのうちにトムがすこしうごいて、ごくしぜんに目をあけて、ひと目見て
「あれ、ここうちじゃないか！　どうなってんだ？　いかだはどこだ？」と言った。

「だいじょぶだよ」とおれは言った。

「それにジムは？」

「だいじょぶ」とおれは言ったけど、あんまりいせいよくは言えなかった。でもトムはそこまで気づかず
「よかった！　よしよし！　これで万じうまくいった！　おばさんには話したか？」と言った。

話したよ、とおれは言おうとしたけどそこでおばさんがわってはいって
「話したって、なにをだい、シド？」と言った。

「だから、なにからなにまで、どうやったかだよ」

「なにからなにまでって？」

「きまってるじゃない――ひとつしかないでしょ。ぼくたちがどうやって逃亡ニガーを自由にしたかだよ――ぼくとトムとで」

「こりゃたまげた！　逃亡ニ──ああなに言ってるんだいこの子！　タイヘンだ、またアタマがおかしくなっちまった！」

「ちがうよ、ぼくアタマおかしくなんかないよ、ちゃんとハッキリしてるよ。ぼくたちでジムを逃がしたんだよ──ぼくとトムとで。しっかりけいかくたてて、じっこうしたんだ。それもすごくかくちょう高く」。いったんトムがしゃべりだすと、おばさんはぜんぜん止めようともせず、ただすわってポカンと目をまるくしてるばかりで、ひたすらトムにしゃべらせるんで、おれが口をはさんでもムダだとわかった。「あのねおばさん、ホントにものすごい大シゴトだったんだよ、何週かんもかかったんだ、毎晩おばさんたちがねむってるあいだに何時かんもやってたんだ。とにかくいろんなモノぬすまなきゃいけなくて──ロウソク、シーツ、シャツ、おばさんのガウン、スプーン、ブリキのさら、ナイフ、あんか、と石、小ムギ粉、まだまだいっぱいあったよ、それにノコギリやペンつくったりこくじしたりとかもタイヘンでさ、けどメチャクチャゆかいだったよ。かんおけやらなにやらの絵も用いしないといけないし、とうぞくからのどくめいの手がみも書かないといけないし、ひらいしんつたっておりたりのぼったり、穴ほって小屋にもぐりこんで、ナワばしごつくってパイのなかに入れてとどけて、スプーンとかいろんなどうぐもおばさんのエプロンのポケットに入れてとどけて──」

「なんてこった！」

「──そうしてジムのおともにネズミやらヘビやらも小屋につれてこないといけなかったし、そのうちおばさんが、トムがぼうしにバター入れたときにすごく長くひきとめたもんだから、あやうくなにもかもおじゃんになるところだったんだよ、ぼくたちが小屋から出るまえに農じょうの人たちが来ちまって、ぼくたち大いそぎで出なきゃいけなくて、それで音たててきかれちゃってテッポーで撃たれてぼくにあたって、ぼくたち道からそれてかくれてあの人たち先へすすんでいって、犬たちが来たけどぼくたちには目もくれずに音のするほうへとんでって、で、ぼくたちカヌーを出していかだのあるところまで行って、すっかり逃げきって、ジムは自由な人げんになったんだ、ぜんぶぼくたちだけでやったんだよ、ねえすごいでしょ、おばさん!」

「うーん、こんな話、生まれてこのかたきいたことないよ! じゃああんたたちだったのかい、みんなあたふたオロオロして死ぬほどおびえたあの厄介《トラブル》ぜんぶ、あんたたちわるガキのしわざだったのかい? いますぐここであんたらにおしおきしてやりたいよ。毎晩毎晩、あんなふうに——いいかいシド、あんたがよくなったらね、ふたりともしっかりムチくれてやるから、かくごしてな!」

トムはホントに鼻たかだかで、ホントによろこんでるんで、なおも舌がまわりっぱなしだったけど、おばさんもおばさんでしっかりわりこんで、口から火をはくいきおい、ふたりともどうじにしゃべりまくってまるっきりネコの寄りあいみたいで、じきにおばさんが

「さ、もうこれでたのしむだけたのしんだろう、まんいちまたあいつにちょっかい出してるとこつかまえたら——」と言った。

「あいつって、だれ?」とトムは言って、一気にえがおが消えてビックリした顔になった。

「だれかって? 決まってるだろ、逃亡ニガーだよ。だれだとおもったんだい?」

トムはすごくしんこくな顔でおれを見て
「おいトム、さっき言わなかったか、あいつはだいじょぶだって？　逃げたんじゃないの？」と言った。
「あいつが？　逃亡ニガーがかい？」とサリーおばさんは言った。「逃げたもんかね。しっかりみんながつれもどしてくれたよ、またあすこの小屋にいるよ。パンと水だけもらってね、クサリぐるぐるまかれて、もちぬしが来るか売られるかするまでそうしてるのさ！」
トムがガバッと起きあがった——目がカッカしていて、鼻の穴がさかなのエラみたいにひらいてとじた。そうしておれにむかってさけんだ——

ガバッと起き上がるトム

「あいつらにジムをとじこめるけんりなんかないぞ！　すぐ行け！　いっこくもムダにするな。ジムを出してやれ！　あいつはドレイなんかじゃない、この世に生きてるだれにもまけず自由なんだ！」

「なにを言ってるんだい、この子は？」

「ぼくの言ってることぜんぶホントだよ、サリーおばさん。もしだれも行かないんだったら、ぼくが行く。ぼくあいつのことずっとまえから知ってるし、トムも知ってるんだ。二か月まえにミス・ワトソンが亡くなったんだけど、亡くなるまえに、ジムのこと一どは川下に売る気になったことをはじにおもって、はっきりそう言って、いっしょでジムを自由にしたんだ」
「じゃあなんだってあんたが自由にしようとおもったんだい、もうすでに自由だってのに？」
「やれやれ、すごいこときくなあ——いかにも女のひとがききそうなことだよ。冒けんしたかったからさ、きまってるじゃないか、たとえクビまで血につかったって——わぁタイヘン、**ポリーおばさん**だ！」

見ればそこ、ドアのすぐうちがわにポリーおばさんが、パイをたらふく食べた天しみたいにやさしいみちたりた顔で立っている！

サリーおばさんがとんでいって、アタマがもげそうなくらいギュッとつよくだきしめて、ワアワア泣きだして、おれはベッドの下にいい場しょを見つけた——なにしろおれたちのこのみからするとずいぶんムシムシしてきたから。で、下からこっそり見てみると、じきにトムのポリーおばさんがサリーおばさんのウデのなかからぬけ出て、におう立ちになって、トムのほうをメガネの上から、トムをギリギリ地めんにねじこむみたいな目で見た。そうしてじきに
「うん、あんた、こっち向かないほうが身のためだよ。あたしだったらそれはひかえるよ、トム」と言った。
「まあタイヘン、この子そんなにかわっちまったのかい？」とサリーおばさんが言った。「だってその子、トムじゃなくてシドだよ。トムは——トムは——あれ、トムはどこだい？　ついさっきまでここにいたのに」

「ハック・フィンはどこだってことかい――そういうことだよ！　こっちは長年トムみたいなろくでなしそだててきたんだからね、トム見りゃトムだってわかるよ。わからなかったらエラいことさ。ベッドの下から出ておいで、ハック・フィン」

おれは言われたとおりにした。でもあんまりいせいのいい気ぶんじゃなかった。

このときのサリーおばさんほど、とまどってめんくらってこんらんしてた人は見たことない。もうひとりいるとすれば、サイラスおじさんだった――じきにはいってきたおじさんは、おばさんたちからいちぶしじゅうをせつめいされた。それをきいて、おじさんはなんだかヨッパラったみたいになって、その日一日《いちんち》まるっきりアタマがはたらかなくて、夜においのりのしゅう会でせっきょうをやったけどこれが大ひょうばん、なにしろこの世でいちばん年ぱいの人にもりかいできないシロモノだったのだ。で、トムのポリーおばさんが、おれがだれで、なにものかを話したもんだから、おれもしかたない、一からせつめいするしかなかった。おれは言った。ミセス・フェルプスがおれをトム・ソーヤーとまちがえたときおれとんでもなくめんどうな立場にいたんで、それでミセス・フェルプスに――すると本人が口をはさんで「いいんだよ、サリーおばさんで、もうなれちゃったからね、わざわざかえなくっていいよ」と言ってくれた――サリーおばさんにトム・ソーヤーとまちがえられても話をあわせるしかなかったんです、ほかにやりようはなかったんです、トムは気にしないとわかってました、こういうのってトムは大好きなんです、ミステリーですから、トムならぜったいこれを冒けんにしたてて、とことんたのしむにちがいないとおもったんです。で、やっぱりそうなって、トムはシドのふりすることにして、おれがなるたけラクにやれるようにしてくれました。

するとトムのポリーおばさんが、ミス・ワトソンがいいしょでジムを自由にしたってゆうトムの話はほんとうだよと言った。なんのことはない、トム・ソーヤーは自由なニガーを自由にするためにあれだけさんざん手まひまかけたのだ！　なのにおれときたら、いまのいまこの話きくまで、なんでトムみたいなそだちのいい子がニガーを自由にするのをたすけたりできるのか、クビをひねっていたのだ。

で、ポリーおばさんは、サリーおばさんから手がみが来てトムとシドがぶじ元気に着いたって言ってきたのをよんで、あたしゃこうおもったんだよと言った——

「やれやれ、エラいことになった！　だけどこっちはだれも見はりにつけずにあの子をひとりでおくりだしたんだ、このくらいけんとうがついてしかるべきだったよ。こりゃあたしが川を一八〇〇キロ下ってくしかない、あの子がなにやらかしたか見にいかないと、っておもったんだよ、なにしろあんたはちっともへんじくれないしねえ」

「え、だってあたし、ねえさんから手がみなんてもらってないよ」とサリーおばさんは言った。

「えっ、どうなってんだい！　二ど手がみ出したんだよ、シドが来たってどういうことだいって」

「そんな手がみうけとらなかったよ、ねえさん」

ポリーおばさんはゆっくりこわい顔でクビをまわして、

「ちょいと、トム！」と言った。

「え——なに？」とトムはちょっとすねたみたいに言った。

「え、なにじゃないよ、あつかましいにもほどがあるよ――さ、手がみ出しな」

「手がみって？」

「あたしの手がみだよ。まったく、口だけできかないんだったら――」

「トランクのなかだよ。ほら、あそこ。ぼくがゆうびん局でもらってきたときのままにしてあるよ。ぼくなかみ見てないし、さわってもいないよ。でもこれサリーおばさんたちによまれたら厄介《トラブル》になるってわかったから、ぼくおもったんだよ、もしおばさんがそんなにいそいでないんだったら、ここはちょいと――」

「やっぱりあんたぜったいムチがいるよ、そいつはまちがいない。で、あたしもう一つう、これから行くって手がみ書いたんだよ、どうやらそれもこの子が――」

「さ、手がみ出しな」

「いいや、それはきのうとどいたよ。あたしゃまだよんでないけど、だいじょぶ、そいつはちゃんとある」

おれはサリーおばさんが手がみもってないほうに二ドルかけたかったけど、ここはやっぱりだまってるほうがぶないんだとふんだ。だからなにも言わなかった。

さいご

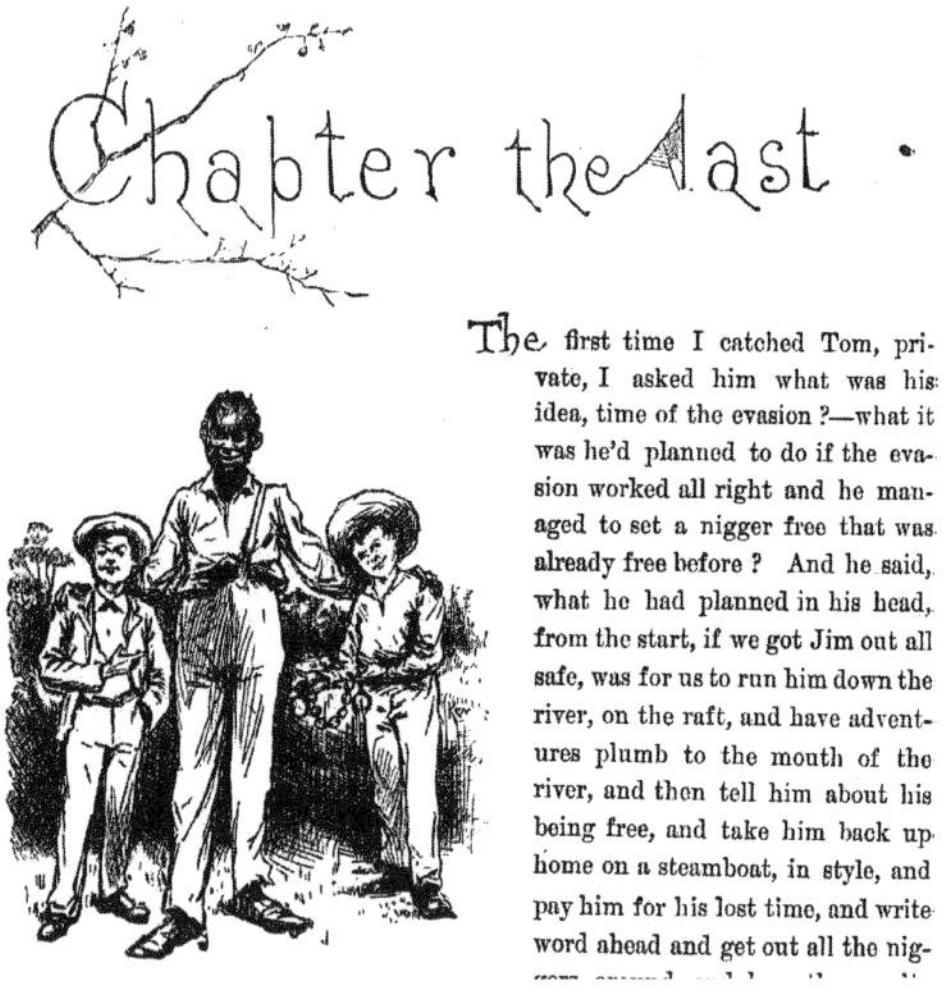

The first time I catched Tom, private, I asked him what was his idea, time of the evasion?—what it was he'd planned to do if the evasion worked all right and he managed to set a nigger free that was already free before? And he said, what he had planned in his head, from the start, if we got Jim out all safe, was for us to run him down the river, on the raft, and have adventures plumb to the mouth of the river, and then tell him about his being free, and take him back up home on a steamboat, in style, and pay him for his lost time, and write word ahead and get out all the nig-

晴れて自由の身に

トムとふたりきりになったとたん、おれはきいてみた。ぶじぬけいずったら、あとはどうするつもりだったんだ？　もうすでに自由なニガーを自由にしたら、そこからなにやろうとおもってたんだ？　するとトムは、はじめからずっとかんがえてたのはこうだと言った——ぶじジムをすくい出したら、ジムをのせていかだで川を下って、海に出るまでたっぷり冒けんして、海に来たらジムに、おまえは自由なんだよっておしえてやって、ジムをじょう気船にのせてごうせいに村へつれかえって、ムダにした時かんのぶんのカネをやる。先に村へ手がみをおくって、ジムがかえってきたらニガーたちみんなむかえにくるようにしといて、みんなでジムをかこんでブラスバンドもつけてタイマツこうしんで村へかえろうとおもってたんだ、そうすりゃジムは英ゆうだし、おれたちも英ゆうだったろうよ、とトムは言った。トムはそう言ったけど、おれとしては、まあこうなってよかったんじゃないかとおもった。

おれたちはすぐさまジムのクサリをといてやったし、お医しゃがトムをちりょうするのをジムがどれだけたすけてくれたかをポリーおばさん、サイラスおじさん、サリーおばさんに話すと、三人ともそりゃもうジムをチヤホヤして、着るものからなにからさいこうのをそろえてやって、食いたいだけ食わしてやって、なんのシゴトもさせずにたのしくすごさせてやった。そうしてびょうしつはジムのへやになって、みんなであつまって上きげんにおしゃべりした。とにかくジムはおれたちのためにすごくガマンづよくとらわれ人《びと》やってくれて、なにもかもうまくやってのけたから、その見かえりにトムは四十ドルやった。ジムは死ぬほどよろこんで、かんきわまって言った――「ほらなハック、言ったとおりだろ？　ジャクソン島で言っただろ？　おれはムネが毛ぶかい、それがなんのしるしか言ったろ、で、おれ、まえにカネもちだったしも一どカネもちになるんだって言ったろ、そのとおりになったんだよ。こういうことさ！　そうとも！　いやいや、言うなって――しるしはしるし、おれの言うとおりなんだよ。おれにはちゃあんとわかってたんだ、いまここにおれが立ってるくらいたしかに、

トムの気前よさ

も一どおれはカネもちになるんだって！」

それからトムがしゃべってしゃべってしゃべりまくって、そのうちに、いつかの夜に三人でここをぬけ出そうぜ、旅のどうぐ手に入れて、テリトリー〔まだ州の資格を得ていない地域〕でインジャンたちにまじって三、四週かんすごい冒けんするんだと言った。それでおれは言った。うん、いいよそれで、でもおれどうぐ買うカネないよ、村からもおくってもらえないとおもうよ、たぶんもうおやじがもどってきてて、カネみんな、サッチャー判じからせしめてのんじまったとおもうから。

「いいや、もどってきてないよ」とトムは言った。「カネはまだちゃんとある。六千ドルか、もっと。おまえのおやじ、あれ以来一どももどってきてないよ。すくなくともおれが出ぱつしたときはそうだった」

ジムがそこで、ちょっとおごそかな声で
「もうかえってこないよ、ハック」と言った。

おれは
「なんでだい、ジム？」ときいた。

「なんででもいいよ、ハック――とにかくもうかえってこないよ、あんたのおやじさん」

それでもおれがしつこくきくと、とうとうジムは言った――

「川にうかんでたあの家おぼえてるかい、あのなかに男がひとりいただろ、毛ふがかかってて、で、おれなかにはいってあの毛ふはがして見てみたあと、あんたをなかに入れなかっただろ？　あんたじぶんのカネ、いつでもとりに行けるよ。あれはあんたのおやじさんだったのさ」

トムはもうほぼよくなって、あたった弾をかいちゅう時けいのクサリにつけてクビからかけて、いま何時だか年じゅう見ていて、だからもう書くことはなにもなくて、おれはすごくうれしい。本つくるってのがこんなに厄介《トラブル》だってわかってたらそもそもやらなかったし、これからもやる気はない。けどどうやら、おれはひと足先にテリトリーに逃げなくちゃいけないみたいだ。というのも、サリーおばさんがおれのことようしにしておれをしつけるんだなんて言いだしていて、おれはそんなのガマンできない。もうそういうのはやったから。

おわりです、さよなら　ハック・フィン。

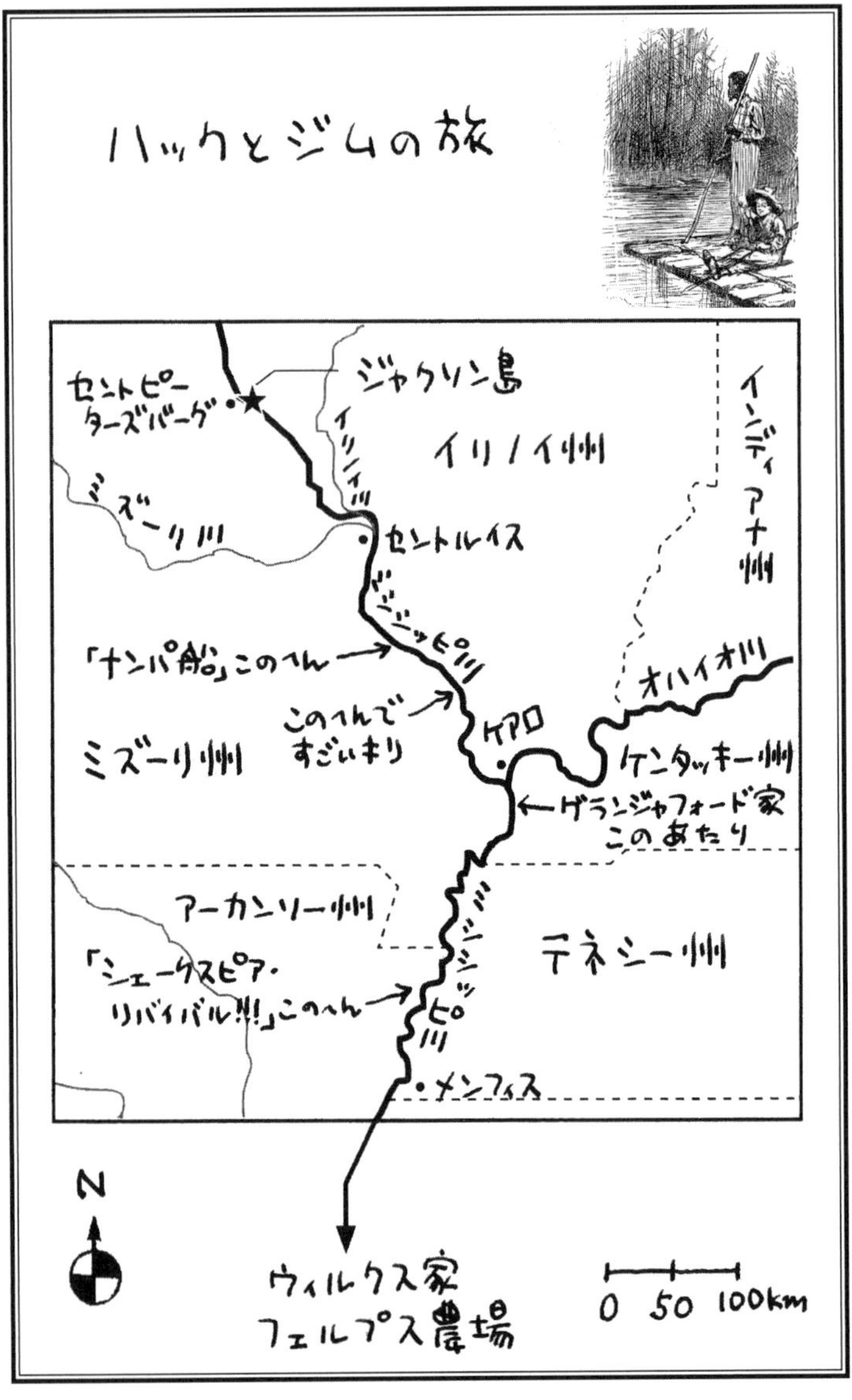
ハックとジムの旅
ジャクソン島
セントピーターズバーグ
イリノイ川
イリノイ州
インディアナ州
ミズーリ川
セントルイス
ミシシッピ川
「ナンパ船」このへん
このへんで
すごいきり
ケアロ
オハイオ川
ミズーリ州
ケンタッキー州
←グランジャフォード家
このあたり
アーカンソー州
テネシー州
「シェークスピア・
リバイバル!!!」このへん
ミシシッピ川
メンフィス
N
ウィルクス家
フェルプス農場
0 50 100km

解説

柴田元幸

1 『ハックルベリー・フィンの冒けん』の英語について

どんな小説でも、「何が語られているか」と「どう語られているか」は両方とも大事だが、この『ハックルベリー・フィンの冒けん』という小説の場合、「どう語られているか」はとりわけ大事である。ろくに学校にも行っていない、半分浮浪者の少年が使いそうな言葉だけを使って、少年自らに語らせることを通して、本人はぜんぜん自覚していないユーモア、叙情、アイロニーが全篇にわたって広がり、時に静謐で時に荒々しいアメリカ中西部の自然と、時にあたたかく時に残酷なアメリカの社会がみずみずしく描かれる。口語体の語りの可能性を一気に広げたという歴史的意義にとどまらず、現代に至ってもなお、一人称語りののびやかさ、しなやかさがこれほど見事に持続している例はちょっとない。アメリカで一八八五年に（イギリスでは八四年）この小説が刊行されて以来、これに霊感を受けて多くの小説が書かれてきたし、なかにはJ・D・サリンジャーの『キャッチャー・イン・ザ・ライ』（一九五一）のようにそれ独自の価値を備えた作品も生まれているが、元祖『ハックルベリー・フィンの冒けん』の値打ちはいささかも減じていない。

というわけで、「何が語られているか」の前に、この小説が「どう語られているか」をまず問題にしたい。そもそもこの小説、一八七六年に刊行された『トム・ソーヤーの冒険』の成功を受けて、まずはその続篇として構想されたわけだが、七六年七月に書き出され、二度の長い中断を経て八三年九月に完成した結果、『トム・ソーヤー』とはまったく違う地点まで到達する作品となった。内容的に違うのはもちろんだが、そもそも書き方からしてぜんぜん違う。物はためし、両作の書き出しを較べてみよう。

まず、『トム・ソーヤー』から——

"TOM!"

No answer.

"TOM!"

No answer.

"What's gone with that boy, I wonder? You TOM!"

No answer.

The old lady pulled her spectacles down and looked over them, about the room; then she put them up and looked out under them. She seldom or never looked *through* them for so small a thing as a boy; they were her state pair, the pride of her heart, and were built for "style," not service;—she could have seen through a pair of stove lids just as well. She looked perplexed for a moment, and then said, not fiercely, but still loud enough for the furniture to hear:

"Well, I lay if I get hold of you I'll—"

「トム!」

答えなし。

「トム!」

答えなし。

「あの子ったらどうなってるのかねえ？　トムや！」

答えなし。

伯母さんは眼鏡を下げて、その上から部屋を見渡した。それから眼鏡を上げて、今度はその下から見てみた。伯母さんは、子供なんていうちっぽけなものを探すのに、めったに、いや絶対に、眼鏡を通して見たりしない。これは伯母さんのとっておきの眼鏡であって、自慢の種、使うためなんかじゃなく品格のために拵《こしら》えたのだ。見るだけなら、ストーブの蓋一対を通して見たって似たようなもの。伯母さんはしばし戸惑っている様子だったが、それから、荒々しいとまでは行かぬものの、それでも家具にも聞こえるくらいの声を上げた――

「まったく、捕まえたらただじゃ――」

マーク・トウェインの小説において「伯／叔母さん」は社会の規範を代表する。その社会規範に呼ばれるところから『トム・ソーヤーの冒険』は始まる。そしてその後も「これは伯母さんのとっておきの眼鏡であって、使うためなんかじゃなく品格のために拵えたのだ」といったふうに、物語を外から見ている、安定した大人の語りが続く。基本的には少年小説と言っていい本だと思うが、内容も語り口も、大人としっかりつながっている。もっとも、読み進めていくと、親たちが忌み嫌うハック・フィンにトム・ソーヤーが憧れるように、この『トム・ソーヤーの冒険』という本自体が『ハックルベリー・フィンの冒けん』になりたがっているかのような切なさが感じられて、それが独特の魅力につながっているのだが、まず語りとしては、正統的に雄弁な三人称の語りであることを確認しておきたい。

一方、『ハックルベリー・フィンの冒けん』の書き出しはどうか。

> You don't know about me, without you have read a book by the name of "The Adventures of Tom Sawyer," but that ain't no matter. That book was made by Mr. Mark Twain, and he told the truth, mainly. There was things which he stretched, but mainly he told the truth. That is nothing. I never seen anybody but lied, one time or another, without it was Aunt Polly, or the widow, or maybe Mary. Aunt Polly,—Tom's Aunt Polly, she is—and Mary, and the Widow Douglas, is all told about in that book—which is mostly a true book; with some stretchers, as I said before.

「トム・ソーヤーの冒けん」てゆう本をよんでない人はおれのこと知らないわけだけど、それはべつにかまわない。あれはマーク・トウェインさんてゆう人がつくった本で、まあだいたいはホントのことが書いてある。ところどころこちょうしたとこもあるけど、だいたいはホントのことが書いてある。べつにそれくらいなんでもない。だれだってどこかで、一どや二どはウソつくものだから。ポリーおばさんとか未ぼう人とか、それとメアリなんかはべつかもしれないけど。ポリーおばさん、つまりトムのポリーおばさん、あとメアリやダグラス未ぼう人のことも、みんなその本に書いてある。で、その本は、だいたいはホントのことが書いてあるんだ、さっき言ったとおり、ところどころこちょうもあるんだけど。

いきなり「トム・ソーヤーの冒けん」という実在の書物や、「マーク・トウェイン」なる実在の人物（というか、まさにこの本の作者）が出てきて、その後もウソ／ホントの問題が言及され、『ドン・キホーテ』続篇にも通じるような形で現実・虚構間の境界線が早々と揺らぎはじめ、作品の重要テーマを予告しているわけだが、ここでは言葉自体に話を絞ろう。

英語がある程度おわかりになる方には、ハックの文法の怪しさは明白だろう。まず "without you have read a book ..." は正しくは "unless you have read a book ..." だろうし、"that ain't no matter" は品のない言い方であって品よく言えば "that doesn't matter" であり、"That book was made" じゃなくて "That book was written" と書くべきだし、それに "There was things" はもちろん "There were things"……等々、語学的にはツッコミどころ満載の語りなのである。

さらに微妙な次元の話をすると、このハックの文章、句読点の使い方が「普通」の書き方とはどうもずれている。作文の授業だったら、間違いなく直されるだろう。実際、一八九九年ごろに刊行された第四版ではこの特異な句読点が「添削」されており、長年多くの版がこれに倣ってきた。たとえば、廉価版ながら風変わりな作家パジェット・パウエルの秀逸なまえがきが入っている Signet 版などは、いまだにこれを踏襲している——

You don't know about me without you have read a book by the name of *The Adventures of Tom Sawyer*; but that ain't no matter. That book was made by Mr. Mark Twain, and he told the truth, mainly. There was things which he stretched, but mainly he told the truth. That is nothing. I never seen anybody but lied one time or another, without it was Aunt Polly, or the widow, or maybe Mary. Aunt Polly—Tom's Aunt Polly, she is—and Mary, and the Widow Douglas is all told about in that book, which is mostly a true book, with some stretchers, as I said before.

ほんの数行の段落のなかで、カンマ削除が四か所、引用符をイタリクスに変更一か所、カンマをセミコロンに変更一か所、ダッシュをカンマに変更一か所、セミコロンをカンマに変更一か所。較べてみると、内容は基本的に変わらないが、句読点が正統的に整えられた分、すこしお行儀がよくなった印象がある。

このように句読点を直したのに加えて、もしさらに文法的な誤りも正し、全体に「どこに出しても恥ずかしくない文章」を作成して、元のハックの語りと較べてみたら、どちらが魅力的だろうか？　なかには「正しい方がいいに決まってるじゃないか」とおっしゃる方もおられるかもしれないが、まあたいていの方は、「なんか元の方がイキがいいな」と感じられるのではないかと思う。文法的誤りだらけ、不規則な句読点だらけの「ハック英語」に、間違いの楽しさを大方の読者は見出されるだろう。実際、作文の作法からすれば不適に見える句読点にしても、声に出して読んでみると――あるいは頭の中でハックの声を聞こうとしてみると――実は大変的確であることがわかる（というわけでこの翻訳は、一八八五年に刊行された初版を基本的には底本としつつ、句読点など細部に関しては作者の意向をもっとも緻密に検討している、カリフォルニア大学出版局二〇一〇年刊の、一二五周年記念版『ハック・フィン』も参考にしている）。

　語学的怪しさにしても、まさに怪しいがゆえにきわめて雄弁である。有名な例を挙げると、civilize（文明化する）という語をハックがつねに誤って sivilize と綴るのは、もちろん彼自身はまったく意識していないが、ハックを文明化しようとする人たちに対するさりげない皮肉になっている。

　これが逃亡奴隷ジムの、さらに怪しい英語となると、時にそれは詩的な高みに達する。"Well, looky-here, boss, dey's sumf'n wrong, dey is. Is I *me*, or who *is* I? Is I heah, or whah *is* I? Now dat's what I wants to know."（「なあ、いいかいボス、なんかがヘンなんだよ。おれはおれかね、じゃなけりゃおれだれだ？　おれはここにいるのか、それともどこに？　おしえてほしいもんだね」）自分がいま・ここにいることに対する根源的懐疑をこれほど楽しく言い表わした例はほかに知らない。

　とはいえ、このジムの超シュール発言に対して為された生ぬるい翻訳からも窺えるように、そうした楽しい間違い方を翻訳でどこまで再現できるかとなると、これはどうにもおぼつかない。一般に翻訳において、誤りを誤りのまま訳すのは非常に難しい。読者から見て、原作者が意図的に盛り込んだ誤りなのか、単に訳者が間抜けなだけなのか判定が困難であり、つねに隔靴《かっか》掻痒《そうよう》の感を免れないからだ。

したがって、本書を訳すにあたっても、誤りを誤りとして再現することは原則として試みず、あくまでハックが使いそうもない語彙を極力回避し、かつ、「ハックにこの漢字が書けるか？」とつねに自問しながら訳し進めることをとおして、語りのリアルさの再現をめざした。ハックはまったくの無学ではないし、学校に行けばそれなりに学びとるところもあるようだから（まあ六七《ろくしち》＝三十五と思っているみたいですが）、もし漢字文化圏の学校に通ったとしたら、字もある程度書けるようになって、たとえば「冒険」の「険」は無理でも「冒」は（横棒が一本足りないくらいのことはありそうだが）書けそうな気がするのである。

2 『ハックルベリー・フィンの冒けん』の物語について

一人の少年が、暴力的な父親からも、彼をsivilizeしようとする善意のおばさんたちからも逃れて、やはり逃亡してきた黒人奴隷と図らずも合流し、二人で筏に乗ってミシシッピ川を旅するなか、いろんな人間に出会う。

このいろんな出会いのなかに冒険があり物語があり、多くの場合笑いがあるわけだが、ほんとうはハックとジムは誰との出会いも望んでいない。何しろ二人とも逃亡者なのだ。王と公爵を自称するペテン師二人を筏に迎え入れたのも彼らが願ってしたことではないし、グランジャフォード家とシェファードスン家との「宿怨」もハックが望んでかかわったわけではない。彼らにとってそれらはすべて「厄介《トラブル》」

でしかない。できることなら彼らは、筏という「流動する家」ともいうべき牧歌的空間に、自分たちだけで留まっていたいのである。『ハックルベリー・フィンの冒けん』におけるもっとも記憶に残る自然描写は、おおむねハックとジムが鬱陶しい他人たちから離れて二人だけで過ごす時間から生まれている。

だがそれだけでは冒険にも物語にもならないから、筏の内外で彼らは冒険を強いられることになる。その際、ハックは往々にして別名を騙《かた》ったり変装したり、時には成り行きでトム・ソーヤーを名のりさえし、つねに偽の自分を外に見せて、大切な自分自身を守ろうとする。ハックはこの本において、当初こそトム・ソーヤーに倣って冒険したがるものの、だいたいいつも、冒険をめざすのではなく冒険から逃げようとしている。冒険から逃れて、ジムの待つ筏に駆け戻る、というこの作品で何度かくり返される行動には、家に帰り着いたことの嬉しさがつねに伴っている。

それではハックとジムの利害関係というか、思惑《おもわく》というか、それがつねに一致しているかというと、これがなかなか微妙である。自然児のようであれ、実はけっこう人付きあいもよく、とりあえずどうでもいいことは他人に合わせるというスタンスを保つハックは——そして彼にとってまずたいていのことはどうでもいいことである——当時の標準的な「良心」まで律儀に抱え込んでいて、奴隷の逃亡を助けるのは悪だ、という通念が相当しっかり体に染みついているからだ。ジムを逃がしてやるべきか、持ち主の許に帰るよう手を打つべきか、ハックは悩む。このあたり、二十一世紀の日本に住む我々は、「そりゃ逃がすだろ」と呑気に思うわけだが、ハックにとってはこれがそれなりに本物の葛藤だということは頭に入れておいた方がいい。

話を少しややこしくすると、マーク・トウェインはこの、「四十～五十年前」――すなわち南北戦争以前の一八三〇～四〇年代――に舞台が設定された（一ページの中扉を参照）作品を、戦争がすでに終結し、奴隷制も制度としてはすでに廃止された時期に書いている。奴隷逃亡幇助《ほうじょ》は悪だという通念は、（そもそも「奴隷」そのものはもういないのだから）作品発表時にはもうなくなっていたということになる。実際トウェインは、作品発表十年後の一八九五年に行なった講演で、このような通念は「今日我々には馬鹿げていると思えます」と述べている。だが彼は、悪が取り除かれた時代の視点から、悪がはびこっていた時代を呑気に見下していたのではない。いつの世でも、「良心」の名の下で、多くの人々がいかに非人間的な考え方を是認してしまうか、という一般論をトウェインは考えているように思える。

こういう通念が、奴隷所有者のあいだで広がっていたことは納得できます。商売上の理由が十分あったのですから。しかしこれが、地域社会のなかの貧乏人、浮浪者、社会の屑と見なされた者たちのあいだでも、熱く、強硬に広がりうるということ、事実広がっていたということは、遠く隔たった今日の我々には実感しがたい。ですが当時の私にはそれが自然に思えたのです。今日我々には馬鹿げていると思えますが、ハックや放蕩無頼《ほうとうぶらい》の父親がそれを体で感じ、是認することも自然に思えたのです。ここからわかるのは、良心というあの妙な代物は――あの過《あやま》たざる監視者なるものは――早いうちから教育し、教育しつづければ、どれほど無茶苦茶なことでも是認するよう訓練できるのだということです。

(Victor Fischer, "Foreword" to the 125th Anniversary Edition of *Adventures of Huckleberry Finn* [University of California Press, 2010] に引用、柴田訳)

「まあたいへん！　だれかケガしたのかい？」と気のいいおばさんが訊ね、ハックが「いいえ。ニガーがひとり死んだだけで」と例によってもっともらしいフィクションを瞬時に捏造すると、「ああ、よかったねえ、そういうときって人がケガしたりするからねえ」とおばさんが無邪気に応じる。それが少しも不自然ではない時代をトウェインはこの本で描いている。だが同時に、いまの時代は果たしてそのような「間違った」前提から自由なのか、と彼は問うているようにも思える。実際我々が、『ハックルベリー・フィンの冒けん』をアメリカにおいてであれ日本においてであれ今日読んで、いまの時代には／この国には奴隷制がなくてよかったなあ、と安心して終わるとすれば、この本を読む甲斐はあまりない気がする。奴隷制そのものはとっくに廃止された時代であれ、もともと奴隷制がない場であれ、人と人のあいだに差別の線引きがなされるという事態はどれだけ違うのか、と自問することをこの本は誘っているように思える。

筏の旅を続けるハックとジムが、ミシシッピ川がオハイオ川と合流する町ケアロでオハイオ川に入って北へ進み、ジムがついに自由の地に達する、という展開も物語はとりえたはずである。だが作者はその選択肢を採らなかった。ジムとハックをケアロから北上させることは、アメリカという国が抱えた最大の問題から目をそむけてファンタジーの世界に入っていくことであり、マーク・トウェインにとってそれは意味ある選択肢ではなかった（オハイオやさらにその北の土地を、トウェインがよく知らなかったという現実的要因もあったようだが）。かくして、二人にケアロの町を通過させ、そのままミシシッピ川を下らせて、深南部に向かわせることで、ファンタジーの代わりに、トム・ソーヤー主導によるジム解放の茶番劇が終盤十章にわたってくり広げられることになる。

この茶番劇については従来からいろんなことが言われていて、ヘミングウェイのように「あそこは読まなくていい」という意見まであり、そのように否定する声はおおむね威勢がよく明快で、肯定する声はなんとなくまわりくどくならざるをえないという印象がある。僕自身も、これについて論じるとすれば、たぶんまわりくどい肯定の言葉を連ねることになるだろうと思う。

ふたつポイントを挙げれば、ひとつは、第三十一章で、「よしわかった、ならおれは地ごくに行こう」とハックが決意し、ジムを持ち主に引き渡さないことを選ぶ、多くの人がクライマックスとみなす章のあとにこの長い茶番劇が加わることで、結局、ハックは何もなしとげなかったことになるという点である。何もなしとげなかったから駄目だというのではない。何もなしとげなかったからこそ、我々はハックを実績で判断するのではなく、その精神において判断することができる。そしてどう判断するかは、読者一人ひとりに委ねられている。

もうひとつのポイントは、冒頭でトム・ソーヤー崇拝癖が残っていたハックが、トムの「ウソ」を見抜く次元に達したと思っていたのに、終盤に至ってまたトムの言いなりになってしまうように見えるこ

とをどう捉えるか、という点である。結局ハックは何も学んでいないのか？　それとも、元に戻ってい

るように見えて、内実は微妙に、だが決定的に変わっているのか？　円環構造を持った物語がつねに読み手につきつける問いが、ここでも静かに問われている。

3『ハックルベリー・フィンの冒けん』をめぐるいくつかの基本的事項

一　三つの鍵言葉

nigger　「黒人」を意味する、現代ではきわめて不快な差別語であり、今日アメリカの白人が公式の場でこの語を用いようものなら、その人の社会的生命はその時点で終わる（あるいは終わるべきである）。この一語が出てくるばっかりに、『ハックルベリー・フィンの冒けん』はアメリカの図書館でたびたび禁書扱いされてきたし、二〇一一年には、二一九回現われるこの語をすべてslaveに変換した版まで刊行され、これまた論議を呼んでいる。だが『ハックルベリー・フィン』の舞台となっている一八三〇〜四〇年代当時、この語はまったく普通に使われ、この語を口にしたからといってその人が人種差別主義者であると判断されるような文脈は存在しなかった（もちろんだからといって、今日の読者がこの本でこの語を見て不快に思うのは間違っているとは言えないが）。

ちなみに第六章では、見た目には白人と区別のつかない、肌の白い黒人の話が出てくるが、アメリカでは“one-drop rule”（一滴ルール）といって、黒人の血が少しでも混じっていれば黒人、とみなす考え方が長いあいだ主流だった。

lonesome　ハックはよく、特にジムと合流する前、この「さみしい」という語を使う。これを根拠に、社会の規範から逃れようとする人間が実は社会を求めている、と考えるのはたぶんハズレである。「さみしい」とハックが言うとき、彼が感じているのは否定的な孤独感、孤立感というより、社会から離れて自然のなかに独り在《あ》ることへの豊かな両面感情であるように思える。あえて言えば、死を恐れつつも死に惹かれているような心性が、この一語に凝縮されているように思える。lonesome はいちおう lonely と同義語ということになっているが、lonely にはこのような両義性はなく、その意味で両者はぜんぜん同義ではない。

by and by　やがて、そのうちに、の意。『ハックルベリー・フィンの冒けん』の二十世紀版とも言うべきJ・D・サリンジャーの『キャッチャー・イン・ザ・ライ』では all of a sudden（突然）という言葉が頻繁に使われ、ミシシッピ川を下るハックが生きる悠然とした時間と、ニューヨークの夜の街をさまようホールデン・コールフィールドが生きるせわしない時間の対比が明らかになる（もちろんハックやジムも、その by and by 的時間の流れのなかにいつまでもとどまっていられはしないわけだが）。先行作品とのあいだに共通点と相違点の両方を持つことによって、『キャッチャー』は『ハック・フィン』に対する雄弁なコメントとなっている。

二　『ハックルベリー・フィンの冒けん』の執筆時期

現在もっとも信頼できる版である、一二五周年版『ハック・フィン』の編者ヴィクター・フィッシャーらの研究によれば、この作品の執筆時期は三期に分けられる。

第一期　一八七六年七月―九月　第1章～12章前半、第15章～18章前半
（12章は本訳書一二二ページ九行目「……ソフト帽がかかってるのまで見えた」まで。18章は一九七ページうしろから三行目「『きいたことないね。おしえてくれよ』」まで）

第二期　一八八〇年三月―六月　「告」、第18章後半～21章

第三期　一八八三年六月―九月　タイトルページ、第12章後半～14章、第22章～43章

第22章以降、つまり後半全部が一気に四か月以内で書き上げられたというのはすごいが、12章での難破船の強烈な逸話や、14章でフランス人は何語を喋るかをめぐってジムがハックを言い負かす愉快な場面などが実はあとから付け足されたという事実も興味深い。

三　筏のエピソード

第16章、この訳書の一六一ページうしろから五行目、「……ふたりでタバコを一ぷくして、待った」のあとには、通例「筏のエピソード」と呼ばれる長い挿話が元々は入っていたが、トウェインがこの箇

所を一足先に出版した『ミシシッピ川の暮らし』に流用したこと、また『ハック・フィン』を『トム・ソーヤー』とセットで売るにはあまり長さが違わない方がいいと出版社が判断したこともあって、一八八五年の初版からはこのエピソードが割愛された。その後の版ではこれを復活させたものもあり、前述の一二五周年版にも収められている。本訳書にこの挿話を収録しなかったのは、これが脱線としてはいささか長すぎて、物語の流れを殺すと思えたからである。とはいえこれはあくまで訳者の主観的判断であり、読者がこのエピソードに触れる権利を奪ってはいけないので、研究社のウェブサイトに拙訳を掲載する予定である。

トゥルー・ウィリアムズの描いた
ハックルベリー・フィン

四　さしえ

当時さしえは小説における重要な要素だった。トウェインの肝いりで本書に起用されたさしえ画家は、依頼時まだ二十三歳だった新進アーティストE・W・ケンブルであった。当時の書簡を見ると、ケンブルが送ってきた第1章〜12章のさしえをトウェインはあまり気に入らなかったようで、しとめた兎を持っている口絵のハックについても、「口のあたりがアイルランド人っぽすぎる」と不満を漏らしている。どちらがいいかはともかく、前作『トム・ソーヤー』のためにトゥルー・ウィリアムズが描いたハック像と較べると、かなり野卑さが抑えられている印象がある。

とはいえトウェインは、第13章〜20章分が送られてきたときは一転してその出来ばえを絶賛している。いまとなっては、ハック本人をはじめ、ハックの父親、ジム、王と公爵らをケンブルのさしえ抜きで思い描くのは困難である。

本訳書では、『ハック・フィン』初版に収められたケンブルの筆になるさしえ一七四点をすべて収録した。

4 マーク・トウェイン略年譜

一八三五年十一月三十日 ミズーリ州フロリダで生まれる。本名サミュエル・ラングホーン・クレメンズ。
一八三九 一家でミズーリ州ハンニバルに移住。本書の「セントピーターズバーグ」はこのハンニバルがモデル。
一八四七 父死去。サミュエルも学校をやめて働き出す。
一八五一 兄の発行する新聞に記事を発表しはじめる。以後、各地を転々としながらさまざまな媒体に寄稿。

一八五九　蒸気船水先案内人の免許取得。
一八六一　南北戦争勃発。
一八六二　ネヴァダで鉱脈発掘を企てるも甲斐なし。
一八六三　はじめて「マーク・トウェイン」というペンネームを使用（これは水先案内人の用語で「水深二尋《ひろ》（約三・六六メートル）」の意）。
一八六五　ほら話「ジム・スマイリーの跳び蛙」がニューヨークの新聞に掲載され、全国的に評判に。
一八六九　ヨーロッパ旅行の新聞寄稿に基づく『赤毛布外遊記』（*The Innocents Abroad*）がベストセラーとなり有名作家に。
一八七〇　東部育ちの令嬢オリヴィア・ラングドンと結婚。
一八七二　自らの西部体験に基づく『西部道中七難八苦』（*Roughing It*）刊。
一八七六　『トム・ソーヤーの冒険』刊。『ハックルベリー・フィンの冒けん』も執筆開始。
一八八二　ミシシッピ流域再訪の旅。
一八八三　『ミシシッピ川の暮らし』刊。
一八八五　『ハックルベリー・フィンの冒けん』刊。
一八八九　現代のアメリカ人が六世紀のイギリスにまぎれ込む『アーサー王宮廷のコネチカット・ヤンキー』刊。
一八九一　コネチカット州ハートフォードの豪邸を畳み、ヨーロッパに移住。

一八九四　人種・アイデンティティの問題を掘り下げた『阿呆たれウィルソン』刊。
一八九四　破産。社主を務めていた出版社は倒産、莫大な金額を注ぎ込んできたペイジ植字機の実用化も断念。
一八九五　借金返済のため世界一周講演旅行に出発。ロンドン滞在中に「マーク・トウェイン死す」のニュースが出回り、「私が死んだという報道は誇張である」とコメント。
一九〇〇　借金を完済し、十年近い海外生活を終えて帰国。
一九〇六　口述筆記による『自伝』作成に取りかかる。三巻本の完全版は死後百年の二〇一〇年に刊行が開始され、二〇一五年に完結。
一九一〇年四月二十一日　七十四歳で逝去。

より詳しいトウェイン年譜としては、彩流社刊の『マーク・トウェイン文学／文化事典』（亀井俊介監修）の年譜／没後年表（石原剛作成）や、集英社文庫ヘリテージシリーズ『ポケットマスターピース06　マーク・トウェイン』に収録された中垣恒太郎作成の年譜などがある。『ポケットマスターピース』にはまた、同じく中垣氏作成になる、膨大な数のトウェイン研究書の内容をそれぞれ簡潔に紹介した非常に有用な資料も収められている。

この訳書を刊行するにあたっては、研究社編集部の金子靖さんに何から何までお世話になった。何年か前から雑誌や『ポケットマスターピース』で『ハック・フィン』抄訳の機会は与えられていたが、金子さんはそれ以前から全訳を勧めてくださっていた。当方としてはもっと研鑽を積んで少しでも賢くなってからと思っていたが、近年、賢くなるどころか脳がどんどん劣化してきたので、これは早くやった方がよいと判断し、二〇一七年夏に第一稿を完成させた。翻訳を後押ししてくださり、編集段階に入ってからも煩雑な作業を大いなる熱意とともに進めてくださった金子さんに感謝する。マーク・トウェインに関する全般的知識については、『ポケットマスターピース』作成時に続いて大東文化大学の中垣恒太郎さんに大変お世話になった。中垣さんにはトウェイン研究の重鎮フィッシャー教授への質問も仲介していただき、フィッシャー先生から懇切丁寧な回答をいただいた。また翻訳家の田辺恭子さん、平野久美さんは第一稿に丹念に目を通してくださり、噴飯ものの誤訳や不適切な表現を摘発してくださった。デザイナーの古正佳緒里さんは複雑なレイアウト作業にセンスよく的確に対応してくださった。皆さんにあつくお礼申し上げます。訳注を作成する上では、Michael Patrick Hearn, *The Annotated Huckleberry Finn* (Clarkson N. Potter, 1981) の全巻にわたる詳注、The Library of America 版 *Mississippi Writings* (1984) に付されたGuy Cardwell作成の注、カリフォルニア大学出版局刊一二五周年版の注、そして『マーク・トウェイン文学／文化事典』が主たる情報源となっている。

第1、15章の翻訳はまず『Coyote』33号（スイッチ・パブリッシング、二〇〇八年十二月）に掲載され、のち第1～15章と16章一部の訳が『ポケットマスターピース』に収録された。それぞれの刊行物の担当者の方々に感謝する。今回全訳に組み込むにあたっては加筆訂正してバージョンアップを図った。

この訳書は、日本の代表的なマーク・トウェイン研究者であり、かつ小生の恩師でもある渡辺利雄先生と亀井俊介先生に捧げる。先生方に受けた教えは直接的・間接的な形でこの訳業に反映されていると思う(たとえば五四五ページでとりあげた“lonesome”“by and by”という語の解説などは学生時代に渡辺先生の授業で伺ったお話の受け売りである)。もしこの訳書で、マーク・トウェインの面白さを多くの方が発見・再発見してくださるなら、両先生にもそれなりの恩返しができたことになると思う。「恩を仇で返す」ようなことにならぬよう祈るばかりである。

愛すべき名作を、多くの方に楽しんでいただけますように。

二〇一七年十一月

本文中に一部差別的、侮蔑的な表現が使われていますが、これは本書が書かれた時代背景とその文学的価値に鑑み、訳者が原文に忠実な翻訳を心がけた結果であることをご理解いただけますよう、お願い申し上げます。

著者訳者紹介

著者

マーク・トウェイン (Mark Twain, 一八三五—一九一〇)
アメリカ合衆国の小説家。ミズーリ州フロリダ生まれ、同州ハンニバルで育つ。本名サミュエル・ラングホーン・クレメンズ(Samuel Langhorne Clemens)。西部・南部・中西部の庶民が使う口語を駆使した作品によってその後のアメリカ文学に大きな影響を与えた。『トム・ソーヤーの冒険』(一八七六年)のほか数多くの小説や随筆を発表、世界各地で講演も行ない、当時最大の著名人の一人となる。無学の少年ハックルベリー・フィン自身の言葉で語られる『ハックルベリー・フィンの冒けん』(イギリス版一八八四年、アメリカ版一八八五年)はなかでも傑作とされ、アーネスト・ヘミングウェイは『アフリカの緑の丘』で「今日のアメリカ文学はすべてマーク・トウェインのハックルベリー・フィンという一冊の本から出ている」と評した。

訳者

柴田 元幸（しばた もとゆき）

翻訳家、東京大学名誉教授。東京都生まれ。ポール・オースター、レベッカ・ブラウン、スティーヴン・ミルハウザー、スチュアート・ダイベック、スティーヴ・エリクソンなど、現代アメリカ文学を数多く翻訳。二〇一〇年、トマス・ピンチョン『メイスン&ディクスン』（新潮社）で日本翻訳文化賞を受賞。マーク・トウェインの翻訳に、『トム・ソーヤーの冒険』『ジム・スマイリーの跳び蛙―マーク・トウェイン傑作選―』（新潮文庫）、最近の翻訳に、ジョナサン・スウィフト『ガリバー旅行記』（朝日新聞出版）、シルヴィア・プラス『メアリ・ヴェントゥーラと第九王国 シルヴィア・プラス短篇集』（集英社）、編訳書に、『「ハックルベリー・フィンの冒けん」をめぐる冒けん』、『英文精読教室』全6巻、レアード・ハント『英文創作教室 Writing Your Own Stories』（研究社）など。また、文芸誌『MONKEY』、および英語文芸誌 *Monkey Business* 責任編集。二〇一七年、早稲田大学坪内逍遥大賞を受賞。

編集協力　青木比登美
社内協力　高見沢紀子／望月羔子

ハックルベリー・フィンの冒《ぼう》けん

二〇一七年十二月二十八日　初版発行
二〇二四年　七　月三十一日　九刷発行

著　者　マーク・トウェイン（Mark Twain）
訳　者　柴田《しばた》元幸《もとゆき》

発行者 ● 吉田尚志
発行所 ● 株式会社　研究社
〒一〇二―八一五二　東京都千代田区富士見二―十一―三
電話　営業〇三―三二八八―七七七七（代）　編集〇三―三二八八―七七一一（代）
振替　〇〇一五〇―九―二六七一〇
https://www.kenkyusha.co.jp/

装幀 ● マルプデザイン（清水良洋）
組版・レイアウト ● 古正佳緒里
印刷所 ● 三省堂印刷株式会社

KENKYUSHA

ISBN 978-4-327-49201-4　C0097